JN020820

お天道様は見てる

尾畠春夫のことば

文・写真
白石あづさ

文藝春秋

お天道様は見てる　尾畠春夫のことば

目次

お天道様は見てる 尾畠春夫のことば

第1章

第2章

第3章

第4章

第7章

ルポ 眠れない日々（東海道大騒動編）——223

2歳児発見を機に、世間は空前の「尾畠さんブーム」に。一方で心ない言葉も浴び、尾畠さんは元気をなくしていく。

尾畠さんの支え合う言葉——236

- 政治家がダメなのは、選んだ国民が悪いんよ
- アーン少佐の道を辿りたかった
- 自分の夢よりも人の命が大事
- 着飾って歩いても、足元のゴミは見ないんだわ
- 観光のことを言うからには、街もきれいに
- 75年間、沖縄の洞窟に眠っちょる
- 戦争だけはしちゃいけん、本当に
- 人間って、小さな細胞の塊だから弱いんよ

第8章

ルポ 愛しき由布岳（山岳ボランティア編）——251

地元の名山に登った私は、山道のあちこちに施された〝作品〟を発見。そこには尾畠さんの山への愛が詰まっていた。

尾畠さんの信じる言葉——276

- 自分が神であり、仏である
- ロウソクの灯が消えるみたいに死にたい
- 死んでいった精子の分も生き抜く責任がある
- 人生は、地球の瞬き一回分
- 己に厳しく、人に優しく

——終章——

装幀　観野良太
協力　島津デザイン事務所

はじめに

困っている人がいれば手を差し伸べ、真面目な顔で冗談を言っては周りを笑わせる。小さなことでも感謝を忘れず、どこまでも自分に正直に、いくつもの夢を追って生きている。

山口県で失踪した2歳の男の子を探し出し、一躍、時の人となった尾畠さんだが、そのユニークな人柄や生き方は多くの人にとって魅力的に映ったのではないだろうか。

尾畠春夫さんに初めて出会ったのは、２０１８年の夏の終わりの蒸し暑い日であった。男児発見から1か月後、「週刊文春」出版部より尾畠さんの密着取材の依頼を受けたフリーライターの私は、それからというもの、大分のご自宅でのインタビューを重ね、山登りや被災地のボランティア活動などにも同行させていただいてきた。その最後の取材は、聖火ランナーとして尾畠さんが走る２０２０年の4月下旬を予定していた。

しかし、前年の秋頃、中国で発生した新型コロナは、あっという間に海を越えて、日本に上陸した。それでも正月からしばらくの間は、まだ日本国内は楽観的で水際対策もされていなかった。だが、私が2月下旬から10日ほど別の仕事で行っていたシベリア取材から帰国すると、日本の状況は一変していた。成田空港は静まり返り、街中ではマスクや消毒液、米やトイレットペーパーまでもが買い占められ人々はパニックに陥っていた。

それから現在に至るまで、コロナ禍によって世界中を襲った数々の出来事は、多くの人の記憶に刻み込まれているはずだ。テレビや新聞では、毎日のように感染者数や死者数が報告され、3月下旬には志村けんさんなどの芸能人が相次いで亡くなった。オリンピックは延期となり、人々は自宅待機を余儀なくされ、飲食店は休業や時短での営業となった。さらに車の県外ナンバー狩りや自粛警察などのニュースが流れ始めた。

当時の私は「もし聖火リレーが行われたとしても、これでは取材どころではないし、尾畠さんに迷惑がかかっては元も子もない」と考えた。若い私よりも80歳の尾畠さんのほうがずっと元気だが、万が一のことを考え、取材をキャンセルさせていただこうと4月のはじめ、東京から尾畠さんに電話をかけた。

「おう、あづささん？　久しぶり！」

電話口からいつもと変わらない陽気な尾畠さんの声がした。

「尾畠さん？　良かった！　元気そうで」

「ワシ？　うん、元気、元気。ぜんぜん、いつも通りよ。そうか、残念だが、姉さん、元気だったらまた会える」

「そうですね、早く収まればいいんだけど……」

「姉さん、いいか、こういう時は、学歴も金も関係ない。いろんな体験をしてきた人が生き残る。しかし、世界中を旅した姉さんなら大丈夫だ。法律さえ守っておけば、何やってもいい。ボロを着ていたっていいんだ、生き残れ」

大分でも感染が拡大しており、高齢で一人暮らしの尾畠さんを心配していたのに、逆に励まされて恐縮した。私はコロナの前からボロは着ているし、お金もコネもないのでコロナ騒動下でもたいして生活は変わらないのだが、それでも予定されていた海外取材は続々とキャンセルとなり、毎日、暗いニュースばかりで気が滅入っていたのかもしれない。

しばし世間話をした後、「尾畠さん、マスクはありますか？　少しだけど送ります」と伝えると、尾畠さんは、そんなことには答えずこう言った。

「あのな、姉さん、こういう時こそ強烈に人の本性がむき出しになる。だから、目をしっかり開けて、いろんな人をよく観察したらいいよ」

私が物を書く仕事をしているからか、「振り回されずに、よく観察しておけ」と忠告してくれたのかもしれないが、実際、尾畠さんの言う通りだった。コロナ禍により、穏やかだと思っていた人が攻撃的になったり、反対に、普段は不愛想な人が困っている人を案じたり。人の奥底に眠っていた本性に驚くばかりで、今までは表面的な部分しか見えていなかったのかもしれない。こういう時にこそ、今後、長い人生で付き合うべき人が見えてくるのだろう。

私は電話口でうなずいた。しかし、次の尾畠さんの発言には思わず言葉を失った。

「いいか、姉さん、ワシに言わせたら、今はまだ序の口だ。始まったばかりだ。もっと日本は大変なことになるかもしれん」

当時は翌週にも緊急事態宣言が出されるかもしれないという状況だったが、産まれた時から戦争もなく平和な世の中で育った私は、それを聞いても、どこか他人事で「そのうち、何とかなるだろう」とのんびり構えていた。暗いニュースと比例して、「明けない夜はない」「みんなで頑張ろう」という前向きのメッセージが世間では広がっていた。だからこそ、普段、人一倍、ポジティブで明るい尾畠さんが、「まだ序の口だ」とつぶやいたことに衝撃を受けた。

小さかったとはいえ、尾畠さんには、戦争と終戦を経験した世代ならではの勘が働くのだろうか。当時だって、不穏な空気が流れてはいても、国民の多くがまさか「本当に戦争になる」とは思っていなかっただろう。

尾畠さんとのそんな会話から1年以上が経った今も、深刻な状況は変わらない。今後、日本や世界はどうなるのだろう。感染や経済の不安から人々が疑心暗鬼になり、貧富の差がより一層顕著になるなど恐れていたことは次々と起きた。この先ももっと恐ろしいことが起きるのかもしれない。そんな時、私は尾畠さんの言葉を思い出す。

「どんなことがあってもお天道様は見てるからな。悪いことをした人も、いいことをした人も。元気に生きてさえいれば、いつか必ずいい時がくるから。こんな難しい時代だけど、お互い、生き抜いてまた会おう」と。

生き抜け、という言葉は「他人を蹴落としてでも」という意味ではない。誰も見ていなくても、お天道様は見ている。こんな時こそ、人として正しく生きなさいとエールを送ってくれたような気がした。

本書では各章ごとに、尾畠さんの半生や今の活動を私の目線で追った「ルポ」と、彼の一人語りによる「ことば」の2つのパートで構成されている。時代背景や状況説明が必要な出来事は「ルポ」としてまとめたが、信条や人生への想いを述べた尾畠さんの「ことば」は、できる限り、方言が混じる彼の心温まる語り口のまま、読者の皆様に届けたいと考えたからだ。なお、取材は2018年の夏から3年間に渡り行われたが、本書では、インタビュー当時の年齢（78〜81歳）をそのまま記している。

また、尾畠さんのご自宅や山、被災地などで私が撮影させていただいた1万枚の写真の中から、100枚近くを選んで掲載した。

読者の皆様には、尾畠さんの自宅で膝を交えて話を聞いたり、たくさんの写真とともに尾畠さんの背中を追って、一緒にボランティアに参加したり、山に登っているように感じていただけたら嬉しい。

取材を始めた当時は、まさか世界や日本がこんな状況になるとは露ほどにも思っていなかった。しかし、むしろ今だからこそ、尾畠さんの言葉は、困難に立ち止まってしまった誰かの心に響くのではないか。そう信じて、私は尾畠さんの言葉を綴っていきたい。

序章

奇妙な生活（ルポ）

「ワシは顔は悪いけど『私が神で、私が仏』ちゅうんです。自分で叱る、褒める。それが好き」

「おもしろいのは、顔だと言いたいんだろう！」

9月の半ばだというのに、じりじりと肌を焼く真夏が戻ってきたかのような蒸し暑い日が続いていた。

その日、私は尾畠さんに会うために羽田を発ち、大分空港に到着した時には、すでに日が傾いていた。尾畠さんの暮らす速見郡日出町は、空港から車で南西に約1時間。北は杵築市、南は別府市に挟まれた海沿いの自然が豊かな地域である。漁業や農業に従事している人が多い町だが、中心部の暘谷駅のまわりには、大きなショッピングセンターもあり、生活するのに不便はなさそうだ。

駅前にポツンと建っているビジネスホテルで一泊した翌朝、部屋のカーテンを開けると、窓には水滴がついており、駅に向かう人々が傘を差しているのが見える。空は厚い雲に覆われ、別府湾越しに見える山々にも濃い霧がかかっていた。今日は、久しぶりに夏の暑さも和らぐかもしれない。

タクシーに乗り込み、住所を告げると、運転手さんが「ああ、尾畠さんの家ね」と嬉しそうに振り向いた。そして、「うちの近所の人なんです。この間までは東京からのお客さんがすごかったよ。もうだいぶ落ち着いたけど、お姉さんも報道の方？」と尋ねられた。

初めてお会いすることを伝えると、「尾畠さんは去年、自治会の班長を引き受けてくれたんだけどね、いろいろと町に交渉してくれたりとよくやってくれて……大丈夫ですよ、すごくいい人だから」と語り始めた。その話を興味深く聞いているうちに、繁華街を抜け、車は雑木林の曲がりくねった坂道を上がっていく。駅から10分ほどだろうか、閑静な住宅街が見えてくると掘り込み車庫のある2階建ての家の前で車が止まった。

運転手さんは窓を開けながら、「ここですよ」とその家を指さした。そして窓から顔を少し出して「ああ、良かった。電気もついているし、家の中から話し声が聞こえるから、今日はいるみたいね」と弾んだ声で言う。お礼を述べ、タクシーを降りた私は、開けっぱなしの鉄の扉から階段の上を見上げた。だが、思いがけない光景にギョッとして立ちすくんでしまった。

階段脇の柵には漁で使うサッカーボール大の浮きが括り付けられ、その柵の根元には直径20センチほどの貝殻がいくつも土に突き刺さり、家の壁には車の初心者マークが大量に貼り付けられ

不法投棄された物も再利用。「もったいない、を世界に広めた女性はワンガリ・マータイさんよ」

カブトガニの甲羅や丸石、サルノコシカケや食べられる海藻は清掃ボランティア中に採集

ている。縁側の庇には網に入った巨大なサルノコシカケが吊るされ、庭の木々にはクリスマスツリーのように車のサイドミラーや釣りの浮きが揺れていた。収集癖のある人なのか、それとも何か芸術作品のたぐいであろうか。

だいぶ変わった人かもしれない。とたんに心細くなり、タクシーを振り返るが、運転手さんは「では頑張って！」と言わんばかりに微笑むと、そのままバックして走り去ってしまった。

意を決して、呼び鈴を押そうとしたがどこにも見当たらない。恐る恐る「ごめんください」と声をかけながら、階段を上がっていく。先客だろうか、尾畠さんよりも先に縁側近くに座る中年男女の姿が見えたので、「尾畠さん、いらっしゃいますか？」と声をかけると、「ええ。尾畠さーん、お客さんですよ！」と呼んでくれた。

すると奥からひょっこり、ピンクのタオルを頭に巻いた男性が顔を出した。尾畠さんだ。テレビで見た時

スコップやプラ製品は壊れても補修して使う（左）。車の初心者マークは意外と落ちている

よりも色黒で眉毛が濃い。真っ赤なTシャツに真っ青な短パン。むき出しになった手足は、ボディビルダーのように筋骨隆々で80近いお歳とはまるで思えない。

ところが、私が名乗るよりも先に「尾畠さん、どこに行ったかなあ？　今日は見てないなあ」とすっとぼけた顔で手をかざして背伸びをする。間違いなく、そこにいるのはご本人だ。私は思わず吹き出し、「おもしろいですね、尾畠さん」と返すと、ご本人も、ワッハッハ！と笑い出して、「なにー⁉　おもしろいのはこの顔だと言いたいんだろう！」とさらに畳みかける。私は笑いが止まらなくなってしまった。

その様子を見て、してやったりという表情で白い歯をニッと見せた尾畠さんは、「まあ、上がりなさい」と家の中に招いてくれた。

縁側で靴をぬぎ、居間に上がるとさらに驚いた。男一人暮らしでは片付けまで手が回らないのか、部屋中、散らかり物があふれ、テーブルの上の書類は床まで雪崩のように崩れている。どこかの雑誌のインタビューで尾畠さんは、「カミさんは旅に出ている」と独特の表現で語っていたのを思い出した。

しかし、私が唖然としたのは散らかった部屋にではない。居間の壁やガラス戸、そして天井まで文字という文字で溢れ返っていたことに、だ。まるでお札のようにマジックで何かが書かれた紙が貼られ、部屋中を埋め尽くしている。床に倒れているクマのぬいぐるみのお腹にまで何か文字が見えた。

とっさにお経を体中に書いた耳なし芳一の昔話を思い浮かべたが、近づいて読んでみると、「褒める・褒められる・褒め返す」「備えあれば憂いなし」といった格言が書かれていた。さらに、「ポンドとは英米の重さの単位」「コーンスープ3袋」「市町村合併2005年」「高齢者が水分補給を控える理由　トイレが心配77%」というメモや注意書きのようなもの、宮沢賢治の「世界全体が幸福にならないかぎり、個人の幸福はありえない」といった名言や「親思う心にまさる親心けふのおとずれ何ときくらん」という吉田松陰の辞世の句まである。

その数、100以上はあるだろう。ぐるぐると首を回しながら文字の渦を見上げ、そのボリュームにただただ圧倒された。だが、ハッと我に返り、約束を取り付けないまま、突然、来たことをお詫びした。「取材をさせていただきたいのですが、もし受けてくださるなら都合のいい日に再訪します」と伝えると、尾畠さんは、「えー、東京から一人で来たの？　ええよ〜、今、何でも聞いて〜」と、機嫌よく受けてくれた。

先客の男女もどうやらマスコミのようだ。「よろしいでしょうか？」と尋ねると、「私たちも東京から来たんですよ。来る者拒まずの尾畠さんにとって約束はあってないようなもの。半時間ほ

壁を覆う格言。「記憶するより記録せよ」が口癖だが、書いてさらに貼っておけば忘れない

山登り 甘く見ないで
広がるブーム 遭難も相次ぐ
計画練り「届」出して
認定証
完歩証
文武両道
毛利空桑
行動が出来る人間であれ
賀正
古稀 七十才でお迎えの来た時は まだまだ早いと云へ
傘寿 八十才でお迎えの来た時は なんのまだまだ役に立つと云へ
米寿 八十八才でお迎えの来た時は もう少しお米を食べてからと云へ
卒寿 九十才でお迎えの来た時は そう急がずともよいと云へ
白寿 九十九才でお迎えの来た時は 頃を見てこちらからボツボツ行くと云へ
気はながく 口をつつしめば 心はまるく 命ながらえる
山
※杵築市狩宿
※小熊山古墳
御塔山古墳
一日一日
人生は山坂
寿の心 探究心
スズメバチに刺されたら
※スズメバチの毒名 アナフィラキシー
※緊急補助治療剤 エピペン
昭和30年（1955年小坂中学校）
おっとろしやのう
うたちい（汚い意味）
数珠玉→じゅずだま
陰口の言葉→モラルハラスメント
権利の上に眠るな
尾畠春夫の人生に悔なし

「きん、きん、きんたま……」と言いながら辞書を開く。一度、調べた単語には黒丸を打つ

ど後に、野外撮影にでかける予定ですが、それまでインタビューをどうぞ」とゆずってくれたので、お礼を言ってカバンからノートを取り出した。

警察官が何百人かかっても見つからなかった行方不明の男の子をさっそうと見つけ出し、東日本大震災の時はボランティアとして大活躍した熟年世代の星。テレビの画面で尾畠さんを見た時は、かっこよくて頼りになる爽やかなイメージがあった。

しかし……その実態はちょっと変わった人かもしれない。出会いからわずか1分で、とまどいながらも聞きたいことは山のように増えていた。

突然のクイズ

床に散らばった書類や小包を尾畠さんはぐっと押しのけ、スペースを作ってくれたので私はそこに座らせてもらい、尾畠さんと向かい合った。小降りだった雨が急に本降りになって庭の草木に雨粒が当たる音が聞こえてくる。

与えられた取材時間は30分。私がノートを広げ、インタビューを始めようと口を開いたとたん、逆に尾畠さんが「あなたに質問を出しましょう」と顔を近づけてきた。そして、カレンダーの裏紙を束ねた自作ノートに何やら文字を書いて私に見せた。

「金」と「玉」……「金玉」!? そこには１００％、予想しなかった2文字が大きくマジックで書かれていた。ポカンとしている私に、尾畠さんは「さあ、これ、何のことでしょう？」と紙を近づける。

これがどこかの企業の入社試験だったら、セクハラと言われるだろう。しかし、尾畠さんの顔は真剣だ。ちょっとどころか、だいぶ変わった人である。からかわれているのだろうか、それとも頓智比べなのだろうか。面白い答えを必死に考えたが何も思い浮かばず、「男性の睾丸ですか？」と捻りもなく答えた。

「違う！　人間は持ってない」

「ええと、実は『こんぎょく』と読むのでしょうか？」

「違います。そのまま、『きんたま』ちゅうんです。さあ、いったいこれは何でしょう？」

「うーん、昔は太陽のことを指したとか？」

「違う！　ワシが尊敬してやまない、あの高貴な美智子さまだってな、『陛下、今日の金玉はよく光ってますね。素晴らしい

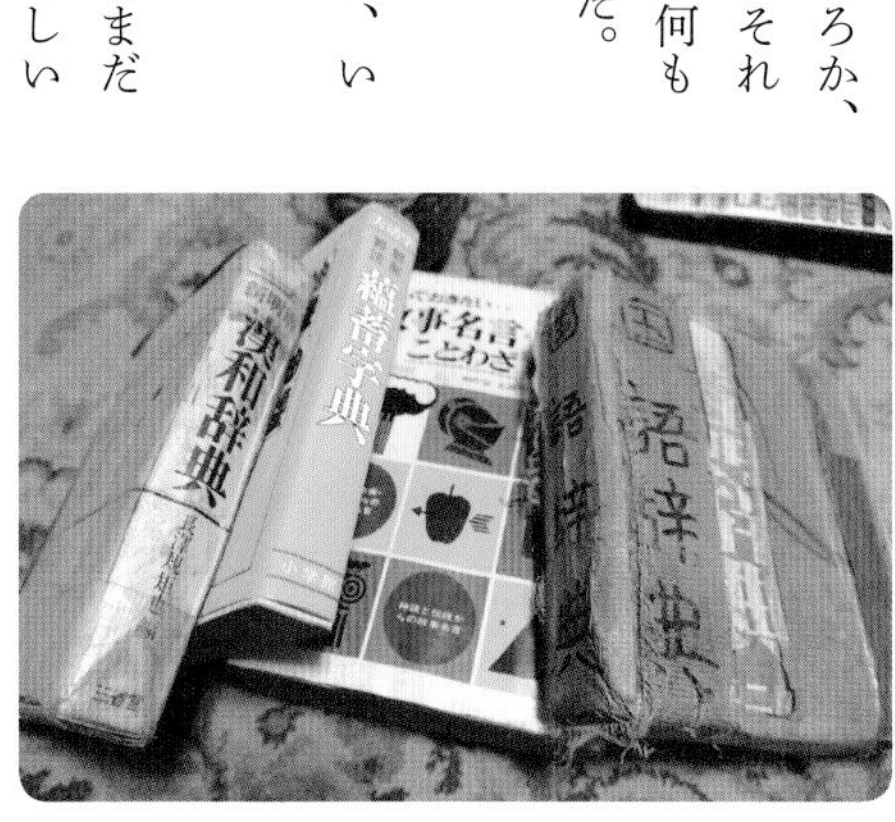

愛読書は辞典。調べるだけではなく端から「読む」のも好き

ですね』ちゅう……かもしれない。『今日の触り心地はいいですね』とかは言わんかもしれんけど」

「あ、もしかして龍が口にくわえている玉ですか？」

「違う！　もう答えられなかったら、１週間以内にうちの家から出ていってもらいます！」

「１週間⁉」

金星なのか、それとも金塊なのか、はたまた動物の光る眼なのか。思いつくことは全部、言い切って、ついに「無念、降参です」と白旗を上げた。その言葉を聞いた尾畠さんはしたり顔でボロボロの国語辞典を手に取り、ペラペラとめくり始めた。

「きん、きん、きん、きん、きんたま、あ、出た。姉さん、ここ見て。ワシ、もうちゃんと黒い点を打っちょる」

「えっ！　これが本当の意味だったんですか？」

「納得いきました？　男の股に下がっちょるのは『睾丸』。旗を掲げる棒の先端についている丸い玉が『金玉』。これが本当の名前なんです」

「へぇ、目からウロコです」

すると、尾畠さんは先ほどより表情を和らげて、

「で、あなたのことは誰がここに来させたの？　文春の編集部？　帰ったら、編集長にも『金玉』

料理に時間はかけずシンプルに。まな板は使わず手の上で柿を切る

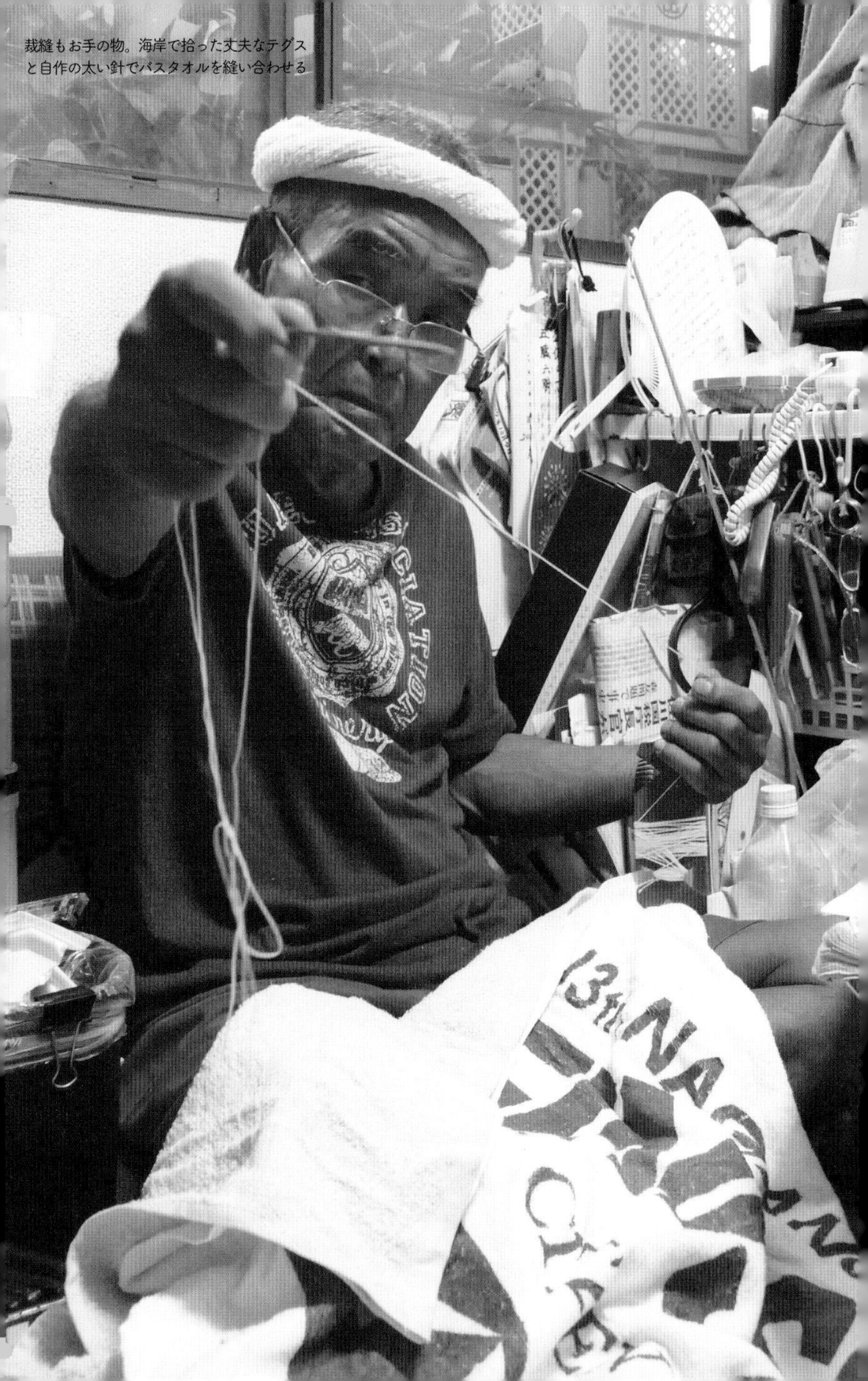

裁縫もお手の物。海岸で拾った丈夫なテグスと自作の太い針でバスタオルを縫い合わせる

が分かるか聞いてごらんなさい。そんなの分からない編集長なら、私は取材を受けません。こういうのはね、自分の目で確かめるのが一番よ。思い込みというのはダメなんです。自分の目で確かめる。尾畠春夫、嘘ついてない（笑）。嘘は泥棒の始まり、犯罪のもと。ね？」

そう一気にまくしたてた尾畠さんは「金玉」と書いたページを破いて「これを編集長に渡しなさい」と差し出したので、私は四つ折りにして財布にしまった。尾畠さんはその様子を見て満足そうにうなずいた。結局、私は「金玉」について考え続けて、取材ノートに一字も書かないまま、約束の30分の取材時間が終了した。

「さあ、そろそろ出発時間ですね。ちょっと車をまわしてきます」と先ほどの男女が雨の中、外に出て行った。私も「すいません、また出直します」と頭を下げて一緒に出ようとすると、尾畠さんは、「いや、1時間半くらいで帰ってくるから、あなた、ちょっと留守番してて。お茶はここ、トイレはそっち、食料は冷蔵庫、座布団敷いて寝てて。電話は取らなくていいから。じゃあね」と二人の後を追ってバタバタと縁側から出て行ってしまった。

風変わりな部屋の中

一人、残された私は再び、うろたえた。今までいろいろな人を取材してきたが、出会ってまだ30分しか経っていない人の家で留守番などしたことがなかったからだ。誰か知らない人が家を訪ねてきたらどう説明したらいいのだろう……。

3人が乗った車が見えなくなると、改めて縁側と庭を見わたした。さきほど私を驚かせた巨大なサルノコシカケの隣に、カブトガニの殻や、ほとんど骨になったカラカラのヘビが吊り下げられ頼りなく揺れている。外壁には赤いヒョウタンの形をした物体や拡声器、針金やヒモ、トンカチや温度計、バドミントンのラケットなど脈絡もなくさまざまな物が掛かっていた。

一方、ぬれ縁やその床下には、風呂椅子、タライ、何かの蓋、洗濯板や漁業で使う網や浮き、どう使うのか分からない木のこん棒などが積み重なっている。それらはどこか壊れたり割れたりしているが、そのほとんどが接着剤や針金などで補強されていた。

雑然とした部屋の中も、よく見れば、ただ散らかっているわけではないようだ。リビングに置かれたプラスチックのケースや棚には、ガムテープやペン、カッターなどを紐でくくって並べてぶらさげており、襖が開けっ放しの続き間には、洋服類がタンスの上にひとつずつ丸めて山積みになっている。見た目はともかく、目に見えるようにしておけば、探さずともすぐ取り出せる尾畠さんなりの工夫なのかもしれない。

ふと、続き間の仏壇に飾られたモノクロの遺影が目に入った。着物を着て髪をきっちり結んだ、まだ年若い女性の顔だった。私は仏壇の前に正座して手を合わせた。若くして亡くなったという尾畠さんのお母さんだろうか。優しい目元が尾畠さんとよく似ていた。

ぼんやりと縁側の不思議な物を眺め、居間に貼り付けられた格言やメモを読みながら待っていたが、約束の時間を過ぎても帰って来ない。あまりにも手持無沙汰過ぎて、雨に濡れて雫が垂れていた物干し台の雑巾を絞って、縁側のタライや椅子に積もったホコリを拭いたり、トイレを借りるついでに掃除をして暇をつぶした。赤の他人のために力を尽くす尾畠さんは、自分のことは後回しなのだろう。ホコリの堆積が尾畠さんの人柄を表わしているような気がした。

結局、3人が家に戻ってきたのは3時間半後のことだった。「ああ、濡れた、濡れた」「すごい雨だったね～」と外から声が聞こえた時は、私はほっと胸をなでおろした。にぎやかに階段を上がってきた3人は、濡れたカッパをバサバサと縁側に干しながら、「ただいま！　遅くなってごめんね～」と言いながら、居間に入ってきた。

尾畠さんは「あなた、きっと大の字でひっくり返って寝ているだろうって、みんなで車の中で話していたっちゃ！」と笑い出した。出版社の男女がランチにと買ってきてくれたおにぎりをほおばりながら4人で世間話をしていたら、日が暮れてきたので、結局、その日は駅の近くのホテルに戻ることにした。

外に出ると雨はいつの間にかやんでおり、イワシ雲の間から淡い光が射していた。尾畠さんは、見送りに庭まで出てきてくれて私を呼び止めた。

「姉さん、あなた、留守の間、うちのトイレ、きれいにしてくれたんね。ワシはこう見えても人はよく見ちょる。誰にでも留守番を任せるわけじゃない。ワシがここにいる間は、いつでもいらっしゃい。何でも答えちゃる」

この時はまだ一冊の本になるとは思っておらず、出張から帰ったら記事にまとめるつもりでいた。しかし、翌日から数日間、一緒にいるうちに、尾畠さんの本当の魅力は一度きりの取材では全く伝えきれないのではと思い始めた。尾畠さんが山口の2歳児を発見してから、コロナ禍の現在に至るまでの約3年間、私は東京から大分に通い、尾畠さんの取材を続けることになった。

尾畠さんの暮らす言葉

― 食べた分は汗かいて、消化しなきゃ ―

毎日、ワシがどんな生活をしているかって、一言でいえば、質素倹約、健康維持かな。朝2時、3時に起きて、ゆっくり新聞を読んで家のこととかして、それから5時半から6時半まで1時間かけて10キロ走る。最低でも8キロは走るよ。ちょっとくらいの雨でも走る。体もシャキッとするし、早朝は空気が澄んで気持ちいいっちゃ。

冬の朝6時はまだ暗いから、光る反射テープを体に斜めがけにして走るんよ。車から見て分かるようにね。テープには、ワシの名前や住所も書いておく。だって、何があるか分からないでしょ。途中で倒れるかもしれないいし、事故に遭うかもしれない。

もうワシも80歳近くなった。そうするとまわりは病気で亡くなる人や、薬を飲んで生活しとる

質素倹約、健康維持のため庭に生えたツルムラサキを収穫。「虫食いこそ無農薬の証拠」

人も多いね。うちの兄弟たちも、まずワシみたいには動いてないねえ。80過ぎて、8キロ走るのは普通は無理だって？　そうねえ、でもせめて食べた分はしっかり汗かいて消化しないと人間、弱るんよ。まあ、「言うは易し、行うは難し」ちゅうけどね。

―家の風呂より天然温泉―

走ること以外に毎日の習慣といえば、温泉に浸かることかな。大地からの恵み、これが何よりも1日の楽しみなんよ。東京にはないかもしれんけど、別府には誰でも無料で入れる共同浴場がいくつもあるんよ。うちにも風呂場はあるけど、全然、使ってない。水道の水を沸かすより、天然温泉のほうがいろいろ効能があるし、よくあったまるっちゃ。

走った後やボランティアをした後に入ると気持ちがいいね。しっかりかけ湯をして体をこすって汚れを落としてから入るけど、石鹸を使うのは1週間に1、2

さっと塩茹でにして醤油や焼肉ソースをかける。「庭の柿の葉やドクダミを混ぜることも」

度くらいかな。体の脂を落としすぎても、肌に悪いからね。

別府の温泉は、ちょっと熱いんだけど、浸かれば肌はしっとりする。2、3分経ったら、湯舟から出て体を冷ます。足もお湯から出したほうがいいね。それを何回か繰り返すんだ。そのほうが体が温まるし、温泉の成分が体に入りやすくなるから、湯冷めしないんよ。疲れをとるなら温泉が一番。夜もよく眠れるっちゃ。

医は食に、食は農に、農は自然に学ぶべし

何で元気なのか、よく聞かれるんだけど、ワシ、そんなに健康じゃないんよ。まあ、健康保険証は12年ほど使ってないけどね。大きな病気は40歳の頃に腸捻転をやったことくらいかな。ワシの健康法はね、毎日、欠かさず母乳を飲むこと。ハハハ！　冗談は顔だけにしろって？　では真面目に答えましょう。

普段、ワシがどんなものを食べているかというと、栄養があるもの。といっても、美味しいものじゃない。高級で贅沢なものはダメ。脂肪が多かったり、胃がもたれたり、保存料や着色料が入っているものもダメ。

「医は食に、食は農に、農は自然に学ぶべし」って、ワシの好きな言葉がある。どこかのお医者さんが言っていたんじゃないかな。まず、医者にかかる前に食べ物に気をつける。その食べ物はというと「農業」をして作られる。そんで農業は自然に学ぶべしってね、これは農薬やったり肥料をあげ過ぎたりするんじゃなくて、できるだけ自然に近い状態で作物を作りなさい、ちゅう意味だと思うんよ。もちろん、元々、自然に生えてるものを食べるのが一番いい。そうすると医者には行かなくていいんだわ。

― 虫が穴を空けた野菜を食べるんよ ―

登山を始めた40代から植物に興味を持ったの。それでいろいろ勉強したんよ。今ではスーパーで買うなら、見た目がきれいな野菜じゃなくて、虫が穴を空けたような野菜を選んでる。そのほうが農薬が少ないからね。

うちの庭でも少しは野菜を作っているけれど、もちろん農薬は使わないっちゃ。庭では、ツルムラサキがたくさん採れるから、葉を湯がいて醤油をかけて食べることもあるよ。色の濃いやつが栄養あるんだってね。

あとね、山や道端に生えてる野草の種類も覚えておくといいよ。オオバコ、ドクダミ、ヨモギ、桑の葉、それからアケビとか体にいい野草を見つけたら採っておく。都心だって、ちょっと郊外に行けば結構いろんな植物があると思うよ。

―ご飯の量は、朝は5割、昼は3割、夜は2割―

野菜は好きだけどワシはベジタリアンじゃないからね、肉や魚も食べるんよ。スーパーでブラジル産の鶏肉が2キログラムの袋で売ってるんだけど、計算すると100グラムで48円。これが今は一番、安いね。それを玉ねぎと一緒に大鍋で煮込んで、毎日、少しずつ食べる。調味料は焼肉のタレだけ。娘が「このタレならいろいろ入っているから、調理が簡単だよ」って教えてくれたんだわ。

魚は日出町の魚市場に行って買う。その日、売れ残ったようなひと箱100円とか200円の小魚を買って、煮たり焼いたり。DHAがいっぱいのキビナゴとかイカナゴみたいな青魚がいいね。骨が多い小魚なら、焼いたらそのまんま食べられる。ワシ、元は魚屋だったから、お客さんが来た時は、庭で魚をさばいて刺身をごちそうすることもあるよ。

そして、一番、大事なのは飯。これがないと力がでない。たぶん、普通の80歳の倍は食べるんじゃないかな。ボランティアや山に行く時なんかは、レトルトのご飯パックなら朝から3パックは食べる。炭水化物を取るなら朝だね。食べられる時に食べておくんよ。だって途中でもし遭難

尾畠さんの 暮らす道具

意外と便利。珈琲の瓶に入れたスプーンが埋もれても見つけやすいよう、紐をつけている

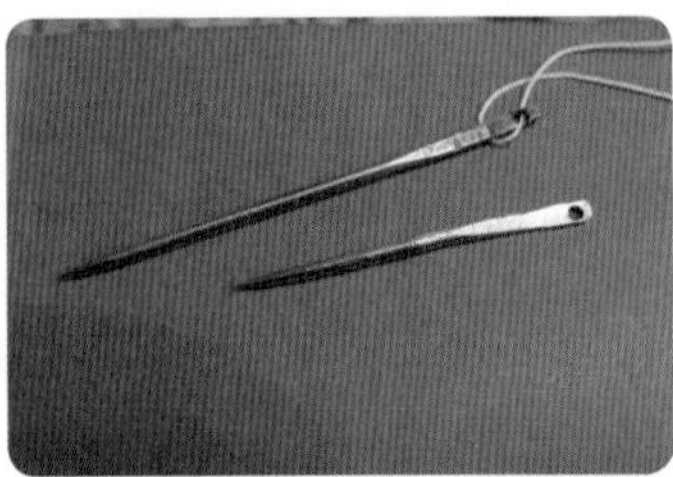
硬いピンの頭を叩いて穴を開けた自作の針。切り傷を負った時、この針で傷を縫うのだとか

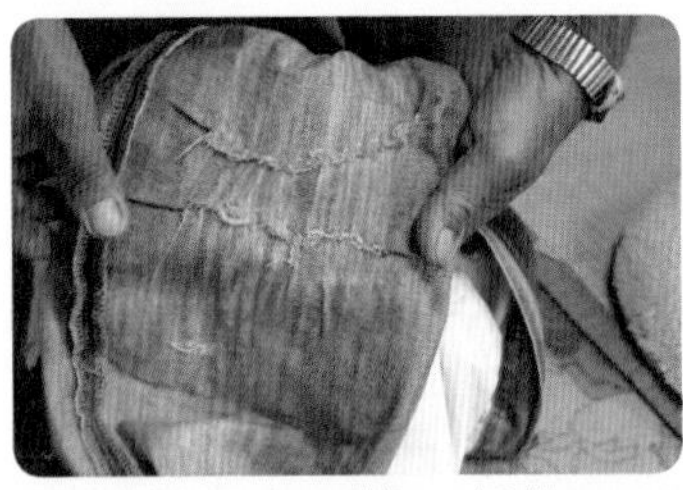
穴が何度、開こうが、補修して穿き続けている。拾われたGパンも喜んでいる？

ホチキスでヒビを修繕した風呂椅子。「物の気持ちになったら簡単に捨てられたくないわな」

鳶職と魚屋の経験から道具の手入れは欠かさない。針金やコードも巻いて保存

材料費0円の洗濯物干し。捨てられていた丸い輪とハンガーなどを組み合わせた力作だ

どこで事故に遭うか分からない。一人暮らしだからこそ、行先と帰宅時間を書いて残す

洋服は丸めて畳んで重ねれば選びやすい。不法投棄された服はまだ着られるものばかり

初登山で買った登山靴。「この靴は40歳。底が擦り切れたから息子が乗っとった山ん中、走るヤマハバイクの古タイヤを張り付けたの」

したら後悔するでしょう。

1日に食べるご飯の量を10とすると、朝はしっかり5割、昼はほどほどに3割、夜は少な目に2割と決めちょる。夜は、たくさん食べると、胃がもたれてよく眠れなくなっちゃうからね。ご飯には、昔ながらのしょっぱい梅干しを乗っけて食べる。知らない人が多いけど、梅干しの種を割ったら、その中身も食べられるんよ。

—「十の薬」をこよなく愛しちょる—

尾畠春夫のとっておきの健康法を教えちゃる。だけどな、これはワシだけの健康法で家族にも勧めてない。人それぞれ合う合わないがあるからね。

「十薬」って書いて、何の植物か分かる？　これ、ドクダミなんよ。十の薬になるという意味の特効薬なんだわ。殺菌や便秘、老化防止と効能はいろいろ。今は見向きもされないけれど、昔の人はよく摘んでたんよ。乾燥させてお茶にしてもいいし、ワシは炒めて醤油かけたり湯がいたりして食べちょる。

たくさん採れた時は、エキスを作るの。ドクダミと他の薬草もちょっとだけ大釜に入れて、自分で作った庭のカマドで何時間も煮て抽出するんよ。何で外で煮るのかって？　ガス代の節約になるからね。そこに茶色の大きな瓶があるでしょ。それがエキス。毎日、温めて飲んじょる。ちょっと苦いけど、これがワシの健康の秘訣なんだわ。

実は、ワシの命の恩人はドクダミなんよ。ほら、ワシの腹を見て。ここに傷跡が残っちょる。5歳の時に腹にできものができて、真ん中に穴が開いたの。それでその穴から24時間、365日、強烈に臭いニオイのものがドロドロ、ドロドロ流れて出てくるの。よく分からんけど中が腐って膿んじゃったんだろうね。うちはすごい貧乏だったけど、「春夫の命には代えられねぇ」って、親父とお袋はワシを村の医者に連れて行ってくれたんだわ。

そうしたら先生から、「お父さん、お母さんな、このボン（男の子）は、うちに連れて来ても治らんからな。生きりゃあ生きるし、死にゃあ死ぬから」って。つまり「原因が分からんから、もう、うちに連れて来なさんな。飲む薬もない、付ける薬もないから」ちゅうことよ。

医者にも見放されたけど、親父とお袋は諦めなかったんよ。そのへんに生えてるドクダミを大量に摘んできてな、フキノトウのでっかい葉っぱにガーッと入れて、二重、三重に針金でくくって袋状にして、それをカマドの中で蒸すのよ。そうすると、フキノトウの中のドクダミがドロドロになるんよ。

うちは貧しくて米がなかったから、代わりに麦飯を竹のヘラで練って、そこにドロドロのドクダミを入れてまた練る。それを1日に3回くらい、8時間おきに患部に塗ってくれたんだわ。

そしたら、だんだん痛みが消えて膿が出なくなった。今もちょっと跡はあるけど、メスもなんも入れないで、自然とこうして治ったんです。実際に体験したことだから人様にもその話はするけど、「よけい悪くなった」って言われても困るから、無理には人に勧めない。

だけど、ワシは命を助けてくれたドクダミを、もうこよなく愛しちょる。今の尾畠春夫がある

自慢の薬膳エキスだが、人にはむやみに勧めない。「因縁と膏薬はどこでもくっつくから」

のはドクダミのおかげなんだわ。「これが最高の薬だーっ！」っていうようなそのへんの薬を10個集めたって、このドクダミには勝てないと思っとるんよ。

酒は断つ、仮設住宅がなくなる日まで

ワシの唯一の贅沢といえば、コーヒーかな。といっても、うちのは安いインスタントの顆粒だけどね。コーヒーの瓶は、被災地にも持っていくんよ。飲む時は顆粒をスプーン3杯分、入れる。多くないかって？いいの、ワシは何でも薄いのより濃い目がいい。だからコーヒーも母乳も濃いのが好き。まあ、母乳はこの4、5日飲んでないけどね（笑）。

酒も昔は浴びるほど飲んでいたけど、東日本大震災が起きてから被災地の仮設住宅がなくなる日まで、一滴も飲まないことにしたの。そのおかげか一時は体重が70キロ近くあったんだけど、今はすっきり57キロま

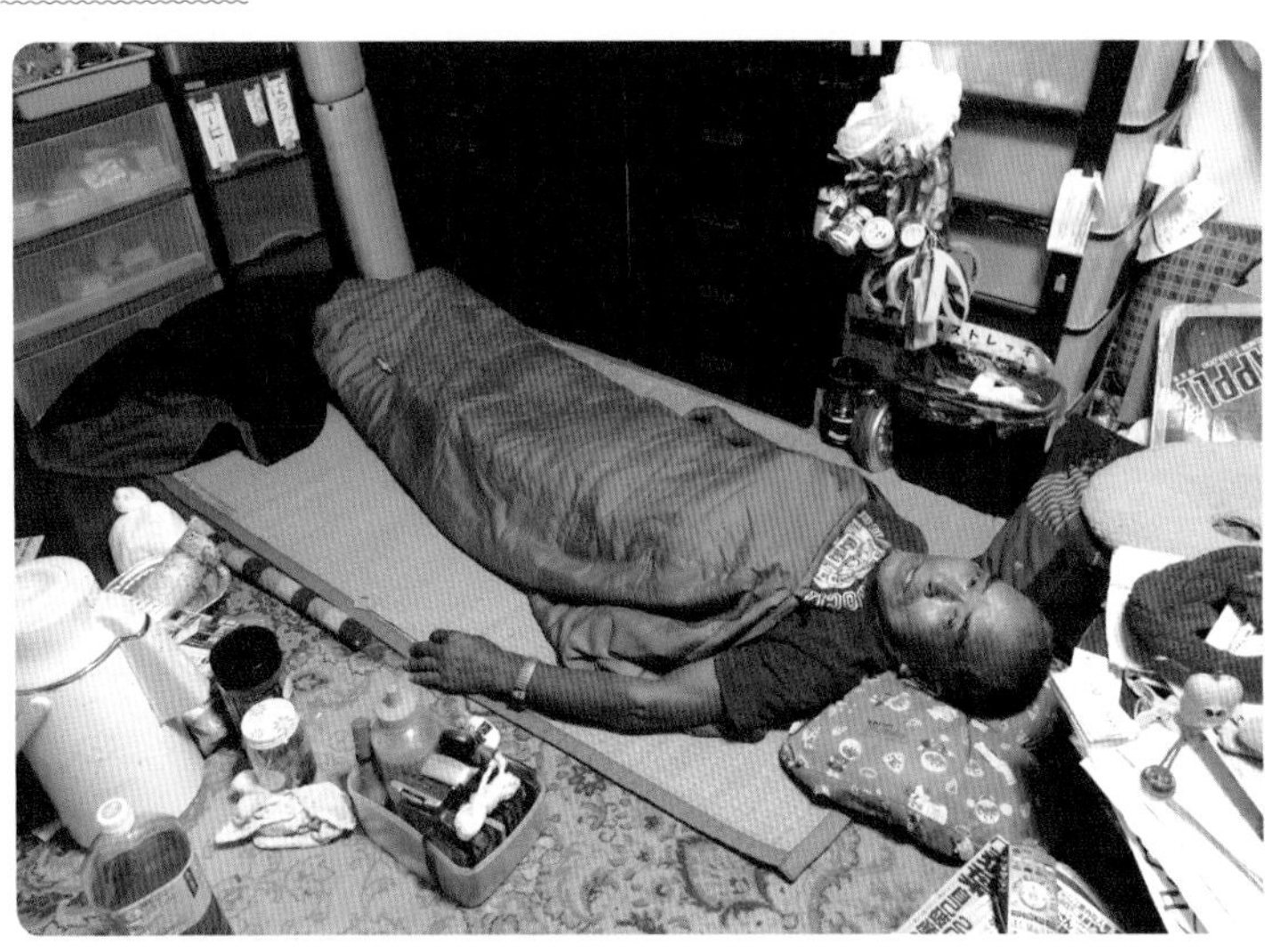

「座って半畳、寝て一畳で十分」。家でも車でも寝る時はゴザ。寒い冬だけ寝袋をかける

で痩せたんよ。身長は161センチだから、このくらいがちょうどいいね。

タバコをやめたのは今から13年前。毎日2箱、ずーっと強いハイライトばっかり吸ってた。でもある日、ワシの孫がふらっとうちに来たんだわ。10歳ぐらいの時かな、男の子なんだけどね。で、「おう、ジュースでも飲むか?」って聞いたら、「何もいらん」。それで「何しに来たんか?」ちゅうたら、「ちょっと話がある」って。

何を言うのかと思ったら、じっとワシの顔を見て「じいちゃん、65歳を過ぎたら人生もう下り坂じゃからな、タバコ、やめな」って。

それでワシは、ちょっと心の中で感動しながら「分かった」ってうなずいた。孫の目の前で買い置きしていたタバコを全部、焼いたの。孫はそれ見てスッと帰った。他の誰に言われてもやめないけど、孫の声は天の声じゃからな。それから1本も吸ってないんよ。

―座って半畳、寝て一畳―

ワシな、いつも夜7時、8時くらいには寝ちょるの。早い時は6時に床に入る。早寝早起きは健康のもとだからね。年金生活で時間が自由になっても、規則正しい生活をしたほうがいい。じゃあ、どこで寝てるのかって？　今、ワシが座っているゴザの上っちゃ。

「座って半畳、寝て一畳」っちゅうけど、ワシはそれだけあったら充分。横になれれば、どこでもいいんよ、橋の下じゃろうが物置じゃろうが。

だから、立派なベッドも布団も使わないんよ。夜は畳に転がって寝て、寒い時は寝袋をかけるだけ。ボランティアの時は、車の後部座席を倒して平らにして、真冬の東北だろうと、真夏の九州だろうと、硬い荷台の上にゴザを敷いて寝泊まりしてる。もし、家でふわふわの布団に慣れてしまうと車で寝る時につらくなるでしょ。慣れれば硬い床でも、ぜんぜん、よく眠れるよ。

うちには冷房も暖房もない。光熱費も節約したいし、寒いからってすぐ暖房つけちょったら、体が自然に適応できなくなってどんどん弱る。どうしても寒い時は、湯たんぽにお湯を入れてタオルでくるんで、股の間に挟むっちゃ。大きな血管があるところをあったためたら、体全体が温まるんよ。

―好きな言葉は「汗かく」「恥かく」「文字を書く」―

ワシは「三かく」ちゅう言葉が好きなんですよ。図形の「三角」じゃないよ。「汗かく」「恥かく」「文字を書く」、この3つ。

「人間は朝、目が覚めたら、汗かくことを1回するといい」ってワシは思っちょる。体を動かさんで、じっとしてたらすぐ弱る。畑仕事でもジョギングでもボランティアでも、朝はまず体を思い切り動かすんよ。

それから「恥かくこと」。これは、人ができないこと、嫌がることでも自分ができることならば、何でもやるんよ。見てる人は、あんなことばっかりしてて恥ずかしい人だ、と呆れるかもしれんけど……ワシは恥とは思ってない。

ワシがボランティアで国道のゴミを一日中、埃まみれになって拾っとるとな、「よくやっとるなあ。あんな車の多い所で、ゴミで手を切って怪我したり、車ぶつけられたら痛てぇから、俺は絶対せんわ」とか声かけてくる人がおる。ちょっとこう上から目線で呆れたような顔してね。でも、ワシはそんなの気にしないの。恥とも思わん。誰に褒められなくても、道路がきれいになれば嬉しいんよ。

最後に、「文字を書く」。「記憶するよりも、記録しろ」っていう言葉あるでしょ？　記憶っていうのは限度があるんよ。ワシは朝、2時、3時に起きて、新聞を1時間かけて読むんだけど、分からない言葉が出てきたら、すぐ辞書で調べて、それを書いて壁に貼っておくんよ。調べただけだとすぐ忘れちゃうから。ボランティアの時もそうよ、ゴミ拾いして袋に日付や場所を書いておく。「いつどのくらい拾ったっけ?」ちゅうて曖昧（あいまい）になっても、書いておけば思い出すんだわ。

―高齢者こそ「キョウヨウ」と「キョウイク」―

高齢者こそじっとしとらんで、毎日、用事を作って出かけたほうがいいっちゃ。家でコタツに入ってテレビばかり見ていると、体も頭も弱ってしまうからね。うちの壁にも貼ってあるんだけど、こんな言葉があってね。

ひとつは「今日、用がある」っていう〝キョウヨウ〟。もうひとつは「今日、行くところがある」って意味の〝キョウイク〟。教養と教育にかけた言葉だけど、覚えやすいよね。

行くところや、やることが思いつかなかったら、一人で散歩してもいいし、近所のゴミ拾いしてもいい。テレビ見てるよりも外のほうがずっと健康で

ボランティア中は全く風呂に入らないが温泉は大好き。
80歳とは思えぬ筋骨隆々な体つき

早朝の8kmランニングから帰宅。ビニールは、途中で会った人からの差し入れ。「若くても頭で動くだけの人は、歯車が錆びていざって時も動かない。常日頃から足腰を鍛えんと」

刺激があると思うよ。

―赤とかオレンジの服を着れば元気が出る―

日本人、特に高齢者になると不思議と地味な色の服を着る人が多いんやけど、ワシは赤とかオレンジとか元気が出る色が好き。明るい色ってね、自分もまわりの人も気持ちが明るくなるんよ。山やボランティアに行く時は、頭には赤いタオルを巻いて、赤いツナギを着る。万が一、遭難しても山では目立つし、ボランティアしてても大勢の中でもワシだとすぐ分かるしね。

赤いタオルは娘が買ってくれたんよ。「その尾畠さんのタオル、1万円でゆずって」と言った人がいたんだけどね、ワシ、「これは娘からの大事なプレゼントだから、100万円の束、出されてもゆずれないっちゃ」って断ったんよ。

―夫婦なんて元は他人だった男と女―

女性の言うことに、ワシは絶対、「ノー」って言わない。あぁ、絶対、言わんし逆らわない。だって、女性がおるから、男はこの世に生まれてきたんじゃから。

だから、43年間、連れ添ったカミさんが突然、「お父さん、私、旅に出たい」ちゅうた時も「ノー!」は言わず、「離婚したいのか?」って聞いた。そしたら、「お父さんとは籍は一緒がいい」

ちゅうから、まだワシの籍に入っちょる。

ワシは「出ていけ！」とか怒鳴ったり、殴ったり蹴飛ばしたわけでもない。じゃけん、引き止めもしなかった。ワシは去る者は追わない人間だから、「はい、どうぞ。好きなようにしなさい」って。もうカミさんが、旅に出てから7、8年になるけどな。

「尾畠さん、引き止めりゃあいいのに」っちゅう友達もおるがな、24時間、365日、手を握って引き止めとくわけにいかんよね。まぁ、お風呂くらいやったら一緒に入るちゅうことはできるけど、トイレに行ってまで、手を握っちょくわけにいかんもん。だから友達には「それは無理だ」って、ワシ、言ったんだわ。

これまでの結婚生活で夫婦喧嘩はほとんどなし、妻としてやるべきことはやってくれたから感謝もしているし、今もそりゃあ、ワシにとっちゃ特別な存在だよ。

夫婦なんて元は他人だった男と女。好きで結婚して子を作っても、ある日、愛想がつきることだってある。カミさんは帰らないなら、帰らないでもいいし、帰ってくりゃあ、帰ってきたでいいし。短い人生なんだ、もめたりせず、自然に生きたいよね。

うちの子どもたちは気を使ってるのか、何にも言わないんだけど、小さい孫がな、「この間、祖母ちゃんがうちの家に来て、小遣いくれたんよ」って言うから、「そうか」って。それ以上のことは一切、ワシは聞かないけど、だいたい様子は分かるわな。元気にしちょればそれでいい。夫婦の形は人それぞれ。まぁ、外からは分からんもんだよね。他の人が何を言っても、お互いが納得していればいいんじゃないかな。

冷暖房はない。冬は外でも家でも着こんで薬草茶を飲む。「暑いから冷房する、寒いから
暖房するのに原発反対、温暖化じゃって騒ぐけど、元を作っているのは全部、人間なんよ

「5万5千円の年金だけでも夢の生活だよ」

毎月、年金5万5千円だけで生活できるの？ってよく驚かれるんよ。ワシ、貯金もぜんぜんないからね。毎月、決まった額しかないんなら、知恵と工夫で乗り切るしかないわな。ローンは嫌いだから、家と車は貯めた金で一括で買ったけど、食費、光熱費、ガソリン代、電話代、NHKの集金と新聞代はかかる。だからワシは節約できるところはして、無駄な物は買わないんだわ。

あちこち行くけど携帯電話は持ってない。お金がかかるでしょ。それにいつでもワシにつながると思われると振り回されるから嫌じゃない？　だからパソコンもメールアドレスもない。どっか行く時は、家の軒先に置いたボードに行先と帰る時間を書いておくんよ。

風呂は別府の無料の共同浴場へ行く。電子レンジはできるだけ使わず自然解凍するし、枯れ木を集めて庭のカマドで煮炊きしたりして光熱費やガス代を節約してるんだわ。

食べ物だって、庭で育てた芋を湯がいたり、道端の草を摘んで炒めたりしてビタミンを摂っているんよ。体力をつけて体にいい食べ物を口にして健康でいれば、病院代はかからない。だけど、そうやって普段、節約していても、車や冷蔵庫が壊れたりして、予定外の大きな出費がかかることもある。そんな時は、どうやって月々のお金を減らせるか頭を捻って計算するんだわ。これでもずっと商売しとったから、お金の計算はちゃんとしてるんよ。

美味しい物を食べたり、きれいな洋服を着たり、いいホテルに泊まったり、そういうことにはワシ、ほとんど興味がない。節約していかにボランティア代を捻出するかを考えていると、人には「よう、やってるねえ」と呆れられることもあるけれどね、満足に食べられなかった子どもの頃のことを思えば、今の生活は夢のようだよ。

第1章 最後のイワシ（幼少期編）

空中戦の記憶

ヘビを捕まえては身を軒先に干し、野草を摘んでは湯がいて食べる。

尾畠さんが月5万5千円の年金を切り詰める一番の目的は、被災地までのガソリン代を貯めるためだ。頭がくらくらするような猛暑でも、底冷えのする寒い冬の日も、ボランティア中はしんどい作業を率先して引き受け、被災した人に優しく声をかける。いったいどんな人生を歩んだら、そんな菩薩のような生き方ができるのか。

尾畠さんは、1939年（昭和14年）10月12日、大分県の北東部、国東市安岐町の下駄職人の家に誕生した。にぎやかな7人兄弟の三男だ。秋生まれなのに、付けられた名前は「春夫」。不思議に思って一度、尾畠さんに尋ねたことがある。

「ワシが思うに子どもは十月十日、母親のおなかの中におるっていうでしょ。だから逆算すると、両親がワシを仕込んだのは1月2日じゃねえかって」

「なるほど。ちょうどお正月休みだったんでしょうね」

「そうね。どっちが先に布団に誘ったのかは、ワシが天国に行ったら母に聞いてみるけど。で、冬夫だとちょっとさみしいから、早春ってことで春夫にしたんだと思うんよ」

本当に「仕込んだ」季節に名前が由来するのかどうか、両親には、生前、聞くことは叶わなかったが、一家は尾畠さんが産まれてすぐ安岐町の南に位置する杵築市に引っ越した。

杵築市内を西から東に流れる八坂川の河口付近には、杵築城が復元されており、そのまわりの武家屋敷群は今では観光名所となっている。その城下町から、八坂川沿いに数キロほど上流に遡ると尾畠さんが15歳まで育った八坂の集落にたどり着く。

1回目の取材で訪れた２０１８年の夏の終わり、その集落に連れて行ってもらったことがある。美しい里山が残っているのどかな田園地帯で、青空に白いわた雲が浮かび、夏を惜しむかのようにせわしなくセミが鳴いていた。

車を降りて尾畠さんと街道沿いに歩いていくと、段々畑を一番下まで降り切った先に、一軒の古い木造の小屋が見えた。尾畠さんは「あれ、ワシが小さい頃に家族と住んでいた家なんよ」と言いながら、道路脇のガードレールに手をかけ身を乗り出した。両親と7人の子どもたちがいったいどうやって寝ていたのかと思うほど、小さな平屋の一戸建てだった。今は物置として使われているのか、人の気配はない。

こんなゆったりとした田舎で、幼い頃は、さぞのびのびと育ったのではないか。そう聞いてみると、尾畠さんは首を少し傾げて答えた。

「そうねえ、お寺の境内や野山で遊んだことは記憶にあるんやけど、物心ついた時には日本は戦争しとったからなあ。終戦近い昭和20年は、ワシももう5歳じゃった。だからアメリカと日本の戦闘機が空中戦をしてたのを覚えとるんよ」

「この静かな集落の空でも？」

「うん、当時の国鉄の日豊線は物資の輸送に使われていたから米軍が狙ってね、駅や線路を攻撃してたの。宇佐市に日本軍の基地があって、そこから戦闘機が飛び立っていきよった。夜に空襲警報のサイレンがウゥ〜、ウゥ〜ンっちゅうたら、光が漏れて狙われるから急いで家の電気を消して真っ暗にしないといけないんだわ」

八坂の村から北西に二十数キロほど離れた地域に宇佐海軍航空隊の基地があり、1945年(昭和20年)の3月から終戦の直前まで何度も米軍による空襲が行われた。サイレンが鳴ると、兄や姉は教科書を片手で抱えながら尾畠さんの手を引き、お寺の横の防空壕に着の身着のままで逃げ込んだ。

「防空壕の外に響く轟音や震動がすごくて怖かった。でもね、小さくても戦争が終わったのは分かったんよ。ウチの父親が兵隊から帰ってきたからね。赤紙が届いて出て行ったかと思ったら、1週間で終戦になった。もう寝ちょる時に暗い防空壕に逃げなくていいんだろうなって嬉しかったな」

家族全員、戦争を生き延び、平和な時代が幕を開けた。しかし生活の苦しさは戦後になっても、ちっとも変わらなかったという。

「戦後はみんな貧しかったけど、うちはその中でも相当、貧しかった。子沢山だし、親父の仕事は先細りの下駄作り。ちょうどゴム草履にとって代わられる頃で下駄は売れないし。親父は器用だったんだけど肝っ玉が小さくてダメな人でね、ヤケ酒飲んでは、毎日、毎日、家の中でグダグダ、グダグダ言っちょるの」

母が亡くなった

大酒飲みで愚痴ばかりの父に代わり、極貧の一家を必死で支えたのは母だった。文句も言わず、黙々と働き7人の子どもたちを育てた。

「昔は港から軽トラで行商人が魚を箱に詰め込んでここまで売りにきちょってね。鉦（かね）をガンガン叩いて、イワシ、イワシー！　っちゅうて大声で呼び込みするの。今みたいに魚は1匹ずつパックで売ってなくて、大きな箱にたくさん入っとるんだけど、お金持ちなんかは、箱の上のほうにあるきれいなイワシを買う。その次にお金がある家が箱の中段、あんまりお金がない家は下のほうのイワシを買うんだわ。上と下じゃ値段が違うんよ。でも、うちのお袋は一番、最後にしか買えなかった。下どころか箱の底にあったもうべちゃべちゃの、つぶれてるイワシね。それを魚屋のおじさんが手でかき集めてな、普通やったら1本5円だけど、『あんたとこは全部まとめて10円でいいよ』っちゅう」

身がぼろぼろのイワシを家の竈で焼く。形が整ってないから、きれいに焼けないが、お腹をすかせた子どもたちは、生焼けでも黒焦げでも、全部、指でつまんできれいに食べた。

「子どもがお腹をすかせていても、お父さんはお酒はやめられなかったんでしょうか」

「ダメダメ。メチャメチャ飲んべえで、その上、ドスケベなんだわ！」

「あら、尾畠さんも、女性が大好きってこの間、言ってませんでしたか？」

「ははは、そうそう、親父のドスケベなところは似て良かったっちゃ。もう血は争えんわ」

「お母様は苦労されたんでしょうね」

「そうやね。だから仏壇に向かって毎日、母に拝んでいるんよ。女の人は偉いっちゃ。反対に男はダメね。親父の兄さん、つまりワシの伯父も、うちの親父とどっこいどっこいで、飲む・打つ・買うが好きやった。でもそのダメな伯父の嫁さん……ワシにとっては義理の伯母さんはね、本当にマリア様のような女性だったんよ。伯母さんはうちが貧しいのを知っちょるから、家でふかした芋なんかを着物の袖に入れてな、ワシら兄弟に『はい、食べろ』ちゅうてアツアツをポンと置いてスッと帰りよる。自分の家だって貧しいのに、そういうことをしてくれる人だった。だからワシの娘が産まれた時、伯母さんの名前を一字もらって付けたんよ」

お腹をすかせていても、家族みんなで一つ屋根の下で暮らしていた頃はまだ幸せだったかもしれない。しかし、その温かな時間は前触れもなく終わりを告げる。ある寒い冬の日、母が亡くなった。まだ41歳。死因は栄養失調だった。

「お袋は子どもに少しでも食べさせたいと、自分の食べる分を削っていたのかもしれんね。ワシが10歳の時だったな。末っ子の四男はまだ小さかったんよ。どんな母だったのか？　それが、なかなか思い出せんの。何だったんだろうね……。お袋に怒られた記憶もないし、抱きしめてもらったり甘えた思い出もない。とにかく寝る間もなく働いていたのは覚えているんやけど、死んだからって泣いた記憶もないんよ。なんか半分、諦めみたいなのがあったんじゃないかな」

飢えと孤独の丁稚奉公

母が亡くなって数か月が経ち、里山に春が訪れた。悲しみにくれている間もなく、尾畠さんは小学校の5年生に進級すると、兄弟でただ一人だけ、その集落で一番、大きな農家に奉公に出されることになった。

「親父から『この世の中には、3人だけお前に対して絶対に嘘は言わない人がおる』って小さい頃からずーっと教育されちょったの。それが親、学校の先生、おまわりさん。この3人の意見は天の声だと思って聞けってね。で、その親父から『お前が家族で一番飯食う。農家の奉公へ行け。米を作っている大百姓の家で暮らせば飯は食わせてくれる』ちゅうたから、ワシは『はいっ！』って言って出て行った。当時はなんの疑問もなかったっちゃ」

奉公先では朝4時に起きて馬や牛の世話をし、田んぼや畑の手入れに家の手伝いと夜寝るまで絶え間なく仕事が続く。実家でも仕事や子守を手伝っていたが、本格的な農作業は初めてだった。そのうえ、学校にはほとんど行かせてもらえない。

「お米ってほんとに手間がかかるんよ。春先、まだ水が冷たい時に草を刈ってから耕して、水を入れたら土を練って田んぼをトンボで平らにする代掻きをするでしょ。それでようやく5月頃、田植えが始まる。大変なのは真夏よ。ガンガンと日が照って気温が40度近くになると、もう田んぼの水はお湯みたいに熱くなっちょる」

夏の間は雑草との闘いだ。日がな一日、雑草のヒエを抜いては縛って団子状にする。それを稲と稲の間に穴を掘って埋め、上から土を被せると、腐っていい肥料になるのだという。昔は化学肥料なんてないから、竈で火を焚いた時に出る焼灰、それに人間や牛の尿や便も田んぼの大事な栄養分だった。

「奉公に行った家の婿養子のおいちゃんは病身じゃったから、ほとんどワシが仕事をやっちょった。田んぼも、トンボを使う前に最初は荒起こしちゅうて、馬に馬鍬をつけてな、硬い土を練るの。小学5年でもって馬を使いよったのはワシくらい。だからあの村でもちょっと有名やったんよ」

「牛ではなく、馬ですか?」

「そうそう、牛はゆっくり、のんびりだけど、馬は馬力があるからすごい速さで歩くんだわ。走っちょるみたいに。それについていくのは大人でも難しい。必死にバチャバチャやっていると顔も体も泥だらけ。田んぼに浮いた肥料の人糞を踏んづけても気にするどころじゃないんだから!」

大人顔負けに働いていれば腹もすく。尾畠さんは「農家だから飯だけは食える」と聞いていたが、初日からその期待は外れた。

「奉公先では食事の時、座るところがひな壇みたいに3段に分かれとる。最長老のおじいちゃんとおばあちゃんは一番上の畳、その娘夫婦は板張りの上、で、ワシがその上がりを下りた所に座るんよ。朝から働いてお腹がすいているもんだから、奉公した初日に、空になったご飯茶碗を片手に『おかわりください』って言ったんよ。したら、家族がじーっと無言でワシを見よる。『今、おまえ、一杯、食べたろ?』ちゅう顔でね。そん時、『奉公人はおかわりを出しちゃいけんのやな』って分かった。それっきり、ワシはおかわりをねだったことはないんよ」

腹がすいて、腹がすいて、たまらなかった。朝、種牛や種馬にエサを与えるのは尾畠さんの仕事だった。干し草や藁などの飼葉と、腐った芋や南瓜、それに大根を炊いたものを混ぜて作るのだが、雑穀ばかりの尾畠さんの食事よりも、馬や牛のほうがよほど栄養豊富ないいものを食べていた。かつて農家にとって馬は、「馬一匹半身上」とも言われ、家の財産の半分にも当たるとされるくらい価値があったという。当時の農家にとって、奉公人よりも馬のほうが大切だったのかもしれない。

尾畠さんは、誰も見ていない隙に、腐って悪臭を放つ芋の小さな塊を藁から指で少しずつはがしては口に入れる。そうやって必死に飢えをしのいだ。

「何も言わなかったけれど、近所のおじちゃんやらおばちゃんは気が付いてたんだな。ワシが畔に腰かけて休んでいたら、『ボン、腹が減ったやろうが』って。田舎やから昔は男の子のことを『ボン』、女の子のことは、『ビコ』ちゅうんだけど。で、ワシが『ハハハ、ちょっとね』って答えたら、『よっしゃ。そんなら、野菜、ふかしたのあるからな』と持ってきてくれたんよ」

「ちゃんと見ていてくれる人もいるんですね」

「ああ、そうよ。今はな、柿でもミカンでもちょっと落ちてるのを拾ったら、『こら！』と怒る人もおるけど、昔は人の家の柿の木に登って採ってたら、『なんぼ採って食ってもいいけ。ただし、柿の枝は折れるから気いつけろよ』って。そういう時代やった」

「パンツちゅうもんを穿いたことがなかった」

産まれた時から平和で豊かな日本で育った私には、「馬のエサを盗んで食う」ほどの空腹がどれだけつらいものなのか想像がつかない。だが、そんな過酷な毎日でも、尾畠さんが心から嬉しい日があった。それはどしゃぶりの雨が降る悪天候の日だ。

「おやっさんから、『今日は雨降りやから農作業はやらん。春夫、学校行け』って言ってもらえた時には、もう、嬉しくて嬉しくて。教科書を藁縄でくくって抱えて、自分で作った草履を履いて学校まで45分かけて走って行ったんよ。でももし、1時間目が終わって雨が止んでしまうと、奉公先から教員室に『天気が良くなったから、春夫をすぐ帰らせてくれ』って電話があるの。それでまた走って帰らんといけん。結局、小学5年生から中学3年生の間の5年間は、合計3か月半ほどしか学校に行けなかったんだわ」

「3か月半？　勉強についていくのは大変だったのでは？」

「そうね。正月の『正』って字あるわな、あれ漢字の画数が5画でしょう？　そこまでしか習ってないから、6画、7画、8画の漢字なんて卒業しても読みきらんかったの」

学校に行かせてもらえたのは雨の日だけであったが、ある年の夏、珍しく晴れた日に登校の許しが出た。

「その日はちょうど水泳の授業でね、昔は学校にプールなんてないから近所の八坂川でやるんよ。女の子は水着、男の子は海パン、中には下着のパンツの子もいたかもしれんけど着替えるの。終戦後7、8年経っていれば、もう生活も落ち着いてきて、たいていの家では水着を買えるんよ。でもワシ、水着どころか、中学出るまで、パンツちゅうものを穿いたことがないんだわ。お金なんて持ってないから買えなくて。それで先生が、出席取りながら『尾畠春夫は……今日は来とるな』って出席簿にチェックをする。そうしたら、ワシは『先生、すいませんけど……』と手を挙げる。『あぁ、尾畠……そうか、行け！』って」

「行け、ってどこへですか？」

「うん、八坂川ってちょっと蛇行してるからな、ワシは一人、川下のみんなが見えんところへ行く。それでズボンを脱いでスッポンポンになってそっと水に入るんだわ。何せ、水着もパンツもないからな。１０８人の同級生はみんな上流で泳いどる。姿は見えないけど上流から、『水、かけられた！』とか『やったな！』とかピチャピチャ、ワイワイ言ってる声が聞こえてきよって……しばらくすると、みんなが『あぁ、気持ち良かったなぁ』『冷たかったなぁ』って。それで、あぁ、みんな上がったんだなと分かるんよ。したら、ワシはガガガッと水を払ってズボンを穿いて先生んとこ戻って『やってきました！』ちゅう、そんな感じ」

「同級生は尾畠さんが下流で泳いでる理由を知っていたんですか？」

「ああ、家が貧しくて奉公に行っちょるとか、ワシがパンツ穿いてないのとか知っとるけど、何も言わない。今やったらイジメってあるじゃない？　でもからかう奴はいなかったねぇ。中には『勉強教えてあげるよ』ちゅう子もいて。だから、恩はあっても憎む同級生一人もおらんな。でもなぁ、みんなと一緒に水かけたり、かけられたり、したかったわ。まぁ、なんか知らんけどな」


季節はめぐり、農家で奉公を始めてから丸4年が経とうとしていた。中学2年生になった尾畠さんは相変わらず朝から晩までコマネズミのように働いていた。田んぼ仕事のない冬でも馬や牛の世話から、焚き木拾い、草鞋作りなど農家の仕事はたくさんあった。

そんなある日のこと、この冬一番の大寒波がやってきた。朝から大粒の雪が舞い、外はあたり一面、真っ白だった。家の中にいても日が落ちれば、寒さは増し体も芯から冷えてくる。尾畠さんが手をこすり合わせて寒さをしのいでいると、農家の主人が怖い顔をしてやってきた。

「何かやらかしただろうか？」と尾畠さんが考えを巡らせた瞬間、「最近、お前の態度が悪い！」と大声で言い放った。

「もう、びっくりしてね、何かその前にひと騒動あったわけじゃないんよ。そしたら、『今すぐ出てけ！　うちのものは全部、置いて行け！』って。頭の中が真っ白よ。ワシね、自分やその家の家族の草履をいつも藁で編んでたの。ということは、草履を作ってる藁一本だってこの家のもんでしょ？　だから草履も脱いで1時間半かけて裸足で歩いて実家に帰ったんよ」

「冷たい雪の上を？」

「ああ、もう冷たいとか寒いとか、そんなことは思わなかった。それより、こんなに一生懸命やっているのに、何でだろう？って腹が立って、腹が立って……」

「主人は、いったい、どうしたんでしょう？」

「さあねえ。今、思えば、おやっさんも主人とはいえ婿養子だったし、農家なのに自分の体も弱かったから、なんかいろいろあったのかもしれんけど……」

立場の弱い尾畠さんに八つ当たりすることで、主人は自らのストレスを発散していたのだろうか。もしかしたら、次の奉公人が決まっていて追い出したかったのかもしれない。

吹雪の中を這う這うの体で帰ってきた尾畠さんに、父はしばらくして別の奉公先を見つけてきた。今度は森の中のパン屋さんだという。

卒業までの間、朝3時に起きてパンの仕込みをし、焼き上がると自転車に載せて泥だらけの道を配達する生活が始まった。仕事は相変わらずきつかったが、その奉公先の夫妻はいい人で食事はきちんと出してくれたし、優しく接してくれた。飢えることはなくなったが、店から学校まではあまりにも遠く、奉公に出てからは1日も通うことができなくなった。

恨んでも1日、優しくしても1日

なぜ自分だけ——そんな思いは膨れ上がらなかったのだろうか。兄弟でただ一人、家を出され学校には行けず、飢えと重労働と孤独の日々。もし私が尾畠さんの立場だったら、兄弟や同級生に嫉妬するだろうし、自分だけ父に愛されていないのかと恨むこともあるだろう。

奉公に出されたのは、大飯食らいが本当の理由なのだろうか。農作業なら当時10歳の尾畠さんよりも年上で体の大きい長男や次男のほうが良かったのではないか、疑問をぶつけると、尾畠さんは「親父が亡くなってだいぶ後になってから親戚からこんな話を聞いたんやけど」と語り始めた。

「ワシが小学校に上がるちょっと前かな、お袋の親戚の夫婦がうちに来たことがあったんだって。その家は、農業と林業をやっていて跡取りがほしいけれど娘しかいないから、『男の子、一人、養子にくれんかの』って、うちに頼みに来たらしいんだわ。まあ、昔はよくある話よね。で、『誰が欲しいんか？』って聞いたらな、『三男の春夫がいい』って。そしたらな、うちのお袋と親父が『春夫だけは絶対、外には出さん！　他の男の子やったら、考えちゃる』ちゅうたんだって。

その夫婦は、『それならいらない』って帰ったって。何でか？　うーん、そうね、活発によく動きよったからかもしれんけど……本当のことは分からんわ」

　そう言って、尾畠さんは少し嬉しそうな顔をした。亡くなったご両親に理由を聞くことは叶わない。しかし、息子たちのうち、三男が一番、活発で我慢強いと思っていたのかもしれない。だからこそ、お父さんは農家でのつらい奉公に耐えられるのは、本当は「外に出したくなかった」三男の尾畠さんしかいないと、断腸の想いで行かせたのではないだろうか。

「どうだろうね。まあ、そりゃ、何でワシだけと思ったこともあるけど、怒ったり腹立ったりして、それで誰かが腹一杯メシを食わしてくれるんやったら文句の一つも言うわな。でも言ったところでどうにもならないものは、ならないからなあ」

「絶望に近い気持ちでしょうか？」

「そうやなあ。恨んだり悲しんだり憎んだりしても1日、人に優しくしたり笑顔で接したりしても1日。どっちがいいかと考えたら、笑顔でいたほうがいいかと思って。助けてくれる人たちもいたからね。今になってみれば、誰にもできない素晴らしい経験させてもらった。忍耐力、生き抜く力、プラスに考えること。お金だしてもね、あれだけの経験はできんな。だから、今では家を追い出した飲んだくれの親父にも少しは感謝してるんよ」

　小学5年生から5年間、奉公先で必死に生き抜いてきた尾畠さんにも中学を卒業する日が近づいてきた。冷たい風にまざって運ばれてくる梅の花の香りが、長かった冬の終わりと少し早い春の訪れを告げていた。

尾畠さんの食べる言葉

一度、バナナの皮まで食べておく

聞いた話だけど、第二次世界大戦中にフィリピンとかで闘っていた日本の兵隊さんが、大勢、栄養失調でガリガリになったり、マラリアにかかったりしたんよ。戦地では、ちょっと休憩して「はい、出発！」って号令がかかっても座り込んだままで立ち上がらん人がおる。様子を見

「皮も栄養あるっちゃ」。食糧難や遭難対策は普段から

に行ったら、そのまま死んじゃってたんだって。でも残りの人も、穴掘って仲間の死体を埋める体力もないの。終戦間際はそういう人がいっぱいいたんだって。かわいそうだよね。

今はなんとかご飯が食べられるし、飢えることはないんよ。だけどね、世の中、いつどうなるかなんて誰にも分からないっちゃ。災害だって忘れた頃に起きるし、戦争だって気が付いたら始まっていたっていうしね。

だからね、ワシ、こんな平和な時代でも、極限状態になった時にどうするか、常日頃から考えとる。たとえば、もし山で遭難したら、この花は食べられるけど、こっちの草は毒があるとか、リュックに入れてあったバナナは皮も食べられるな、とか。

海で漂流した時は雨水を飲む。海水は絶対、飲んじゃダメ。塩分で喉がカラカラになるから。では、もし雨が降らない時は何を飲むか？ 答えは自分のおしっこ！ ちょっと臭くても、死ぬよりはいいでしょ。いざって時にどうすれば死なないか、自分で勉強して身に付けておくことは大事だね。一度、バナナの皮を食べたり、おしっこを飲んでみておくといいよ。そんなこと学校で教えてくれないから。

ほら、今、あそこに猫が歩いているでしょ。かわいいよね。ワシ、動物は大好きで、見てれば心が癒されるんだけど、その一方でこうも考えるんよ。「自分が、もし1週間も米1粒も食べとらんかったら、多分、あの猫、捕まえて生のまま食べちゃうだろうな」って。いや、実際には食べたことないよ。でも、本当に空腹になったらね、食べちゃうかもしれない。そらぁ猫には悪いけど。

どんな極限状態になっても、親から貰った頭と体は最大限に利用して、使える道具は使って、食べられるものを食べて、まずは生きるっちゅう。世界で一番、大事なものは命だから。生き抜くってそういうことよ。

―なくしたらいけん4つの職業―

農業とか漁業とか、第一次産業は衰退しているよね。今の日本人では、汗をかいたり、泥にまみれる仕事は選ぶ人が少ないんよ。

でも、もしかしたら近い将来、天変地異が起きたり、輸入が止まったりして、スーパーで食糧が手に入らないこともあるかもしれない。それでも生き残れる4つの職業があるんよ。

米や野菜を作る農家の人はもちろんだけど、イノシシやシカを撃つ猟師さん、魚を獲る技術を持っている漁師さん。それから林業の人も。えっ、さすがに林業の人でも木は食べられないだろうって？　そんなことないっちゃ、木の実は種類がたくさんあるし、木の皮や根っこ、葉っぱだって食べられるんよ。どれが毒でどれが食用か、しょっちゅう森に入る人は知っとる。

そういう人の知識は本当に大事。災害の多い日本で、絶対になくしたらいけない職業だと思うわ。

―人間ほど悪くて最低な奴はいない―

ワシ、キイロスズメバチに32か所、いっぺんに刺されたことがあるんだわ。腫れるなんてもんじゃないよ、奈良の大仏さんの頭のイボイボみたいに、頭から顔からもうボコボコよ。

歩いていたら、突然、ブワーッ！と来たんです。そいで、チクチクチクチクチク！って。警察に「あそこにハチがいて危ないから駆除してください」って言いに行ったら、ワシの顔を見た警官がびっくりして病院を紹介してくれたの。点滴を受けてな、看護師さんが「ひい、ふう、みい」と腫れたとこを数えて、「全部で32か所あります」ちゅうて。2度刺されると（アナフィラキシー）ショックで死ぬっていうからね、「よく死ななかった」って言われたんやけど、たとえ100か所、刺されてもワシは死ぬ気はしなかったけどな。

ハチは恐ろしいって？　でも、世の中でハチよりも恐くて一番、悪いことする動物は何だと思う？　それは間違いなく人間なんよ。環境は破壊するし、もう勝手気ままに命を取るからね。人間みたいに何でも食う動物はいないんよ。ゾウだって、キリンだって、シカだって、サイだって何を食べてるかというと草だけ食っちょる。それであれだけ走ったりしてるんよ。

人間は、前から住んじょった動物を追い出して、山やら草原やらを破壊して稲や野菜を作る。それなのに、動物がそこに入ってきたら、「有害駆除」だと罠をかけたり、鉄砲で撃ったりして殺しちゃう。もちろん、今も昔も猟師さんが生きるため、食べるために獲っているのは分かるん

日向岳に向かう途中、ぬかるみが。「これはイノシシのヌタ場（泥風呂）。背中の虫を落とすんよ」

台風で倒れた大きな木の根を見て「自然の力には敵わねえ」とつぶやいた

よ。でも先にいた動物を「有害」って呼ぶのはおかしいでしょ？ 山でシカが増え過ぎたのは人間がいたから。もし、自然のままやったらね、増え過ぎず減り過ぎずなんよ。

今の人間はシカを鉄砲で殺したら、今度はジビエ料理なんていうのにする。そいで、いざ食べたら硬いだ、酸っぱいだ、おいしくないっちゅうて、ボンボンボン捨てるでしょ。だから、この世に人間がおらなくなったら、素晴らしい国になると思う。動物から見たら、ワシを含めて人間ほど悪くて最低な動物はいないんよ。そう相手の立場から考えてみるのも大切よね。

―米1粒、汁1滴の気持ちになってみる―

日本人は何民族かと聞かれたら、たいていの人は「農耕民族」と答えるだろうね。でも、普段、それを忘れている人がいっぱいおるんよ。たとえば、コンビニなんかで弁当買うでしょ？ それでこう蓋を取るわね。でも蓋に付いちょるご飯粒はまず食べる人いないんだわ。

ちょっと前のことだけど、息子の家族と一緒にお弁当を食べたの。そん時、孫が弁当箱の蓋を取って容器の底に敷いたんよ。それを見て、ワシは孫に「ちょっと待て。今、何した？」って言ったら、「ん？ じいちゃん、どうしたの？」って首を傾げとる。だから「蓋にはな、まだご飯粒が付いとるじゃろう。『米』ちゅう字、書いてごらん」ちゅうた。

「米」という字、それをばらしたら、八十八って書くよね。何でかちゅうと、1粒の米を作るのに、88回、農家の人が手をかけて、初めてその1粒ができるからなんよ。

「な。お前、作った農家の人に感謝の気持ちも必要だし、米粒たちも可哀そうよ。88回、手をかけられてな、最後に釜で炊かれて、弁当に詰めて蓋をされてな、お前の手元に来た。それで蓋に付いちょるからって食べずに捨てたら、その米粒たちがどれだけ悲しむか」

ワシ、「うるさいジジイ」って嫌われても仕方ないと思って言ったんだけど、孫は「じいちゃん、ごめん。今からちゃんと食べます」って言うてくれてね、嬉しかったんだわ。

ワシはね、レトルトの味噌汁でも飲んだら、最後、容器のヘリにくっついた乾燥ワカメやネギ、底に残った数滴の汁も水を足して飲み干すんよ。

周りの人にどう思われようと構わない。だってこの中の味噌や具たちは、生まれてから袋に詰め込まれて、商品にされてからというもの、蓋を開けてお湯を入れて飲んでくれる人をずーっと待っていたんよ。

乾燥ワカメの気持ちになってみてよ。「あ、今、お湯が入った！　気持ちがいい。あ、膨らんだ。私たちついに食べてもらえる……あれ⁉　カップのヘリにペタペタッとくっついちゃった！　他の仲間の具たちは、おやっさんの胃袋に行ったのに、私とネギのあんたは、二人とも排水口に流されちゃう。悲しいね」って。

ご飯や味噌汁の気持ちを考えたら、ワシ、米1粒、汁1滴、残せないんだわ。

林道で運転中、落ちていたイガ栗を発見。
「食べられるものって道に結構あるんよ」

―戦争で苦労した世代も食べ物を無駄にする―

人間って怖いよ、本当に。人間ぐらい殺生をしちょる動物はまずいない。殺生した動物を感謝してキレーイに食べるならいいんだけど、「これはおいしくない」「これはやわくない（軟らかくない）」とか言うて、ぽんぽこ、ぽんぽこ残しちゃう。

昔、知り合いに誘われてバイキング料理を食べに行ったことがあるんよ。そん時にみんなウワーッ！と料理の前に集まって、ほいで皿にブワーッ！と山盛りにしてるの。他の人に取られたら嫌だからってね。

そいでバババッと食べて、「あ、こりゃ、なんかうまくねえ」って、3個取った料理のうち2個残したりするんだわ。それなら最初は1個だけにしとけばいいのに。ちゃんと全部、食べた人は2割ぐらい。あとの8割の人は残すんよ。今の日本人って本当にひどいよ。戦前、戦中、戦後の食糧難を体験して食べるのに苦労した70代、80代、90代の人でさえも、当時のこと忘れて、平気で食べ物を無駄にするの。

絶対な、お天道様が怒っていると思うわ。日本の諺にね、「喉元過ぎれば熱さを忘れる」ちゅう言葉があるけれど、やっぱりな、覚えていなきゃいかんこともあるよね。

—いざとなったら、どこの国も輸出してくれない—

20年くらい前、日本で冷害が起きて米が採れなくなったことがあったよね。そん時、米が足りないから、店では日本米とタイ米のセットで売られたんだけど、みんな「タイの米は全然、おいしくねえ」って言い出しよった。それは間違いで、日本の米と種類が違うだけ。タイのお米は炒めたり、汁をかけて食べるものだって知らなかっただけなんよ。それにしたって、困った時に米を売ってくれたタイの人に失礼でしょう。

今、日本の食糧自給率は何%ぐらいかご存知？　たったの38%だよ。日本人が食べる食糧の3分の2は輸入してるの。今はまだ輸出国の国民が元気にしちょるから良いけど、もし、世界的な自然災害でブワーッと広範囲にダメになって、自分とこの国民がお腹減っとったらね、そりゃ自国民優先よ。日本なんかに輸出してくれない。

タイのお米だけじゃなくて、アメリカのトウモロコシだって小麦だって、ブラジルの鶏肉だって日本に入ってこないよ。食糧がこの先、いつまでも店で買えるかなんて分からないよね。だからせめて普段から食べ物は粗末にしない。その習慣って本当に大事なことだと思うんよ。

—19歳で総入れ歯になったんよ—

ほら、姉さん、ちょっとこれ見て。被災地の中学生の子が描いてくれたワシの似顔絵なんよ。歯を白くピカッ！と描いてくれてるでしょ？　だけど、ワシのこの歯、全部入れ歯やからね。ほんとの歯は一本もないっちゃ。

19歳で全部なくなったんよ。これ（麻薬）やってたわけじゃないよ（笑）。ワシは10歳で農家に奉公に出されたけど、奉公先じゃまず白いご飯やオカズの魚なんて食べられない。卵なんて食ったことないな。だから、卵かけご飯なんていうのは夢のまた夢。ワシが小さい頃は、卵っていうのは本当に貴重で、病気か超高齢の人だけが食べられるものって大人たちが言ってた。麦さえも食べられなくて、普段はイモとかカボチャだけ。ビタミンは取れるんよ。でも、歯になる素のカルシウムはまずないんです。そんな時代やった。

中学を出て魚屋に勤めてからようやくご飯も満足に食べられるようになって、カルシウムが取れたけどね。でもそん時は、もう15歳やったから、間に合わんかった。永久歯がどんどん抜けよったから。魚屋は客商売だから、歯が抜けたままじゃ言葉もはっきり通じない。それは困るんよ。それで別府の歯医者さんで入れ歯を作ってもらって、何十年もはめちょったんだけど、それでもある日、ガッと何か噛んだらボキッと折れちゃって、今の入れ歯は2個目なんよ。まあ、死ぬまで持つかなぁと思って。あと75年くらい大丈夫よね？　ははは。

やっぱりな、子どもの頃にちゃんと栄養を取らないとダメなんよ。食べ物に人間は生かされちょる。それを忘れてはいけないっちゃ。

困っている人に差し伸べ続ける尾畠さんの温かい手。日焼けし深いシワが刻まれている

第2章 包丁と足袋(ルポ)（修業と独立編）

夢にまで見た白米

1955年（昭和30年）の3月、尾畠さんが産まれて16回目の春が巡ってきた。寒々とした里山の景色が一変し、田んぼや道端にはレンゲや菜の花が咲き乱れ、暖かな風が頬を撫でる。

奉公は義務教育を終えるまでの約束だったが、食うや食わずの尾畠さんにとって進学なんて叶わぬ夢だし、家業の下駄作りは兄が継いでいる。独立して自分で田んぼを耕そうにも土地はない。

同級生たちは、進学したり農家を継いだりと、皆、4月からの進路が決まっている。将来、自分は何をして生きていけばいいのか。卒業式は目前に迫っていた。考えあぐねていると、別府の魚屋で女中として働いていた一番上の姉が、「春夫、魚屋さんで働かないか」と声をかけてくれた。

「もう心機一転っちゅうか、『じゃあ姉さん、魚屋に行くわ』って、ためらいもなく。姉の言うことは母の言葉だと思ってな。うちの親父は相変わらず、酒飲みでグダグダしてたけど、別府に旅立つ日になぜか30円の小遣いをくれたんよ。あのケチな親父がどういう風の吹きまわしだと訝しく思っていたら、それが汽車の切符代なんだわ。片道分だけ。その魚屋がどんな地獄であろうと、行ったら帰ってくるなっちゅう意味！　特攻隊と一緒よ」

奉公先では死ぬほどの苦労をしてきた。並大抵のことではくじけまい。悲壮な覚悟をして別府行きの電車に乗り込んだ。

日本でも有数の温泉街である別府の駅で降りると、大勢の湯治客が浴衣姿でそぞろ歩き、街のあちこちから湯けむりが立ち上っている。育った我が田舎とはまるで違う、にぎやかな〝大都会〟の風景に尾畠さんの心は躍った。

「ほんと大都会よ！　でもワシが一番、腰抜かしたのは何だと思う？　答えは奉公先のご飯！　飯の時は魚屋の主人であるおやっさんと奥さん、それと娘さんが4人いて、で、ワシが座って7人。奥さんが『はい春夫、ご飯だよ』っちゅうた時に、ポッと見たら、お茶碗にご飯が山盛りいっぱいになっちょったの！」

「ご飯？　麦ではなくて？」

「そうよ、夢にまで見た白い米なんよ。で、おかずはお刺身とった後の魚のアラとか、売れ残った小魚を甘辛く炊いた魚の煮付けだわね、これがまた美味しいのなんの。それから味噌汁にタクアンも。なんぼおかわりしても、『はい食べ、はい食べ』みたいな感じ。はぁ、ウチの田舎はあんなやったけど、汽車でもって40分ぐらい離れただけなのに、別府の人って、すげぇ贅沢だなあって。ほんと夢のようよ」

魚屋は天国だ。商売人になれば白米がたくさん食べられる。これを一生の仕事として、いつか自分の店を持ちたい。奉公が始まってすぐに目標ができた尾畠さんは、水を得た魚のように朝早くから遅くまでがむしゃらに働いた。店の主人はしっかり仕事を教えてくれるし、奥さんは優しくて作る料理はおいしい。そんなバラ色の毎日が過ぎていった。

しかし、3年が過ぎた頃、夢の生活が唐突に終わりを告げた。なぜか奥さんが急に尾畠さんに冷たく当たるようになったのだ。

「奥さんが『あんたは最近、言葉遣いが悪いし、仕事の仕方が良くない』とか言い出して……農家で奉公した時もそうだったけど、そりゃ、大きなショックよ。田舎から出てきて3年のまだ海のもんとも山のもんとも分からんような純情な兄ちゃんだからな。やるだけのこと誠心誠意やってるのに、何が悪いんだろうって」

「何か、心当たりはあったんですか？」

「そうねえ、奥さんが豹変するちょっと前にね、突然、故郷から奥さんの身内の青年がやってきたんだわ。それで彼も店の手伝いをするようになって。でも小さい店やから、ワシと彼、男2人も店員いらんわね。おやっさんもちょっと板挟みになっちょって、あ、これはもう潮時じゃなと。『おかみさん、今日でお暇いただきます』ちゅうて、その日の夕方に家を出て。まあ、身内のほうがかわいいだろうし、仕方ないわと思ってな」

季節はちょうど梅雨に差し掛かっていた。外に出ると暗く重い雨雲が垂れ込め、冷たい雨が体に当たる。今晩どこで寝ようかと通い慣れた魚市場に行くと、大きな輸送トラックが止まっていた。翌日は日曜日で、魚市場が休みだからトラックは動かないはずだ。尾畠さんは、とりあえず今夜だけ寝床を借りようと、幌付きの荷台によじ登り、硬い床に横になった。目をつむれど、悔しさと不安が同時に押し寄せてくる。

雨だれの音を聞きながら、いつの間にか寝入っていた尾畠さんは、トラックの幌の穴から射しこむ朝の光で目を覚ました。ゴソゴソと這い出し、荷台から降りた尾畠さんはギョッとした。トラックの前に昨日まで勤めていた店のおやっさんが立っていたからだ。「何でワシがここで寝ちょったの知っとったかな」と尾畠さんは首をかしげたが、心配して探しに来てくれたのかもしれない。

おやっさんは、開口一番、「春夫、すまんかったの」と謝った。そして「うちじゃ、もう居づらいだろうし、ちょっと別の魚屋を世話したるから」と申し訳なさそうな顔をした。いろいろ事情もあったのだろう。尾畠さんはおやっさんに紹介してもらった近所の魚屋で働くことにした。

ところがそれから半年も経たないうちに、フラッとまたおやっさんが店先に現れて、「春夫、将来、魚屋するんやったら、フグの勉強したほうがええ。山口県の下関にある唐戸市場に行って修行せえ」と言う。離れていても、気にかけてくれるおやっさん。苦しい時、どこかで見ていて助けてくれる人がいる。感謝の気持ちで心が満たされた尾畠さんは、深く頭を下げた。

「死んだ金はドブに捨てろ」

別府から下関へ。港が変われば、魚の種類も変わり、さばき方やぬめりの取り方も違う。特に猛毒を持つフグをさばくのは難しい。下関でフグのさばき方や魚の買い付けは一通り覚えたが、魚屋として独立するためには店の経営やお客さんとの会話も学ばなければならない。

尾畠さんは独立までトータル10年間の修業が必要だと考えていた。田舎から下関の魚屋に出てからすでに6年の月日は経っていたが、残り4年間をさらに都会の魚屋で学ぶことにした。

「田舎の山の中で育っているからな、ひどく口下手だったんだわ。売り買いはできても、気の利いた冗談なんて恥ずかしくて言えねえし。それで、21歳の時、商売人の街と言われる関西で仕事をしようと思ってね。大阪は大都会過ぎてちょっと気後れしちゃうけど、神戸あたりが手頃だろうと。知り合いもいなくても行けばなんとかなるって思って、下関を昼過ぎに出る各駅停車の汽車に乗り込んだんよ。あの頃は確か神戸まで20時間くらいかかったたっちゃ」

いつしか日は暮れ、窓の外には一番星が輝いていた。夜汽車に揺られ、うつらうつらしているうち夜が明け神戸駅に到着した。駅舎の外に出ると、これが都会だと思い込んでいた別府や下関とは比べものにならないほど、きらびやかな大都会の風景が広がっていた。巨大なビルが林立し、おしゃれな服に身を包んだ男女が足早に歩いている。戦後の焼け野原から巨大な闇市を経て、急速に貿易都市として発展を遂げた1960年の神戸は、人も街も明るく輝いていた。

尾畠さんの胸は高鳴った。が、すぐに冷静になって首を振った。あくまでも神戸に来た目的は修業なのだ。そう自分に言い聞かせながら、駅前の大通りから商店街を目指して歩く。

アーケードには魚屋が何店舗かあったが、そのなかでも一番、大きな魚屋に恐る恐る入ってみた。すると店の壁に『従業員募集』の貼り紙が貼ってあるのが目についた。一軒目から自分は運がいい。履歴書もなく保証人もいないけれど、一か八か飛び込んでみることにした。

尾畠さんは店の裏口に回った。店の厨房には従業員が12人はいただろうか。勇気を出して「すいません、ここで私を働かせてもらえんでしょうか！」と声をかけた。その瞬間、24個の瞳が一斉に尾畠さんの顔をじっと見た。一瞬、たじろいだが、店の主人が奥から出てきて尾畠さんの顔を一瞥すると、「おう。こっち来て、ちょっと魚をさばいてみろ！」と顎をしゃくった。

まな板の上に置かれたのは、舌平目とキグチ、それから太刀魚と鱧（はも）の4種類の魚だった。深呼吸をひとつして借りた包丁を手にする。「いつも通りやれば大丈夫」と自分に言い聞かせて、手早くぬめりや鱗を取り、それぞれの魚に合わせて丁寧に中骨や頭を取ってツボ抜きにした。その間、従業員全員が尾畠さんの手元をチラチラと見ているのが分かる。ようやく完成し、店の主人に見せると、主人はさばかれた魚をジロッと見て、ただ一言、「給料、いくら欲しいんだ？」とだけ聞いてきた。

いきなりやって来たどこの馬の骨とも分からない自分を評価し、「ここにいていい」と認めてくれた主人に尾畠さんは感謝した。そこで「1か月、私が働いてから、おやっさんが給料を決めてください」と提案した。別府では1か月2００円、下関では3００円だった。神戸は大都会だし、世の中の物価も上がっている。もうちょっともらえるのではないかとひそかに期待してはいたが、約束の1か月後、給料袋に入ったお札を数えて手が震えた。なんと倍どころか別府時代の30倍に当たる6千円が入っていたのだ。

1９6０年（昭和35年）のサラリーマンの平均月収は約1万8千円である。21歳という若さを考えても、それほど高いわけではない。しかし、その店には寮で寝泊まりできる上に賄いもあり、修業中の身であることを考えれば、かなり良心的な待遇だ。

尾畠さんは給料袋を握りしめ、主人が自分の腕を買ってくれたことに感動した。そこに、この店で5、6年前から修業している同じ歳の同僚が寄ってくるなり、「ねえ、尾畠君、いくらだった？」と聞いてきた。

「正直に額を答えたら、その人、翌日から来なくなっちゃったの！　実はワシよりも給料が低くてショックを受けたみたい。慌てておやっさんに、彼よりも下げてくださいって頼んだんよ」

しかし、店の主人は「あいつは1週間もしたら戻ってくる。気にするな」と取り合わない。主人の言う通り、ぴったり1週間後、その同僚は何食わぬ顔をしてひょっこり店に戻ってきたので、尾畠さんはほっとした。

「尾畠さん、神戸じゃ貯金がずいぶん貯まったのでは？」

「いーや、それがあんまり貯まらんかったの」

「どうして？」

「えー、姉さんには正直に言うけど、〝男大学〟に男を磨きに通ってたからなあ」

「男大学？　女遊びのことですか？」

「そう、お姉さんのたくさんいるお店に毎晩よ！」

男を磨く、というのはどうも女遊びのことだけではないらしい。その頃の神戸の歓楽街には、職人から商売人、果ては任侠の人まで、あらゆる職業の男たちが夜のネオン街を闊歩し、豪快にお金を使っていた。夜の街で知り合った男たちの中には、田舎から出てきた尾畠さんに、お金のスマートな使い方や女性との付き合い方、義理や人情など、生きる上で大切なことを教えてくれた人もいるという。

「いろんな人と知り合ってな。ワシほど苦労した者はおらんと思っちょったけど、もっと大変な思いをして生きてきた人も世の中にはたくさんおるんだわ。その人たちの言葉は重くて深いんよ。今でも忘れんのは、『生きた金は使え、死んだ金はドブに捨てろ』。苦労して稼いだ金なら使っていい。だけど楽して儲けた金はとっておくな、と。金に生死があるのかって驚いたけれど、それが今もすごい役立っちょる」

「お金は額に汗をかいて稼げということですね」

「そうやね。だからワシは今でもお接待でいただいたお金は自分で使わず寄付しちょる。それから男たるもの、何かをしてもらったらその恩を忘れず必ず返せ、一度決めた信条を曲げるな、人の悪口は言うな、弱い者をいじめるな……。そんな人として大事な道を神戸の〝男大学〟で叩き込まれたんだわ」

仕事は段取り7割、実働3割

別府3年半、下関2年半、神戸4年。尾畠さんが15歳で魚屋修業をはじめてから10年の月日が経っていた。競りや魚のさばき方、接客の基本も覚え、十分、独立してもやっていける自信はついたが、問題はお金だった。

今の貯金でも店舗を借りたり、多少の借金をすれば土地を買うことはできた。しかし、産まれた時から借家や奉公先で暮らし、肩身の狭い思いをしてきたから、借金をせず、自分の住まいと店を現金一括で買いたかった。そのためにはもっとお金を貯める必要がある。

そんな時、すでに上京していた尾畠さんの一番上の兄が「金を貯めるなら東京で鳶職をやるのが手っ取り早い。蒲田の知り合いの会社を紹介するから」と声をかけてくれた。時は１９６４年(昭和39年)、その年の秋には日本で初めてのオリンピックが開かれる。日本中が好景気に沸き、給料もウナギ登りに上がるいい時代で、特に建設関係の仕事はいくらでもあった。

「鳶頭である社長のおやっさんに、魚屋の開業資金を貯めたいから3年やらせてくれって頭を下げたのよ。鳶の経験なんてないんだけど、人手が足りないから丁寧になんて教えてくれない。いきなり危険な現場に放り込まれるんよ。その頃は、今と違って安全対策なんてあってないようなもの。ヘルメットも命綱も転落防止のネットもなし。ビルの7、8階の高さだろうと、足場の細い板の上をリヤカーで行ったり来たりするの。もう足は震えるし命がけよ！」

ただ、兄の言うとおり、給料は目玉が飛び出るほど高かった。歩合制のため、よく働けばサラリーマンの平均月収よりも高い5万円をもらう月もあり、あの神戸時代と比べても8倍になった。東京はうるさく空気も水もまずいが、おもしろいようにお金だけは貯まっていく。

「尾畠さん、そんなにお金が貯まるなら、東京でも男大学へ？」

「ははは、東京は金を稼ぐところ。そう割り切っていたから、全くお姉さんとは遊んでない。工事現場のプレハブで寝泊まりすればタダだし、ひたすら稼いでぜんぜん金を使わなかったの」

高所にも慣れ技術を覚えると、鳶頭のおやっさんに信用されて現場のリーダーを任されるようになった。

「まだあるのか分からんけど、東芝本社のでっかい浄化槽はワシがリーダーとなって作ったんよ。そうやって毎日、解体工事や浄化槽を作ったり。先輩に仕事は段取り7割、実働3割、って教わってから、今日の現場はこんな段取りをしたら早く終わるんじゃねえかとか、あそこの土地は柔らかいけど、こっちは硬いからこんな手順で作業しようって自分で考えるようになった。段取りってすごく大事なんよ」

魚屋の開業は遅くなったが、この「段取り」の習慣は商売でもボランティアでも役立った。「人生、無駄なことはひとつもないっちゃ」と尾畠さんは胸を張った。

おやっさんがくれた半纏の意味

期限の3年が近づいたある日、おやっさんは、「尾畠、〝木遣り〟を覚えろ」と言い出した。木遣り、つまり木遣り歌とは、江戸の鳶職人が息を合わせて作業するために歌った労働歌のことだ。爆発的に人口が増えた江戸の街の土木工事や建築を請け負っていた鳶職人は、高い屋根の上でも軽々と飛び回り、当時の憧れの職業であった。江戸で頻発した火事から町を守るため、「町火消し」が組織されると鳶職人はここでも大活躍し、いつしか町の安全を担う存在として、地域の神事にも関わるようになったという。

大型の重機が導入された戦後は、ほとんど現場で歌うことはなくなったけれど、地元の神社のお祭りなどで今も鳶職人は木遣りを歌い神輿を担ぎ、古くからの伝統を守っている。

「おやっさんは、尾畠さんを見込んで大分に帰したくなかったんですね」

「そうかもしれないわ。しかし、やっぱり魚屋になるから……というと、諦めきれないおやっさんは、今度は半纏をくれるっちゅう」

「半纏？　あのお祭りで着る半纏ですか？」

「鳶の世界でおやっさんから半纏をいただくのは、重要な意味があるんよ。つまり、頭になれ、尾畠組を作って独立しろっていう意味なんだわ」

江戸時代に鳶職人が着ていた半纏は、遠くからでもどこの組か分かるように大きな紋が入っていた。組を背負い命がけで仕事をする優秀で誇り高い鳶職人しか袖を通すことができない。当時は、半纏を着たまま江戸の火事や建築現場で殉職した者もいたそうだ。

鳶頭になるためには、技術だけではダメで地域のハレ（祭り）とケ（防火）を担う信用ある人格とリーダーシップが必要である。尾畠さんが働いていた1960年代も鳶頭になるまで20年、30年かかることもあったそうだ。それをわずか3年で認められた尾畠さんは、鳶職こそ天職だったのかもしれない。

しかし初志貫徹、故郷で自分の店を持ちたいと、おやっさんに頭を下げた。

「いただいた半纏は今も大事に持っちょるよ。結局、頭にはならんかったから、本当はもらうべきだったのか分からんけどな。でもその後の自分の人生で、鳶時代に教わった技術や考え方にはずいぶん助けられた。貴重な経験をさせてくれた人たちに心から感謝することばかりよ」

「明日、結婚しろ」

尾畠さんが社長にどんなに引き留められようと、故郷の大分に帰りたかった理由がもうひとつあった。別府時代に見初めた初恋の娘さんが忘れられなかったからだ。

「貝屋の娘さんなんよ。最初の魚屋の真ん前やったからな。そうねえ、ワシが15歳で働き始めて2年半ぐらい経ってからかなあ、4歳年下の彼女のこと意識し始めたの。学校から帰ってセーラー服を脱いだら、すぐ普通の服に着替えて店に立つ。な、かわいいじゃろ？」

「声はかけたんですか？」

「いやいや、ぜんぜん。そりゃ、挨拶ぐらいはしたけど。普通だったら中学生ぐらいで少し色気づいて異性を意識するじゃない？　でもワシの中学時代はそれが全くなかったわけ。何せ奉公先で食べることに必死だし、中学校も4か月間しか通ってないから。学校で女の子と話すとか恥ずかしくてまずなかったな」

「照れ屋だったんですね。下ネタ全開の今の尾畠さんからは信じられませんが」

「ははは。姉さん、本に大分のドスケベじじい、って本当のことは書いちゃダメだよ！　それでな、彼女と一緒に魚屋はじめたら楽しいだろうなあ、って、それはうっすら思ってたけど、意思表示はしなかった。ワシが別府を出る時は、まだ彼女が中学3年生やったからな。ワシのことは、なんとも思ってなかっただろうし、他の人のところに嫁に行っていれば、それまでだし」

当時は、勤め先の寮の部屋には電話もない。文章は苦手で葉書すらほとんど出したことがない。お盆に故郷の父の元に戻ったついでに、ちょっと顔を出して挨拶をしたり、お土産を渡したりはしていたが、告白したこともなければ、将来の約束をしたわけでもなかった。

28歳の時、東京から再び別府に戻ると、運よく彼女はまだ嫁に行っていなかった。ここで失敗するわけにはいかない。何しろ10年近く想い続けた人だ。そこで尾畠さんは作戦を練った。

「彼女に告白する前に父親を落とそう、と。将を射んとする者はまず馬を射よ、ちゅうでしょ。何しろ手ごわいお義父さんなんだわ。若い時は海軍の軍艦『陸奥』に乗っちょった厳しい人なんだから」

「陸奥？　戦艦大和ならなんとなく知ってますが……」

「え〜、そうか今の人は、陸奥を知らんのか」

調べてみれば「陸奥」とは、大正時代に建造され、姉妹艦の「長門」と共に、学校の教科書やカルタに「陸奥と長門は日本の誇り」として登場するほど、戦前の少年たちにとって憧れの的であった。その軍艦に乗れるのは厳しい訓練に耐えた者だけ。生半可な気持ちで娘に近づいたら、頑固でおっかなくて曲がったことが大嫌いなお義父さんに、すぐに叩き出されるかもしれない。

そこで、尾畠さんは彼女に対して自分の想いが本気であること、真面目に今まで仕事をしてきたことをお義父さんに証明しようと考えた。口だけでは証明にならないので、蒲田の鳶頭のおやっさんに頂いた半纏と、コツコツと貯めた入金ばかりが印字された通帳を持っていくことにした。給料の少なかった別府時代でさえも、夢を叶えるために、毎月、必ず給料の半分は貯金していたのだ。そして、お義父さんの前に通帳と半纏を並べて、「娘さんをください」と頭を下げた。

「男気を証明するあの半纏ですね？　お義父さんは何と？」

「驚いてたけど、通帳と半纏を前に唸った。それで、『よし明日、すぐ結婚しろ！』って！　あの一本気なお義父さんに認めてもらえて嬉しかったな」

「半纏の威力ってすごいんですね。でも……娘さんも本当は尾畠さんが帰ってくるのをずっと待っていたのではないでしょうか？」

「いや、そんなこたあない」

「いくら昭和40年代でも、お父さんに『あいつと結婚しろ』って言われて、嫌だったら断るはずでしょう？」

「……ほら、別府っていっても、やっぱり九州の田舎だし、当時は親の言うことは『はいっ！』って聞く時代だったし……」

「それで、奥様にはどんなプロポーズをしたんですか？」

「……いや、ほんとにそういう時代じゃないんよ、うん……」

愛しい奥さんへの告白について、私が前のめりで質問を重ねると、いつも冗談を織り交ぜて饒舌な尾畠さんは珍しく口ごもってしまった。ともかく大分凱旋の一番の大仕事が成功し、尾畠さんは初恋の人とめでたく結ばれることになった。

三代目に教えた秘密

頑固一徹な彼女の父を落とし晴れて夫婦になると、いよいよ魚屋開業に向けて動き出した。その一方で、尾畠さんは鳶をする前に地元で取得した大型免許を生かしてダンプに乗り始めた。開業の準備を進めながらも、少しでも貯金を増やしたかったからだ。

その頑張りを見ていたお義父さんは協力を惜しまなかった。しばらくすると別府の中心から少し外れた住宅街に15坪ほどの中古の手頃な店を探してきてくれた。元は豆腐屋さんで土間もそのまま残っており、ちょっと改装すれば、すぐにでも開店できる。

しかし、最初から商売はうまくいくとは限らない。節約のために業者に頼まず自分で改装工事をすることにした。

「蔦の経験がすぐに役に立って、お義父さんに手伝ってもらいながら井戸も自分で掘ったんよ。魚屋は水をたくさん使うからね。店の名前は、『魚春』にしたの。魚と春夫の春。この2文字をつけると何だか分かる？　そう、鰆よ。ワシが一番、好きな魚なんだわ」

鰆は春になると産卵のために故郷の沿岸へ戻ってくる。そのため「春を告げる魚」と呼ばれ、サゴシ、ナギと名前が変わる出世魚である。15歳で魚屋修業をはじめた尾畠さんも、下関や神戸、東京を経て大きくなって故郷に戻ってきたから、その生態に親しみを感じたのかもしれない。

開店準備は順調に進んでいたが、果たして、お客さんは来てくださるだろうか。さすがの尾畠さんも心配になり、開店当日に新聞広告を打つことにした。そして1968年（昭和43年）11月、29歳で夢だった自分の店を開くと、初日から広告を見た近所の人がたくさん来てくれた。

「おかげで最初の月から赤字を出さず、順調なスタートを切ることができたんよ。本当にありがたかったねえ。それでもずっと試行錯誤じゃね。もう学歴もない、何もない、ゼロからの出発やったから。ほかの魚屋さんより熱心に研究せんないけんと思って。市場で魚をいろいろ買ってね。今日のホウボウは、タラは、エンガワは、カレイは、どんな味かなって勉強したんよ」

尾畠さんによると、同じ港でもどの漁師さんが獲ったか、さらにその漁師さんがどこで網を入れたのかによって味は違うのだという。醤油やワサビ、酢をつけると本当の魚の旨味は分からないので、買ったらさばいて生のまま食べてみる。その甲斐あって、市場ではいい魚を競り落とすことができるようになった。

「やっぱりな、人に雇われて修業しているのと、自分で店を切り盛りするのとでは大違い。お金の管理やお得意さんとのお付き合いなんか、もう手さぐり状態なんよ。同じ漁師さんの魚でも、うまくさばかないと味が変わるんよ。だからカミさんが寝た後でワシは夜中の0時だろうが1時だろうが2時だろうが、何回も練習を繰り返したんだわ」

血のにじむような努力の末、「魚春」の評判は上がり、仕出しの注文も増えていった。そんなある時、大分県内のとある魚屋の主人が「魚春」にやって来て、いきなり尾畠さんに「ハモとフカの湯引きを教えてほしい」と頼んできた。聞けば、その主人の店は三代続く老舗だという。

「そんな老舗の主人が、なぜワシなんかのとこに来たのかと尋ねたら、そこの店のお客さんが、たまたま魚春の前を通って、まあ、一瞬、うちの魚屋に浮気したんだな。で、うちのハモやフカの湯引きを買ってくれたらしいんだわ。食べたら塩がものすごい甘かったって」

「塩が甘い？」

「そうよ、『辛いも塩、甘いも塩』っていう絶妙な塩加減があるんよ。それでいて全然、水くさくない。そのお客さん、三代目に『あんたとこのフカとハモ、なんであんな水くさいの？　魚春さんとこはもっとおいしいよ！』って言ったらしいんよ」

尾畠さんによると、フカとハモの湯引きは、魚をちょっと塩茹でし、赤身が白くなったら水に入れ、水切りして冷蔵庫で寝かせる店が多いという。

「ワシが修業したどの店もやり方は同じやった。でもね、そうやると皮なんかがじゅくじゅくしちょってね、こんな水くさいのを自分の店では売られんなと思ってたんよ。だから、ワシは全然、違うやり方をするんです。睡眠時間を削って何度も実験して、自分で編み出した方法がある。だからうまい」

「それで三代目に教えてあげたんですか？」

「いいや、教えません。なぜなら、ワシと三代目は商売敵だから。『でもワシが魚屋を辞めたら、その時は教えます』と誓ったんや」

「へえ、そこは尾畠さんでも線を引くんですね」

「何でもすぐ教えるのがいいことじゃないっちゃ。だいたい自分で研究もしないで教えてくれ、というのはダメだと思わん？」

「なるほど、私も耳が痛いです」

「だけどそれから何十年もして、店を閉めた後、三代目に教えたんよ。口約束も契約だからな。そしたら『うちは代々、魚屋だったけれど、こんなやり方、誰も知らなかった！』と驚いていたわ」

尾畠さんは「姉さんには特別にヒントを教えてやる」と、湯引きの方法を事細かに教えてくれた。しかし、スーパーの切り身しか買ったことがない私には、馬の耳に念仏で今ひとつピンとこず、申し訳ない気持ちになった。

フグの試験中に32回、手を挙げた

連日、尾畠さんの威勢のいい掛け声が響き、常連客でにぎわう「魚春」であったが、すべてが順調だったわけではない。努力の人、尾畠さんでも頭を抱えることがあった。

その一つは、フグ調理師免許の試験だ。修業時代は店の主人が免許を持っていれば、従業員はフグをさばくことができた。しかし、自分の店となるとそうはいかない。フグの免許は国家資格ではなく各都道府県によって取得方法が違う。大分の場合、今は講習を受ければ免許をもらえるが、尾畠さんが店を開店した当時は学科試験があったそうだ。

試験会場となった大分市の上野丘高校に行くと、知り合いの魚屋さんや料亭の従業員と鉢合わせした。みな、尾畠さんと違って、高校や大学を出た人ばかりだ。

彼らは「へぇ、尾畠さん、あんたも受けるんかい？　試験の漢字は難しいし、ひねくり回した問題ばっかりよ。わしらなんかでも投げ出してぇわ」と、やや小馬鹿にした様子で尾畠さんを一瞥した。

「ワシ、小学校4年生までしかまともに学校に行ってないから、5画までの漢字しか読めないんよ。つまり小学校もロクに出てないあんたみたいなの通らんよ、ちゅうことよ。まぁね、その人たちもそこまでは言わんかったよ。『だからワシ、やるだけやってみようと思うんですよ』って言い返したの」

試験の直前になると、試験監督が黒板の前に立って「皆さん、もし試験中に分からない時は、黙って〝キョシュ〟してください」と呼びかけた。ところがその〝キョシュ〟が尾畠さんには分からない。そこで、「先生、キョシュって何ですか？」と尋ねると、監督は黙ってスッと手を挙げて「これが挙手って言うんです」と答えた。

分からないことは恥ずかしいことではない。なんと尾畠さんは試験中、32回も手を挙げた。

「6画以上の『米』とか『道』とかって漢字があるでしょ？　答えはもちろん教えてくれないけれど、問題文の読めない漢字は教えてくれました。それで教えてもらった漢字の上に平仮名で、『こめ』『みち』って書いておく。次の問題でも出てきたら、さっき教えてもらった漢字じゃな、と分かる。そいで試験が終わって合格発表の掲示板みたらな、ワシに声かけた人はほとんど落ちていて、ワシは受かっていたんだわ」

「税金に白も青もあるのか？」

フグ免許を手にして、ほっとしたのも束の間、尾畠さんに、また次の壁が立ちはだかった。納税のため税務署を訪れた時だった。独立して店を構えてしばらくは、手続きも簡単な申告だけ。他は何も言われなかった。しかし3年が過ぎた頃、別府税務署の職員に「魚春さん、そろそろ青色申告してください」と指導を受けた。青色？　尾畠さんには、なんのことだか全く意味が分からない。

「あのね、白色（申告）なら、なんぼ仕入れてなんぼ売ったとかだけの簡単な申告で良かったけど、もう青色（申告）にしないと。今度は住居についても、建物の何％は店として使っているとか、電気、ガス、水道はいくらかかっているとか、ちゃんと計算して。そういうのを全部、申告に書かないけんのです」

それを聞いたとたん、尾畠さんは頭の中が真っ白になった。漢字だけではない、店で魚を売る際の足し算、引き算でさえ、やっとの思いでこなしているのだ。

魚を食べたい時は日出町の魚市場へ。魚屋時代に通った別府市場より小さいけれど、市場の人とは皆、顔見知りで話もはずむ

「この尾畠春夫、申告ちゅうもんに、白や青があるのも知らなかった。それを言われた瞬間、あぁ、これ以上はもう魚屋はできんって。こうなったらもう、店を畳んでまたダンプカーに乗るか、ミキサー車に乗るかしかないかなって。大型免許は持っていたからな」

幼い頃は奉公先で壮絶な空腹に耐え、鳶時代も命綱なしで高所を飛び回っていたド根性男の尾畠さんが、「申告ひとつで転職?」と私は首を傾げた。とはいえ、基礎学力を身に付けるべき年齢で数学も国語も学べなかった尾畠さんにとって、青色申告なるものがひどく理不尽なものに思えたのも仕方ないことなのかもしれない。

ガックリ肩を落とす尾畠さんを気の毒に思ったのか、税務署の職員が「あのな、魚春さん、別府の商工会議所ってとこに青色申告会ちゅうのがあるから。確か年会費の数千円を払えば、書き方も指導してくれよるからな。それがいいと思いますよ」と親切に教えてくれた。

「それを聞いた時は、暗いトンネルで光がパーッと見えたくらいほっとして……世の中、捨てる神あれば拾う神ありよ。しかし、その会で薦められた本を買っても勉強の仕方が分からんの。それで、しょっちゅう商工会議所に電話して。それでも理解できないと直接、行って、『ここの付け方が、よう分からないんだけど』って頭を下げてね。納税前の2月下旬になったら、うちの2階のベランダにテントを張って、閉店してから電気ランプを引っ張り込んで毎晩、一心不乱に帳簿付けよ。家の中だと妻子がおるからガーガーうるさいし」

「いくら九州とはいえ、2月の夜に外は寒いでしょう?」

「寒いも何もないっちゃ。計算が複雑で大変で大変で。はあ……自分でもよくやったと思っちょるわ」

店を閉めて第二の人生へ

小さな店だけど、お客さんに喜んでもらえるいい商売をしたい。そう願って、毎日、奮闘してきた尾畠さんの密かな自慢は、「開店以来、一度も赤字を出したことがない」ことである。

水俣病による1973年の「水銀パニック」で、魚が全く売れなくなった時でさえ、奥さんが機転を利かせ、コロッケやきんぴらなどのお総菜を作って販売し、苦境を切り抜けた。夫婦で支え合い、子どもたちもよく店を手伝ってくれた。隣の土地があくと、少しずつ買い足して作業場を広げていった。「魚春」は尾畠さんの人生そのものだった。

「それでも子どもに継がせようと思ったことはないっちゃ。子どもたちには、自分の好きなことをやれと。開店した時からワシは65歳の誕生日に仕事をやめるって決めていたのよ。学も金もない自分が、15歳で魚屋修業を始めて50年間も働き続けられたのは、支えてくれたみなさんのおかげ。勉強しろ、なんて子どもには言わんかったけど、息子は大学まで行った。その学費だって、魚の命をいただいて、またその魚を買ってくれたお客さんがいたからだわ。だから、仕事をやめたら、今までできなかったことをしたい。そして人や自然に恩返しできたらって」

子育ても終えようやく肩の荷が下りた。とはいえ、温泉に庭いじりといった余生を静かに過ごす暮らしを望んでいるわけではない。まだ65歳、チャレンジしたいことは無限にあった。

ケースに板を乗せホースをレンガで押さえて水を流し厨房が完成。包丁は50年使っている。普段は栄養価が高い青魚を煮て食べるが、お客さんには黒鯛の刺身でおもてなし

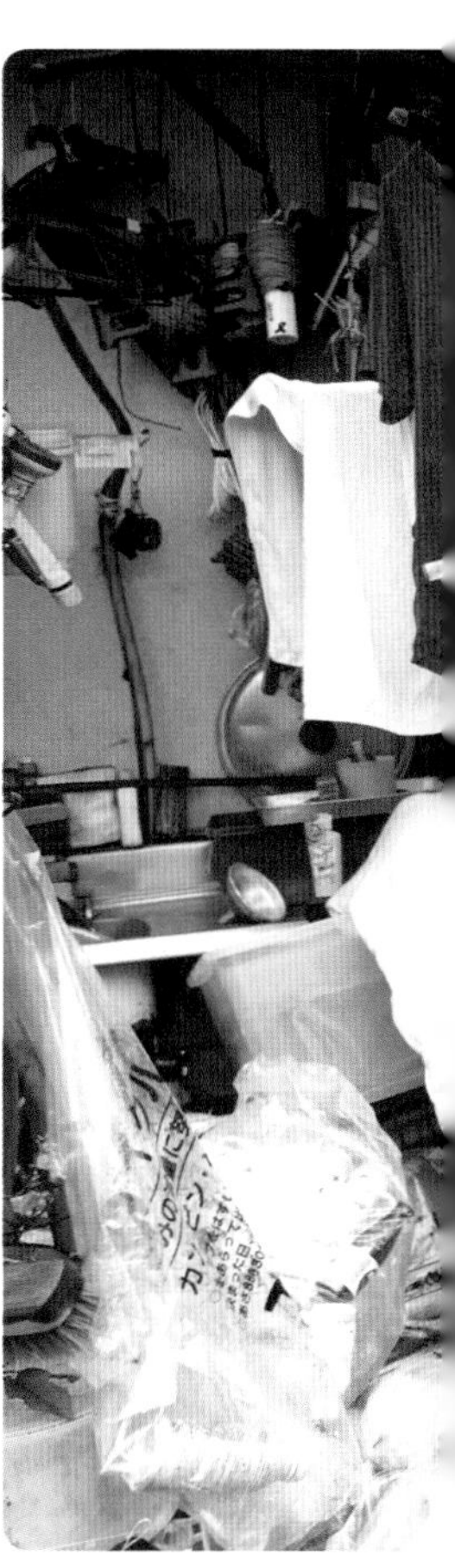

尾畠さんの育てる言葉

天よりも高く、海よりも低く、五感を働かせて生きろ

ワシには孫が上から下まで全部で5人おるんよ。時々だけど、彼らにアドバイスするんだわ。いや、ほんとに時々よ。

もし孫が「ノーベル賞が欲しい」と言ったなら、「お前の頭じゃ貰えん」とは言わないの（笑）。「よっぽど頑張らないと難しいよ。でも、本気で目指すんじゃったら、一本の線路の上を、ずーっともう永遠に歩きなさい」って。

それで、もし別の孫が「じいちゃん、ノーベル賞は欲しいけど、俺なんか無理だよ」って言ったなら、「いや、諦めるのはいつでも諦められる。夢に向かって、やれることは死ぬ気でやりなじゃない。

さい」っちゅう。人生は夢を持たんと。そして夢は一度、持ったら、諦めたり捨てたりするもん

反対に「ノーベル賞なんて欲しくもない」という孫がいれば、「よっしゃ、それならお前は、広ーく、浅ーく、天よりも高ーく、海よりも低ーく、いつでもどこでも五感を働かせて生きていけ」って言うんだわ。見たり聞いたり出かけたりすることで、その経験が役立つ時が必ず来るからね。

一目標、計画、実行するクセが夢への近道一

もし、自分が夢を持ったら、どうやって実現するのか？　まず「目標を定める」、その次は「計画を立てる」、そして「実行する」。

夢がまだ見つからなくても、普段からどんな小さなことでも、目標、計画、実行、この３つのクセをつけとくといいね。たとえば、カレンダーを見て、こんな目標と計画を立てる。「あ、今日は東京から姉さんが遊びに来る予定だけど、時間通り車で迎えに行くにはどの道がスムーズかな？　空港道路が今、無料やから、この道で向かおう。でも姉さんには、大分のきれいな景色を見てほしいな。だから帰りは景色のいい一般道の２１３号線を通ろうかな」って。今日、ワシはそれを実行したっちゃ。夢を叶えるのも同じ順番よ。

いつか自分の人生をかけるほどの夢が見つかったら、もう「自分の命なくなるな」ちゅうくら

い努力して、絶対、諦めてはならん。とことんまでやってみる。ただ楽して生きるより、そのほうが人生は断然、楽しいと思うよ。

一 子どもは、親のズルさを見ちょる 一

よくね、じいさんになると「今どきの若けぇ者はなっちょらん！」って言う人おるよね。そいで「物の言い方も、挨拶の仕方も、頭の下げ方も知らん！」って。

そんな時な、ワシ、「子どもが悪いんじゃないよ。お子さんを教育しよるお父さん、お母さんが悪い。そして、そのお父さん、お母さんを育てた、あなたたちお祖父さん、お祖母さんが悪いんじゃ」って、堂々と言うんよ、本当ですよ。

子どもちゅうのは、自分の家族をよく見ちょる。親がだらしなかったり、ズルかったり、怒ってばっかりいたら真似をする。で、その次は両隣の家の人、校区の人、県内の人を見る。さらに成長すると、県外の人、国内の人、最後に海外の人を見る。これ、順序なんよ。だから、子どもが悪かったら、その原因は産まれて一番、最初に子どもを取り巻く両親と祖父母にあるの。

じゃあ、親や祖父母は、普段、子どもにどう接したらいいのかって？　そうだなあ、年齢によって接し方も変わるよね。もし、まだヨチヨチ歩きの小さな子なら、とにかく褒める。自分の態度と声とでもって心から褒めてあげてほしいんだわ。

「パパ！」でも「ばあちゃん！」でも良いし、子どもがもしあなたの名前を呼んだらな、「わぁ、

成人男性を怖がる子もいる中、不思議と子どもたちから尾畠さんに抱き着いてくる

いい声やなぁ!」とか、「お父ちゃん、嬉しいわぁ!」とか言ってあげて。絶対、その子は「こう言うたら、褒めてくれるんだな」って覚えて成長するんだわ。

口先だけで「わぁ、すごいね」って、言ってもダメ。子どもには分かります。しっかり目を見て拍手して心から伝えてあげて。そうしたら、子どもは真っ直ぐ伸びると思うわ。

ー子どもとタンポポ見る時間こそ必要なんよー

子どもが幼稚園か小学校に行くようになったらな、自然がいっぱいあるとこに連れて行ってあげてほしいんよ。東京なら高尾山なんかいいね。さっさと登れ!ってせかすんじゃなくて、一緒にゆっくりと歩いてな。鳥がおったらその名前や、この木は何の木なのか、大人が教えてあげてほしいんだわ。

遠くまで行かなくても、近所でもいいよ。タンポポがあったら「この黄色はセイヨウタンポポだよ。こっちの白いのはシロバナタンポポだよ」ってね。シロツメクサを見つけたら、「花も葉っぱも食べられるんよ」って。それを子どもと一緒に摘んで天ぷらにしたり、湯がいたりしてな。カボスとかお酢、もし苦ければお砂糖でもちょっと振ってみて。「これ食べたら健康になって、本も読めるし、漢字も上手に書けるよ」って言ったら、子どもちゅうのはとても喜ぶし、心が豊かになるっちゃ。

勉強も大事かもしれんけど、もうね、子どもの時こそ、自然に触れるのが一番いいと思うんよ。

―子どもが相手でも引いちゃいかん時がある―

今の時代、「仕事が忙しいから」とか、「家事やってたから」って、言い訳ばかり並べる大人がいっぱいおるんです。ドーンと自分の体でな、問題にぶち当たってみる大人が少なくなった。頭の中は「逃げよう、逃げよう」でいっぱいで、「関わりを持つのは面倒だ」「嫌われたくない」とか、そういう人がほんとに多いんだわ。

でもな、子育てには「絶対に引いたらダメだ」ちゅう時がある。ワシは、小学校卒業までしつけは厳しくしようって決めてたの。ちょうど今から40年前、ワシの息子が小学校3年生くらいだったかな、もう横着で親の言うたこともせん、ろくに返事もせん時があったんだわ。反抗期だったかもしれんけどね。そん時、ワシは「これは、ひとつ気合いを入れないけんな」と思ったんよ。もう真冬の一番、ブルブル寒い時……確か気温は2度か3度だったかな。息子に「ちょっとここ座れ！」って店の土間に正座させて、頭から冷たい水をぶっかけたことがあるの。

そしたら息子が震える声で「ごめんなさい！　お父さん、ごめんなさい！」って。しっかり反省した様子だったから、「よっしゃ、分かった」って、何も言わず、その日は、すぐ風呂に入れてやったんだわ。で、次の日、「お前、昨日、よう頑張ったの。お父さんもちょっとやりすぎたけど、お前も今度から言動に気を付けなさいよ」って。

もう1回は、息子が小学4年か5年の時。水ぶっかけられたこと、ケロッと忘れて、また言うこと聞かんし、態度も悪いし。このまま放置すれば、いい加減な大人になってしまう。今度は真夏の一番暑い時だったんだけど、玄関のコンクリートの上に息子を正座させたんよ。ピッと動いたら、「何、動くんじゃ！　馬鹿ーっ！」って、ワシがすごい剣幕で怒るもんじゃから、息子は汗だらだらでジーッと1時間、正座しちょった。そうしたら、すぐ近所の姉さんが「魚春さん！　私が代わりに座るから勘弁してあげて！」って止めに来た。だがな、「すいません。これが親のしつけやからな、姉さんの言葉は嬉しいけどな」って断ったんだわ。その人は、うちの魚屋の大のお得意さんじゃったの、ははは。だけど、それはそれ、これはこれってことだから。今だったら虐待ですぐ通報されるって？　そうね、本気で息子に向き合って叱ったのは、その2回だな。手を上げたのは息子だけ。娘は悪いことはせんし、もちろんかみさんにも一度もないよ。

まあ、今の時代は手を上げるのはダメだけど……本当に悪いことをした時は、子どもとはいえ絶対に引いちゃいかん。猫なで声で、子どもに「それ、食いたくなかったら残せ、はいはい」っていうような親父、悪いけどな、子どもの教育には全く役に立たん。

―手を出すな、口を出すな、目を離すな―

小学校卒業までは厳しく息子に接してきたけど、中学に入ってからは99回褒めて1回叱るっていうやり方にガラッと変えたんだわ。もう口で言えば分かる年頃だろうなと思って。

昔からのお客さんが来るや、庭の柿の木にヒョイと登って皮をむいてもてなす

でもね、放任するのとは違うんよ。子育てで一番大事なことは3つある。それは、「手を出すな、口を出すな、目を離すな」。これはな、息子の中学時代の先生が言っていた言葉なの。

「手を出すな」ちゅうのは、「暴力振るうな」ってことじゃない。「お母さんがやるから」って、子どもの代わりに自分が手を出しちゃうことよ。ちょっとしたことに「ああしたらダメ、こうしなさい」ってブンブン、ブンブン「口を出す」のもいかん。

昔の子どもは鉛筆は小刀で削っていたんよ。今なんか、ウィーンって削れる電動のがあるから、小刀を使えない子は多いよね。ちょっと何か切ろうとカッターナイフでも持てば、「手を切ったらどうするの！」ちゅうてすぐ手を出す、口を出す。多少の切り傷ができても、失敗から学ぶこともあるのにね。

一番、大事なのは3つ目。「目を離すな」。今、子どもがどこにいるのか、誰といるのか。もし子どもが公園に行ったなら、「何しよるんだろう」って、こそっと見に行くとか、2階に上がった子どもが本当に部屋にいるのか気にするとか。親は居間でゴロゴロとテレビを見とらんで、常に目と耳は子どもに神経を使ってほしいっていう意味なんです。

確か6年くらい前に大阪の寝屋川で事件があったでしょう？　中学生の男女二人が男に連れ去られて殺されてしまった事件が。子どもが家にいなくても、「あの家にでも遊びに行っておるんやろ、大丈夫や」って親御さんが思っていたら、事件に巻き込まれてたの。人気が全くない夜の商店街をその男の子と女の子が二人で一緒に歩く姿が防犯カメラに映ってた。そういう子どもを、狙って殺す人がいること自体が恐ろしいよ。

まさか自分の子が殺されるとは親御さんも思ってもみなかったと思うけど、やっぱりね……後悔してもしきれんよね。親御さんの気持ちも考えると心が痛むんよ。「中学になったら半分、大人じゃ」と言うても、親も周りの大人も絶対に目を離しちゃいけん。

一 人生で一番、嬉しかった息子の言葉 一

うちの子どもたちが小さかった頃、「勉強せえ」「宿題しろ」なんて一つも言ったことないんだわ。ワシは息子に「そんな時間があったら店を手伝え」って。それでも、自分で勉強して大学まで行ってくれたからな。息子や親の力だけじゃない。学校の先生、魚を買ってくれた近所の人、いろんな人のおかげなんよ。

ある日、息子に「魚屋を継いだほうがいい？」って聞かれたことがあるんだわ。だから、「お前になんて継がせんわ。自分の人生は自分で決めろ」ってね。そしたら大学出て勤め人になった。何でそうなったのか、それは知らんけどな。

ワシが日出町のこの家へ引っ越して何年か経った頃。あれは、うちのカミさんが家を出て行った後だったな、息子がある日、家にぶらっと来たんだわ。軒先から「親父！」って呼ぶから、「あぁ、どうしたんか」って聞いたら、「ちょっと話がある」ちゅう。

いつもの雰囲気と違っていて殺気立っちょるし、なんか目も据わっちょった。それで、ワシは「あ、この野郎、昔、ワシに水ぶっかけられて、こっぴどく叱られたことを覚えちょって、仇討

ちにきたな」とピンときた。

「ジュースかなんか飲む？」って聞いたら、「何も要らねぇや。そこに座ってよ」ちゅうからワシは素直に座った。それでこうガッて自分の手を後ろに回したの。しつけだったとはいえ、今、思えばやり過ぎたし、恨まれても仕方ないもんな。だから、こいつにどんなことされても、たとえ半殺しにされても逆らわんでおこうって。声も出さない、手も動かさないと腹を決めたんよ。

もう体力的には負けるけんなぁ。40代とはいえ、息子が社会人ラグビーしよった頃で、バーッと相手に突っ込んでいくような体じゃからな。もし殴られたり蹴られたりしたら、まずワシなんか勝つことないわ。その息子がまた「親父！」って、その次に……なんて言ったか分かる？

「俺は、親父のせがれに生まれて幸せやった」って。

たった一言。それだけ。水かけたり正座させたり、ぶん殴って張り倒したワシの息子がな、大人になってワシに何て言いにきたんかなぁと思った時に、それよ。じゃから、「ありがとう」って、ワシは言うたの。そうしたら、スッと帰っちゃった。何でそんなことを言ったのか、未だに聞かないけど。

こんな言葉を知っちょる？　「子を持って親の恩を知る」ちゅう。女の人は命を懸けて子どもを産むよね。その時にはもう、自分の母親の苦労が分かるんだと思うわ。

でも、男はやっぱり、子どもが生まれてすぐに親父の気持ちになれんのよ。子どもを叱ったり向き合ったりする立場になった時、ようやく親父の苦労を思い出すのかもしれんな。うちの息子も子どもが３人できて、そう思ったんかもしれんな。どれだけお金を積まれるよりも、それが人生で一番、嬉しかった言葉です、本当に。

いいことしてもズルいことしても、お天道様は見とる

土地ちゅうのはおもしろいんよ。いくらお金があっても、誰かが売ってくれない限り手に入らんのよ。これだけは縁だと思う。ワシ、魚屋はじめた時は、別府の小さな店とその2階のひと部屋からスタートしたの。

それから5、6年くらいして、「もう何畳か店が広いといいなあ」と思っていた時に、隣のお風呂屋さんのおいちゃんが「尾畠さん、うちの土地、買わんね?」って声かけてきたんよ。すごく欲しかったけど広すぎて「ちょっと余裕ないから無理だわ」って言ったら、「尾畠さんなら相場の半値くらいでいいよ」って。

実は、他に何年も前からおいちゃんに「言い値でいいから売って」と頼む人がいたみたいなんやけど、そっちは断って、ワシには「半値でいいから買って」と言う。ワシのことを気に入っていたからだって?　さあ、それは分からんな。ワシは「かけた情は水に流せ。受けた恩は石に刻め」って言葉通り、安く売ってもらったお礼に、「家の修理でも風呂掃除でも何でもさせて」って申し出たけど、結局、おいちゃんは何も言うてこなかったわ。

それからずいぶん経って、今度はその逆側の家に住んでるおいちゃんも声かけてきたんよ。そ

の方はね、戦後、満州から引き揚げて苦労してアパートを建てたの。困った時はお互い様だから、ワシはそのアパートのちょっとした修理とか手伝ったこともあったんだわ。

ある日、うちに「尾畠さん、こんにちは」ってヒョコっとおいちゃんが来たんよ。それで、「体を壊してなぁ、今、入退院を繰り返してるんだわ。年齢的にもう無理できないし、アパートをやめるから」って。別に金持ちでもない、ずっとつつましく暮らしておった人なんよ。一生懸命、頑張ったのにね。

そしたら、「お願いがあるんだけど。うちの土地、買ってくれんかね」って、こう言うのよ。それで、「値段は尾畠さんが決めて。1円以上やったらなんぼでもいいから」って。1円以上、って聞いて、ワシ、耳を疑ったんや。それでも「分かりました。じゃあ、手続き取らせてもらいます」っちゅうた。

で、地元の銀行に行ってそこの親分に「今、うちの辺りは坪いくら？」って聞いたんよ。昔、お風呂屋のおいちゃんから買った時と比べてだいぶ値上がりしちょった。

正直なところ、建ぺい率が低い土地で小さな家しか建てられない。それにワシにとってそりゃあ大金なんだわ。でも、ずっと苦労してきたおいちゃんの顔が頭に浮かんでな、「よっしゃ、ワシが払える最高値で買わせていただこう」って銀行に小切手を切ってもらったんだわ。

翌日、ワシ、入院してるおいちゃんに小切手を渡したの。そしたら、おいちゃんが小切手をジーッと見て、一、十、百、千、万、十万、百万って、指でこう数えるでしょ？　目もちょっと悪かったんかな。同じ病室にいる他の5人の患者さんも、みんな聞き耳を立てちょるのが分かるんよ。そしたら、おいちゃんは小切手をギュッと握りしめたまま、ボロボロと涙をこぼして「ウー、ウー、ウー」って泣きだしたんよ。他の５人の全部で10個の目がな、視線がな、ビャーッ！とワシに来たのがもう分かったの。ワシがひどいことして、泣かせたと思われたかもしれんな（笑）。

それでまぁ、おいちゃんは少し落ち着いてきて「尾畠さん、ありがとう。嬉しい。ありがとう」ちゅうて。だからワシは、「家が隣同士ってだけのワシを信頼して、『１円でもいい』って言ってくれて、涙が出るほど嬉しかった」っちゅうたのよ。

その数日後に、おいちゃんの娘さんが「お父さんがとても喜んでました」って、うちの家までお礼を言いに来てくれて。ワシ、嬉しかったんよ。だって、もし、ワシが安く買い叩いていたら、おいちゃんの家族とも、堂々と道で会えないからね。その後、ちょっとして、おいちゃんは亡くなったの。もしかしたら、自分の残された時間を分かっていて、ワシに頼みに来たのかもしれんよね。

人が困っている時に、「これはチャンスじゃ。儲け口じゃ。安く買い叩こう」と思ってるような人には声は掛からないし縁はない、本当よ。もし運よく手に入れても、そんな人はいつか大きな損をすると思うわ。いいことをしてもズルいことをしても、お天道様はちゃんと見てるんよ。

― 自分の人生を他人に委ねない ―

自分の人生をな、人に指図されたり、左右されるのはまっぴらごめんだわ。ワシは魚屋をするって決めたから開業した。65歳でやめるって決めたから、ぴったり65歳の誕生日でやめた。ボランティアしようと決めたから、今は被災地に通っちょる。尾畠春夫はこの世の中に一人しかいないから、自分のことは自分で決める。

ワシの世代だと60歳で定年の人が多いよね。なのになぜ65歳を自分の定年にしたかというと、ワシは学歴もないし、全くゼロからの出発で、別府の魚屋での初任給が２００円、下関では給料３００円ちゅう時代が長かったからな、同じ年数で計算したら生涯年収は人よりも少ないだろうって。だから他の人よりも5年、余計に働けば、二人の子どもたちが進学しても大丈夫なくらい貯えられる、って若い時に勘定したんよ。

自分の老後の生活費なんかは、年金で賄える。足りなければ節約すればいい。でも、子どもの教育費は親の責任なんだわ。産んだ以上、それだけはきちっと出さないといけん。よく子どもの学費がないという人がいるけれど、何を節約して、どのくらい働けば学費が出せるのか、ちゃんと計画が必要っちゃ。

自分の人生を他人に委ねないと決めたのは、15歳で中学を出てからやな。親やら兄弟にいつまでも頼っちょってもしょうがないじゃない？　誰かに道を決めてもらっていたら、いつまで経っても一人前の人間じゃないからね。

会社員でも同じだと思うんよ。自分で働こうとその会社に決めたことを忘れて、「会社が何にもしてくれない」って文句を言う人が多いんだわ。だけど、その会社を選んだのは、あなた。親や先生に勧められた人もいるかもしれないけど、それに従ったのもあなた。「思っていたのと違うな」とか「ひどい会社だな」と感じたら辞めるのは自由だけど、何でも人や会社のせいにしよるのは、少し身勝手じゃないかな。

ただ、会社にさえ入れば一生安泰なんて昔の話。自分の人生は自分で考えないと。「寄らば大樹の陰」って言葉もあるけど、ワシは違うと思っちょる。みんなと一緒に大きいものに寄りかかっていれば安心とか、そんなの通用する時代じゃないよね。

―人の話を聞いたら、自分の心の篩(ふるい)にかける―

日本人は生真面目だからね。それがいいところでもあるんだけど、ともすれば洗脳されやすいのかもしれないわ。だから、戦争になると右向け右になってしまう。

でも、みんながいいと言っても、自分の頭で本当にそれが正しいのか考えることは大事。人の意見や相手の話に耳を傾けたら、自分の心の中に持っている篩にかける。今日は10個の話や意見を聞いたとして、自分が「必要なのはないな」と感じれば、全部、捨てちゃう。それで、「いいな」と思ったのだけ心に残しておく。

佐渡の砂金拾いみたいだって？　そうね、どれが自分にとって金で、どれが砂なのか、誰かに決めてもらうんじゃなくてワシは自分の心で決めとるんよ。

第3章

抱き合って泣いた日（第二の人生編）

はじめての災害ボランティア

２００４年（平成16年）の秋。尾畠さんは、65歳の誕生日に「魚春」を閉めた。29歳で開店してから36年にわたり、町の人から愛されてきた小さな魚屋さん。閉じたままの店のシャッターに、お得意さんからは惜しむ声も聞こえてきたが、心残りは微塵もなかった。

今まで自分の家族を養うため、魚をさばいてきた手を、今度は世の中のために生かしたい。尾畠さんにとって65歳の誕生日は、現役生活の終わりではなく、新しい人生の幕開けであった。

「子どもの頃からずーっと働いてきたからな。長い旅もしたいし、遠くの山にも行きたい。でも、一番やりたいのはボランティア。仕事や子育てでお世話になった社会へ恩返しをしたかったんよ」

商売を終えた今、もっと静かな土地で暮らしたいと、別府の店と家を売って、隣町の日出町の閑静な住宅街に手頃な一軒家を見つけると、夫婦で引っ越した。

その矢先のことだった。10月23日の夕刻、新潟県で大規模な地震が起きた。マグニチュード６・８、最大震度7の直下型の地震で、家屋の全半壊は約1万7千棟に及んだ新潟県中越地震だ。県内では、本震発生後にも強い地震が続き、土砂崩れなどで鉄道や道路が約6千か所も分断された。特に、山間部の山古志村（現長岡市）の芋川流域では被害がひどく８４２か所で崩落し、全村民が孤立しているという。

店がある時は遠くの被災地に行けなかったが、身軽になった今なら駆けつけることができる。とはいえ、本格的な震災ボランティアは経験がなかったので、どんな作業をするのか、何の道具を揃えたらいいのかも分からない。しかし、「身一つで行けば、なんか手伝えるんじゃねえか」と尾畠さんは、さっそくテントと食糧を積み、愛車のホンダのカブにまたがった。

大分から新潟まで1100キロ。下道を使って行くと約20時間だ。途中、野宿をしながら、ボランティアの受付が始まった新潟県柏崎市に向かった。

「その頃はまだ、たいした道具も持ってなくて、今みたいに赤のツナギじゃなくて普通の作業着だったし、柏崎の海岸にテント張って寝たんよ」

「災害現場は、どうでしたか？」

「うん、今でもよく覚えてるっちゃ。着いてまず、柏崎市のボランティアセンターで受付するでしょ。日野デュトロの2トン車に乗ってきた兄さんと、ワシと他のボランティア合計6人がひとつのチームになって、大きな木造2階建ての家に派遣されたの。もうその家の中は揺れでぐちゃぐちゃになってて……。みんなで片付けしちょったらね、そこの住人の70歳近くの姉さんがな、ちょっと何かこう言いたそうな感じの目をしてたのにワシ、気が付いたんよ」

何か人に言えない事情でもあるのだろうか。尾畠さんは、他のボランティアさんがいない所で、その女性にそっと声をかけた。

「姉さん、あのぉ……何か困っていることあれば、ワシで良かったら、遠慮なしに言うてみて」

「うん……実は、これまでも何人かボランティアさん、来てくれた時、頼んだんだけど……重いのは素人には運ぶのは無理だからバラバラにするしかないって言われて、もう諦めてるんじゃゃわ」

「その重たいのって何？　良かったらワシに見せてくれない？」

「上にあるんよ。……うん、でもやっぱり階段は難しいと思うんよ」

ぶつぶつとつぶやく姉さんについて尾畠さんが2階に上がると、そこには一枚板の大きなタンスがあった。引き出しには金具の飾りがたくさん付いており、聞けば、姉さんの大事な嫁入り道具だという。

尾畠さんは、試しにちょっと押してみたがウンともスンとも言わない。おそらく100キロ以上はあるだろう。こんなに重くては何人ものボランティアが断るのも無理はない。一歩間違ってタンスの下敷きになれば、怪我だけではすまないだろう。

しかし、ここで諦めては男がすたる。家の階段はタンスの幅が大きすぎて通らないが、2階の窓ガラスをはずせば降ろせるのではないか。鳶職人だった尾畠さんの心に火がついた。そうだ、重機がなくても、2トン車を中継させれば、なんとかなるかもしれない。タンスに巻く毛布はないかと聞くと、さっきまで沈んだ顔をしていた姉さんの目がキラッと光った。そして「そんなん、いっぱいある！」と毛布を山ほど運んできた。

尾畠さんは、他のボランティアにも声をかけ、自分の計画を打ち明けた。まず、タンスに傷がつかないように毛布で覆い、ロープでグルグル巻きにする。長い鉄板を探して、2階の窓から庭に停めていた2トン車へと板を渡す。そして、その上に乗せて、タンスを外に運び出すのだ。

さっそく、数人がかりで鉄板の上にタンスを乗せると、上と下でロープを持ってエッサ、エッサと慎重にトラックの荷台に降ろした。今度はタンスを全員で抱えて荷台から縁側へ、そして1階の室内へと運び入れた。これで姉さんの引っ越し先が決まれば、タンスも新居に持っていくことができるだろう。

その話を聞いた私は、尾畠さんは最初から頭一つ抜けたボランティアだったのだと感心した。初めて震災ボランティアに参加した人なら、他のボランティアについていこうと必死で、被災者の口に出せない想いなど察する余裕はないだろう。仮に気が付いたとしても必要な道具がなければ、さっさと諦めてしまうかもしれない。しかし、尾畠さんは現場にある道具をうまく利用し、皆をまとめ大がかりな作業をやり遂げた。まさに「為せば成る」の精神である。

「そらぁ重たかったけどね。姉さんがもう喜んでなぁ、もう、おいちゃんたち、ありがとう！ありがとう！ちゅうから、あぁ、姉さんのおかげで今日はいいボランティアさせていただいたよ、って。初日からワシもすごく嬉しかったんだわ」

「66歳の挑戦　日本縦断」

新潟から戻ると、今度は50代から始めた由布岳の整備ボランティアに没頭し、毎日のように山に通った。その一方で、かねてからの夢を実行に移すことにした。その夢とは、日本縦断３２５０・５キロの旅である。店を閉めた後で急に思い立ったわけではなく、実は50歳の頃から、地図を見ながら綿密に計画を立てていたという。

「鹿児島から九州を縦断するでしょ。そして下関の関門橋を渡って本州、東京から太平洋側の海岸線を北上して、青森から青函連絡船に乗って、北海道に入ったんよ」

「愛車のワゴンで回ったんですか？」

「いいや違う。ガソリンは使わないんだわ」

「まさか自転車で？」

「そのまさか……よりも、もっとシンプルなんよ。使ったのは、母がくれたこの2本の足！　自分の体ひとつで、どこまで行けるかなあと思ってね。1日、30から40キロ、休まず歩いたとして、計算したら100日くらいで行けるんじゃねえかと」

２００6年3月30日の夜、尾畠さんは大分の自宅から鹿児島へと移動し、スタート地点である九州最南端の大隅半島の突端、佐多岬へと向かった。「体験に勝るものはなし」が口癖の尾畠さんは、好奇心の塊のような人である。自分の産まれた国をくまなく訪れてみたいという気持ちが私には分かるような気がした。

「暗くなると歩くのをやめてね、国道沿いのヤブの中とか、公園や河原、お墓やお宮とかにテントを張るの。年金生活はお金がないから野宿して節約。そのほうがどこでも眠れるから融通も利くし」

テントといっても、何万円もする軽くてコンパクトな山岳用テントのことではない。ブルーシートの端を重ねて筒状に縫い合わせただけの手作りで、中で折りたたみ傘を開いて押し広げ、ドームのような空間を作るシンプルなものだという。そこに体を横にしてヤドカリのようにすっぽり入れれば、あとは寝るだけ。

「ジッパーもないから、蚊も雨も風も入り放題。でもマットを敷いてるから寝袋は大丈夫。いや、時々、濡れちゃったかな、そん時は乾かせばいいっちゃ」

尾畠さんの旅のスタイルはかなり独特だ。リュックには自分の名前と、「66歳の挑戦　日本縦断」という目的を書いた旗を括り付けて歩く。万が一、途中で事故に遭ったり、道中で怪しい人だと思われないための工夫だという。

そして食糧はできるだけ現地調達する。途中の海岸で採ったワカメを干したり、道端の雑草を引っこ抜いてアルミ鍋で煮たり。時には思いがけず、その土地の人から嬉しい差し入れをいただくこともあった。

「日本人って優しいなあって。旗を見て『おいちゃん、これ』ってご飯くれたり、『コーヒー、入れるから寄ってってって』っておもてなしを受けたり、漁師のおやっさんが採れたてのウニを分けてくれたこともあったな」

その中でも忘れられない人がいた。宮城県に入り太平洋沿いを北上していた5月末、南三陸の歌津でテントを張って寝ていたら、真夜中に大雨に降られ、服も寝袋もすっかり濡れてしまった。さすがの尾畠さんも気落ちしながら、ガードレールにテントや服をかけて干していると、60代くらいの地元の女性が、「おいちゃん、昨日、雨だったけど大丈夫？」と声をかけてきた。

「ああ、姉さん、ありがとう」と笑って答えると、「ごはん食べたの？　この先、店も食堂もないから、ちょっと待っとって」と言い残して、自宅に戻って行った。

「その時の姉さんの歩き方で、左半身が不自由なことに気が付いたんよ。それなのにな、両手で抱えるほど重たいおこわを一生懸命、運んできて、『これ食べて元気、出してな』ちゅうて」

尾畠さんは心底、感動した。「後でお礼の葉書を出したい」と名前を聞くと「マキノ」と答えた。

自分の体が不自由でも、雨に濡れた旅人に手を差し伸べ励ましてくれる。熱々のおこわは、雨で冷えた尾畠さんの体と心を温めてくれた。旅の思い出となるのは、美しい景色よりも人との出会いかもしれない。

それから1日8時間から12時間、雨の日も風の日も休まず歩き続け、出発から92日目の7月1日、青空の向こうに日本最北端の宗谷岬の碑がついに見えた。

「毎日、家族と公衆電話で連絡取っていたんだけど、宗谷岬のちょっと手前で嫁さんや孫たちも一緒に歩くって。本当に来てくれて、ゴールで孫を肩車したの。ほんと夢のように楽しかったってたの。家族だけじゃないんだわ。ワシ、リュックに中学時代の同級生１０９人の集合写真を入れてたの。今はみんな孫のいる歳になったけど、ワシが奉公で苦労していた時も、今回の旅も変わらず応援してくれたんよ」

60キロあった体重は53キロに減って、足はまめだらけ。靴は5足も履きつぶした。今まで出会った人たちの優しさに感謝しながら、彼らの幸せや健康を願い、尾畠さんは宗谷岬まで歩き抜いたのだった。

街を飲み込む黒い濁流

ひとつのチャレンジを終えたら、また次の景色が見たくなる。大分に戻った尾畠さんは疲れを癒すどころか、ますます山や清掃ボランティアに精を出し、北アルプスの縦走や、48日間の九州1周１９９０キロの徒歩旅行などにも挑戦した。

次から次へと夢を実行に移していった尾畠さんだったが、なかでも私が驚いたのは四国霊場八十八か所の巡礼である。ご先祖様の供養なのかと聞いたら、「今まで商売とはいえ、たくさんの魚を殺してきたっちゃ。その供養の旅なんよ」と意外な答えが返って来たからだ。

人ではなく魚……世の中に魚屋さんは数多くあれど、魚の供養のために旅に出る人は珍しいのではないだろうか。魚を買う側の私も、産地や値段は気にするが、「魚に申し訳ない」という感覚はまずない。スーパーで売っている切り身の魚からは強烈な血の匂いはせず、命というよりも、夕食の材料として選んで調理する。だが、尾畠さんと話していると、ここまで私が生きてこられたのは、日々、地球上の尊い命を犠牲にしているからなのだと気が付く。

尾畠さんの口癖である「命ほど重いものはない」という言葉は、他の誰でもない、普段から命の重さを考え続けている尾畠さんが口にするからこそ、心に刺さるのかもしれない。

その命の重さを尾畠さんがより強く実感したのは、店を閉めてから8年目の春のことだった。清掃のボランティアを終え、家に戻った尾畠さんがいつものようにテレビのニュースをつけると、画面いっぱいに黒い濁流が映し出された。「何じゃ、これは……」と絶句し、画面に近づくと、それは轟音とともに街を飲み込む黒い大津波であった。

水面には、折れ曲がった電柱が頭をのぞかせ、木造の家々が流されていく。かろうじて残ったビルの屋上には、取り残された人々が助けを求めて必死に手を振っていた。

東日本大震災——２０１１年3月11日14時46分、宮城県牡鹿（おしか）半島の東南東１３０キロ付近、深さ約24キロを震源としたマグニチュード9・0の巨大地震は、東北地方を中心に最大震度7の揺れを記録した。さらに岩手や宮城、福島県など太平洋沿岸部を巨大な津波が襲い、12都道県で約2万2千人の死者と行方不明者が発生。地震や津波とともに福島第一原子力発電所のメルトダウンは世界に衝撃を与えることになった。

映画の一シーンではない。同じ日本で今、未曾有の大災害が起きているのだ。食い入るように画面を見ていた尾畠さんは、ハッと我に返り、震える手で受話器を取った。

電話をかけた相手は5年前、日本縦断徒歩旅行の際に出会ったマキノさんだった。ひまわりのようなあの笑顔と温かいおこわの味は、今でも鮮明に覚えている。年賀状のやりとりで元気にしていることは分かっていたが、この津波で体が不自由なマキノさんは無事に逃げられただろうか。何度も何度も電話したけれど、全くつながらない。

「もう居ても立っても居られなくて、直接、行って確かめるしかねえと思って。それから道路を調べたり、食料を準備したりして、大分を出発したのが12日後の3月23日。関門トンネルをくぐって山口に出て、大阪から東京。通行止めのところもあって遠回りして福島から宮城に入ったの。でもガソリンのメーター見たら、もう残り少なくて」

途中のガソリンスタンドは「売り切れ」の看板ばかり。それなのに店の前では車が列をなしている。尾畠さんは焦った。並んでいる間に車の中で凍死したというニュースをラジオで聞いていたが、このまま走り続け、万が一、夜中に道路の真ん中で止まっても困る。

「どうしようかと思ったら、途中で小さなガソリンスタンドがあったんよ。やっぱり売り切れ。

だけど、思い切って店主のおいちゃんに『ワシ、大分から来たんやけど、南三陸町の知り合いのとこに行くんです。少しでもいいから分けてもらえんじゃろか』ってお願いしたんよ。そしたら満タンにしてくれたばかりか『ペットボトルとかある？　そこにも入れてあげる』って。もう地獄に仏。本当に助かったんだわ」

尾畠さんは大分を出てから南三陸まで1700キロの一般道をほとんど寝ずに走り続けた。もう夢か現実か、自分が生きてるのか、死んでるのか分からないほど、必死にハンドルを握り続けた。不思議なことに眠気はまるでこない。

出発から60時間、3日後の3月26日に一関に着いたが、道路はズタズタで橋は流され遠回りをしなければならなかった。そのため途中で道に迷ってしまい、なかなかたどり着けない。ようやく5年前にマキノさんと出会った場所まで着いたが、一帯はぐちゃぐちゃになっていた。

「津波がここまで来たのかと信じられなくて。1軒だけ残っていた家の人に、マキノさんちゅう方の知り合いだと伝えたら、『この上の歌津中学校に避難してるかもしれない』って」

尾畠さんは中学校へと駆けつけた。騒然とした受付で、声を振り絞ってマキノさんという女性を探していることを伝えた。すると受付の人は言った。

「ああ、マキノさんの家までは、波は来てないですよ」

生きていてくれた！　尾畠さんは、全身の力が抜けるようだった。マキノさんの家は高台だったので、津波の被害はギリギリまぬがれていたのだ。そして、誰かが初老の男性を連れてきてくれた。マキノさんのお兄さんだという。お兄さんは、妹の知り合いが遠い九州から駆け付けてくれたことに驚き、恐縮して頭を下げた。

はやる気持ちを抑えながら、尾畠さんはお兄さんについてマキノさんの家へと向かう。一軒の木造住宅の前で足を止めると、お兄さんは縁側からマキノさんの名前を呼んだ。庭に出てきたのは、まぎれもない、あの足の不自由なマキノさん！　彼女は、大分からはるばるやってきた尾畠さんを見て大きく目を見開いた。

「まさか……大分のおいちゃん⁉」

「姉さん！　ほんとに、無事で良かった……」

聞きたいことは山ほどあった。けれど、心配で心配で大分からほとんど眠らず走り続けてきた尾畠さんはもう極限状態だった。マキノさんが生きていてくれたという、その奇跡に胸がいっぱいで、言葉のひとつも出てこない。両目からボロボロ、ボロボロと涙があふれ出るのを、尾畠さんは、どうすることもできなかった。

「もうな、庭先でマキノの姉さんを10分も抱きしめて、二人して、子どもみたいに泣いたのよ。一番、世の中で大事なものは命。生きてること、それだけで奇跡なんです」

尾畠さんは、ワゴンから日持ちがする玄米60キロを運び、「お子さんとお孫さんとどうぞ」と手渡した。温かいおこわが繋いだ人の縁。涙でくしゃくしゃになった顔のまま尾畠さんはワゴンに戻って、そのまま倒れ込んだ。実に4日ぶりに横になって泥のように眠りについたのだった。

尾畠さんの備える言葉

―被災地の噂話より、砂出し、泥かき―

日本人って海外どころか県外や市外のことはあんまり興味がないように思うんだわ。島国だからなのかな、「井の中の蛙、大海を知らず」でね。

隣の市や県に津波や地震が来ても、対岸の火事くらいにしか思ってないんよ。２０１８年６月の西日本豪雨だって、関西や四国や九州なんかの県や市から、いったい何人の人がボランティアに行ったと思う？　思ったよりずっと少ないですよ。

被災地周辺に住んどる人でもパチンコ行ったりな、酒を飲んだり、公共の風呂なんか行きよる人はいっぱいおって、そこで被災地の噂はする。

けど、１回でも現地に行って、砂出しとか泥かきした人は、まず、あんまりいないんじゃないかな。それで、私に会うと、「尾畠さん、すごいな。年金生活なのによう行くな」ちゅう。でも、「ワシも連れて行ってよ」なんて言う人はまずおらん。たまに「行ってみたい」という人もおるけど、実際に行動に移す人はほんの一握りだね。「言うは易し、行うは難し」でな、口で言うのは簡単なんよ。

ボランティアは強制で行くもんじゃない。だから考え方はいろいろでいいんだけど、もし、行きたいけど、かえって迷惑になるかもしれないと思っている人なら、あれこれ心配せずに、まずは思い切って行動してみてくれたら嬉しいわ。

─ 人生には3つの坂がある ─

世の中には、大きく分けて3つの坂があるんよ。山に行くとするでしょ。まず、「上り坂」をどんどん登るよね。これが1つ目。そして山頂に着いたら今度は「下り坂」を下るわな。これで2つ目。では、3つ目の坂は何でしょう？　生きていく上で一番、大事な坂なんだわ。その坂は目に見えないんです。ますます分からんって？

仕方ない、教えましょう。そ

由布岳中腹のゆるやかな草原を登る。「人生、つらい時はこんなとこで草花を見たり、鳥の声を聞いたり、頬に風を当ててみたりするといいんじゃねえかと思うんじゃけどな」

れはな、「ま・さ・か」！ 難しい漢字はちょっと分からないけど、「まさか」って使うでしょ？ みんな笑うけどな、本当に「まさか」という坂があるの。「〝まさか〟こんなことが私に起きるとは」と。つまり「偶然」ってことよ。

想像を絶する人生の「まさか」って誰にでも起こりうる。いいことで使うなら幸せだけど、「〝まさか〟大地震が起こるとは」「〝まさか〟車が急発進するとは」「〝まさか〟あの人に騙されるとは」って悪いことも起こるんよ。

「災害は忘れた頃にやって来る」とも言うよね。普段から気を抜かず、「まさか」を考える癖は大事なんよ。

「だと思う」と「想定外」は逃げ言葉

言葉ちゅうのは人柄がでるのよ。よく「だと思う」が口癖になっている人いるでしょ？「大丈夫だ」って言い切るんじゃなくて、「大丈夫だと思う」って。それね、「たぶん」っていうクエスチョンなんですよ。「田」の下に「心」って書く「思う」ちゅう言葉を語尾に入れるんです。つまり、心の中で考えるのが「思う」。

これ、後で何か突っ込まれても、「あれは自分の心の中で思っただけ」ちゅう逃げ言葉なんよ。今、政治家の人でも、会社の社長や大学の学長でもね、「だ」って言い切る人は、ほとんどいません。でもな、実は「思う」以上の逃げ言葉があるの。何やと思う？　金バッチ付けとる議員さんが、よう使う。答えは「想定外」ちゅう言葉よ。「やるだけやったんだけど、これは想定外でした」って。

何年か前（2012年12月）に中央自動車道で笹子トンネルの天井が落ちた事故って覚えとる？9人の尊い命が犠牲になったんだけど、ほぼ即死だったよね。あん時も高速道路の人が「ちゃんと天井部分は目視はしてた。だから、今回の事故は想定外でした」ちゅうた。

もしも、ただ見るだけじゃなくて、トンネルの天井を隅から隅まで全部、カンカン叩いて打音しちょったらな、9人の方は亡くならなかったはずよ。あれは吊り天井じゃったの。ボルトが錆びて少しでも緩んじょったら、叩いて音を聞けば一発で分かる。カンカンちゅうのと、コンコンちゅうのと、カパカパちゅうのは、全然、違うんです。想定外でも何でもない。想定できたはずなんよ。ちょっとの手間を惜しまなかったら、防げたかもしれない事故なんだわ。

― 自然への恐れが生死を分ける ―

東日本大震災が起きたの、何曜日か知っとる？　そう、金曜日です。

あの日が平日で学校があったから、石巻市の大川小学校の子どもが大勢、波にさらわれたんです。地震が来た時、「はい、みんな運動場に集まれ！　お母さん、お父さんが来るからここで待て！」って先生が指示した。それで、40分も50分も校庭に子どもを待たせちょった。

その結果、何人、犠牲になった？　74人、全校児童の7割ほど。先生が10人で合計84人が、海にもっていかれてしまった。あそこは北上川の下流で海から3、4キロ上がった所だったの。だから、生き延びた先生は後で「そんなとこまで波が来るとは思ってもみなかった」と。自分たちだけは大丈夫だと思いこんじょる。怖いから裏山に逃げようっていう子もおったけど、ある先生なんかは追いかけて引きずり下ろしたんだって。もし、裏山に逃げたら助かったのにね。

でもな、まったく逆の話もあるんよ。ワシ、宮城の南三陸町で震災ボランティアしてた時に聞いた話なんだけどな。

海のすぐそばに戸倉小学校ってあって、そこの先生たちは、地震がブワーッと来た時、子どもたちに「みんな、地震じゃー！　全員、上がれーっ！」ちゅうて、全員を神社の赤い鳥居まで上がらせたんよ。まぁ山で言うたら、八合目くらいの地点かな。一番、最後の子まで上がったのを確認したら、「はい、ここで一息入れろーっ！」ちゅうて休憩しようとした。でも、後ろをパッと振り向いたら、津波がウワーッと来よったんだって。

それで、「危ないから、てっぺんまで上がれー！」ちゅうて、急いで子どもたちを頂上まで上がらしたら、さっきの鳥居のところまで津波が来てた。だから、もし子どもたちに休憩させてたら、相当、犠牲が出ちょったよね。先生が波の高さを見た時に、「これ、来る！」と思ったんやろうな。だから死んだ子どもはおろか、怪我人もおらんかった、一人も。

先生の指示ひとつで、海のすぐそばでも全員の命が助かった。こんな火山ばっかりの国で暮らしているんだもの、いつ、どこに、どんな大災害が来てもおかしくないからな、きっと普段から自然災害の怖さを勉強して知っとったんだろうね。

もしもよ、大川小の先生たちが、地震や津波の怖さをもっと勉強しちょったら、子どもたちも自分たちも一人も死なんでよかったかもしれない。先生だけじゃない。事故や災害で亡くなる人がいないように、行政も地域の人も大人はみんなで一緒に普段から防災を考えないとならんよね。

―災害が起きてから慌てるんじゃ遅いんよ―

人間、いざとなればブルーシートで屋根と壁を作れば眠れるし、食べ物がなければカタツムリだってトカゲだってタニシだって採って食えばいい。エスカルゴならいいけど、日本のカタツムリはちょっと無理だって？　ははは、姉さん、もしもな、本当にお腹がすいたらカタツムリだっておいしく見えてくるよ。それに一度、食べておけば、「いざとなったら、これは食糧なんだ」と覚悟ができるっちゃ。

今の日本人は贅沢に慣れてしまって、ない袖を振りすぎる。そう思わん？　それで何でも「お金、お金」と口にするんだわ。そんなことより、災害に遭うかもしれん、今の仕事を失うかもしれん、と先を読むことの方が大事なのに、そんな人はほとんどいない。

普段から、1、2年間くらい何かあっても大丈夫なように貯蓄も備蓄もしておかないと。災害が起きてから急にスーパーに駆け込んで買い占めるんじゃなくて、必要な物資はいつも備えておく。昔から「宵越しの金は持たぬ」なんて言葉もあるけど、実際はそんな人は少数で、農耕民族である日本人は、今よりずっと先のことを考えて生活していたと思うんよ。

― 親は腹を切っても子どもを養え ―

もし仕事を失ったり、家を流されたりしても、生きてさえいれば、何とでもなる。ただ、誰かが助けてくれるだろうって、口を開けて待ってるだけじゃダメなんよ。ましてや子どもがいる人はな、産んだ責任がある。だって、そうでしょ？「お父さん、お母さん、僕を産んでくれ」って頼んで産まれてきた子どもは一人もおらん。

だから親は指を詰めても腹を切っても、人目なんてはばからず、泥にまみれて生き抜いて子どもを養わないとならないんだわ。豪華な家や食事がなくても、高給取りじゃなくても、お父ちゃんやお母ちゃんがなりふり構わず子どものために働いてくれたら、その背中を見て子どもは立派に育つと思うんよ。

― 石にかじりついても生き抜く ―

不景気とかで、長い間、勤めていた会社をリストラされたらショックよね。それで、がっかりして引きこもる人や自暴自棄になる人もいるかもしれん。

だけど、今までネクタイして背広を着てた人が失業したって、あれはやだ、これはやだって言わなければ、海でも山でも建築現場でも、なんか探せば仕事はある。法治国家なんだから、法律にさえ違反しなければ何をしたっていいんよ。

みっともないとか、もうダメだ、とか諦めないこと。石にかじりついても生き抜く。その覚悟ひとつで乗り越えられると思うんだわ。

第4章

ルポ 奮闘500日

（東日本大震災編）

「思い出探し隊」隊長に任命

太平洋に面し三方を山に囲まれた宮城県南三陸町。東日本大震災では震度7の揺れを観測し、高さ20メートルを超える津波が町の中心部を破壊し尽くした。半壊・全壊合わせた家屋は3321戸、死者620人、行方不明者は211人と、他の太平洋沿岸の街同様、その被害は甚大であった。尾畠さんがかつて歩いた入り組んだリアス式海岸特有の美しい景色は一変し、水が引いた後の街は変わり果てていた。

その海のそばには、24歳の女性職員が防災無線のマイクで最後まで市民に避難を呼びかけ、他の多くの職員とともに津波に飲まれたという「悲劇の防災対策庁舎」が鉄骨だけを残して建っていた。

「ダーッと流されて家も何もないんだから。建物があればね、床の土砂をかき出したりできるけど、残っているのは家の土台とグシャってなった木材くらい。自然の力は強ぇな。人間の力なんて自然に勝つもんじゃねぇ。それはもう強烈やったよ」

マキノさんの無事を確認し、恩返しをしただけでは帰れない。まだ南三陸町では、33もの避難所に1万人近い人々が避難しているのだ。ワゴンにはレトルトのご飯パックと飲み水を大量に積んできた。その食料が尽きるまで、尾畠さんは南三陸町に残り、ボランティアをするつもりだった。

「役場の人に『ボランティアを希望なら……』って声をかけられて、一緒に避難所のベイサイド

広島の呉にて。ボランティアの七つ道具を背中にしょって泥かきへ。背中に名前を大きく書くのは身元が分かると被災者が安心するから。万が一、事故に遭った時にも備えている

アリーナに行ったの。そしたら、そこに1800人の人がぎっしりで……身動きもできねえんだから」

家を流されて着の身着のままで逃げてきた町民も多い。失った悲しみと明日への不安。薄暗く底冷えのするアリーナは深いため息で満ちていた。ざわめきに混じって、時折、誰かのすすり泣く声も聞こえてくる。

「狭いし、食事だってトイレだって大変で……それなのに誰も文句も言わない。中には身内が亡くなった人や、まだ行方不明の家族を捜している人もいたかもしれないんだわ。それなのに、なあ、みなさんがじっと耐えている姿を見てたら……日本人ってすげぇな、って涙が出てね。姉さん、ワシね、実はそれまで毎日、浴びるほど酒、飲んでたの。でも、なんか酒なんて飲んじょる場合じゃねえな、って」

「お酒をやめたんですか？」

「やめたんじゃないよ。東日本大震災の仮設住宅が全部、なくなる時まで封印しようと思って。その日が来たら、また浴びるほど飲んで祝杯を上げたいって」

震災後も余震が続き、道路は寸断され電車も止まっている。瓦礫が積み上がった場所は倒壊の危険があり、一般のボランティアはまだ危ないので入れない。大型のショベルカーが到着次第、入って作業することになっていた。

しかし瓦礫や泥の中には、市民の大事な思い出が詰まった宝物が埋もれていた。アルバムやランドセル、位牌、名前が入った上履きや卒業証書……。このまま撤去が進めば、何もかもただのゴミとして処分されてしまう。

「もし、思い出の写真1枚でも見つかれば、すべてを流された人々の心のよりどころになるのではないか」と考えた南三陸町の佐藤仁町長は、急遽、瓦礫の中から被災者の写真を探し出し持ち主に届ける「思い出探し隊」を結成することを思いついた。

「ちょうど結成を決めた時だったみたい。町長から直々に『尾畠さん、思い出探し隊の隊長をやってくれないかね？』と言われたんよ。初めて会った人よ。なんでだろうねえ。遠い大分から来ているし、他にもっと……被災を免れた地元のおいちゃんとか適任者がいるんじゃねえかと思ったけど、どうしても、って。それで引き受けたの」

笑顔の写真が壁を埋めた日

アルバムや思い出の品を瓦礫の中から拾って、汚れを落として町民に渡す――これが、被災地でなければ、作業場も作業道具も人手もあるだろう。しかし、住まいどころか公共施設さえ流されているのだ。かろうじて残った施設は、どこも被災者で溢れ返っている。

写真の洗浄に使う専用の道具もなく、人の飲み水さえ満足に行き渡っていない状況では、写真を洗うための水などあるはずもない。

しかし、尾畠さんは諦めず考えた。建物がなければテントでもいい。町と交渉すると、運動会などで使っていた学校の白いテントを借りられることになった。次は洗い場だ。辺りを探すと花を植えていた四角いプランターが転がっていた。これはバケツ代わりになると、ゴミ袋をかぶせ

「命は一つ。人生は一度」「一歩前へ」「朝は必ず来る」。メッセージを見て勇気づけられる人も

て水が漏れないように工夫した。写真を干すための紐や洗濯バサミは瓦礫の中から拾い集めた。そして肝心の水は、川まで歩いて行ってペットボトルで汲むことにした。

「全国、あちこちの災害現場で泥かきしたり、片付けしたりしてきたけど、ワシ、写真の洗浄なんて初めてだったの。でも、聞ける人もいなくて。だからもし、自分が写真の持ち主だったら、どうするかって考えたんよ。まず、ゴシゴシ洗ってほしくはないし、写真の泥を指でこすって落とすのも乱暴だよね」

尾畠さんは試行錯誤の末、一枚一枚、刷毛でなでるように慎重に写真の泥を落とすことにした。それでも落ちない時だけ水でそっと流す。乾かす時は日に焼けて色が薄くならないように、直射日光を避けて陰干しした。

「何か月も後になって、写真修復の専門家が指導に来てくれたの。で、ワシのやり方を見て、すごい！ まさにこの方法でいいんです！って驚いていて。あん時は嬉しかったな」

南三陸町に来て半月が経った。4月中旬とはいえ、まだまだ東北は寒い。時には雪も降り冷え込む日もある中、尾畠さんは一人テントのなかで辛抱強く作業を続けていた。

最初はたった一人で始めた「思い出探し隊」も、ゴールデンウィーク前後になると、毎日、10人前後のボランティアが参加してくれるようになった。

「元気な人は外に写真を探しに行ってもらってね、体が不自由な人やご高齢の人にはテントの中で洗浄作業をお願いしたの」

「体の不自由な人も？」

「そうよ。体力がないとか、耳が遠いとか、ちょっと足が不自由とか、私でできるんかなと躊躇する人もいたけど、適材適所でできる作業はいくらでもあるから、いつでも来てねって。引きこもりの青年が親に言われてやってくることもあったんよ」

「尾畠さんは南三陸で隊長を最後まで務めたんですよね」

「うん。ボランティアっていっても、隊長としての責任ってあるんだわ。途中で投げ出せないんよ。ワシは、みなさんに『首から上がない写真以外は、全部、残してください』ちゅうて指導したの。長いこと泥水に浸かったり、日にさらされた写真は、色が消えてたりするんだわ。でも、たまにだけど、ボランティアさんが帰った後、ゴミ箱を確認すると、全身きれいに写っとるやつも捨てられてるの」

「数が多くて、つい見落としたのかな」

「うん、それは分からんね。泥がいっぱいついちょって面倒だわあ、とか思ったのかもしれん。写真に写っとる人が捨てられて泣いとるわ。でも『これ捨ててあったよ。気を付けてね』なんて本人に言うと傷つくだろうからね。だからその日の作業が終了してみんなが帰った後、ゴミ箱の写真は、一枚一枚、チェックして、まだ残せるのがあったら、夜なべして自分で洗ってね。それはもう隊長に任命されたワシの責任じゃろうなと思ったから」

人が増えれば分業できるようになり作業も進むが、その分、尾畠さんは隊員の指導やチェックでさらに忙しくなった。それでもテント内の壁にきれいな写真が次々と貼りだされ、増えていくのが嬉しかった。

だいぶ壁が埋まってきたある日、町役場の人が「みなさん、取りに来てください」と町民に呼び掛けた。

「そしたら大勢の人が来てくれて……壁に貼られた写真を食い入るように見てな、家族の写真を見つけるたびに、あったぁ！って言ってくれてね……あったぁ！って」

家を流された一家が、子どもの小さい頃の写真を発見して喜んでいる。中には亡くなった家族の遺影にすると大事に持って帰る人もいた。結婚式や入学式、旅行や誕生日会……写真の中の家族や友人は、まさかその数年後、数か月後に大津波に襲われるとは夢にも思わず、幸せそうに笑い合っている。

「この時に戻れたら……」という人々の言葉を尾畠さんは何度も聞いた。だからこそ、壁に貼った一枚一枚が、生き残った人たちを励まし、心を癒すものであってほしいと願わずにはいられなかった。

尾畠さんはマキノさんと再会してからそのまま2か月半、南三陸に滞在した。そしてその後、大分と南三陸町を行ったり来たりしながらも、合計500日間、いちボランティアとして全力を尽した。尾畠隊長率いる「思い出探し隊」に参加した何千人の隊員たちもまた、町民の笑顔が写る何十万枚もの写真や思い出の品を集め続けたのだった。

再び歩く、本州一周の旅

震災から3年が経ち、瓦礫の山だらけだった南三陸でも、徐々に道路がきれいになり家も建ち始めた。復興に向けて本格的に動き出し、そこかしこから工事の音が聞こえてくる。しかし、尾畠さんの心はどこか晴れなかった。

皆で助け合ってきた被災地でさえ、3年も経つとそれぞれの生活に追われて震災は過去のことになりつつあった。次第に大震災の記憶が風化していくことに尾畠さんは、危機感を持っていた。まだ復興には程遠い。今も仮設住宅で暮らしていたり、元の生活に戻れない人もいるのだ。

被災地では時折、「もっとこうしていれば、家族も助かったかもしれない」という言葉を耳にする。表面上は悲しみから立ち直ったように見えても、失った大切な人を忘れられるはずがない。同じ悲劇を繰り返さないためにも、絶対に震災を風化させたくない。それは生きている者の使命なのではないか。そんな想いが心の奥底から込み上げる。

74歳の自分に何ができるのか。自問自答を繰り返した末、尾畠さんは、東日本大震災の復興と防災を願い、本州一周4100キロの旅に出ることにした。

「日本縦断の時は自分へのチャレンジだったけど、本州一周では、旅先で出会った人に震災のことを伝えて、思い出してもらいたいなって。いつ日本のどこでまた大地震が起こるか分からない。明日は我が身、備えを万全にしてほしいんよ」

66歳の日本縦断では3250・5キロを92日間で歩き通した。今回は、それよりも約850キロも長い。いくら尾畠さんが元気で人並外れた体力があるとはいえ、あれから8年も経っている。それでも、必ず歩き通したいと入念に計画を練った。

2014年4月1日にスタートした尾畠さんは、遠目からでもよく目立つよう、お遍路さんの恰好で歩くことにした。古いシャツで自作した白装束を着て、自分で編んだ白い菅笠をかぶり、「東日本大震災の復興を願う旅」と書かれた旗をリュックサックに括り付けた。

本州ではお遍路さんの姿で旅をする人をほとんど見かけない。物珍しさから話しかけてきた人には、旅の目的を語り、「震災を忘れないでほしい」と訴えた。福島、宮城、岩手と被災地を巡って、幸せと復興を祈りながら雨の日も嵐の日も歩き続け、139日間かけて本州を無事に一周したのだ。

その時にかぶっていた自作の白い菅笠を見せてもらうと、「同行二人」の文字が書かれていた。二人組で歩くわけではない。四国八十八か所などを巡るお遍路さんがよく笠に書く言葉で、弘法大師（空海）と共に歩むという意味だ。

「尾畠さんは、いつも『ワシは神も仏も信じない。信じるのは自分だけ』っていうけど、本職のお坊さんよりも、ずっとお坊さんらしいと思うんですけど」

「ははっ！　姉さん、こんなエロジジイがお坊さんだって？　んなこたぁない」

「そうかなあ。弘法大師も、人の幸せを願って諸国を巡っていたそうだし、もしかしたら生まれ変わりなのでは？」

「嬉しいねえ。あと30年、姉さんのいる東京に足を向けて寝られないわぁ。わっはっは」

尾畠さんはそういって笑うが、真言宗の開祖として知られる弘法大師こと空海は、布教だけではなく、堤防や橋の工事で技術指導をしたり、温泉の効用や漢方医学を伝えたり、日本で最初の辞書を作るなど多才な人だったようだ。

まだ身分が高くなければ学問に触れることが難しかった時代に、門戸を広げ、庶民への教育に力を注いだと言われている。身分に関係なく当時の悩み苦しむ人々に寄り添い、幸せを願い続けたからこそ、今も信仰を集めているのではないだろうか。

尾畠さんも困っている人がいたら誰にでも手を差し伸べるし、鳶職で得た土木技術をボランティアの現場で惜しみなく発揮する。温泉と薬草をこよなく愛し、愛読書は辞書である。そんな尾畠さんがもし、平安時代に生きていたら空海とウマが合ったかもしれない。

震災から10年近く、岩手、宮城、福島の３県で仮設住宅に暮らしていた約11万６千人もの被災者は、２０２０年に千人以下となった。問題はすべて解決されたわけではない。しかし、尾畠さんはもうすぐ大好きなお酒を解禁できるのではないか。旅を終えた今も、仮設住宅で暮らす人に心を寄せ、１日も早い復興を大分から毎日、仏壇に祈っている。

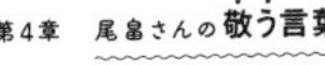

尾畠さんの敬う言葉

ー蒔かない種は芽が出ないんよー

「歳を取ってから金がないと不幸。付き合いもできないし、やっぱり金があったほうが幸せだ」っておっしゃる方がおる。まあ、お金があれば、夫婦で旅行に行ったり、孫にお小遣いをあげたり、友達とおいしいものを食べに行ったりできるわな。その人の考えだからいいと思うんだわ。だけどワシはね、金はなくても十分、幸せよ。

人との関係は、お金よりも、毎日の気遣いや思いやりが大事だとワシは考えてるんよ。困っている人を助けたら、助けられた人は、他の誰かが困っている時にそのことを思い出して、親切にしようと思うかもしれない。

「蒔かない種は芽が出ない」っていうけど、いい種を自分が蒔いちょったら、そのうちね、双葉が出て、ツルが伸びて花が咲いて実がなるでしょ。人間や社会も一緒だと思うんよ。すぐに結果がでなくても、どこかでつながっていくんじゃない？

今だからこそ「向こう三軒両隣」で助け合え

ワシが中学に行ってた昭和30年頃の日本ではね、よその子も自分の子も、みんな同じ村の子じゃって考えてたの。自分の家の両隣と、向かいに並んだ三軒の家を指して「向こう三軒両隣」っていう言葉があるんだけど、要は近所のことね。血のつながりはなくても、隣同士、子育てや介護は助け合っていたんよ。よその子が悪いことをすれば、自分の子と同じように叱って教育するし、どこかの誰かが病気で家族の手が回らなかったら、近所の人も看病しに来たり。

隣の人がな、「子どもに弁当作ってやりたいから、ちょっと米を貸してくれんかな」とか頼みに来たら、「あぁ、持って行きなさい」ちゅう。そいで、こっちも醤油や味噌が切れたら借りに行くとか、そんな感じ。

でも今は「隣は何をする人ぞ」だと思わない？　隣の人が生きていようが死んでいようがお構いなし。半年経って、部屋に入ってみたら住人が白骨死体になってたとかな。今はそういう時代。都会のマンションじゃ、隣の家との交流がなくて難しいかもしれんけど、日本ちゅうのは小さな島国なんだから、今だって困った人がおったら助け合ったほうがいいと思うんよ。

―男だって、お母さんの股の間から生まれた―

ワシ、九州男児って言葉が好きじゃないの。豪快だとか力強いとか、そういう意味でも使われるけど、男が偉いだなんて、えばっている奴はクソくらえ。だって、みんなお母さんの股の間から生まれたんよ。お父さんから生まれた人なんていないっちゃ。命がけでお母さんが生んでくれたから、ワシも姉さんもこの世にいるんだわ。じゃから、女性は男よりも偉いんよ。

「女は」なんてぞんざいに言うのは一番、良くないの。「女性は」って言わなきゃ。声をかける時もそうです。「おばちゃん」「奥さん」「おばあちゃん」とか呼ぶ人がおるけど、ワシは一切、使わんの。どなたでも「姉さん」ちゅうんです。「姉さん」「姉御」「姐さん」って、昔の社会では尊敬できる女性を指した言葉らしいよ。

男性には敬語なのに女性には使わない人もおるけど、ワシは初対面の女性には必ず敬語なんだわ。他のおやっさんからは「何で女に敬語を使うんか」って聞かれるんだけどな、「ワシもおやっさんもお母さんのお腹に十月十日おっちょって、命懸けであの小さな産道から産んでくれたの。でも、赤ん坊は産まれてすぐ食べ物を嚙めないでしょ。それで抱っこして初乳を体に入れてくれるのもお母さんなんよ。これが人生で一番最初の飲み物で栄養がいっぱい詰まっとる。だから、今、おやっさんもワシも健康なんよ。

それに、昔は肌着やおしめを替えてくれたのは、ほとんど母ちゃん。雪が降って寒い時でも、外の冷たい川でおしめを洗濯板ちゅうので、寒くて寒くて体がガチガチになりながらも、こすって洗ってな。絞って、振って、竹の竿に干したのも、全部、母ちゃんだよ」ってワシ、言うの。母は強し、っていうけど本当よ。

それでも「親父だって何か役目があるじゃろ?」って、ああじゃこうじゃ言う奴がおる。そん時はな、「ああ、親父も役目がある。母ちゃんの腹の上で、5、6回、腰を使ってな、『はい、後は頼むわ!』ちゅうだけ。それで後は母ちゃんが全部しよる」と教えるんだわ。したら、だいたい男は黙ってしまうんよ。

一 女性を人間扱いしない男は最低だわ 一

こんな昔の言葉、知ってる? 「嫁して3年、子なきは去れ」って。これ、ものすごく女性を侮辱した言葉なんです。

ずっと前に聞いた話があるの。江戸時代なのか明治時代なのか、あるところに大金持ちの家に産まれた息子がおって、結婚する年頃になったんよ。その集落の一番、貧乏な家にはかわいい女の子がいて、その息子は「この人と結婚したい」と親に言うた。

ところが、親は「馬鹿言うな。釣り合わないから絶対ダメだ!」と怒ったの。でも息子は「一緒になれないなら、この先も結婚せん!」ちゅうて引かないんだ。

親は仕方なく、その貧乏な家に行って、「お前の娘をうちの息子の嫁にしちゃるから出せ!」

ちゅうたんやって。娘の親はもう文句も言えんわな。天と地くらい差があるんやから。逆らったら、その集落におられんから。泣き泣き、娘さんを差し出したんやて。でもそれから3年間、なんぼ頑張っても二人の間に子はできなかった。

それで金持ちの親が「3年間おっちょってても子を産みきらん。そんなおなごは実家に帰れ」って。これは本当よ。物じゃないのにね。当時は、子を産まん娘は、石女（うまずめ）と言われて人間扱いされなかった。この話にはまだ続きがあって、息子は別の嫁さんをもらったけど、やっぱり子どもができんかった。最初の実家に帰された女の子は、他の家に嫁に行ったら子どもができた。つまり妊娠しない原因は金持ちの男にあったの。もし最初から男に原因があると分かっていたとしたら、こんなひどいことは言われんかったと思うよ。

時代は違うけど、今もあんまり変わらんかもね。日本ちゅう国は難しい。ちょっと前にどこかの議員が「女は子を産む機械」なんて馬鹿なことを言っとったな。女性を人間扱いしない男こそ、人間として最低だと思うんだわ。縁あって夫婦になったら、お互いに人として尊敬することは大事なことよね。

―教科書に出てくる「普通選挙」って普通じゃない―

女性が選挙権を得たのはいつかご存じ？　大正？　ノー、ノー！　なんと終戦と同じ年の昭和20年12月よ（参政権の行使は翌年4月の衆議院議員総選挙）。明治23年に日本で初の選挙があったけど、そん時は高い税金を払っている男だけが投票できたの。

大正14年になってようやく普通選挙が行われたって歴史の教科書に書いてあるみたいやけど、ぜんぜん〝普通〟じゃないからね、そん時も男だけ。

それまで女性は人間として認められていなかった。物扱いじゃったの。それまで何度も、女性たちが参政権を求めて運動をしたけれど、日本の男性議員たちに潰されたんよ。自分たちだって小さい頃はお母さんに育ててもらったのにね。

昭和20年の8月15日に終戦を迎えてしばらくして、ＧＨＱのマッカーサー元帥がパイプを口に咥えながら厚木飛行場に降りたんだわ。

そん時に、あまりにも日本の男が女性に上から目線だったのを見て、マッカーサーは、「何を馬鹿なことしてるんだ！」って驚いたんだって。戦争で勝った国からやって来たマッカーサーたちの指導で、初めて女性が人間として認められて参政権を得たんだわ。なんか不思議よね。今も、女性に対する差別や偏見が残っているけど、そんな古い常識なんて、どんどん変えていったらいいよね。

― 生理があるから、ワシもあなたも産まれて来た ―

何年か前（２０１８年）に、相撲の春の巡業だったかな。京都の舞鶴市の市長のおやっさんが、土俵に上がって挨拶してたら、くも膜下出血でいきなりひっくり返ったことがあったよね。そん時、客席にいた女性二人が看護師さんでおやっさんを助けようと、ビャーッと走って土俵に駆け上がったんよ。ところが、客席から「土俵におなごを上げたらダメだーっ！」って誰かがどなったんだわ。そんなニュース、覚えてる？

何で女性が土俵に上がったらダメなのか。今も女性を入らせない山もあるよね。トンネル工事も昔は女の人はダメだったの。事故が起きるからって。でも今は普通に入れるようになった。入ってみたけど事故は起きない。ただの迷信だったんよ。女性は生理があるから汚らわしいだの、山の神が怒るだの言って入らせない。

じゃあ女性が60、70、80歳になってな、生理が止まった人はええんかってワシ、言いたいの。生理があるからな、子どもができる。それでワシもあなたも皆、この世にいるんじゃけ。

「この神聖な土俵に上がったらいけんのや、おなごは！」ってどやしたおやっさんは、もし、倒れたのが自分や自分の子どもだったらどうするんか？　それでも同じことを言うのかって、ワシ言いたいの。こともあろうか、相撲協会も「女性は降りて！」ってアナウンスしよったの。同じ人間なのにね。

だけど、女性の看護師さんは毅然としてアナウンスを無視した。どんなにどやされても「私は看護師や！」ちゅうて救助を続けて一人の大切な命が助かった。そんなこと、口だけの男にできる？　あの二人は本当に偉かったね。助けてもらった市長のおやっさんは「俺は命拾いさせてもらったんじゃ」と、今も感謝してると思うよ。

第5章

守り抜いた約束（ルポ）

（2歳児救出編）

島で消えた幼児

いつものように困っていた人を助けに行っただけだった。本州一周の旅の後、地元や被災地で黙々とボランティアを続けていた尾畠さんは、ある夏の日、新聞の見出しを見るや否や、大分から山口に向かって車を走らせていた。

2018年8月12日、山口県の南東部、瀬戸内海に浮かぶ屋代島（周防大島）で2歳の男の子ヨシキ君が行方不明になった。警察や消防が150人態勢で3日がかりで探しても見つからず、メディアも連日にわたってこの件を報じ、全国から心配の声が寄せられていた。

そこに尾畠さんが駆けつけ、たった一人で捜索開始からわずか20分で発見。ヨシキ君発見の朗報とともに神がかり的な救出劇に世間は大騒ぎになった。

一躍、時の人となった尾畠さんだが、どのような経緯で発見に至ったのか、改めて時系列で追っていきたい。ヨシキ君が失踪した時、尾畠さんは大分の自宅にいた。ちょうどその数日前まで、西日本豪雨により被災した広島の呉市に滞在し、泥の撤去に精を出していたが、お盆の準備をするため一時帰宅していたのだった。

尾畠さんが、ニュースを知ったのは8月13日の大分合同新聞の朝刊で、行方不明からすでに1日が経過していた。

「警察や消防が大勢で捜索してるって書いとるし、すぐ見つかるといいなあって。でもその日の夕刊を見てもまだヨシ君は出てこない。心配しながら寝たんだけど、翌14日の朝刊を読んでも、まだ行方不明でしょ。これはまずいなと思って、ワシは朝から車を飛ばして山口に向かったんよ」

尾畠さんの家から約300キロ離れた屋代島は、「瀬戸内のハワイ」と呼ばれ、夏は海水浴の客で賑わう風光明媚な島である。ヨシキ君の家族が帰省していた曾祖父の家がある集落は、この島の南西部に位置する家房（かぼう）という静かな場所だ。観光客はほとんど訪れることはない。

まず、尾畠さんは役場に立ち寄り、捜索の警察官がいるテントを教えてもらった。これまでも捜索ボランティアをする前には、怪しまれないように顔写真の入った免許証を見せて現場の許可をもらうことにしているからだ。

警察官が慌ただしく出入りするテントの入り口で、「大分から来たボランティアの尾畠ですけど、ワシもヨシ君を探させていただいてもよろしいでしょうか？」と声をかけた。すると中から、背が高くてガッチリした警察官が出てきて、「えー？　大分から来たの？　ずいぶん遠くからだねえ。特に許可いらないからご自由に」と言う。

「それから、今度はテントのそばにあるヨシ君の曾祖父の家を訪ねたんよ。やっぱり探させてもらう前に、ご挨拶しようと思って。でも、もう、ご家族は誰もが疲れ果てて……ヨシ君のお母さんが出てきてワシに『お願いします』って頭を下げられたの。もう、お母さんの気持ちを思うと、胸が締め付けられてね」

楽しい夏休みが暗転、愛する我が子の行方が知れず、気も狂わんばかりであろう。尾畠さんは憔悴しきったお母さんに「ワシがもしお子さんを探し出した時には、必ず手渡ししますから」と約束した。

挨拶を終えると、もう日が暮れ始めていた。今日は捜索隊がヘリを飛ばし、地上では150人で探したという。明日の昼近くには、生死を分けるとされる72時間が迫り、誰もが焦っていた。

本格的に探すのは明日の早朝にして、尾畠さんは日が落ちるまで周辺の現場を歩いてみることにした。集落の南側には瀬戸内海が、北側には里山が広がっている。海から山に向かうゆるやかな上り斜面一帯に石垣が美しい昔ながらの集落と田畑があり、その一角にヨシキ君の曾祖父の家があった。

ヨシキ君の姿を最後に見たのは、8月12日の午前10時半頃。祖父が孫たちを連れ、海水浴に向かう途中、ヨシキ君だけ「帰りたい」とぐずり出したという。一人、家へとつながる農道を引き返していくヨシキ君の姿を祖父は目で追った。農道から小道に入れば家はすぐである。祖父はヨシキ君がほどなく母親と合流するだろうと考え、そのまま他の孫と先に海に行くことにした。その5分後、他の子どもたちを連れた母が祖父らに追いついたが、そこにヨシキ君の姿はなかった。家に帰っていなかったのだ。驚いて家族で周辺を探したが見つからず、警察に届けたという。

わずか5分。いったい何があったのか。尾畠さんは、家の周辺の田んぼや畑を歩いてみた。そこには大勢の大人たちの踏み跡が残っており、県警や消防の人が総出で捜索しているようだった。これだけ探していないのなら、ここではないのかもしれない。尾畠さんは歩きながら2歳児だったらどこに行くだろうかと周辺の地形を見ながらじっと考えた。その時、ふと北側の奥に広がる竹林が目に入った。

みな、2歳児は遠くへは行けないだろう、だから崖や溝に落ちてしまったのかもしれないと、家の周りや山のふもとを中心に捜索している。しかし、ヨシキ君が小道に入らず、農道をまっすぐ進み、山の奥へと登って行ってしまったとしたら？　そこはまだ誰も探していないはずだ。尾畠さんは、明日、家の裏の山を1日かけてじっくり探そうと目星をつけると、ワゴンに戻って寝袋に入り横になった。

翌日、朝3時半に目を覚まし、水でふやかしたご飯のパックに梅干しを乗せて、ガツガツとかき込んだ。登山やボランティアなどで体を使う日は、途中でお腹がすいて動けなくならないよう、米をめいっぱい食べることにしている。リュックには、塩飴と水1・5リットル、そして、もしヨシキ君がケガをしていたら止血するための針と糸を入れた。

朝6時すぎ、ワゴンから出た尾畠さんは、小雨が降る中、まだ誰も歩いていない静かな集落を歩き始めた。農道を進み、ヨシキ君の家の前に出ると前日に挨拶したヨシキ君の祖父が、疲れ切った表情で外へ出てじーっと立っていた。そこはヨシキ君とはぐれた場所。心配で一睡もできないのだろう。自分のせいだとひどく苦しんでいるのかもしれない。尾畠さんは祖父の心中を察し、「必ず探しますから」と声をかけて慰めた。

「おいちゃん、ぼく、ここ！」

ひんやりとした朝の空気と雨に濡れた土の匂いを嗅ぎながら、尾畠さんは一人、農道の坂道を上り山へと向かった。50メートルほど先に左右に分かれる道があるが、どちらも約150メートルほど進むと山の入り口につながっている。

数軒の民家を過ぎると途中から舗装がなくなり、まもなく木々が生い茂る細い山道に入った。その辺りは急斜面になっていて、ここにもすでに警察が捜索した踏み跡があった。

木の枝で日の光が遮られ、薄暗がりの山道に積もった落ち葉を踏みしめながら、尾畠さんは、「ヨシくーん！」と何度も呼んでは立ち止まって、耳をすました。尾畠さんが誰もいない早朝に出かけたのには理由があった。消防や警察と同じ時間から捜索を始めると、大勢の声や作業の音で子どもの声がかき消されてしまう。この時間の山はシーンと静まり返っているため、どんな小さな子どもの声でも聞き漏らすことはない。

人が動く音や匂い、道の両脇に草を踏んだ跡がないか、緑の木々や下草の中にヨシキ君の着ていたシャツの白と赤の色はないか、五感をフルに使い、一歩、また一歩、慎重に足を運ぶ。山道に入って20分ほど経っただろうか、道の脇の斜面を下ったところに大小の石がゴロゴロ転がっている小さな沢が見えた。深さは5センチから10センチ程度でチョロチョロと水が流れている。

その沢に向かって尾畠さんが、「ヨシくーん！」と呼びかけた、その時だ。

「おいちゃん、ぼく、ここ、ここ！」

耳元で確かに声が聞こえた。尾畠さんは心臓が止まりかけた。

「すぐそばで、ですか？」

尾畠さんの話をじっと聞いていた私は、思わず口を挟んだ。

「そうよ、いや、それがかなりはっきりと聞こえたんだわ。でも、声はするけど姿は見えない。耳をすましてそっと声のする方に近づいてみると……沢のそばの苔むした岩に、裸足のままちょこんと座っていたヨシ君がいたの！　ワシ、もうほとんど腰、抜かしかけた！　ガクッと来てな、頭の中、真っ白やった！」

「登り始めてすぐだったんですね」

「うん、そうね、農道を迷わずにまっすぐ上に登り始めてから、ヒョコッと出てきたもんだから……なぁ、びっくりしたよ」

尾畠さんはその声の主に「ヨシ君？」と呼びかけた。すると、その子は尾畠さんの顔をまっすぐ見つめて、かわいい声で「うん！」と返事をした。発見したのは、8月15日の午前6時48分、生死の境と言われる72時間の約4時間前であった。

「あのな、すごかったんよ。ワシが近づいて、『ヨシ君、食べる？』って塩飴を見せたんだわ。そしたらね、ヨシ君が右手でもってバーッと取ったの。すごかったよ、それは」

「よっぽどお腹がすいていたのかしら」

「そいで、その飴の入った小さい袋を破こうとするんだけど、握力がないから破けにくいの。だからワシが飴を取り出してね、渡そうとした途端によ、ガッ！と奪い取って、あの白米みたいにピピピピピと生えちょる小さな歯でな、ガリガリガリガリって噛んだんじゃけ！」

「えっ、舐めるんじゃなくて噛み砕いたんですか？」

「姉さん、ちょっとこの塩飴、噛んでみて。ほら噛めないでしょ。それをヨシ君はものすごい音で噛んで……だからワシは思った。あ、この子は絶対、生きてくれるなって」

ヨシキ君が飴を噛み砕いている間に、尾畠さんはどこか怪我はないかヨシキ君の体を見渡した。

赤と白の長袖を着ていた部分は血もにじんでおらず、まず大丈夫だろうとめくらなかった。パンツは穿いておらずお尻は出していたが、大きな腫れや傷もない。

「穿いていた海水パンツはおしっこやうんちで汚れてたんだって。後で犬を連れた警察が見つけたんだけど、気持ち悪くて自分で脱いだんじゃないかな。それで、頭の上にはブヨからアブからコバエからハチがブンブン回りよる。ポッと見たら短い髪の毛の上にな、白いカビみたいなのがいっぱい生えちょったんよ。メリケン粉を振ってそれにパーッとジョーロで水を撒いたみたいに硬くなっとる。これはもう撫でんほうがいいなと思って。まあ、多少は虫に刺されちょったけどな、ブーッと膨れるとかそんなんはなかったの」

「大きな怪我がなくて本当に良かったですね」

「そうね。ほいでバスタオルでヨシ君をくるんで、『ヨシ君、お母さんとこ帰ろうな』って言ったら、『うん！』ちゅうから、抱きかかえて沢から山道に上がったんだわ」

「口約束も契約だから」

尾畠さんはヨシキ君をヨシヨシとあやしながら、抱っこしたまま山道を下った。ヨシキ君が2個目の飴をボリボリ齧り終えて、さらに3個目の飴もねだるので口に入れてあげた時だ。道の先に警察官が15〜16人ぐらい立っているのが見えた。彼らは尾畠さんとヨシキ君を見つけるや驚いた顔をして、ダーッと駆け寄り尾畠さんの前に立ちはだかった。そしていきなり「すぐその子を渡してくれ！」と尾畠さんに迫った。

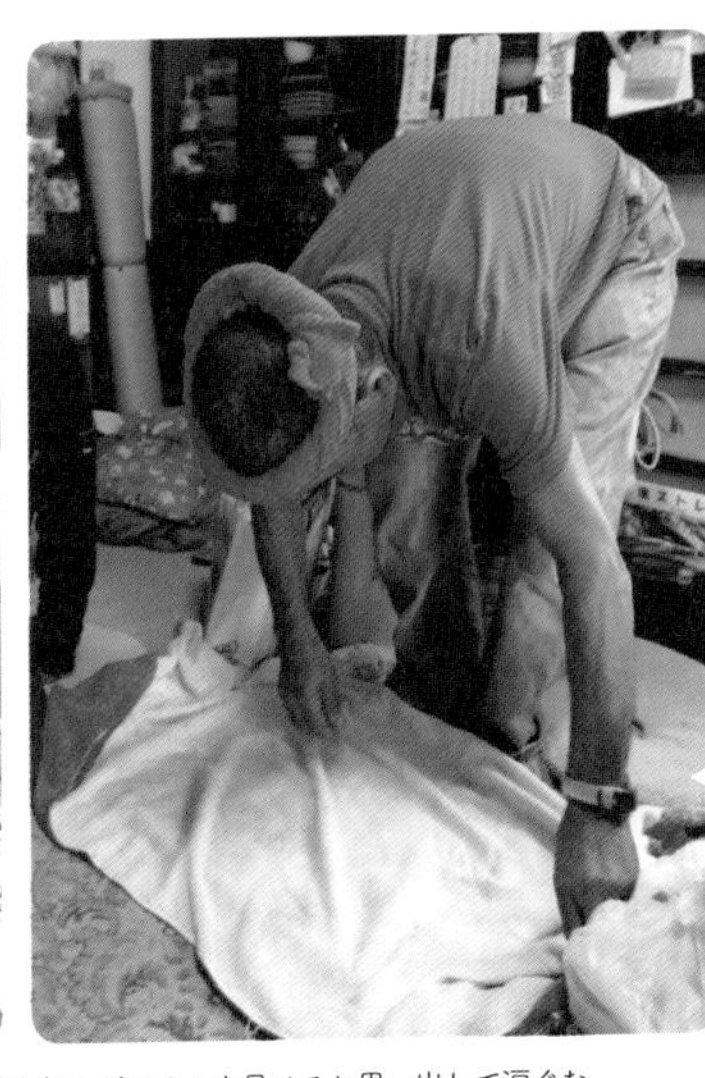

「命より重いものはない」。友人にヨシキ君を包んだタオルを見せると思い出して涙ぐむ

しかし、尾畠さんはヨシキ君を離さなかった。「すいませんけど、昨日も今朝もご家族に会って、もし発見したら必ずどんなことがあっても手渡ししますからねって約束しちょったから。今は渡せません」と断った。しかし、警察官たちは「そういう決まりだから！」と怖い顔を近づけてくる。

その話を聞いて私はなんだか残念に思った。尾畠さんは一民間人だ。大分から手弁当で駆けつけ、早朝から探して発見したのだ。警察はそんな尾畠さんに「ボランティアさん、お手柄です」とか「ありがとう！」と、まず、ねぎらいの言葉一つ、かけられなかったのだろうか。もしかしたら、ボランティアとは思わず、不審者だと疑ったのかもしれないが……。

それにしても、15人もの屈強な警察官に囲まれたら、私なら怖くなって言うことを聞いてさっさと渡すだろう。しかし、尾畠さんはどうしても納得できなかった。

「ヨシ君を渡したら、おやっさんたち、何するの？って聞いたんよ。そしたら、まず、家族に渡す前に、ああだこうだ事情聴取して、我々、警察が体を調べて……ちゅうからな、2歳の子にまず事情聴取って……」

「誘拐された可能性もあるし、発見時のマニュアルがあるんでしょうね。警察官も心情的には、すぐ親に渡してあげたいのでしょうけど」

「でも、もしもよ、自分が親だったら、一刻一秒でも早く我が子を抱きしめたいでしょ？　ヨシ君だって3日間、ずっと一人だったんだから、まず家族に抱きしめてもらいたいだろうって。そりゃ、意識ないとか、一刻を争うような大怪我してるなら話は別だけど。ヨシ君は怪我もしてないし、飴もガリガリ噛み砕いて元気ですって説明したんだわ」

その時、前日、警察のテントにいた〝親分〟らしき警察官が、尾畠さんの後ろにスッと立ったかと思うと肩をガッとつかんだ。尾畠さんはもう一度、「おやっさん、口約束も契約だから。どうしてもご家族に直に渡さんと。それがもし違反なら、渡した後に、ワシ、ワッパ嵌められに戻りますから」とその人に頼んだ。

すると、その親分が背後で何か合図したのか、立ちはだかっていた警察官たちがバーッと道を開けた。その道が開いた先に、ヨシキ君のお母さんが呆然と立ち尽くしていた。その顔は真っ青を通り越して緑色をしていた。

お母さんは泣いて息子に飛びついてくるだろうと思ったが、全く身じろぎもせず、尾畠さんと息子をただじっと見つめていた。まるで氷人形のように、瞬きさえしなかった。

尾畠さんは、ヨシキ君の頭にかけていたバスタオルを取り、顔をお母さんの方に向け、「約束通り、ヨシ君を見つけたからね、お渡しします」と近づいて手渡した。しかし、お母さんは、「嬉しい」とも「ありがとう」とも言わず、ただ無言でギュッとヨシキ君を抱きしめた。

「崖っぷちギリギリまで耐えたお母さんの顔、今、思い出しただけで涙がでるんよ。女の人ってのはね、命がけで子どもを産んで、その子どもがいなくなるなんて本当に大変なことなんだわ。やっぱり、ワシ、真っ先に家族にヨシ君、渡して良かったと思うわ」

尾畠さんは、思い出しながら少し涙ぐんだ。結局、警察はワッパを嵌めに来なかったので、尾畠さんはもう大分に帰ろうとワゴンに向かった。すると、ヨシキ君の祖父が「おいちゃん、ほんとにありがとう。せめて、うちでお風呂入って。ご飯も食べてって」と引き留める。

気持ちは嬉しかったが、「ボランティアは対価はいただかない」を信条としている尾畠さんは丁寧に断った。すると今度は、警察の親分が「尾畠さん、今、何十分かしたら、署長が感謝状を持って来るから、ちょっと待って！」と追いかけてきた。

「人命救助した人には感謝状を渡すっていう規則か何かあるんじゃろな。だから、『そんなん、要りません。ワシはこれで帰ります』ちゅうたら、『尾畠さん、すいませんけど、もろうて。でないとな、署長の顔が立たん。もらってくれんと署長が困るから、尾畠さん、頼むわ、お願いだから。もう感謝状に名前も書いちゃったし』って。あんまり我を張ってもいかがなもんかなと思ってな、それでもう、署長のおやっさんの到着を待って、もろうたんよ」

「へえ、その賞状、見せてもらえませんか？」

「ええよ。たぶん、そのへんにあるはずよ。どれだったかな？」

尾畠さんは、雑然とした居間にいくつか丸まっている賞状らしき紙を広げて探し始めたが、結局、見つからなかった。フグの取り扱い免許などは家の壁に貼ってあるのに、尾畠さんにとって感謝状はそれほど価値があるわけでもなさそうだった。

探し出せた3つの理由

ヨシキ君救出の一部始終を聞き終えた私は、なぜ「ヨシキ君は山にいる」と確信したのか、尾畠さんに改めて聞いてみた。何しろ、何百人もの人が3日前から徹底的に探していたのに、誰一人山にいるとは思いつかなかったのだ。

「そうね、ワシはいつも子どもの気持ちになって考えるんよ。実はね、ヨシ君が行方不明になる2年前にも大分県佐伯(さいき)市の宇目(うめ)って所に、ワシ、捜索に行ったことがあるの。コヨミちゃんちゅう2歳の女の子が、家族が畑で草取りしている間に行方不明になったんよ」

「ヨシキ君と同じ歳ですね」

「そう、そん時も現場を見て2歳の子がどこ行くかなと考えたんだわ。ボランティアや警察とか下の畑のほうでみんな探しちょる。でもワシは、農道から竹林のほうにコヨミちゃんは登ったんじゃないかなって」

尾畠さんが山に向かって歩き始めると、別の捜索ボランティアの男性が先に歩いているのが見えた。分かれ道で男性が右側を上がったので、尾畠さんは左側に行った。しばらくすると、「あぁ、大丈夫だよ。もうすぐお母さんに会えるからね」と言う男性の声が聞こえてきた。尾畠さんが目

ヨシキ君救出後、メディアに取り囲まれて質問に答える　写真：共同通信イメージズ

を凝らすと木々の間からその男性が子どもを抱っこしているのが見えた。

「あ、見つかったなと思って。その時はすぐ警察に引き取られたみたい。ワシが発見したわけではないけど、その時の経験もあって、小さい子どもちゅうのは下に下がらんで、上に上がりたがるもんだと確信したの」

「なるほど。尾畠さんがいつも言っている通り、体験と経験に勝るものはないんですね」

「そうよ。でもな、今回のヨシ君のことで、いろんな方が、『尾畠さん、あんた一人で探したん、すごいな』って褒めてくれるんだけど、ワシの力なんて20％だけなんよ」

「あとの80％は誰の力ですか？」

「うん、まず、20％は沢の水を飲んで命をつないだヨシ君の生命力よ。3日間、きっと沢の水を腹ばいになって飲んで命をつないできたんだわ」

「腹ばいで？　普通、手ですくって飲みませんか？」

「水深があればすくっても濁らないけど、川べりだと水深が浅いから手ですくうと水が濁るんよ。ちょっと川に入れば深いところはあったけど、ヨシ君の足元は2センチくらいだった。水深10センチでも足を取られて溺れることもあるし、だからきっと腹ばいで水をすすって、じっと助けを待っていたんだと思うわ」

実際にヨシキ君が腹ばいになったかどうかは分からない。けれど、私は感心した。幼いから何もできず、今回はたまたま運が良かっただけだと思っていた。しかし、小さくとも、人間は動物のような嗅覚や生命力がしっかり備わっているのかもしれない。たった一人、暗い闇のなかで過ごす夜の時間は、どれだけ心細かっただろう。見渡しても家もなければ、泣いても母は現れない。

それでも、ヨシキ君は沢の音を聞いて自分の力で道なき斜面を下り、沢の水を飲んで命をつないだ。もし、その力がなかったら一年で一番暑い季節に、2歳の子が生きて戻るのは難しかったかもしれない。では、残りの60％は誰の力なのか。尾畠さんは、語気を強めて言った。

「それはな、お天道様の力なんよ。『春夫よ、この道をこう行きなさい』って照らしてくれた。そして山の風がワシのところに、『おいちゃん、ここよー』ってヨシ君の声を届けてくれたんです。姿も何も見えないのに、耳元で、大きな声で」

「……お天道様は見ていてくれたんですね」

「本当にそうね。あのな、命に勝る重いものはないんよ。ヨシ君の小さな心臓、その命に代わるものはこの世にないと思っちょる。その大事な命をワシは助けたかったんだわ。ヨシ君は行方不明になったことも、ワシなんかのことも忘れてくれていい。ただ、元気に育ってくれたら……」

尾畠さんは、思い出してまた涙ぐんだので、私は口をつぐんだ。長い沈黙に居心地が悪くなったのか、目に涙をにじませながらも陽気な声で言った。

「あんとき、10個あった塩飴、ヨシ君、3個食べたから、7個も残っているはずなんだわ。でも、ヨシ君、ギュー一ッと握ってワシに返してくれてないのよ。え？　諦めろって。ははは、姉さん、諦められるかい！　そうね、元気に大きくなって、いつか塩飴、7個、返しに来てくれたら嬉しいわあ」

由布岳の西峰へ。大きな壁でも少しずつ進めば、いつか乗り越えられるはず

尾畠さんの乗り越える言葉

―賞状なんてもろうても、何にもならん―

ワシが山口で行方不明になったヨシ君を見つけた後にね、マスコミの人だけじゃなくて、あちこちの役場の人からもダーッ！と連絡が来たの。「あっちの市だか県だかの親分が賞状出すちゅうなら、うちの親分も賞状出さないとなんねぇ」って。もうそんなん、いらんちゅうても、もらってくれって家にも来るの。

偉い人のお使いで来た役場の若い衆なんかもな、「尾畠さん、表彰式に来てください。お願いします」って頭を下げるんよ。だから「ワシ、表彰式の服なんてないし」っちゅうたら、「来てくれたら、服装なんかどうこう言わん」って。あんまり困らせるのも気の毒だし、で、行くことにしたんよ。

山口から帰ってから忙しくてズボンもまだ洗ってなかったし、ワシはヨシ君を探した時の服装のままで行ったの。いつもの赤いハチマキして、不法投棄されたボロボロの靴を自分で修理して履いて。

そしたらもうね、立派な応接間で大勢の職員がデーッ！てネクタイしてピカピカの革靴を履いて、ビャーッ！っと一列に並んでね。笑いもせん、泣きもせん、ジーッとただワシを見るんよ。

そいで賞状を一枚もらって、さっさと帰ったの。こんなことしなくても、もっと庶民のためになることに時間を使ってほしいわ。並んでる職員さん、みんなで被災地に行くとかね。賞状？家にあるはずだけど、さて、どこにいったかねえ。

人生の壁にぶち当たって血が出てから相談するんじゃ遅い

この間、ワシの友達からの紹介でとある女性から「尾畠さん？」って電話が来たの。会ったことない人なんだけどね。それで「はい、そうです」って答えたら、「私、2、3日のうちにこの世を去りたい。でも、死ぬ前に尾畠さんと目を見て、話をさせてもらえんかね」って。

「あ、いらっしゃい。じゃあ、朝10時にインターの横で待ち合わせしてな、ワシが、車のハザードを点けて待っちょるから」って電話切ったの。その女性、私と同じ81歳で体は元気らしいんよ。でも人間が一番、疲れるのは体ではなくて頭。何かあった時、脳がイカれるんです。脳がイカれたら、もう自分で何しよるか分からない時があるんよ。

その女性も、うちに来た時は完全に死人の目やったな。聞き直さんと分からんくらい小さな声で話すし。結局、その晩、夜11時まで話して、彼女は近くのホテルに泊まって、翌日は朝からまたうちに来てお昼前の11時まで話した。

何を話したのかって？　もうその方、死にたくなるくらい、つらいことがあったんよ。それでワシは、こんなたとえ話をしたんよ。ここに角度が45度くらいの壁があったとするよね。これは登れるわな。50、60、70、80……と段々急になって、90度は垂直でしょ？　垂直だってね、登り方はあるんですよ。でももっと大変なのは反り返った壁。この壁の名前を知ってる？　山言葉では「オーバーハング」っていうんです。これは普通の人には登れんわな……でも、こんなすごい壁でもね、人生、どうしても越えなきゃいけない時もあるんです。

それでワシは言うた。「今のあなたはオーバーハングの壁の前に立っている。そんな状態なんよ。それでも、せっかくお母さんから貰った命をな、自分の手で絶つなんていうのは、絶対に人間としてはしていけんことや。どんなにつらくても壁は越えなければならんよ」って。

どうやって巨大な壁を乗り越えるのかって？　そうね、それは人によってそれぞれだから、答えはひとつじゃないかもしれん。だけど、これだけは言える。どんな巨大な壁だって、たくさんの石を毎日、投げ続ければいつか穴が開くかもしれないし、よじ登れるように壁に傷をつけて足をかけるところを作ってもいい。壁のてっぺんにフックをかけて登る方法もあるかもしれない。ひとつだけ試して諦めてちゃダメなんよ。

必死にもがいて何かできないかと、やれることは全部やってみる。もうこれで限界だと思っても、ちょっと休んで考えればまだ何かアイデアが出てくるかもしれない。

そんな話をしたな。そしたら姉さん、「尾畠さん、私、生きてみるわ」って。その言葉を聞けてワシは嬉しかったんよ。その数か月後にね、姉さんから「尾畠さん、私、生きて、生きて、生きまくる！」って手紙が届いたの。良かった、これで大丈夫だと思って。ワシは、字もきれいじゃないし、返事も出さないけどね。

もしもね、壁にぶち当たった時、砕け散って「痛い！　血が流れてるー！」って怪我してから、誰かに相談するんじゃ、ちょっと遅いっちゃ。だから、「この壁はちょっと私の力で乗り越えられない……」と思ったら、ぶち当たる前に、誰か信頼できる人に相談したほうがいいよね。

― 生きて生きて、生き抜こうな ―

姉さん、和歌山行ったことある？　いいとこよねえ。♪ここは串本　向かいは大島　仲をとりもつ巡航船　あら　よいしょ　よーいしょ　よいしょ　よいしょ　よーいしょ♪　この歌、「串本節」ちゅうのよ。え、歌は知らんけど、ワシみたいなナイスガイが歌うからいい歌に聞こえるって？　ははは、じゃあ、次は和歌山の若い兄さんの話をしようかね。

蚊が飛び始めた頃だから、夏の始まりだったかな、宮城県の南三陸町でボランティアしよった時に、ボラセン（ボランティアセンター）の親分から、「尾畠さん、小中学校の体育館に被災者

運転しながら歌うことも。運転免許を手にしてから、一度も切符を切られたことがない

がいっぱいいるからな、蚊が入らないように窓に網戸を付けてほしいんだわ。ボランティアの中から、2、3人、指名して一緒に作業してくれんか？」って頼まれたんだわ。

そいで、60歳前後のおやっさんと、23歳の兄さんを指名したの。兄さんに「あなた、どちらの方？」って聞いたら、「自分は和歌山や」って。その日はずーーっと3人で網戸をダーーッと張りよったんだわ。

ところがね、なんかこう若い兄さんの声に張りがないんよ。呼びかけたら、「はい」って返事はするし、「こっち、お願いね」ちゅうたことは黙々としてくれるんだけど。うちの田舎のほうじゃ、「余分な言葉」ちゅうのがあってね、余分って余計って意味じゃないよ。「被災者、大変だねぇ」とか「網戸を張れて嬉しいねぇ」とか、まあ世間話やね。ボランティアの現場では初めて会う人同士、コミュニケーションを取らないとならないから、なんでもない会話も大事なんよ。だけど、兄さんはそういうこと何ひとつ言わない。

休憩時間になっても「趣味は？」と聞けば、ボソボソ答えるけど、目をキョロキョロ、キョロキョロしながら、下向いたり上向いたりしよる。「あぁ、体は健康でも、かなり心が疲れているな、苦しいのかな」と思って。

ちょっときつい言い方だったかもしれんけど、兄さんに「今、あなた、誰と話しよる？」って聞いたの。そしたら「尾畠さんと話しよる」って。「そうだよな。あなた、今、ワシとサシで話しよるのに、どうして真っ直ぐワシの目を見て話しないの？」って、こう言うたんですよ。

そしたら兄さんがちょっと間を置いて、「……おいちゃんともっと話したいわ」ちゅうた。だから「あぁ、いいよ。ここのボランティアが終わったら大分においで。一緒に飯食ったり、温泉に行ったりしようよ」って誘ったんよ。そしたら兄さん、「分かった。おいちゃんとこ、必ず行くよ」って。

一緒に作業したのは、その1日だけだったけど、後日、兄さんははるばる和歌山から車を運転して、カーフェリーを2度も乗り継いで大分まで来たんだわ。「これ、うちの母ちゃんから」ちゅうて、なんか立派な南高梅の梅干しをもらったの。「今回、息子が急にお邪魔をしてすみません。よろしくお願いします」ってお母さんが書いた手紙も渡されてね。あぁ、お母さんもやっぱり心配されてるなって。

兄さん、うちに泊まってね、一緒にパック飯を食べて、温泉行ったりして。3時までずっと話して。午前3時じゃないよ、翌日の午後3時まで一晩一睡もせんで話したんよ、本当よ。

兄さんは自分の今までの人生をワシに話してくれた。高校を卒業してどっかの企業で働いたんだけど、人付き合いが難しくて、もう悩んで悩んで会社を辞めてから、ずーっと家で籠りっきりやったらしいんよ。自分の部屋から出てくるのは、トイレと飯の時間だけ。「お父さん、お母さんは何も言わなかった？」って聞いたら「うん」ちゅうた。それ以上、聞かなかったけど、ワシが思うには、親は余計なことを言ったら、息子がもうこれ（自殺）するやろうなって心配したのかもしれないわ。そうしたら、ある日、その兄さんのじいちゃんが「お前、そんなことしちょったら、人生、ダメになるよ。今、宮城県の南三陸で、大変な地震が起きて被害が出ているから、ボランティア活動して来い」ちゅうたらしいわ。

心の病を持った人がボランティア活動するのは、しんどいんじゃないかと世間の人は思うよね。でも、ワシに言わせれば無心で体を動かすのはいいこと。最初のうち、うまくいかなくても、グループになって同じ作業をするわけだから、他の人のスコップの使い方や土嚢袋の括り方を見て「おぉ、そうか。こうするんだ」って新しい発見がある。一生懸命、覚えてうまくなれば「若いのに、よく知ってるな」とか他の人に褒められるでしょ。

休憩時間とかに、「何県から来たの？」とか聞かれるわね。「あぁ、和歌山よ」「ワシ、大分県よ」とか、そこから趣味の話とかにも広がるし。でも中には、ちょっとこう恥ずかしくて輪に入って来れない人もいる。まあ、性格はいろいろでいいんよ。それでも被災地の人から「ありがとう」と言われたら、誰もが嬉しいよな。

それで和歌山の兄さんの話に戻るけど、ひとしきり話し終わったら、「尾畠さん、俺、和歌山に帰るわ」って言うた。ワシは大きな壁の乗り越え方とか、少しは自分の経験を話したけど、どっちかというとずっと兄さんの話を聞いていたの。大分の温泉で汗を流して自然に癒されて、それでワシにたくさんしゃべって心の整理がついたのかもしれんな。

　だから、「あ、そうかい」って、車で帰る兄さんをバイクで途中まで送ろうと思って、一緒に家を出たんだわ。しばらく一緒に走って、大通りでちょうど信号が赤になって並んで待っていた時に、兄さんの車の運転席の窓がグーッと下りた。顔を出した兄さんが「尾畠さん！」って声かけるから、「どうした？」って聞いたんよ。それでな、彼の口からあの言葉を聞いた時は、ワシ、本当に震えが来たんだわ。何て言ったと思う？

　大きな声ではっきりと、「俺、生きて生きて、生き抜くから！」って。ずっとボソボソと話してた兄さんが、「生きて生きて、生き抜く」って言ってくれたからな、「ありがとう」ちゅうたの。だからワシ、「生きて生きて、生き抜こうな、お互いに。これからの人生は上りや下り、つづら折りの道や川や滝、垂直や反り返った壁もあるかもしれないけれど、人間、やろうと思えばできるからチャレンジして。で、やってやって、やり抜いてな、本当に、兄さんが越えられなかった時、その時はまたうちにいらっしゃい」って言ったら、「尾畠さん、頼みますね！」ちゅうた。

　それで、ガチーッと握手して兄さんの目を見たらな、キラーッ！と鍬みたいに輝いちょった。ワシは「これ（自殺）なんか考えちゃいけんよ」っていう余計なことは一切、言わんかった。

　南三陸のボランティアで、なんとなくその兄さんを指名しただけなんよ。でも、やっぱしね、お天道様が引き合わせてくれたんだろうと思うんだわ。ええと、その兄さんの顔は覚えてるのに、名前は……よう思い出せん。いや、いいの、生きててくれたらそれで。

日向岳で赤い葉を拾う。「明るい色は元気になる。パンツもブラジャーも全部、赤だよ！」

―前向きに生きれば、いつか笑顔になれる―

ウチにはね、老若男女いろんな人が泊りに来るんよ。女の子で一番、若い子は23歳だったな。ある日、南三陸町で一緒にボランティアした仲間の兄さんから、電話があったんだわ。「尾畠さん、知り合いの女の子が大分県に住んでるんだけど、夫婦喧嘩して旦那からお金も携帯電話も置いていけって家を追い出されたんだって。ちょっと行ってくれんかね」って。

それで、車で迎えに行ったら、その女の子ちゅうのが、茶髪で寝間着みたいな服を着たままで、すごい首飾りとか耳飾りとかして、もうぺぺ！としちょって、どう見ても夜遊びしてるそのへんの女子学生って感じ。だけど、その子、驚いたことに3児の母なんだわ。

「地元の友達に相談したら、おいちゃんの家に泊まるように言われたんですけど、お願いします」って頼まれたの。で、車に乗ったら「すいません、私、生理が始まったんだけど、ナプキンないから、買ってくれませんか」ちゅう。それでドラッグストアがあったから、千円札出して「はい、これ」って渡したんだわ。

本当に1円も持ってないんよ。出身は関東らしいけど、なんでか大分の人と結婚して……追い出されても行くところないし、お金もないし。近くに頼れる人もいなかったんだろうねえ。

家に戻ったら、仲間の兄さんからまた電話があって、彼女に実家に帰るお金を貸してあげてくれんじゃろかって頼まれた。ワシは年金でギリギリの生活してるから、貸す余裕ないんよ。それでその兄さんに現金書留を送ってもらうことになったの。

彼女、うちに2泊して、3日目の朝に届く予定の現金書留を、二人で縁側に座って待っちょった。なんか彼女、不思議なの。遠くからバイクの音がしたらな、「おいちゃん。あれは手紙を配達する人のバイクの音だよ」って。「あ、そう。よく分かるね」ちゅうて、15分ぐらい経ってまたバイクの音がしたら、「この音は現金書留を配達する人や」って。同じバイクなのに何で分かるのかしらね。

無事、お金も届いたし、午後には駅まで送ったの。それで切符を買って実家のある関東まで一人で帰っていったわ。ご主人には「子どもは引き取るからお前だけ出て行け！」なんてことも言われたみたい。でも落ち込んでる様子もなくて、いたって普通なんだけど、心の中までは分からない。家の事情も言わないから、ワシはあれこれ聞かなかったの。

それからね、どのくらい後だったかな、彼女から「おいちゃん。私です。あんときは、お世話になりました」って電話があったの。「おう！　元気そうやね」って言ったら、「今、アルバイトしよるのよ」ちゅうたからな、「良かった！　人生いろいろあるけど、いつかあなたが笑顔で楽しめる時があるからね。気を落とさんでね、それまで元気で頑張って」って励ましたんよ。

ああ、だからね、ワシも最初、ちょっとびっくりしたけど、やっぱり人は見た目じゃないね。ワシ、義理堅く電話くれた彼女を見直したの。前向きに生きていたら、いつかきっと笑顔になれる日がくると思うんよ。彼女、うまくいくといいなあって。

―彼女の吐いた息を吸ってるからつらいんよ―

宮城県の南三陸町でね、甲信越の方からよくボランティアに来てた50歳くらいの男の人がいたの。ある日、その人から「尾畠さん、ちょっと相談があるんじゃけど」って声かけられたんよ。何だろうなと思って聞いてみたら、「実はこの南三陸で地元のある女性が好きになって、その人とちょっと付き合ったんだ」ちゅう。

キスくらいしたのか、手を握ったのか、どの程度付き合ったのか、それは分からんけど、でも、しばらくしてその彼女が他の人と付き合いだしたんだって。まあ、彼女は彼を嫌になったんでしょうね。「ものすごいつらいんじゃ、悩んでるんじゃ。どうしたらいいかな」って。

だからワシ、言うたの。「宮城県におると、彼女が吸ったり吐いたりした空気を、あなたも吸って吐いてる。彼女の吐いた息をあなたが吸ってるからつらいんです。違う土地で空気を吸ってきたらいいと思うよ」って。

でもその彼はボランティアするための大きな道具箱を持ってきちょってたからね、「あなたが帰ってくるまでワシが命懸けでこの道具箱を守るから。最低1週間ね、宮城県から離れてみたらどうですか」って勧めたんよ。

そうしたら、「うん、そうするわ」って出て行って、ちょうど1週間後に彼は戻ってきた。「どこ行っちょった?」とは、ワシは聞かんかった。隣の町なのか、石巻におったか知らんけどな。

帰って来た時にな、「尾畠さん、吹っ切れたわ」って。行く前と目が全然違って、それはもうイキイキとしてたんよ。

苦しい時こそ、半歩でいいから外に出て

もしもね、人生で落ち込んだり、苦しんだり、引きこもってしまったら、一歩でも、半歩でもいいから外に出てほしいんだわ。もう外の空気ちゅうのは、全然、味が違うんよ。1回きりじゃなくて、週に2回とかな。継続は力なりって言うけど、続けて外出していればだんだん生きる気力も湧いてくると思うんじゃけどな。

家の外に出られたら、今度は少し遠出して自然のあるところを歩いてみて。ちょっとした草原でもいいから。草花を見たり、頰に風を当てて

ボランティア中に仲良くなったお行儀のいい猫

みたりな。太陽が上がれば、いろんな小動物が動きだして、鳥が飛んだり鳴いたり。

別に高い山に登らないと出会えないような珍しい鳥じゃなくてもいいんだわ。ワシの家の近所はカラスが多くて、カァカァ言うて並んで電線に止まっとるんやけど、それ見て「すごいなぁ。彼たちは今、あんな高い所に止まって。俺なんか無理やな」とか思うだけでも、こうなんか心が楽しくなるよね。そんなこと考えていると、だんだん元気になると思うよ。

10億円の猫の絵よりも、生きてる野良猫の方がずっといい

1匹の猫が描かれた10億円する有名な絵と、そのへん歩いている野良猫なら、ワシは断然、野良猫の方がええんよ。10億円の絵なんか呼びかけても何の返事もしないよ。だって絵の中の猫は、いつも同じ方向ばかり、ずーっと見てるだけ。動かんわな。でも野良猫は、こっち見てキョロキョロ、あっち見てキョロキョロ。寝っ転がったり起き上がったりして見てるだけで可愛くて、なごむよね。

「今、この猫、何を考えてるんだろう」とか、「朝食は何を選んで食べるかな？　あ、小さなバッタかな、カマキリかな」って考えると夢が広がるんよ。それで、懐いてきて適当な名前で呼んだら、ニャオーンとか鳴いてね。ちょっと膝に乗ってきたりした時には、やっぱり生きた猫のほうが癒されるんよ。

第6章

ルポ 土嚢とスコップ

（広島・呉ボランティア編）

猫の手くらいしか役立たない

２０１８年７月、例年より長く梅雨前線が西日本に停滞した。空は厚く黒い雲に覆われ、いたる所でバケツをひっくり返したかのような激しい雨が連日、続いていた。この豪雨により、西日本を中心に川の氾濫や土砂崩れなどの被害が発生。全国で２００名を超える死者が出た。

特に広島県呉市は大被害を受けた。三方を山に囲まれた天応地区に流れる大屋大川が大氾濫したのだ。それにより、周辺の民家や橋が次々に飲み込まれた。

７月中旬、ボランティアの受け入れがはじまるや否や、尾畠さんは大分から駆け付け、それから９月末まで呉でボランティアに打ち込んでいた。

私が初めて大分県日出町のご自宅を訪問したのは、ちょうど尾畠さんが大分に一時帰宅していた時期で、呉に戻る直前の９月中旬のことだった。取材の途中で尾畠さんは「姉さんは被災地のボランティアしたこと、あるの？」と聞いてきた。

「そうですねえ、東日本大震災の後、友達に誘われて炊き出しボランティアをやったことはあるんですけど……スコップで泥かきをするような本格的な災害ボランティアはないです」

「そうなん？　なんで？」

「うーん、駆け付けたい気持ちはあるんですけど、大きなスコップとか持ってないし、リヤカーすら押したことがないんですよね。それに男性に混じって動けるほど体力もないし。バッタリ倒れてかえって現地の人に迷惑かけてもなあ、っていつも二の足を踏んでしまうんです。あと何か失敗した時に、誰かに『自己責任だ！』と責められてもつらいし」

尾畠さんに話しながら、私は行かない理由をあれこれ並べているだけだと自分で気が付いていた。「気の毒だ、助けたい」という気持ちは嘘ではない。しかし、「迷惑かけたら」と表向きは言っておきながら、「誰かが行くだろう」「行くのはしんどい」が実は本音なのかもしれない。

尾畠さんは、そんなことはとっくにお見通しだろう。話しているうちに、だんだん恥ずかしくなって「すいません、全部、ただの言い訳ですね」と白状した。

「ははは。姉さん、最初は誰でも自信はないんよ。道具なんてボランティアセンターに一通りそろっているし、服だって動きやすければいい。失敗を責める人は何もやらない人。気にせず、まず、飛び込んでみてほしいわ。それで、一回やってみたら、ああ、あれが足りないな、今度はこうしようって、少しずつ、道具を揃えたり、技術を覚えたらいいんよ。姉さんさえよければ、ワシと一緒に一度、やってみようよ。『一歩、前へ！』。これ、ワシの好きな言葉よ」

「私、みなさんについていけるかな？」

「他の人に無理に合わせなくても、自分のペースでいいんよ。誰も来てくれないよりも、1回でも2回でも泥をかいてくれる人が集まったほうが被災地の人だって嬉しいと思うわ」

「そうですね、猫の手くらいしか役立たないかもしれないけど……では師匠、よろしくお願いします！」

「うん、嬉しいねえ、姉さんなら大丈夫よ。だって山女だもの」

それから半月後の9月末、東京での仕事を片付けた私は、尾畠さんとの約束通り、東京から新幹線で広島駅へと向かった。

駅に着いて驚いた。呉と同様に大きな被害を受けた広島市も、その影響でまだ混乱しているだろうと思っていたが、予想に反して改札周辺は明るく賑わっていた。ちょうど広島カープの優勝が決まった時であった。すっかりお祝いムードで、改札やショッピングモールの壁には真っ赤なポスターや風船が飾られ華やいでいる。赤いユニフォームを着ている人たちが笑顔で歩いており、誰もが浮き足立っているように見えた。

賑やかな広島駅を背に、私は呉線のホームに移動した。この路線も被災していたが、つい先日、再開したという。電車はすぐに来た。瀬戸内海に浮かぶ江田島の穏やかで美しい景色を窓から眺めていると、目的地の呉ポートピア駅に到着した。駅には人気がなく、わずか20キロしか離れていない広島駅の喧噪と比べ、嘘のように静まり返っている。

改札と直結している鉄橋に出ると、海の手前に広がる天応公園が見渡せた。その反対側、線路の背後には低い山があり、斜面には民家がポツポツと点在しているのが見える。豪雨から2か月半が過ぎ、幹線道路や公園の瓦礫はすでに撤去されていた。車は快調に鉄橋の下を通っており、いくらか復興が進んでいるように感じた。

校庭で鳥鍋をつつく

誰もいない海沿いの幹線道路を歩いていくと、尾畠さんが滞在しているという天応小学校の校舎が見えてきた。校門から中を覗くと、放課後の校庭では子どもたちが元気に駆け回っている。

その先にステッカーが貼ってある小さなシルバーのワゴンが停まっているのが見えた。そばの木の枝には洗濯物なのかシャツが干してあった。タープの下のゴザの上には鍋のようなものも置かれていて、広い校庭の中でそこだけ妙に生活感がある。あれは尾畠さんの車ではないか？と目をこらすと、ワゴンの少し先に赤いツナギを着た尾畠さんが遊具のタイヤに座っていた。

小学校の校庭に車中泊のおじさん、というシュールな光景にも、子どもたちはまるで気にすることなくすぐ脇で遊んでいる。近づいていくと、尾畠さんは少し難しい顔をして、二人の男性と何やら話し込んでいた。私に気が付くと、「おー！　東京のあづささん、約束通りよく来たね」と立ち上がって笑顔になった。

大半のボランティアはすでに引き揚げたか、学校が始まり移動したのだろうか。この校庭で暮らしているのは、今は尾畠さんだけなのかと尋ねると、「そうよ、校長先生が、尾畠さん、あんただけはここにいていい、ちゅうから。学校の水道で水をもらって、それで体を拭いたりコーヒーを沸かしたりしているの。もうすぐ話が終わるからちょっと待っちょって」と言うので、私は、尾畠さんに温かい夕食を食べてもらいたいと思い、鳥鍋の準備に取り掛かることにした。

日が西に傾き始めると、校庭の子どもたちが「おばたさん、さようならー」と帰っていく。尾畠さんは先ほどの男性二人と話を終えたが、今度はテレビ局の取材があり、水でふやかしたご飯パックを食べるシーンを撮りたいとリクエストされたらしい。つい先ほど地元の人から大きなお好み焼きの差し入れもあったのだが、「記者さんたちも仕事だし」と尾畠さんは快く引き受けてガツガツとご飯を食べている。

被災地での食事は、ガスの節約のためパックご飯を水でふやかして梅干しを乗せて食べる。
カープ優勝は被災地にとって明るいニュース。地元の人から記念のお菓子の差し入れも

私は少し離れたところで鍋をぐつぐつと煮ながら撮影が終わるのを待った。茜色の空に一番星が光りはじめた頃、撮影から解放された尾畠さんが伸びをしながら、「あ〜いい匂い！」と近づいてきた。「もうお腹はいっぱいですか？」と聞くと、尾畠さんは赤い鉢巻きを取って「食べる、食べる！　姉さん、ありがと！」と嬉しそうに鍋を覗き込んだ。

すっかり夜になり、校舎も暗闇に包まれた頃になっても訪問者があった。突然、暗がりから話しかけられギョッとした。見ると女性が二人。よく悩み相談に訪れる20歳くらいの娘さんとそのお母さんだという。鍋を一緒に食べながら、尾畠さんとひとしきり話すと落ち着いたのか、二人は「ごちそうさま」と言って月明りの道を仲良く並んで歩いて帰って行った。

「山の中でキャンプをしているようだねえ。やっぱり、あったかいものはおいしいなあ」と、タープの下で二人で鍋をつついていると、学校近くに住んでいるという女性が、お湯の入ったポットを交換しにやってきた。長く滞在する尾畠さんを気遣って毎日、差し入れてくれるらしい。

泥まみれの家

翌日、夜明け前に広島駅近くのビジネスホテルを出て、始発で尾畠さんの待つ天応小学校へと向かう。徐々に白みはじめた朝の天応地区はまだ車も走っていない。尾畠さんはすでに起きていて、誰もいない校庭で軍手をはめスコップを動かしていた。

「おはようございます。ボランティアの前にボランティアですか？」と尋ねると、「うん、この

早朝の校庭で一人。「人の見えないとこで黒子のようにお手伝いさせていただくのが好き」

銀杏の木から落ちた実を集めていたの。これ、子どもたちが触るとかぶれて危ないから。洗って干せば食べられるよ」とつまんで見せた。

早速、私も手伝っていると、登校してきた子どもたちが歓声を上げて尾畠さんに抱きついてきた。名札にサインをもらったり、頭をなでてもらっている。

そして始業の鐘とともに校舎に入っていく子どもたちの後ろ姿を見届けると尾畠さんは、「さあ、姉さん、そろそろ行こうか」と立ちあがり、赤いリュックをしょって「朝は必ず来る」とマジックで書いた白いヘルメットをかぶった。実はこの日、ボランティアセンターでは、被災の状況確認のために、ボランティアの受け入れを一時停止していた。

しかし、すでに現地に入って2か月以上、過ごしている尾畠さんは、天応地区での顔見知りも増え、センターに行かずとも地元の人から「あそこの家の誰々さんが困っていた」などと直接、情報が入ってくるらしい。

ボランティアセンターで必要な道具を吟味。現場によって使うシャベルの種類は変わる

募集は停止していても、センターの玄関前には、スコップやバケツなどの道具が並べてあり、借りることはできるようだった。受付には、お姉さんが二人座っていて、暇そうにおしゃべりをしていた。聞けば、北陸の役所から派遣された応援の職員だという。

尾畠さんはひとしきり、ボランティア募集を停止したことに文句を並べた。「もし、ここにボランティア希望の人が来たらね、追い返さずにワシに声かけてよ。あそこの角の家に今日はいるから、絶対に連れてきてね」と念を押しながらも、最後にお姉さんたちを得意の下ネタでちょっと沸かせた。

そして無料で置かれている飴やクッキーを両ポケットに冬眠前のリスの頰のごとくパンパンに詰め込む。さらに私にも持っていくようにと塩飴を摑んで渡した。その塩飴は、山口のヨシキ君にあげたものと同じで、ここでもらったのだという。

道具コーナーに並んでいたバケツや麻袋、私が使う軽目のシャベルなどを借りて、被災した近所の家に向

U字溝に詰まっている泥をかき出しバケツへ。土嚢袋で階段を作ると運搬が楽になった

かった。

歩きながら尾畠さんは「このへんはね、だいぶやられて。ほら、あの家の泥をかき出したんだけど、結局、1階の上のほうまで泥に浸かっているから、建て直すみたいよ」と説明してくれる。昨日、呉ポートピア駅の鉄橋から街を眺めた時は、道路の瓦礫は撤去され、家々の屋根はきれいに残っていたので、だいぶ復興しているかのように見えた。

しかし、実際に街を歩いてみると、まるで違う感覚になる。近くで見ると、家の中は泥まみれで畳ははがされ、とても住める状態ではない。

尾畠さんは、一軒の木造住宅の前で立ち止まると「この家だね。ボランティアさせていただくのは」と庭に入って行った。尾畠さんは必ず「させていただく」という言葉を使う。「してあげる」という上から目線の態度ではなく、「困ったらお互い様。恐縮することなんてないですよ。自分はいいボランティアをしたいから来ただけ」という謙虚な気持ちを忘れないでいる。

ショベルカーが運びやすい場所まで交代で泥を運ぶ。積み上げた泥で九州の名峰が完成!?

ボランティアにはコツがある

被災した家の中を覗くと、2階建ての1階部分の家の戸ははずされ、中が丸見えだった。すでに床下の泥はかきだされている。しかし、1階の炊事場や風呂など水回りがやられたので、被災から2か月以上経った今も、この家のご家族は広島市内の知り合いの家に退避しているそうだ。

今日の作業は、重機が入れない幅1メートルほどのブロック塀と家の間にあるU字溝に詰まった泥の撤去であった。狭いので二人同時に並んでの泥かきはできない。一人が泥をかきだしバケツに入れ、それをもう一人が家の外の空き地に運んで積み上げていくことになった。

それにしても泥の臭いがきつい。泥というと畑や山の土が頭に浮かぶのだが、被災地の泥は生活排水や工場の汚水などもぐちゃぐちゃに混ざっているので、こんなにも腐った臭いがするそうだ。そしてそれが乾くとホコリとなり、吸い込んで喉を痛める人も多いのだという。

「姉さん、ワシは平気だけど、素手で泥に触っちゃいかんよ。マスクも苦しくてもしたほうがいい。被災地の泥は雑菌だらけだから」と尾畠さんに注意を受ける。

さっそく尾畠さんの真似をしながら、私はスコップを手に人生で初めてとなる泥かきを始めた。昔、少しだけ体験した畑仕事と違って、U字溝に詰まった泥はシャベルが壁面に当たるのでかき出しづらい。それに被災から時間が経って乾燥しているせいか、泥もレンガのように硬くずっしりと重いのだ。

5分も経たないうちに腕も痛くなり汗が噴き出てくる。情けないことに80歳近い尾畠さんに全く敵わない。尾畠さんは涼しい顔をして、ひょい、ひょいと、重いはずのバケツを両手で軽快に運んでいく。

時々、途中で作業を交代しながら、夢中で黙々と作業していると、尾畠さんが場を和ませようとしたのか、話しかけてきた。

「スコップにも種類があってね、今日は硬い土を掘る作業だから、先のとがったケンスコちゅうのを使うんよ。でも、土を集める場合は先が四角いカクスコがいい。リヤカーを押していると地面がへこむから敷く板も持っていくといいよね」

「勉強になるなあ。学校では教わらなかったから。尾畠さんはさすがよく知ってますね」

「鳶職の時に覚えた段取りは、ボランティアで応用できることが多くてね。でも被災地でのスコップの使い方とかは、ボランティアしながら覚えたんよ。教えてもらったんじゃなくて、上手な人のやり方を見て盗む。これだけはいくら盗んでもいいっちゃ」

「へえ。うちの父が板金職人だったんです。やっぱり応用が利くのか、ちょっとした自分の家の修理とか家具とか作っていたなあ」

「えー、職人さん？　今度、お父さんも絶対、連れてきてよ！」

「来るかなあ？　ちょっと頑固なんですよ。ははは」

黙々とひたむきに作業したほうがはかどるかと思ったが、おしゃべりをしながら作業をしたほうが疲れを忘れるし、不思議とリズムができる。調子に乗ってエッサ、エッサと土をかいていると、尾畠さんは「さすが山女だわ！　こんなに上手な人は見たことないっちゃ！」と拍手までして盛り上げてくれる。お世辞なのは分かっていても、やる気になるから不思議だ。なんとかコツをつかんで作業も波に乗ってきた。

ところが、突然、尾畠さんは「はい、休憩！」と言うなり、バケツを横に置いた。時計を見るとまだ15分しか経っていない。ボランティアの心得が書かれたサイトには「1時間に1度は休憩を」と書かれていたから、そのくらい続けるものと思っていた私は拍子抜けした。

「もう？　私に気を使ってくれなくても大丈夫ですよ」

「いやいや、もうちょっとできるところでやめるのが、ボランティアを続けるコツだから。リーダーの言うことは絶対。さあ、スコップから手を離して、水を飲んで。おやつもあるよ」

そういいながら、尾畠さんはさっさと水を飲み始めた。この時は、てっきり体力の劣る私に気を使っているのだとばかり思っていた。

しかし、このペースで休憩することが一番、効率がいいのだと分かったのは、それから1年後のことだ。話はそれるが、尾畠さんに教えてもらって少し自信をつけた私は、２０１９年の台風19号による洪水で被災した栃木県に友人を誘ってボランティアに行くことにした。

ボランティアセンターで受付後、その時の即席チームのリーダーに手を挙げた男性は、ボランティア経験が豊富で熱心な方だった。しかし、ご本人は体力があるのか、休憩をほとんど取らない。とても暑い日だったこともあり、チームの皆は、ふらふらで、友人も私も腰痛で動けなくなってしまい、翌日は参加できなくなった。現場では連携して動くことが多いので、一人だけ抜けづらいし言い出しにくい。だから15分おきくらいに、ちょこちょこと休むほうがむしろ効率がいいのだろう。

しかし、私には「休め休め」とスコップを取り上げ、お菓子を渡してくれる尾畠さん自身は、休憩中もじっとしていない。土嚢袋に土を詰め始めたので、何をするのかと聞くと、泥をかき出すU字溝と泥を積んでおく空き地に段差があるので、上がりやすくするためのステップを作るのだという。段差が同じ高さになるよう、袋に入れる土の量を調整し踏みしめて固定する。

「階段って台がなくても袋ひとつで作れるんだ！」と感心すると、「これも鳶職時代に覚えたんだよ。人生、無駄なことはひとつもない」とニッと白い入れ歯を見せた。

「ところで尾畠さん、ボランティアする時、真夏も真冬も寝るのは、ワゴンの中ですか？」

「そうよ。短期だったりお金がある人はビジネスホテルに泊まったり、行政がボランティア用の宿泊施設を用意してくれるところもあるけどね。人それぞれだけど、ワシは衣食住、全部、自前なんよ。だから南三陸にいた500日間、風呂にも1回も入らんかった」

「えー、1回も？」

「ははは。お陰で埃だらけ、汗だらけ、苔だらけ。さすがに水も飲まないで、物も食べなかったら体によくないけど、人間って臭くても死なんのよ。2か月に一度くらいは大分に帰るから、そん時は温泉でさっぱりするんよ」

「ちょっと離れれば温泉施設とかあるのでは？」

「大分から南三陸町まで往復でガソリン代が4万円。年金が月5万5千円だから交通費だけで8割かかるんよ。少しでも節約したいしね。現地の風呂や炊き出しは、『ボランティアさんもどうぞ』って言うてくれる時もあるけど、ワシはボランティアちゅうのは『対価・物品・飲食を求めない』のが基本だと思っちょるから。

被災者の前では元気にふるまう

悲しいかな、中には被災した方に『ちょっとコーラ買って』とか『タオル、新しいのない?』ってねだるボランティアもいるんよ……まあ、ワシはそれを見かけても何も言わないけどね」

私は昨日、地元の女性が尾畠さんに声をかけていたのを思い出した。「呉のためにありがとう。お礼をしたいんだけど。何か食べたいものとか欲しいものない?」と聞かれた尾畠さんは笑ってこう答えた。

「欲しいものがひとつある。ワシは姉さんのかわいい笑顔が欲しい。ああ、今、貰ったから何も要らんよ」と。

こうべを垂れる秋の稲穂となれ

作業開始から、数時間後、大量の泥が空き地に積み上がった。泥の形がちょうど山脈のように見える。私がそう言うと、尾畠さんは笑顔で、「ここが由布岳、ここが祖母山……」とスコップの先でチョイチョイと、山並みをこしらえ始めた。災害ボランティアは大変で何か堅苦しいイメージがあったが、尾畠さんと一緒に話しながら作業していると、山登りと同じ感覚で泥かきも楽しめるから不思議だ。

泥で作った九州の山脈を見ながら休憩を取っていると、尾畠さんはひょいと立ち上がり、「来ないなあ」と道路に出ていった。

「どなたか来るんですか?」

「いや、今日、ボランティア募集を停止したっていうから、もし誰か来たら、ここに寄こしてよ、って、さっき受付に言っておいたでしょ……ほんとにお役所仕事はダメなんよ。この間もよ、今日は50人しかボランティアを受け入れませんって。だったら51人目は追い返すのか。あまりにも殺到したならともかく、各現場の人数を増やせばいいだけなのに。ちょっと失礼だと思わん？」

「そう言われたらそうですね。私は呉に知り合いもいないし、もし、尾畠さんがいなかったら、すごすご帰っていたかも」

「そうでしょう？　役所の人は一度、朝から並んでみたらいい。追い返されたらどんな気持ちになるか。ほら、昨日、姉さんが来てくれた時、ワシと話していた男性二人いたでしょ。あの方たち、県の職員なのよ。ワシに呉のボランティアの感謝状をもらってほしいって。だからワシ言ったの。そんなの渡す暇あるなら、知事さん以下、みなさんで泥のひとつでもかきなさいって」

「そしたら？」

「その職員さんが、今の知事は包容力のある人で……とか何とかいうから、それならなおさら現地に来たらいいんじゃねえかって。それに呉のボランティアはワシ一人じゃないからね」

何か善いことをした人を表彰することでその人の励みになったり、報道されれば「私もやろう」と思う人もいるかもしれない。賞状を贈ること自体はいいのではないかと私は思う。しかし、いらない人に押し付けるものではないだろう。

尾畠さんの話に相槌を打っていると、空き地に白い車が滑り込んできた。タイムリーというか運悪くといえばいいのか、車には市役所の名前が書かれている。センターの受付で聞いて見回りに来たのだろう。ドアが開き、長靴を履いた二人の男性職員が降りてきた。そして積み上がった泥を指さし、「尾畠さん、これ、土嚢袋に入れてください」と恰幅のいい職員が言った。

「いや、平積みでいいって地元の方に言われたんで。後からショベルカーでやってくれるって」

「そうですか？　ちょっと確認します」

尾畠さんは、私に「やっぱり、土嚢袋に入れないでいいって言うよ、絶対」とささやき、訝し げに電話で確認を取っている職員の様子を目で追っている。

「尾畠さん、これ、平積みのままでいいです」

「土嚢袋はどうなった？」

「平積みでいいです」

「さっき、あなた、土嚢袋に入れろって言ったじゃろ？」

「ええ、でも平積みでいいです」

「だったら、土嚢袋に入れるっていうのは、あなたの間違い？」

私は驚いた。尾畠さんは、何度も職員に同じことを繰り返す。相手の少し横柄な態度にカチンと来ていることは声色で分かったが、ここまで問い詰めるのは、謝らせたいのだろうか。

「あなた方もちょっと土を運びませんか？」

「市役所の職員なので」

「市役所の職員は土を運んではいけないっていう決まりはないでしょ。時間ないの？」

「これから他の場所も行くので」

「10回くらい運ぶ時間はあるでしょ」

そう、尾畠さんが食い下がると、しぶしぶ職員たちが「じゃあ、やりますよ」とバケツを手にした。そして、私の後ろに二人は並び、尾畠さんがかき出した泥をバケツで2回だけ運んでもらうと、「もういいですよ」と尾畠さんはバケツを取り上げた。

「市役所の職員だからやらん、という人は多いけど、あなた方は偉いですね」

観音様みたいな尾畠さんでも、嫌味を言うんだ！と再び、私は驚いたが、職員さんたちは「え、そうですか」とニコニコと嬉しそうに車に乗り込んだ。車が見えなくなると、尾畠さんと私は思わず顔を見合わせた。

「今の職員さん、笑顔で帰りましたね」

「うん、これだけの嫌味を言われて、自分のものの言い方を反省するような人はまだいいけど、あの人たち、ぜんぜん気が付いてないいね。だいたい、地元の人でさえ自分の家が被災してなければ、『俺は関係ない』って、遠くから来たボランティアが働くのをただ窓から見てるだけの人も多いのよ。もちろん、そんな人だけじゃなくて、今回も素晴らしい地元のボランティアさんは大勢いたよ。でも、この天応地区だって呉市だって広島だって、いったい何％の人が助けに来たのかっていう……ここに限った話じゃないけど、ボランティアは意外と遠くからの人が多いんじゃないかな」

「へえ、そういうものですか」

「まあ、一般の人ならともかく、市の職員なんだから、ボランティアに来た姉さんに、『どっから来たんですか？　東京からですか？　呉のために遠くからありがとう』と頭を下げねばならな

幼稚園に来た尾畠さんに子どもたちは大騒ぎ。その前は滞在している小学校に呼ばれたそう

いんよ」

「いや、私はぜんぜん役に立ってないから……」

私は首を振りながら、内心、ドキリとした。よくよく考えると、私も五十歩百歩である。昨日までは、被災地のニュースを見ているだけの何もしない側の人であったからだ。今日、尾畠さんと作業しなければ、一生、言い訳を言っていただけかもしれない。しどろもどろに尾畠さんにそう伝えたが、私の反省の弁など、まるで聞いておらず、珍しくヒートアップしている。

「とにかくね、まず『私は市役所の誰々です』って名乗らないと。それで、作業を中断させて時間を取らせた挙句、間違えたんなら『すいません』と言うべきよ。ワシ、学歴はさっきの職員の何十分の一もない馬鹿だけど、上から目線は大嫌い!! 人の上に立てば立つほど、こうべを垂れる秋の稲穂となれと言いたいね!」

尾畠さんの職員に対する突っ込みは、至極ごもっともである。それでも私はピンと来ていなかった。格段、ひどいことをされたわけでもないし、職員もさぼっていたわけではない。態度はやや偉そうに感じてもお役所仕事といえば、そんなものではないだろうか。いつも他人には優しい尾畠さんが、職員にはちょっと厳しすぎる気がする。

「うん、でもね、さっきのあの人たちは、市の職員、つまり『公務員』って言っとったけど、冗談じゃねぇって。公務員ちゅう前は、なんていう言葉だったかご存じでしょ？」

「ええと、今はあんまり使わないけど〝公僕〟ですか？」

「そうですよ、今度、公僕っていう字を国語辞典で引いてみて。どう書いてるか。町民のため、村民のため、市民のため、県民のため、国民のために、泥食らってでも、みんなのためにやらせてもらうっていうのが、公僕。公のために奉仕する者なんです。金田一京助が書いた国語辞典にちゃんと書いてあるんですよ」

ああ、そうか、と私は尾畠さんが憤慨している理由が分かった気がした。「蒔かぬ種は芽がでない」というのが尾畠さんの口癖である。先ほどの職員をぎゃふんと言わせたかったわけではなくて、手を動かすことでボランティアや被災者の気持ちに気が付いてほしかったのだ。そしてつらい時こそ市民に寄り添う尊い仕事なのだと。社会のためにボランティアに打ち込んできた尾畠さんだからこそ、誰のための仕事なのか、今一度、二人の職員に伝えたかったのだろう。

記念写真に、サインに

ボランティアを終えてワゴンに戻ると、小学校に隣接する幼稚園の先生が木陰で待っていた。尾畠さんを囲んで園児と記念写真を撮らせてほしいという。二つ返事で引き受けた尾畠さんが幼稚園に現れると、建物から子どもたちが庭に飛び出してきて、「ぎゃー！」「おばたさんが、きたー！」とハチの巣をつついたような騒ぎになった。

園児が描いた似顔絵を渡された尾畠さんは、「みんな、ありがとう！　お父さん、お母さんの言うことを聞いて元気でね！」と呼びかけた。子どもたちが大きくなってからもこの日のことを覚えているか分からない。それでも、将来、ボランティアをやろうと思う子もいるかもしれない。

小学校に戻ってきた尾畠さんを、今度は、子どもを連れたお母さんたちがサイン色紙を片手に取り囲んだ。中には、時間がないからと「明日、取りにきます」と色紙をポンと置いて帰る人や、「お母さんが親戚に配りたいから、サインしてもらってって」と何枚もの色紙を手にした女の子もいる。「私、毎日、尾畠さんとおしゃべりするの。友達と競争よ。あなたが行くなら、私も行くわ！って」という年配女性の声も聞こえてきた。

尾畠さんは、どの人の色紙にも一枚一枚にサインと一言を丁寧な字で書いていく。サインを書く、写真を撮る、握手をする。それを並んでいる人の数だけ繰り返す。先ほどの泥かきで疲労困憊のはずだが、1時間経っても嫌な顔ひとつしない。

ようやく最後の一人のサインを書き終え、二人で遅い昼食を食べていると、野良猫がご飯を狙って背後からそっと近づいてきた。追い払うのかと思ったら、尾畠さんは満面の笑みでご飯粒を分けてやり、「いつも来る子でね、被災した猫なのかもしれないんよ。お前も、ワシを待ってったの？」と目を細めた。野良猫は「にゃあ」と返事をして尾畠さんにくっついた。そして丸くなってスヤスヤと眠り始めた。

尾畠さんの働く言葉

― 口がうまい人よりも、手を動かす人が好き ―

被災地ではね、偉い人はさーっと遠くから視察をするだけ。泥まみれになって現場の中まで見る人はほとんどいないね。ただ遠くから見るのと、被害に遭った地域のど真ん中を歩くんじゃ全然違うんよ。臭いはすごいし、泥や瓦礫で前に進めんし、動けなくて座り込んでる被災者もおるし。

ワシ、いつも役所の人に言う言葉があるの。「市役所の人も、県庁の人も、国の人も、明日はみんな我が身、我が身だよ。役所の中におらんでいいから、一回くらい自分で土嚢袋に石を入れるくらいの気持ちがあった方がいいよ」って。

議員さんも同じよ。あの人らの任期は４年間。もし４年後も同じ椅子に座りたかったらな、日々の努力が必要なんよ。みんなから票を貰おうと思ったら、実際に行動しないとダメなんだわ。自分のためじゃなくて、本当に町民のため、市民のため、県民のために毎日、仕事をしないとな。どんなに口がうまい人よりも、一回、手を動かす人が好きです、ワシは。

―現地を見ずに、現地を語るな―

この間、うちにな、県議員の偉い人が訪ねてきたんよ。革靴履いて、ネクタイして、「尾畠さん、県議を前に講演してくれんじゃろか」って。でもワシ、その議員さんに言うたの、「講演なんてへのツッパリにもならん！」って。

どんなに偉い人が来てもな、ワシは全く緊張せん。「クソくらえ」っていうような気持ちで相手にするから遠慮しないの。馬鹿にするわけじゃないんですよ。でも「なんぼ金バッチを付けちょろうが、銀バッチ付けちょろうが同じ人間じゃねぇか」って。だって男は小便を立ってする、女の人は座って大小する、みんな同じ。そうでしょ？　そのくらいに思ったらな、誰も怖くないんだわ。

そいでな、その議員さんに「ワシにそんなことを頼みにくるなら、他にぜひやってほしいことがある。宮崎から大分までの沿岸はずーっとリアス式海岸で切り立っているんよ。普段は穏やかでも津波が来たら袋小路でひとたまりもない。大分県の皆さんは、そんな危険な所に背中合わせで住んでるんですよ。だから、普段から防災のための練習をしたほうがいい。講演なんか聞くよりも、実際に県議さんもボランティアを体験したほうが役に立ちますよ」って言ってやったの。

どこかの校庭でな、建材屋から2トンか3トンくらいの砂を借りて、スコップで土嚢袋に詰めて、ヒモで2回半回してグッと引っ張ってな、それを集積場に積み上げる作業をしたらいい、って。講演に行って耳で聞いて、できるようになった気がするかもしれないけど、実際は難しいんだわ。

そしたら、その議員さん、「今日はどうもありがとうございました」って、スッと帰っちゃった。諦めるのも帰るのも、早かったな。ワシの信念は「現地を見ずに、現地を語るな」「スコップの名前も使い方も知らないやつが、スコップを語るな」。これ本当です。議員さんが一度もやったことなきゃ、人にやってくださいなんて言えんわな。

─泥食らってでも、市民のためにやるのが公僕─

最近はね、海岸や国道のゴミ拾いを一人でしているんよ。いつだったか、そこに年配のおやっさんと若い女性がやって来て「何をしているんですか？」って聞いてきたの。

人に尋ねるからには、まず自分の名前を名乗らないといけないと思うの。だから、「おやっさん、どなた？」って聞いたら、「県の者です。公務員です」ちゅうだけ。名前は言わないし、「県の者」じゃどこの県の誰かも分からない。名札もポケットに入れて隠しているの。だから、「隠れてて見えませんよ」って言ったのに、そのおやっさん、なーんも言わん。

礼儀知らずだなってワシ、カチンときたの。だって公務員は〝公僕〟ですよ。公務員は庶民の上に立っている特権階級じゃない。突き詰めれば、庶民から雇われて血税を頂いて家族を養っているんじゃからな。ワシみたいな庶民を前にしたら、名札をすぐ出して、「私はどこどこの誰々です。名乗らずすいません」ちゅうて頭を下げて、秋の稲穂になりきらないけん。

一緒にいた女の人は名札を見せて、ちゃんと名乗ってくれた。女の人が何でおやっさんを注意しなかったのか。おそらく女の人は部下で、上の人に言えれんかったんよ。そのおやっさんは公務員に向いてないかもしれんけどな、もし辞めて無給になると生活できんから、それはかわいそうや。思わず「もっと公務員さんらしくしたほうがいいと思いますよ」ちゅうたけど、そのおやっさんは最後まで名乗らんかったな。

町民のため、市民のため、県民のため、国民のために、泥食らってでも、みんなのためにやらせてもらうっていうのが公僕。中には志が高い人もいるだろうけど……そんな意識、今はもう全然ない人のほうが多いかもしれん。

国民が悲しんだり、壁にぶち当たるような、どうしようもない時に、自分の命を投げ打ってでもな、人を助けなきゃならん。公務員って、本当は相当、覚悟がいる仕事だと思うよ。

―リーダーは、男より女性がいい―

被災地のボランティアって、受付したら即席のグループを作るのよ。そいで、その日のリーダーと副リーダーを決めるの。作業の段取りや指示をしたり、交代や休憩の合図をしたり、連絡係をしたり。でも、ワシ、リーダーには手を挙げないんだわ。そりゃ、本当はできますよ。南三陸では「思い出探し隊」の隊長だったし、いろんな被災地の現場を経験しちょるし。

ボランティアセンターの人がな、「この中からリーダーになってくれる人いませんか？」って呼びかけても、誰も挙手せん時は、ワシが黙って手を挙げるんよ。そしたら、「あ、尾畠さん、リーダーやってくれますか？」って聞くからな、「ワシはやりません。ある方を推薦したい」ちゅうの。

で、同じグループになった女性たちのほうを向いて、「彼女とこちらの彼女をメインとサブリーダーに推薦したい。ずっと同じ人が一日中、メインだと大変だから、午後はサブと交代しましょう。もし、このお二人をリーダーにしたらな、今日のこのグループは必ず和気藹々（あいあい）とします。普通、1日に土嚢袋10個しか作れない現場でな、12個も、13個も作れて、あっという間に立派な土嚢ができますよ」ってワシ、こう言うんです。

その女性たちが初参加であっても問題ないんだわ。難しい時はワシもサポートするし、リーダーはボランティア経験が豊富ならいいってもんでもないんよ。一番、大切なことは、その日、和気藹々とした雰囲気を作ること。男ちゅうのは、どういうわけかボランティアの現場でも意地を張り合うし、男が男に命令すると、ムッとする人も多いんよ。そうなると現場がギスギスするっちゃ。それに、強い男性がリーダーになって、がむしゃらなペースで作業したらみんながヘトヘトになってしまう。全員が同じ体力じゃないでしょ。グループには初心者もいるからね。

だから、女性がリーダーになって、自分の体力に合わせて休憩にすれば、みんなは疲れないんよ。山でも一番、体力のない人にペースを合わせて歩くでしょ。それが結局、効率よく作業が進むの。それでも時々、「もう休憩？　俺はまだやれるのに」ちゅうて文句を言うおやっさんもいる。そん時、ワシは、「リーダーは姉さんや。姉さんの言うことを聞いて休憩しましょう」って声かけるんだわ。実際、女性のほうが気配りができるし、リーダーに向いていると思うんよ。

―言葉っていうのはね、重いんよ―

確か、大分県の佐伯じゃったかな、何年か前に大雨が降って川が氾濫したの。そん時のボランティアグループでは、あるおやっさんが自分で手を挙げてリーダーになったんよ。そうしたら、みんな作業しよるのに、自分だけスコップを杖代わりにしちょって、「そこはああしろ、こうしろ」「俺はこんなことしたことあるんじゃ」ちゅうて、偉そうに口ばかり動かして、手も足も動かさないの。

やっぱり自分から手を挙げる人の中には、難しい人も時々いるんよ。政治家も同じです。ワシがいつも声を大にして言うのは、自分で政治家になりたい人が選挙に出たら絶対ダメ。みんなが政治家になってほしい人が選挙に通ったらな、まず大丈夫。

それで、その現場では、おやっさんが威張るせいで雰囲気がちょっと悪くなったんよ。ん？ワシがおやっさんを注意したのかって？　いや、それをやったらダメ。もしワシが「おやっさん、あんた、さっきから見てたら、口ばっかり働いちょって、スコップに全然、泥付いとらんで、それがリーダーとしていいと思っとるんかい！」って言ったら、絶対、本人、キレます。スコップ投げて帰るかもしれん。そいで「もう一生、俺はボランティアなんか行かんぞ」ってなるかもしれん。

だからワシは、おやっさん個人じゃなくて、全員に向かって、「よし！　今日は皆さん、この被災した家のおやっさんやら姉さんも見てくれちょるからね、口数少なく、手数を多くやりましょうねーっ！」って言うたの（笑）。そしたら、そのおやっさん、ハッとした顔をして、いそいそと、みんなと一緒にな、泥かきしはじめたんよ。

ワシはそん時、ちょっとほっとして、「やっぱり個人攻撃ちゅうのは、どんなにやっかいな人でも、よっぽどのことじゃないとしちゃいけねえな」と思ったの。特に男ちゅうのは、すぐ腹を立てるからな。たった一言で、やる気を失うし喧嘩にもなる。良くも悪くも、その人の人生を変えるかもしれない力があるんよ。だから、言葉の力っちゅうのはね、重いんよ、本当に重い。

―馬を見たら乗ってみろ、人に会ったら話してみろ―

牧場とか行くと、白とか茶色とか、大きいのとか小さいのとか、いろんな馬がいるよね。でも、「馬を見たら乗ってみろ、人に会ったら話してみろ」って言葉あるんだわ。いい馬ちゅうのは腹をポンと叩けば歩くし、ちょっと蹴ったら駆け足する。で、さらにポンポンと蹴ればもっと速く走る。鞭でもってお尻をパチンと叩きゃ、ブワーッと全力を出す。

反対に、言うことちゃんと聞きそうな馬でも、ヒヒヒヒン！って鳴いてバーッと前足上げる暴れ馬もおるし、後ろ足上げてバーッと蹴る気性の荒い馬もおる。馬なんかポッと見ただけで、性格が分かる人なんかまずおらん。

人間も一緒よ。やっぱり見かけだけじゃ分かんないのよ。接して、話してみないと。いい学校出て大阪城とか姫路城みたいな大きな家に住んじょって、世界に1台しかないような車に乗っちょって胸張ってる人よりもな、小さな家で目立たず慎ましく暮らして「ご苦労様です」「ありがとうございます」ちゅうて人に深々と頭を下げられる人のほうがワシは好きなんだわ。

「実るほどこうべを垂れる稲穂かな」って言葉があるけど、やっぱりな、「実れば実るほど、秋の稲穂になったほうがいいな」って思えるほうが、人として大切じゃねぇかな。

―褒めて、褒められて、褒め返す―

いろいろ好きな言葉があるけど、そん中でもワシは「褒めて、褒められて、褒め返す」ちゅうのが気に入っているんだわ。短い言葉の中に、3つ「褒める」って言葉、入っちょるの。ワシ、人を褒めるのは大好き。

たとえば、ボランティアで、同じグループの人がスコップで土をかいたり、土嚢入れた袋を紐で括ったりするでしょう？「すごいね。それ、普通は考えつかんのに、よくできたね」とか「おやっさんのスコップの使い方、俺も真似しようかな」とか、実際はワシの方がうまかったりしても、そんなのは関係ない。

そう言われて、「お前はおべんちゃら焼くのがうまいのぉ」って腹を立てる人は、今まで一人もいなかった。大人じゃろうと、「わぁ、この年になって褒められて、嬉しいなぁ」って、みんな喜んでくれます。

それで褒める時は、手をパチパチと叩いて褒めるんです。この〝手を叩く〟というのがいい。口先だけよりも、体を使って褒めると全然、違うんです、本当よ。「おいちゃん、あんた、褒め上手やな」って言われた時は「あ、バレた？」って（笑）。

ワシが褒めることでな、他の人もマネして誰かを褒めようと思うよね。そうすると、グループの雰囲気が良くなって、初対面でも自然と冗談を言い合ったり、笑いが起きたりするんだわ。

―車もバイクも、ワシの相棒はタフがいい―

普段、一人で別府の温泉に行く時とか、近くへの買い物は、丈夫で燃費がいいホンダのカブに乗っているんよ。これを作った本田宗一郎さんはすごいよね。幼い頃は家が貧しくて丁稚してたけど、いろんなことに挑戦してホンダを世界的な企業にしたんだから。

でもワシ、遠くの被災地に行く時には、ダイハツの軽ワゴンに乗っていくんよ。もう商売してる時からずーっとダイハツ。燃費もいいし、食料や道具をたくさん積み込めるし、寝泊まりもできるからね。中古で買って13～14年、走行距離は20万キロだけど、その間、故障したことは一度もない。

ところが、最近、エンジンがえらい音を立てて、そろそろ買い替えないとならんわ、と思ってたんよ。実際、車屋さんに聞いたらエンジンが分解寸前でいつ止まってもおかしくなかったらしいわ。とはいえ、貯金はないから、すぐには買えない。毎月、少しずつ年金を貯めないとならんって勘定していたの。

その後ちょっとして、山口で2歳児のヨシキ君を発見して戻ってきた後に、ダイハツの若い人が菓子折り持ってうちに来たんよ。テレビにワシの車が映ったのを見たんやろな、「全国の被災地や人助けに行くのに、うちの車を使ってもらってありがたい。ただ、うちの社長が、『今の車はだいぶ古そうだから、新しい車を使ってほしい』と言っている」って。

タダより怖い物はないからな。「そんな高いもの、もらうわけにはいかない」と言ったら、えと、モニターっていうの？　なんかそういう仕事があるらしくて、使ってみて意見を言ってほしいって。ワシに気を使ったのかもしれんな。でも、ワシは断った。それからもう2回、「どうしてももらってくれ」って頼まれたかな。

そしたら、ついに親分（社長）も「尾畠さんに会いたい」って別府にやってきたの。ワシ、別府のダイハツには長年、お世話になってるから店長の顔を立てて会いに行くことにしたんよ。

親分の社長は「尾畠さんの生き方に感動した。これからも被災地で人助けに励んでほしい。だから新しい車を使ってくれ」って。ストレートに親分がそこまで言ってくれるならと、尾畠春夫、ありがたく使わせていただくことにした。ダイハツの人は張り切って、ナビやら何やら最新式のをつけてくれたんよ。でも、ぜんぜん使ってない（笑）。使い方も分からんし猫に小判だわ。そのうえ「被災地で寝泊まりするなら特注ベッドをつけましょうか？」なんて言うからな、「どんなの？」って聞いたら、桐の高級ベッドで「ほんの30万くらいですよ」って言うんよ、ハハハ。普段、家でも畳にゴザ敷いて寝ているのに、「絶対、いらん」ちゅうて断ったわ。

でも、やっぱり新しい車のスピーカーは音がいいね。好きな歌？　そうね、村田英雄の「王将」とかかな。一本気でいいでしょ。あとは美空ひばりとか。大分の娘が週に1回、うちに来てはなんか操作していろいろ演歌を入れ替えてくれる。エンジンかけたら自動的に歌が流れるんだわ。

「純粋に感謝の気持ちだから尾畠さんを宣伝に使わないし、尾畠さんも宣伝なんてしないでいいですから」と親分は言ってくれたんだけど、せめてものお礼にワシは車の腹に「ダイハツ」の赤い会社のマークはつけて走ることにしたの。見返りを期待して被災地に行っていたわけじゃないけど、ありがたいことよね。小さいけど頑丈で、ワシのタフな相棒だよ。

第7章

眠れない日々（ルポ）

（東海道大騒動編）

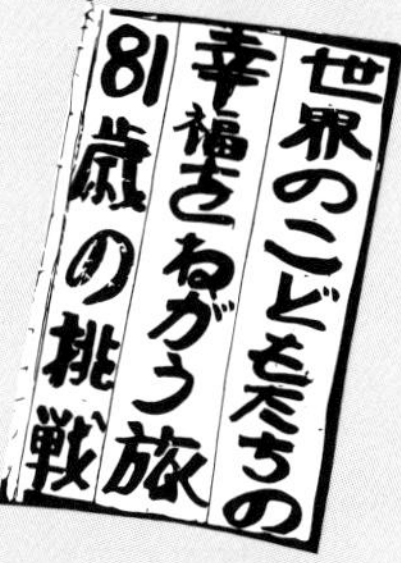

押し寄せるメディア

その日を境に自分を取り巻く世界が変わる——。尾畠さんにとって、2018年8月15日は、人生の大きなターニングポイントだったのではないだろうか。行方不明になったヨシキ君の奇跡的な救出劇に世間は驚き、瞬く間に尾畠春夫の名前は全国に知れ渡った。

「山口の2歳児救出、尾畠さんに称賛相次ぐ『さすがだ』」(サンケイスポーツ新聞)、「2歳児発見の尾畠さんに表彰続々　知事や地元市町」(朝日新聞)など新聞や週刊誌などには称賛の見出しが躍り、テレビでも尾畠さんへのインタビューが繰り返し放送された。

最初こそ発見を称えるニュースだったが、そのうち、尾畠さんの独特な生き方やボランティアに対する矜持、壮絶な半生などが伝えられると、ますます報道が過熱。毎月の年金5万5千円でつつましく暮らし、地道にボランティアを続けてきた尾畠さんの静かな生活は一変した。

今までの人生で、これほどのスポットライトを浴びたのは初めてだった。自宅前には何台ものメディアの車が停まり、家の前にはインタビューの順番を待つ記者が並んだ。その騒ぎで車が通れないと、ご近所から苦情が来るほどであった。

それでも、尾畠さんは押し寄せた記者たちを追い返すことはせずに、朝から晩まで一人ずつ丁寧に対応した。普段の日常生活に戻れないことは尾畠さんにとって、さぞストレスだったろう。メディアを選んだり、しばらくの間は、断るといった選択肢もあったと思うのだが、なぜ片っ端からインタビューを受けたのか。

車の風圧と排気ガスがすごい国道のゴミを拾い、日付を書いてガードレールに縛っておく

聞いてみると理由がふたつあるという。

「ひとつはね、記者のみなさんだって仕事なんよ。わざわざ東京から来て手ぶらで帰っては上司に怒られるかもしれないし、彼らにも養っている妻子がいるかもしれん。ワシだって魚屋時代、たくさんの人が魚を買ってくれて息子を大学まで出せた。だからお互いさま。ワシは誰でも『来る者拒まず、去る者追わず』だからね」

「では、もうひとつは？」

「そうね、ボランティア活動について聞かれることが多いからね、やっぱり。それで、僕も私も被災地にボランティア行こうかなーって思ってくれる人が一人でも増えたり、風化してく東日本大震災を思い出してくれたらいいよね」

私が取材に訪れたのは、ヨシキ君発見から1か月ほど経っていたので、だいぶ騒ぎが落ち着いていた時期ではあった。それでも地元のテレビ局に「こんな事件があったので、新聞の記事を読んでるシーンを撮りたい」とポーズを要求されることもあれば、突然やって来た東京のメディアに「温泉に入る映像が欲しい」と言われ、「はいはい、いいですよ」と、その日の予定を変えて別府の温泉に向かうこともあった。

押し寄せたのはメディアだけではない。尾畠さんの自宅に電話をかけて自分の悩みを相談する人もいれば、家に色紙をもって突然、サインを頼みに訪ねてくる人もいた。真夜中の2時にいきなり縁側からリビングの窓ガラスをノックする人もいたそうで、「昨夜は大変だった」と眠そうな顔をする。「家にいては落ち着かないから」と外のファミレスに行けば、食事中でも「一緒に写真を撮って」と見知らぬ女性客が席から尾畠さんを連れていってしまい、料理はどんどん冷めていく。

あまりにも人が来るので、「姉さん、明日は朝早く山の整備に行こうよ」と、誰も来ないうちに出かけることもあったが、山の中でも同じだった。

その年の秋の終わりに、私と尾畠さんとで百名山のひとつである大分と宮崎の県境にある祖母山に登っていた時のことだ。台風で折れた枝が道を塞ぎ、危ないので折ったり端によけながら整備しつつ、二人で登っていくと、山頂近くでどこかの山岳会の一行とすれ違った。すると70歳くらいのリーダーの男性が出合い頭、「あっ、尾畠さんだ！　あんたの奥さん、本当はどこにいるの？」と無遠慮に大きな声で聞いてきた。

ワッ、と一行は笑いに包まれる。「旅に出ています」と返した尾畠さんが、カチンときているのが遠目にも分かる。仲が良く自分から話すならともかく、初対面の人には聞かれたり教えたりしたくないだろう。リーダーの男性は「テレビではそう言ってたけど、本当はどうしているの？」と、食い下がる。仲間も止めめず、ただニヤニヤと見ているだけだ。

少し先を歩いていた私は「尾畠さん、雲が出てきたから、山頂に急ぎましょう」と声をかけたのだが、一行の女性がカメラを取り出した。記念写真を撮りたいようだ。会のメンバーに取り囲まれた尾畠さんは「まいったね」という苦笑いを浮かべながら写真に収まった。

「ボランティアは金になるのか？」

それでも、その頃はまだ、ぶしつけな人たちに反論したり、小言を言う余裕があった。ところが、その数日後、尾畠さんは急に黙り込むようになってしまった。

思い当たる節はあった。山の帰りに立ち寄った街で、出会った男性が尾畠さんの顔を見るなり、「神様、仏様、尾畠様。次に子どもが行方不明になったら、あんた行かんでいい。代わりに俺が行って探して有名になるから」と聞こえよがしにつぶやいた。私はムッとして「それはちょっと……（失礼なのではないか）」とその男性に顔を向けたが、尾畠さんは「姉さん、いいから」と目で遮った。よほどショックだったのか、何も言わずうつむいていた。男性が去り、車に戻った尾畠さんが悔しさを絞り出すような声でつぶやいた。

「もうね、一生懸命やってもね、『ボランティアして儲かったのか？』『テレビ局に金をもらったのか？』って言う人もいて。もう反論する気もないんよ。月5万5千円の年金を切り詰めて、被災地の往復のガソリン代も出しているのに冗談じゃねえって」

晩秋の祖母山へ。この頃、ぶしつけな電話、嫌味や嫌がらせもあり、眠れない日々が続いた

「なぜそんなことを……やっかみなんでしょうか？」

「何でだろうねえ。特に悲しかったのはねえ、地域の安全のためにボランティアでやったことを『そんなの意味がない』って言われたり、やっておいた作業をめちゃくちゃにされたことがあってね。それに自分で一文字も書いてねえのに、いつの間にかワシの名前で本が出ることになっていたり。断っても断っても、夜に何度も何度も電話がくるんよ。なんだか、ねぇ……姉さん、ワシ、ほんとにいろいろ嫌になったっちゃ」

その言葉に私は思わず下を向いた。尾畠さんのアクの強い考え方や突発的にも見える行動は、肌に合わないと感じる人もいるだろう。私自身、尾畠さんを聖人君子のようだと絶賛するつもりはない。正直なところ、少し強情だったり、独特な思い込みにとまどうことも時にはあった。しかし、何の矛盾もなく誰に対しても完璧な人などいるのだろうか。

何の見返りもなく、日々、ボランティアに打ち込んでいる尾畠さんを、これだけ傷つけ潰してしまう人の心の闇に暗澹たる思いになった。

私が見た限りだが、尾畠さんについて書かれた記事や映像は、多少の誇張や演出はあれど、ほとんどが好意的な内容だ。記事を読んだ読者のなかには尾畠さんに倣（なら）って自分も被災地に行こうと思った人もいるかもしれない。実際、取材をしているうちに尾畠さんの人柄に感化され、プライベートでボランティアに行き始めた記者やディレクターもいて、それが本当に嬉しいと尾畠さんはよく話していた。

しかし、報道によって脚光を浴びれば浴びるほど、妬みやひがみが生まれ、尾畠さんに悪口をぶつける人が出てきてしまう。ＳＮＳで見知らぬ人による誹謗中傷が社会問題となっているが、目の前の人や顔見知りに嫌味を言われるのも輪をかけてつらいことだろう。心配していると、「姉さんは気にせんでいいから」と言ってはくれたが、私も取材者の一人であり申し訳ない気持ちになった。

小さい頃から壮絶な体験をし、苦労に耐えて生きてきた尾畠さんは、特別に強い人だ。しかし、その強さを自分の幸せのためではなく、困っている人のために使っている。そして、強いから小さなことなど気にしないのではなく、むしろ、人の心の小さな傷に気が付く繊細な人だと思う。

だからといって、誰にも親切で優しいわけではない。褒める人もいれば、ぶっきらぼうに接する人もいる。最初のうちは、尾畠さんも人間だから、好き嫌いがあるのだろうと私は考えていたのだが、そうではなく、その人に合った態度や言葉で、出会った人がよりよく生きていけるよう、いつも心を砕いているのだ。

私自身も尾畠さんと接するうち、価値観が少しずつ変わっていったように思う。その時は気が付かないが、後日、ふとした瞬間に尾畠さんの言葉を思い出すことも多々あった。

普段、一人で都会に暮らしていても何も困ることがない。スーパーに行けば食材は手に入るし、お金を出せばあらゆるサービスが受けられる。スムーズに暮らしが成り立つ分、人との縁や関わりは薄くて済む。そうした都会の「適度な」距離感が心地良かった。だから……なのか、被災地や困っている人のニュースを耳にして、大変だなあと思っても、それがリアルに迫ってくることもなく、心の底ではどこか他人事であったかもしれない。

けれど、人は一人で生きているわけではない。目には見えなくても、たくさんの「赤の他人」に支えられている。いざ自分が災害に遭えば、多くの人の助けが必要となるだろう。何度も大分に通ううち、「明日は我が身」という尾畠さんの言葉を身近に感じるようになった。

安定した仕事やお金も大事ではあるが、それよりも、今の日本に必要なものは、他者への想像力とほんの少しの優しさではないか。それこそが、人が生きていく上での希望になるのだと、そんな大切なことを何年もかけて尾畠さんから教わった気がする。

「スーパーボランティア」が流行語大賞

尾畠さんが心無い人たちから理不尽なことを言われて落ち込んでいるのに、私にできることが考えても見つからないのが申し訳なかった。

その日、東京に帰る私に手を振る尾畠さんがいつもより、小さく弱々しく見えた。尾畠さんはどうやって立ち直るのだろう。一人で静かな山に行き、傷ついた心を癒すのだろうか。

落ち着くまではと連絡を控えていたら、その1か月後、年末の流行語大賞トップテンに「スーパーボランティア」が選ばれたという記事を目にした。ニュースに登場した尾畠さんは、いつもの調子で「スーパーでもコンビニでもない。ただのボランティアだ」と笑わせながらも、その言葉は気に入らなかったようで受賞を辞退したという。

私には尾畠さんが断った気持ちがなんとなく分かるような気がした。単に謙虚だから断ったのではなく、「スーパーボランティア」という言葉が一人歩きすることで、ボランティアのハードルが高くなり、「私には無理」「特別な人だけ」と思う人が増えてしまうことを、尾畠さんは警戒しているのではないか。「スーパーボランティア」は、「誰だってできることはある。まずは一度、被災地に来てほしい」という尾畠さんの想いとは、かけはなれた言葉なのかもしれない。

相変わらず尾畠さんのニュースは続いたが、全国を駆け巡った大きな話題であっても、いずれ消費されていく。今は大変だが、そのうち落ち着いた生活を取り戻せるかもしれない。

東京から徒歩で大分に

ところが年が明けた2019年1月18日、またまた尾畠さんのニュースが飛び込んできた。今度はなんと、尾畠さんが東京の中学校で講演をしたというのだ。あれほど「講演なんて、ただ話を聞くだけで意味がない」と全て断っていたのに、どういう風の吹き回しだろう。ずっと後から聞いたのだが、「中学校から家に100回くらい手紙や電話があり、例外として引き受けた」そうだ。もっとも一方的に話す講演という形ではなく、自分の人生やボランティアにおける心得など生徒たちからの質問に答えたらしい。

それだけではない。驚いたことに、そのまま東京から徒歩で大分に帰るという。今までも尾畠さんは、東日本大震災を風化させないために本州を一周したり、魚の供養にと四国でお遍路をしたりと歩き通してきた。今回の旅では、世界の子どもたちの幸福を祈って歩くのだそうだ。

尾畠さんと再会した時、旅の目的について改めて尋ねてみたところ、終戦直後、別府の孤児院の改修費用を捻出するために、ある米兵が座間から別府まで歩けるか仲間と賭けをし、勝って得

「小さな細胞の塊が人間だからね、弱いの。これはしちゃいけんなって心で分かっちょっても、誘惑に負けてみたり。それが人間。完璧な人間なんて、私はいないと思うんよ」

たお金を無事に届けた話を教えてくれた。人種を越え日本の子どもの幸福を願ったその米兵の足跡を辿ってみたいと昔から思いつづけていたのだという。

ニュースを見て、あれからだいぶ尾畠さんは元気になったのかとほっとしたが、もしかしたら、自分の悩みを断ち切るために、あえて大きなチャレンジを選んだのかもしれない。

尾畠さんの歩く様子は連日、テレビやネットニュースなどで伝えられた。人気は再燃し、道中、市民やメディアが殺到している様子がうかがえた。尾畠さんが東京を歩いているなら会いたかったし、歩く姿も取材するべきなのかもしれない。しかし、ファンからの差し入れで荷物は増える一方で、握手やサインに応じるうちに日が暮れてしまい、1日1メートルも進めない日もあるらしい。葛藤しつつも、これでは一人でも増えたらかえって困るだろうと考え直し、結局、行くのはやめた。

そのうち人も少なくなったら、また鳥鍋セットでも持って応援に行こうと時々、動向をチェックしていたのだが、歩き始めてから約1か月後の2月下旬、「尾畠春夫さん『異常事態』110キロ徒歩帰宅断念」（日刊スポーツ）というニュースが流れた。

あまりのフィーバーぶりに大分に引き上げたらしい。どうやら、静岡で人が殺到し過ぎてさすがの尾畠さんも危険だと判断したようだ。もう大分に戻ろうと考えた日に、心配して車で迎えにきてくれた娘さん一家と路上で落ち合うことができて、一緒に帰ったという。最後まで歩きたかっただろうに気の毒ではあるが、私は無事で良かったと胸をなでおろした。

それから数か月が経って、尾畠さんのことがほとんど話題に上らなくなった頃、久しぶりに連絡を取った。すると電話口から尾畠さんの陽気な声が返ってきた。

「おーっ！　あづささんか。久しぶり！　元気？　そうそう、一緒に由布岳に登った時に仕留めたマムシが、いい感じに干物になっちょるよ」

「尾畠さん、すっかり元気になったんですね！　マムシも食べ頃になって良かった！　心配してたんです。最後に会った時、だいぶ意気消沈してたから」

「ははは、ありがとな。元気、元気。あん時はな、どうしてこんなに一生懸命やっているのに、ひどいことを言われるんだろうって、情けないけど、眠れなくってノイローゼ気味になったんよ」

「……妬みや嫌味に傷つかない人なんていませんよ」

「そうね、でもね、大きく分けて人間……人生はな、プラスかマイナスしかねえと思うんや。だったらな、同じ一生、同じ1年、同じ1日やったら、何でもプラスに物事を考えたほうがいいかなと思って。ああ、姉さんも歳を重ねていずれ人生、終わりかけたら分かるわ」

「人生が終わる？　そうか、確か尾畠さんはあと50年しか生きられないんでしたっけ？」

「はっはっは。よく覚えてるねえ、そうよ、あと50年しかないから悩んでいる暇ないんよ！　姉さん、次はいつ山に行く？　ワシ、空港まで迎えに行くっちゃ」

　今は静かに地元の海岸のゴミ拾いをしているという。これから季節も安定して、しばらく晴れの日が続くようだ。冷たい雨が続いた後の山は、きれいな花が咲いているだろう。声を聞いていると、突き抜けるような青い空と白い雲海が目に浮かんだ。また尾畠さんと一緒に美しい由布岳に登りたい。私は週末の大分行きの飛行機を予約した。

尾畠さんの支え合う言葉

―政治家がダメなのは、選んだ国民が悪いんよ―

世の中には、「今の政府が悪い」「あの政治家はダメだ」って言う人がおるけど、ワシはそうじゃないと思うんよ。一番、悪いのは選んだ国民なんです。

数年前に山へ行った時、こんな人がおったの。たまたま登山道で会った70代くらいのおやっさんがな、「今の安倍政権は本当に良くない」ちゅうの。「はあ、そうですか」って聞き流してもよかったんだけど、でも、そのおやっさんみたいに批判するのは簡単だけど、そうじゃないだろうって思って、ワシはこう言ったの。

「おやっさん、違います。アベちゃんが悪いんじゃありません。良くないというなら、それを選んだ国民が悪いんです」って。

そしたらね、おやっさん、「若い人は政治に関心ないからしょうもない」って、今度は若者のせいにする。「おやっさん、それも違います。その若い人を育てたのは今の40代、50代です。その彼らを育てたのは誰ですか？　今の私たち70代、80代です。若い人だけが悪いんじゃありません」って答えたの。

そしたら、それまで饒舌だったおやっさんはハトが豆鉄砲を食ったような顔をして黙ってしまった。蒔かぬものは芽がでないちゅうけどな、人を育てるのも一緒なんよ。よい種を蒔かないのに、ああだこうだと文句ばかり言ってたらダメなんよ。

─アーン少佐の道を辿りたかった─

別府に「光の園」ちゅう児童福祉施設があるの。ワシは縁があって、魚屋を辞めた後くらいから児童虐待防止のチャリティーイベントに参加させてもらっていたんよ。その「光の園」はね、戦前からあったんだけど、当時は「白菊寮」ちゅうて、シスターが浮浪児とか戦後は行くあてのない戦災孤児の世話をしちょったんだって。そこに、別府に駐屯しとった米軍キャンプの兵隊たちもボランティアで手伝いに来ていたらしいんだわ。

そん中にな、アーン少佐ちゅう人がおったんやけど、その人、何年かして神奈川の座間に転勤になったの。でも、しばらくして白菊寮が雨漏りになって改築費用がなくて困ってるって話を聞いたんだって。

そいで、何とか助けたいと思ったアーン少佐は、あることを思いついたんだわ。「自分が座間から別府までの１３００キロを14日間で歩けるかどうか」って座間キャンプの仲間と賭けをしたんだって。それで賭けに勝てば手に入った仲間の掛け金で白菊寮に寄付できるっちゅうこと。でも、まだ道が凸凹で整備されていない時代に1日１００キロ近く歩かなきゃいけん。すごい大変だったと思うんよ。

でも、少佐は見事、歩き通して賭けに勝った。それで手に入れたお金を白菊寮に寄付することができたんだって。

戦勝国とはいえ、アーン少佐の仲間にも日本軍にやられて戦死した人もおったと思うよ。それでも、そういう過去を乗り越えて、日本の子どものために尽くしてくれた。大分でもこの話を知っちょる人はもう少ないけどね。

ワシ、この話を聞いた時、すごく感動して、少佐が歩いた道を、いつかワシも子どもたちの未来を願いながら歩いてみたいって思ったんよ。道を辿ることで、少佐の苦労や想いをもっと身近に感じることができるかもしれない。ワシね、ボランティアでは、くれるっていわれてもお金は絶対、断るんだけど、例えば四国のお遍路した時にお接待でいただいたお金とか、何かのお礼でいただいたお金は自分のためには使わんの。全部、アーン少佐みたいに別府の「光の園」に渡そうと思ってね。

だから東京の中学校で生徒たちの前で話をさせてもらった時、徒歩で東京から大分に帰るって宣言したんよ。急に思いついたんじゃない。今回は途中でやめちゃったけど、アーン少佐のコースを辿るために座間にも寄ったんよ。この旅はね、昔からのワシの夢だったの。

―自分の夢よりも人の命が大事―

東京から大分まで歩く旅をスタートしたのは、2019年1月18日。そしたら、初日から沿道にすごいたくさんの人が来てね、テレビ局の人も集まって全く前に進めない。みんなが差し入れで水とか食糧とかいろんなものを持ってきてくれるから、荷物も多くなってしまって。

1週間くらい経った時かなあ、すごいびっくりしたことがあったの。夜8時くらいに、国道の脇の藪の中にテント張って寝ちょったら、暗闇から「お父さん、お父さん」って声が聞こえてきて、「えぇーっ？」と思ったの。ワシを、「お父さん」ちゅうのはうちの娘くらいじゃろうなぁと、目をこすりながら外に出たら、なんと、大分にいるはずの娘がニョキッと立っちょってなぁ、もうほんとに腰を抜かしましたよ。

「良かった、やっぱりお父さんじゃった。荷物が増えて大変そうだから、リヤカーを持ってきた」ちゅうて。用が済んだら「じゃあ、帰るよ」って言ってバーッと帰っていきよった。

その翌日も、早朝から夜10時くらいまで人がダーッとワシの前に並ぶ。写真撮る、サインする、話をする、終わったら次の人。その間、トイレも行けないし、食事もできないし、1ミリも前に進めない。事件や事故が起きたわけでもないのに地元のおまわりさんが来る、パトカーが来る。「あぁ、警察も大変やなぁ」って。

出発してから1か月ちょっと経って、静岡まで歩いたんだけど、2月23日は朝から200人の大行列。あるお母さんがワシを見て、自分の子どもの面倒を見とらんで、その子が道路に飛び出しそうになった。その瞬間、「ああ、そのうち事故が起きるな」って予感して、もうやめようと思ったんよ。ワシはまぁ少々のことでびっくりする男じゃないけどね、命に関わるようなこと、事故が起きた時は一番困るんだわ、じゃからもう……。

ちょうど人が途切れた時、どこか人気のない所でドロンと消えるにはどこが一番いいかなぁ、と思って場所を探しておったら、道の脇に車が停まっておって、その助手席からパッと顔を出したのが、またもやうちの娘！　「お父さーん！」って手を振るの！　もう驚いた、驚いた。「テレビで見たら大変そうやから迎えに来た」って。ちょっと本当に怖かった（笑）。それで一緒に帰ったの。後で聞いた話だけど、メディアの人が「尾畠さんが突然、消えた」とか騒いでたらしいんよ。

今までやると決めたことを自分の都合でやめたことはないんだけど、やっぱりね、人の命が一番、大事やから。この夢はいつかまた必ず挑戦したいし、まだまだ諦めてはないんよ。アーン少佐の優しい気持ちをワシも少しでも引き継いでいけたらって。

―着飾って歩いても、足元のゴミは見ないんだわ―

もうね、今は日本中、いや、世界中の海がペットボトルだらけなんよ。ワシ、2019年は別

一見、きれいな海岸に見えるが足元には多くのゴミが。「こんな海は未来に残したくないんよ」

府湾で毎日、何百、何千、何万っていうペットボトルを拾っていたの。プカプカと海に浮いてるのや、流れ着いたのを取るんじゃないよ。誰も取れない難しいやつを取るの。護岸にテトラポッドって積んでるでしょ？　その下に埋まっとるペットボトルをね、海に潜ってひとつずつ掻き出すんよ。冬は冷たいのなんのって。

テトラポッドの下は波が激しい。潜ると波に押されて、頭をぶつけていったい何か所、傷つけたか。テトラポッドには三分筋ちゅう鉄筋が入っちょるのよ。でも、海水に浸かる部分の鉄筋が錆びるんよ。錆びたら膨張してコンクリートが割れる。だから海に浸かっている部分はヒビだらけ。もし震度6とか7くらいの地震でガタガター！ってなったら、1個20トンくらいあるテトラポッドが割れて、ワシなんか完全に下敷きだよね。命懸けです、本当に。

テトラポッドの下には、ありとあらゆるゴミが埋まってたわ。もう魚の腐ったのから、犬や猫の死体から、紙おむつからプラスチックゴミまで、もう、そらぁ……。なかったのは、人間の死体くらいかな。

どうして始めたのかって？　テレビでやってたんだけど、沖縄で一頭のジュゴンの死体が見つかってね、それで腹を開けてみたら、ぎっしりプラスチックのゴミが詰まってた。ワシ、かわいそうだなあって。人間のせいで犠牲になるジュゴンを一頭でも減らさないといかんと思って。

人間だって無関係じゃないんだよ。砕けた小さいプラスチックを魚が食べちゃうの。それを人間が食べる。体に良くないよね。

２０１９年７月16日から大分市と別府市の境にある両郡橋（りょうぐんばし）から始めたの。別府湾っていっても広いから時間がかかる。まだまだ全然、終わらない。国東半島のほうまで続けるからね。そっちは遠いし、日帰りしたら交通費かかるから、テントを持って泊りがけで行くつもりよ。

今、日本人って好きなものをいくらでも食べられて、素敵な服を着られて、好きな靴を履いて、どこでも行きたい所に行って、優雅な生活を送っている人は多いよね。キレイなものやおいしいものに囲まれて、あっちに行った、あれを食べた、これを勉強したって、何でも知っている風に生きているんよ。

でもね、美しい海の波打ち際を着飾って歩いていても、そこにあるテトラポッドの下がゴミだらけなのを知ってる人はあんまりいない。知らなきゃそれはそれで幸せなんだけど……でもな、ワシに言わせたら物事の外見だけしか見てないように感じるんだわ。

―観光のことを言うからには、街もきれいに―

ワシ、今は別府湾沿いの国道のゴミを拾っているの。毎年、2月に「大分合同駅伝競走」ちゅう大分県中を約390キロも走る駅伝があるんよ。

そん時に全国からランナーや応援の人、遠くから外国の人やメディアの人も来るんだわ。それなのに、もうそこら中、ゴミだらけでな、汚ねぇんよ。日頃からみんな食べちゃ捨て、飲んじゃ捨てで。だから、それをワシはダーッと火バサミで拾って、全部、ゴミ袋にまとめてるんだけど、国道だから排気ガスがひどいし、トラックが通るたびに強い風が吹くんよ。

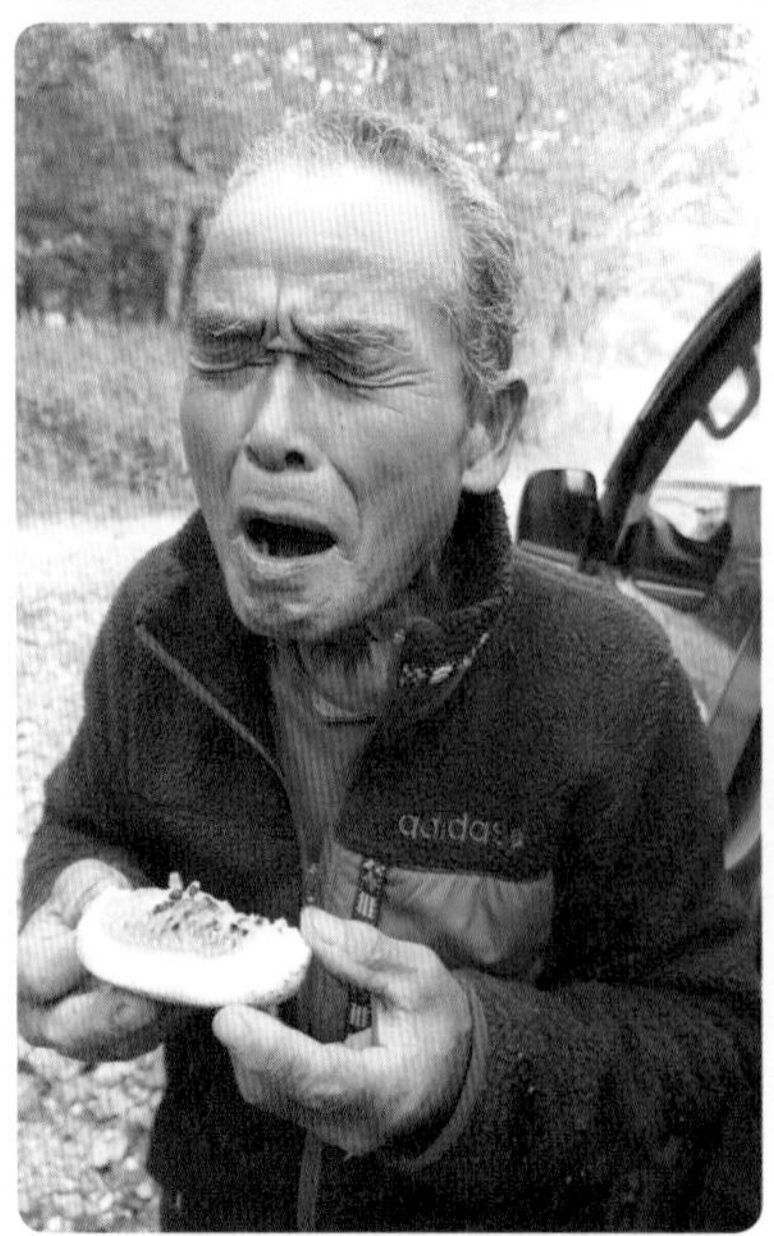

雑木林で甘いアケビを見つけて「うめえ！」と絶叫。サイの真似までして大はしゃぎ

拾い終わったら袋にまとめて、マジックでゴミを拾った日付と場所の印として国道10号線の「R10」って書いて、飛ばないようにガードレールにしっかり留めているの。そうすると、後になって環境省だか国交省だか、どっかの公務員が回収しちょることもある。

ワシ、お金もったいないから役所には「拾ったから回収してください」とか電話しないの。誰かに言われてやるのは公僕じゃねえからな。自分で気が付いて「あ、拾ってくれちょる人がいるんだな」って回収してくれたらいいんだけど、最近はずっと置きっぱなしになってるなあ。大分に人を呼ぶのもいいんだけど、観光がどうのって言うからには、きれいにしとかんとな。

―75年間、沖縄の洞窟に眠っちょる―

ワシな、今、探したい人がおるんだわ。初恋の人かって？　ははは、惜しいねえ。行方不明になった2歳の男の子だって、凶悪犯や脱獄囚だってみんな命は一つやし、それぞれ親からもらった命じゃから重いけどね、ワシだって探すならやっぱり誰にするか選ぶ権利はあるからな。

ワシの探したい人は、戦後75年経った今も暗いところで眠っちょる。沖縄では洞窟のことをガマちゅうんだけど、そこに何千人もね。

第二次世界大戦の末期、沖縄に米兵が上陸してきたんよ。日本で唯一の地上戦になった。住民も日本の兵隊も追い詰められて、「米兵に捕まるくらいなら死のう」って、投降しないでガマの中で手りゅう弾で集団自殺したり、親が子ども抱いて「天皇陛下、バンザーイ！」って叫びながら崖から飛び降りた人がたくさんいたんよ。そういう岬をバンザイ岬っていうんやけどな。海の底を探すのは難しいけれど、ガマの中やったら、亡くなった人が見つかる確率が高いからな。無念の思いで亡くなって、まだ暗いガマの中で眠る方たちを、ワシは少しでも明るい所に連れて出してあげたいなっちゅうことです。

戦争中はワシはまだ小さかったけど、兄ちゃん、姉ちゃんに手を引かれて防空壕に逃げたことは覚えとるんよ。自分の生死だって紙一重だった。だからガマの遺骨収集は生き残ったワシの使命だと思っちょる。今まで自分が生かされてきたことに感謝して恩返しをしたいんよ。

ワシはね、みなさん知っての通り、ピーマンみたいな空っぽの頭や。でも、もうちゃんと計画立てて、ガマの中で亡くなった人を探す道具も全部、自分で作ったの。それで沖縄県庁で知事の翁長（雄志）君に会って、ガマの捜索の許可をもらうつもりやった。私有地も多いし、勝手には探せないからね。でもここ数年、災害が多くて被災地のボランティアを優先してたら中々、沖縄には行けなかったんよ。

そしたら翁長君、67歳で2018年の夏に亡くなった。しょうがないけどな。がんの手術して戻ってからも帽子かぶって仕事してな、あれだけ沖縄に力を尽くして、ワシは彼、ほんとすごいなと思う。燃えて燃えて燃え尽きた人やと思う。

沖縄には必ず行ってね、次の県知事さんに自分の免許証も見せて、「ヘッドランプはこんなん持っています、予備電もこれだけ持ってます」ちゅうて道具一式を確認してもらって、それで許可を得て、正式に探させてもらおうと思って。

たとえ身元が分からなくても、お骨はきれいに洗って拭きあげて、県庁に持っていってあげたい。そしたら県のほうで、無縁仏でも戦没者の慰霊塔とかに葬るなり、ちゃんとしてくれると思うから。それが今の私の大きな夢なんです。

―戦争だけはしちゃいけん、本当に―

太平洋戦争の勃発は、昭和16年12月8日、日本が真珠湾攻撃をした時。その頃、日本の軍隊なんかにはレーダーのレの字もなくて、暗号のツートン、ツートン、ツートンやった。でも、アメリカはもうレーダー持っちょったの。ハワイの真珠湾に、ウワーンと日本の飛行機が来て、それがレーダーの画面にザーッと映っちょった。そん時にアメリカの人はな、「まさか日本が攻撃するわけない。軍事練習でもしよるのやろ」って思っちょったんやて。だから、レーダーの画像見ながらな、英語でもって下ネタか何か話しよったのかもしれん。

だけど、ババババババーッ！て攻撃されて初めて気がついたんだわ。その日本軍の空襲でたくさん米兵が亡くなったの。未だに真珠湾にアリゾナ号ちゅう戦艦が沈んでて、もう70年以上、経つのに燃料の重油が少しずつ海面に出よるの。

戦争で死んだり苦労した人は、世界中どこにでもおるんだわ。日本の本土は昭和20年8月15日に終戦を迎えたけどな、北の樺太では終戦から1週間くらいは戦闘が続いたんよ。樺太の郵便局で電話交換手の女の子が青酸カリ飲んで集団自決したの知ってる？　彼女たちは今の女子高生くらいかな、戦争が終わった時、ロシア人が上陸してきて、いっそ殺されるくらいならと思って「みなさん、さようなら」という言葉を残して死んでしまった。まだ若くてね、やりたいこともたくさんあっただろうに。ほんとに悲しい、悲しい話だよね。

今は樺太って誰でも簡単に行けるそうだけど、その郵便局ってもう取り壊されて別の建物が建ってるんだってね。どんどん風化して戦争の記憶は忘れられちゃう。でもな、同じ悲劇を繰り返しちゃいかん。

戦争になったら普通の人が簡単に人を殺してしまう。人間って動物はな、そういう怖いところがあるの。日本人でもロシア人でもアメリカ人でも、みんな一緒です。そう、私に言わせれば、この地球の上でな、人間ほど悪い奴はおらん。私もその人間の切れっぱしやけどな。もうな、戦争はしちゃいけけん、本当に。

ー人間って、小さな細胞の塊だから弱いんよー

恥ずかしい話だけどね、ボランティアする人はみんながいい人とは限らないんよ。東北の南三陸でもお金を盗るような悪い奴がおったんよ。最初からお金を盗ろうとしていたのか、それとも魔が差したのか。でもな、魔が差すということ自体がもうボランティア精神に欠けちょる。

残念だって？　いや、悪いことをする人はそう思わない。博打や女に凝っちょったり、アルコール漬けになっちょったり、ヘビースモーカーだったり。何かに依存しすぎている人は金がない

とやれないでしょう？　だから、人の金を盗ったらダメとか、そんな善悪はない人もおるんよ。人間ってね、小さな細胞の塊だからね、弱いの。ほんとですよ。これはしちゃいけんなって心で分かっちょっても、やっぱし誘惑に負けたりとかね。後で、「何であんなことしたんだろう」って後悔することもある、それが人間。完璧な人間なんて、ワシはいないと思う。だから、いつかどこかで道を踏み外すことはワシも姉さんも、誰でもあるかもしれん。

本かなんかで読んだんだけど、お母さんのお腹からオギャーって生まれた時はね、ほとんどみんな同じ状態らしいんよ。飛び抜けて頭がいいとか、悪人とか善人とかそういうことはないんだって。親の教育の仕方とか、まわりの環境とか、自分の意志とか、毎日毎日の積み重ねで、いろんな道に行くんだって。

悪いことをした人でも、今まで自分は間違ってたと、もう絶対、対価、物品、飲食を求めずに、自己責任、自給でボランティアをやろうって、どこかでポンと心を切り替えた人は素晴らしいなって。実際にそういう人もおると思うよ。だから、過去に1回、2回やったからって、「本当の悪人じゃ」と言ったらいけんとワシは思っちょる。人間ちゅう動物は、誰かのちょこっとした助言とか少しの優しさで変われる動物じゃねえかな。

第8章 愛しき由布岳（ルポ）

（山岳ボランティア編）

鳥も飛ばない、虫も鳴かない世界

尾畠さんの人生において「山」は特別な意味を持つ。もし山と出会わなかったら、こんなにボランティアに打ち込むことも、ヨシキ君を発見することもなかったかもしれない。

その理由はこの章で後述するが、私が山好きと知るや、尾畠さんは私が取材で訪れるたびに、「姉さん、明日はどこの山に行く？」と聞くので、そのうち天気のいい日を選んで大分行きの飛行機を予約するようになった。

大分へと向かうのが、仕事なのか山仲間に会うためなのか、途中から曖昧になっていったが、山に登るたび、尾畠さんの背中から大切なことをたくさん教わったように思う。

祖母山の山頂から九州の名峰を眺める。小さかった息子さんと山小屋に泊まったことも

３年に及ぶ取材中、九州の名山や名もなき小さな山を含めると、６、７回ほど同行させていただいた。その中でも一番、思い出深いのは初めて一緒に登った由布岳だろう。

２０１８年の晩夏、一回目の取材を終えた私は、翌日が快晴と知るや、帰りにどうにも九州の山に登りたくなった。さっそく、飛行機を昼便から夜の最終便に変えて、尾畠さんが長年、登山道ボランティアをしている由布岳に一人で登ることにした。

「姉さん、明日はどうするの？」と聞かれた私はその計画を伝えると、尾畠さんはパッと明るい顔になり、「ああ、山女って言ってたよね？　嬉しいねえ、ワシの大好きな由布岳に登ってくれるなんて。よし、決めた。ワシも行く！　姉さんが顔の浅黒い男と一緒で恥ずかしい〜っちゅうなら、諦めるけど。いや、台風の後だし山の様子を見たいんよ」と、思いがけずついてきてくれることになったのだ。

翌日、私たちは夜明け前に出発することにした。眠い目をこすってワゴンの助手席に乗り込むと、今にも壊れそうな激しい車のエンジン音とカーステレオから流れるド演歌で、眠気が一気に吹き飛んだ。東の空が白み始め、別府湾沿いの国道に出る頃には朝日が顔を出した。光る海を横目で眺めながら、私は尾畠さんに登山を始めたきっかけを聞いてみた。

「ワシが40歳の時やね。大分県の西大分駅の近くに『山渓』ちゅう登山用具を売ってるとこがあって、そこの親父さんが、大分合同新聞に『百名山の九重山（くじゅうさん）に冬山登山しませんか。白銀の世界、素晴らしいですよ』って広告出してたんだわ。うちの子どももだいぶ大きくなって手が離れたし、行ってみようかなと思って。そこの店ではじめて登山靴を買って、親父さんに連れて行ってもらったの。ちなみにその靴は今も修理して履いてるけど」

「初めての山が雪山とは。寒かったでしょう？」

「そうね、山の上はマイナス12〜13度ぐらいあったんじゃねえかな。寒さで顔が痛くてね。それでも、もう何とも言えんかったなあ。ずーっと先まで真っ白でね、シーンとしちょって。鳥も飛ばない、虫も鳴かない、こんな世界があるなんて、ずっと知らなかった。自分がその大地の白い雪の草原に立った時にね、ああ、自然っていいなぁって。もう最高に心が洗われて。それ以来、悩んでる人には自然に身を置いてみませんかって、すすめているんだわ」

山の魅力に取りつかれてからというもの、休みとなれば九州の名峰に登るようになった。すっかり山男になった尾畠さんはもう山なしの生活は考えられなくなり、腸捻転で七転八倒して手術をした時でさえ、退院するや否や、手術で切った腹を押さえながら九重山に行こうとした。そんな尾畠さんに、奥さんは「退院して2日じゃないね！」と怒ったそうだ。

「悪いか？って聞いたら、悪い！って。ははは。『それじゃ、先生に聞いてみるわ』ちゅうて病院に電話したの。そしたら、『あんたやったら大丈夫ですよ』って。ほら、手術跡、このビーッて赤いの！　触るとビャーって噴火するけど触る？」

「えっ、触りません。治るまで待てなかったんですか？」

「だって山が『はよ、来てくれ』って。山女の姉さんなら分かると思うけど」

「うーん、どちらかというと、止めた奥様の気持ちが分かります」

尾畠さんの **偉大な発明品**

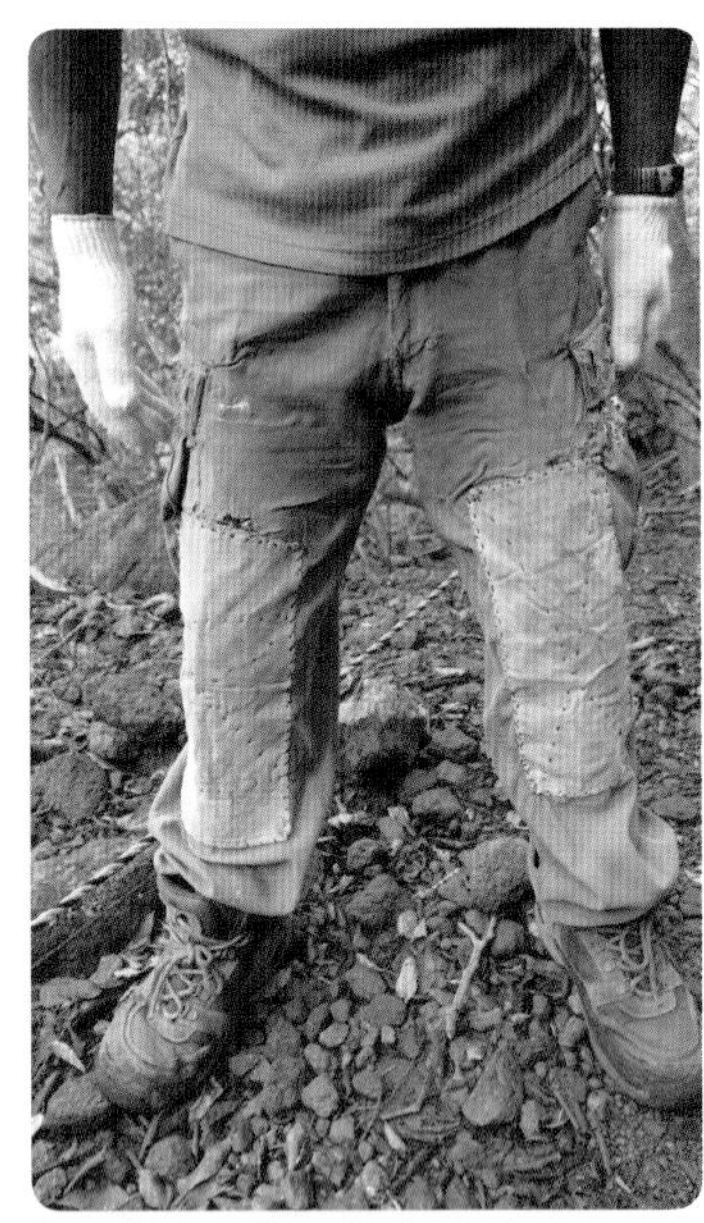

奥さんが昔、フリマで手に入れた綿のパンツ。「なんぼ？」って聞いたら、「100円もしたんよ」「そんなにしたんか！」って。前も後ろもツギハギしながら何十年も穿いている

捨てられていたステンレスボトル。お湯が冷めないようにテープや布を巻くとだいぶ違う

ガスのホースをリュックに取り付け、手をかける。山歩きでだるくなった腕の疲れも軽減

国が作った木のイスがあったが腐っていたので、白蟻が来ない孟宗竹を切って組み立てた

山開きに訪れた人のために、杖がわりの竹を竹林で切って、毎年３００本も一人で用意する

土止めの階段。運んだ丸太に登山者が滑らないようロープを打った。硬い孟宗竹は杭に

海で拾った板に白ペンキを塗って作った道迷い防止の看板。海外の人も分かる４か国語

頭上注意！　海で拾った赤いプラスチックを登山道に飛び出た枝に。頭を打つ人が激減

木にロープを巻く時は枯れ枝を挟む。木が成長しても枝が腐って落ちるのでのめり込まない

60キロの丸太を運ぶ

出発してから1時間半ほど走った頃、前方に円錐形の美しい由布岳が見えてきた。登山家であり小説家の深田久弥が、『日本百名山』に選ばなかったことを後悔したという逸話が残る、標高1583メートルの独立峰だ。九州の山らしくどっしりとして、おおらかな顔つきをしている。由布岳には正面、東、西と3つの登山口があるが、今日は一番、ポピュラーな正面から登ることになった。

標高780メートル地点にある正面登山口にはなだらかな牧草地が広がり、樹林帯までまっすぐ道が伸びている。下から風が吹き上げるたび、牧草地の草がザーッと音を立てて波打つ光景はなんともいえず心地よい。

登山口の案内板の近くに、長さ1メートルほどの竹の棒が何本か置かれており、「ご自由にどうぞ」と書かれていた。

「これ、ワシが作ったの。転ばぬ先の杖って言うでしょ。みなさんに安全に登山してもらおうと思って、竹山で切ってきたの。5月に山開き祭ちゅうのを由布市主催でやるんだけど、その時にいつもワシ、300本は用意するんだわ。手に持つところに赤いテープを貼って持ちやすいようにしたんよ」

「300本も？　由布市から頼まれたんですか？」

「ううん、ボランティアで勝手にやってるの。そして家に持って帰ってもらう。男性は一人1本、女性は一人10本まで」

「ははは、女性には大盤振る舞いですね」

「そうね。ちょうど5月はピーマンとかナスビとかいろんな野菜を作る頃だからね。持ち帰って添え木にしてもいいよって」

尾畠さんが由布岳のボランティア整備を始めたのは山男歴10年目の50歳の頃だ。こんなにも心と体を癒してくれる大自然に何か恩返しをしたいと考えていたところ、登山道の整備ボランティアの存在を知った。それからというもの、暇さえあれば通い続けている。

「何度来てもいいねえ。こういう草原の中を歩くのは。気持ちいいねえ。あなたもワシもこんな丈夫な体に産んでくれたお母さんに感謝だね。自分の足で歩けるなんて幸せよ。山に登るとね、心が洗われる。自分も自然も呼吸してるのが分かるもん。その木が吐いたものを、われわれが酸素として頂けるなんて最高の幸せ」

「尾畠さんは何でも感謝するんですね」

「そうです。ほんとに幸せですよ、今日はあなたと登れて。幸せ（四合わせ）と幸せで鉢合わせ（八合わせ）ですよ」

尾畠さんのダジャレに笑いながら歩いていると、丸太の階段が見えてきた。傾斜のある登山道は、多くの人が訪れたり、雨が降るたびに、土が流れてえぐれてしまう。そのため土止めの階段が備え付けられることがあるが、ここの階段は尾畠さんが一人で山のふもとから重い丸太を運んで設置したのだという。よく見ると強くて厚みのある竹を杭がわりに、丸太の両端に打ち込んで

森林限界を超えて雲の上に。登山道整備の資材を運ぶ時は54kgくらい担いでのぼることも

ズレないように固定してあり、登山者が足をかける部分には縄を釘で打ち付け、滑らないように工夫されていた。

丸太は一本、長さ1・5メートル、直径20センチほどで、おそらく重さは60キロ近くあるだろう。ここまで運ぶ時は誰かに手伝ってもらったのかと聞くと、「昔はたまに息子や友人が来てくれることもあったけど、普段は一人よ」とこともなげに言う。

いったいどうやって運んだのかと聞くと、小さい丸太なら今も肩に担いで上がるが、大きな丸太はトンボといって端を持ち上げ、バタン、バタンと倒しながら上り坂を一本ずつ運んでいるのだという。ボランティアを始めた30年前ならともかく、取材当時（２０１８年）の尾畠さんは78歳。丸太を山の上まで運ぶ後期高齢者は日本広しとはいえ、そういないのではないか。

樹林帯の入り口まで辿り着くと、そこには竹で作った立派なベンチとテーブルが置かれていた。

「ここで景色を眺めるのは気持ちいいでしょう。もともと国が作った木のベンチがあったの。でも木だから風雨にさらされたり、山の木を使っているからシロアリに食われて腐っちゃった。金属製とか鉄筋もお金が要る。それで、ワシ、新しいのを竹で作ろうと思って色々、試してね」

「どうして竹を使おうと思いついたんですか？」

「孟宗竹って知っとる？　この丈夫な竹なら腐らないし、近くの雑木林にたくさんあるからお金がかからない。竹を伐採して運んでここでベンチを組み立てたの。由布岳の途中に10か所くらい作ったんよ」

「10か所も？」

「うん。小さい子が『おいちゃん、ありがとう。このベンチ、いいわぁ』とか言うてくれた時なんて、もう嬉しくて涙が出そうよ。はっはっは」

木が苦しまないように

薄暗い樹林帯の中を進み、西登山口からの道と合流する合野越を過ぎたあたりで、後ろを歩いていた尾畠さんに「姉さんに自慢したいことがあるんだけど」と呼び止められた。振り向くと、尾畠さんは、木と木の間に括り付けられた転落防止のためのロープを手で持ち上げている。よく見ると、幹に巻かれたロープの隙間に小枝や木片がいくつか挟んである。

「これは何ですか？」

「木が苦しまないための工夫なんや。ワシが考えたの」

ゆるくロープを幹に縛ると落ちてしまうし、きつく縛れば木が成長するにつれ幹にロープが食い込んでしまう。けれど、間に木片を挟めば幹が成長し太くなっても、ロープとの間に挟んだ木片が腐って落ちるので、すぐにめり込むことはないという。

別の木には誰かが無造作に取りつけたロープが残っていたが、長い間、放置されたままで、成長した幹にロープが食い込んでいる。尾畠さんは、険しい顔をして「これじゃあ、木が痛がって泣いているよ。それでも木は生きてるからな、尊敬するわ。ワシは設置した人に言いたい。自分の手指にゴムをきつく巻いて寝てみなさいって。痕になるし、血が通わないよね」と幹をなでている。

「だからと言ってワシが直すのは難しいんよ。やった人も親切心だろうから、もし勝手にはずしたらイヤな気持ちになるでしょう。まあ、直すのは時間を置いて今度ね」

由布岳の正面登山口コースは、山頂まで約2時間で登り切れる比較的、容易な道のため、休日ともなれば小さな子からお年寄りまで多くの人がやってくる。しかし初心者も訪れるため、道迷いが原因となる遭難や事故も多いらしい。

登山道脇の石がゴロゴロと散乱したガレ場に出ると、真ん中に白い木の看板が立っていた。そこには「あぶない」という日本語とともに、韓国語と中国語と英語で「위험하다・위험」「危险」「DANGER」と赤いペンキで書かれていた。もちろん、作ったのは尾畠さんだ。

「ここは1年に2、3回、遭難隊が出るんよ。こんなガレ場があると、近道だと勘違いして入ってしまう人がいるの。落石の危険もあるから怖いんよ。日本の山の看板ってだいたい日本語だけでしょう。でも九州は中国や韓国からの登山客も多いからね」

「そういえば、今朝も香港の登山客に会いましたね」

「そうね。でも危険なことは海外から来た人にも分かってほしい。それでワシ、息子に外国語を調べてもらったの。で、もうこれ立てて10年くらいかな」

「この看板ができてから迷う人はいなくなりました？」

「うん、今はほとんどおらんね」

私はふと、山口のヨシキ君の顔が浮かんだ。

「……もしかして、子どもなんかはこの開けたガレ場を登ってしまう？」

「そうね、大人って迷ったら下ろうとするけど、子どもはこういうところを上がりたがるよね」

もしかしたら……。行方不明になったヨシキ君を発見できたのは、同じ2歳児のコヨミちゃんを捜索した経験が生きたのだと尾畠さんは言った。しかし、そのコヨミちゃんを捜索した時も「子どもは上に登りたがる」と確信があって山を捜索した。発見したのは別の人であったが、その尾畠さんの確信には、長年にわたり山を整備してきたことで得た裏付けがあり、この看板こそがその原点なのだと私は思い至った。そして感慨深く、カメラのシャッターを切った。山岳遭難があった状況や場所、遭難者の年齢や国籍などを考えながら、尾畠さんが由布岳の整備をしていなければ、ヨシキ君の発見はなかったかもしれない。

「スゲェことしてくれたな!」

由布岳の至るところに尾畠さんの〝作品〟を見ることができる。しかし、尾畠さんの自慢の〝代表作〟に気が付く人はほとんどいない。その作品とは、豪雨で流された道の土木工事である。現場は樹林帯の上り坂のカーブで、少し先の高い地点から道の断面を見ると、地中に青い籠が積み重なっているのが分かる。

普段は水のない岩や石が積み重なった涸沢に台風によって濁流が流れ込み、山道が完全に崩れてしまったことがあった。深さ2メートルくらい道がえぐれてしまい、登山客は回り道をしなければならなくなった。また大雨が来たらさらに崩れて危険極まりない。

尾畠さんは考えた。もし、土で固めてもまたすぐ流れてしまうだろう。頑丈で、かつ、お金を

2017年の九州北部豪雨で崩壊した登山道を
1週間かけて修復。積み上げた青い籠が見える

かけず一人でできる方法はないのか。思いついたのは驚きの方法だった。まず、ビールケースよりもひとまわり大きいプラスチックの籠を15個ほど持って山に上がる。そして豪雨によって流された石を下から拾い集めてバケツに入れては運んで籠に詰める。籠が石でいっぱいになったら、漁網で籠を覆い、何度もその作業を繰り返す。

その籠を崩れた道に積み重ねた後、地面に長さ2メートルの鉄の杭を一本だけ打ち込み、それぞれの籠を縛ったロープを束ねて、杭の先端のフックにかけて締め上げる。仕上げに上から土をかぶせると完成で、崩れていた道は元通りになった。

「これはね、鳶職をしている時に覚えた技法なんよ。めったなことで崩れることはないっちゃ」

「籠や網などの材料は尾畠さんの年金から？」

「いやいや、この山の整備に使う材料は0円よ。全部、海から流れてきたゴミなの」

「ゴミ!?　コンクリートや鉄骨じゃなくて、ゴミのプラスチックの籠でも耐えられるんですね」

「網もロープも籠も漁業で使うやつだから、軽くてすごく丈夫。塩水に浸かって太陽光線を浴びても腐らない薬を入れちょるから強いんよ。『物は有限、知恵は無限』ちゅうでしょ。お金がなくても工夫次第でできるっちゃ」

工事を終えた数日後、大分森林管理署の課長が山に上がってきて、尾畠さんを見つけると、開口一番、「尾畠さん、あんた、スゲェことしてくれたな！」と前のめりに近づいてきたという。そして「普通だったら予算とって重機入れる大工事なのに、無償でこんなことしてくれる人、誰もおらん。これで登山客が怪我もなく通れるわ。ありがとう！」と褒めてくれたのだと、尾畠さんは照れながらも胸を張った。

美しいパノラマ

山頂まであと少し。森林限界を越えたあたりで、ゴロゴロとした大きな岩が目につき始めた。西峰と東峰の分岐点であるマタエと呼ばれる場所に到着すると、視界が開け清々しい青空が広がっていた。東峰は地元の小学生も遠足で登る易しい道だが、東峰よりもわずかに高い西峰は鎖場もある難易度の高いスリリングなルートである。

「ワシ、このマタエで降りられなくなった人を何人もロープで固定して背負って降りたことあるの。さあ、ほら、あっこが由布岳最高峰だよ。これから先がこの由布岳の一番、おもしろいところでもあり危ないところだから慎重にね」

私は西峰を改めて見上げて思わず身震いした。ここまでは冗談を言い笑いながら登ってきたけれど、この急登は北アルプスの難所である槍ヶ岳の穂先にも劣らないほど尖っている。「慌てる乞食はもらいが少ない。慌てるカニは穴に入らぬ、ちゅうてね。ゆっくり、ゆっくり」と尾畠さんに声をかけられながら、岩を伝うこと15分。ついに山頂にたどり着いた。

「わあ！　尾畠さん、連れてきてくれてありがとう！」

白い雲が眼下に浮かび、その雲の合間からふもとの由布院温泉郷と、その向こうに別府湾も見える。百名山の祖母山や九重山など山々の美しいパノラマが広がっていた。

「良かったね、お天気良くて。あなたのお陰だよ。あっこ、見える？　東の峰で山頂に白い棒がポッと立ってる。ここよりも60センチ低いのに、こっから見ると向こうが高そうに見えるねえ」

「向こうの山頂にも人がいますね」

「ああ、東の峰のほうにたまにブロッケン現象が現れることがあるの。朝なんか東から陽が当たりだした時にね、霧の中に真ん丸な虹がでて、その中に自分の影が映るんよ。人間の5倍以上の大きな影がウワーッと。そりゃあ幻想的なんだから」

記念写真を撮り、またそろりそろりと崖を下り、マタエでお昼をとることにした。休憩中の登山客の女性が、こっちを見て「えー!? もしかしてあの尾畠さん? テレビで見ましたよ！」と声を弾ませた。

「ご無沙汰しております。やっと釈放されたんです。あちこちの刑務所たらい回しですわ。お前みたいなの、ここに入れるわけにはいかんって。『せめて1泊だけでも』って言ったら刑務所がけがれるから出て行けって！」

由布岳西峰直下の岩を登る。「慌てるカニはもらいが少ない。姉さん、ゆっくりとね！」

女性が腹を抱えて笑いはじめると、調子が出てきた尾畠さんは「お姉さん、どこから？　福岡ね、日本一の笑顔に会えて嬉しいわ～」と言葉を交わし始めた。いつの間にか、東峰を下りてきた一行にも囲まれ、「尾畠さん、由布岳の整備ボランティア、いつもありがとうございます。おかげで私たち、安全に登れます」と帽子を取って頭を下げる人もいた。

「こちらこそ、ありがとう。でももうそんなに長く生きられんからね。あと50年しか、はっはっは」

「すごいなあ。これから下山ですか？」

「そうです、今日は東京から来た姉さんが歩くの早くて。登りはおぶってもらったんですけど、下りは自分で歩けって？　じゃあ、ドローンにぶらさがって帰ります」

「ははは、お会いできて、元気もらいました」

「私のほうこそ。みなさん、また、どっかの山で会いましょう」

電光石火の素早さで

長く雨が続いた後の久しぶりの晴天で、午後も天気は崩れることなく軽やかな風が時折吹いた。すれ違う登山客と挨拶を交わし、遠くの山並みと植物を眺めながらゆっくりと降りる。

驚くのは、尾畠さんの豊富な動植物の知識と高齢者とは思えぬ動体視力だ。今朝もそうだった。林道を走っていると、突然、車を停めて外に飛び出していく。何事かと首を伸ばすと、尾畠さんはかがんでガシガシと道端の草を摘んでいた。私にはただの草むらにしか見えない。

運転席に戻ってきた尾畠さんは、「ほら見て！　オオバコがこんなにたくさん！」と得意げに見せる。尾畠さんは運転中も食べられる草花が生えていないか目を光らせていたのだ。

新興住宅地で育った私は、夕飯のおかずが道路脇に生えていることが新鮮だった。山の中に入ると尾畠さんにとってはさらに食材の宝庫で、摘むことはなかったが、少し歩いては立ち止まって草木の名前や調理法を教えてくれる。

「ほら、そこにアザミ！　今度、天ぷらにして食べようよ」

「これも食べられるんだ」

「そうよ。都会だって路頭に迷っても生きていけるよう、姉さんも食べられる草を覚えておくといいよ。こっちの木はアセビ。馬が酔う木って書くんです。スズランみたいな白い花が咲く。でもね、これは毒花だから食べちゃダメ」

「へえ、アセビを食べた馬が毒に当たって、ヨロヨロしてるのを見た人がつけた名前なんでしょうね」

「ははは。きっと、そうね。こういう登山は楽しいね。昔は往復で1時間半さえあれば登って下りたりしたけれど、今はゆっくり歩いて会話しながら。それがいいよね」

快調に山を下り、合野越を少し過ぎた地点だっただろうか、先を歩いていた私は、2、3メートル手前に何か動くものがいるのに気が付いた。

「尾畠さん！　あれ、とぐろを巻いているの……マムシでしょうか？」

「あ、どこ？　これマムシや！　危ない！　いや、ちょっと待ってね。悪いけど、あのぅ、この

登頂！「ここから全部、由布院が見える。山に登るとなんかね、心が洗われるみたいよ」

人（マムシ）は生かしちょったら悪いです。子どもでもポッとしゃがんだ時に、パッパッと噛まれたら、もうそれで終わりだから！」

マムシを追い払う枝を、私が拾おうと腰をかがめたその時、尾畠さんは素早く道端の大きな石をつかみマムシの頭をめがけて勢いよくゴン！と投げつけた。一発命中であった。そして絶命したマムシの頭の下あたりをパッとつかみ、そこに自分の爪を立てたかと思うと、電光石火の素早さでビーッ！と皮を剝いだ。「マムシの皮ってそんなに簡単に剝げるんだ……」と私が呆気にとられていると、今度は腹を切り裂き内臓をとって、あっという間にマムシはただの肉になった。

強力な毒を持ち、登山客に恐れられているマムシも、尾畠さんの前では、か弱い生物に見えるから不思議だ。私は自分のリュックサックからビニール袋を取り出し広げると、尾畠さんはポイとマムシを放り込んで袋の口をギュッと縛った。

「はい、お待たせしました。殺したらちゃんと食べてあげるんです。他の蛇はね、人を見たらパッパッと逃げるけど、マムシは何でか知らんけど、『俺は毒を持っちょるんだから』って、もう上から目線でものを見るみたいにして、全然、逃げないの」

「……マムシが上から目線ですか？」

「そうそう、なんかね。毒は口からじゃないよ、歯から出るんよ。じゃからカパッと嚙んだ瞬間、ピュッと毒がでる。人は嚙まれたらもうダメだからね。それにしてもさすが山女やわ。よくとっさにマムシって分かったね。今日から30年間くらい、東京に足を向けて寝ないから」

「とぐろを巻いているヘビは、ジャンプするから気をつけろって聞いたことがあって」

「蛇って95％が骨やからジャンプの高さはすごいね。ワシ、先に歩こうか。今度、蛇おったら頭をガッと踏むのがいいよ。間違えて尻尾を踏んだら、もうビャーッ！と来るから。これ、後で軒先に干そうね。それとも生のマムシ料理できる？」

「料理はちょっと……。でもこのマムシ、尾畠さんに出会ったことを後悔してますよ」

「それも人生よ。ああ、蛇生か。しかし、人生、何が起こるか分からない。一寸先は闇かも分からんけど、面白おかしくにこやかに、楽しく笑って人生を送りましょう」

朝、ロープが食い込んだ木に同情していた尾畠さんだが、同じ由布岳で生きるマムシには躊躇なく石を投げる。生態系の一部というよりも、尾畠さんにとっては道に食材がいただけなのかもしれない。マムシが入った袋を持ちあげて、「今日はいい収獲があったなあ」と上機嫌だ。そして「よし、ワシ、一曲歌ってもいいかな？　九州の山好きならみんな知っている『坊がつる讃歌』

っちゅう歌よ」と歌い出した。

♪人みな花に酔うときも
残雪恋し山に入り
涙を流す山男
雪解(ゆきげ)の水に春を知る〜

その美声が聞こえたのか、樹林帯を抜けた草原に野生のシカが数頭、並んで私たちを出迎えてくれていた。
「ああ、待っとる、待っとる。今日は東京から姉さんが来るからな、ちょっとお前たち、そこに並んでおいてくれってワシ、さっき電話でシカの一家に頼んでおいたんだわ」と手をかざして愛おしそうにシカたちを眺めた。一瞬、これも食材なのだろうかと焦ったが、シカは尾畠さんにとってどうやら仲間のようであった。

誰もいなくなった静かな牧草地を下る。ゴールの登山口はもうすぐだ。鈴虫の鳴き声が夏の終わりと秋の始まりを告げていた。あと半月もすれば、この青草も黄金色に変わり、樹林帯のナナカマドも燃えるように赤く色づくだろう。めぐる季節と自然の営みを目にすると、人もその一部なのだと気付かされる。
「いいねえ、山は本当に。何億年ちゅう山の一生に比べたら、人間の一生なんてほんの一瞬よね」

シカがお出迎え。「ここは人間が来る前から彼らの生息地なんよ」

下山するたびに山に丁寧にお辞儀をする尾畠さん。生きとし生けるもの全てに感謝する

「ええ。眺めているとあれこれ悩んでいたことが吹っ飛びます」

尾畠さんは西日が射しはじめた由布岳をゆっくり振り返った。悠々として気高く懐深く。由布岳の雄大な姿と尾畠さんの人生が重なって見える。そして由布岳に向かって、尾畠さんは深々とお辞儀をした。陽光に照らされたその背中がとても美しかった。

尾畠さんの信じる言葉

―自分が神であり、仏である―

人を褒めた時に相手の笑顔を見るのは好きじゃけど、ワシ自身は誰かに褒めてもらおうとか全然、思わないんだわ。これは独特な考えかもしれないけれど、普段から「自分が神であり、自分が仏である」って思っちょる。「尾畠さん、何を信じる?」って聞かれたら、「ワシは無信心、無宗教。自分で自分を信じる」といつも答えるんよ。

だからワシはね、誰も見てなくても、いいことをしたら「尾畠さん、あんたはよく頑張った!」と自分で自分を褒めるし、失敗したり思ったことができなかった時、「尾畠さん、あんたは何で今日、あんな失敗したんだ?」って自分で自分を叱るんだわ。それがワシは好きなんよ。

自分で自分を叱ると悲しくならないかって? そういう時は「クソー!」ちゅう気になるね。「クソ」ってあの、お尻から出るクソと違うんです（笑）。それで、思いっきり悔しがった後は、「よし、明日はもっとこうしよう」ってやる気が出てくるんよ。

―ロウソクの灯が消えるみたいに死にたい―

最期は笑って死にたいね。「尾畠春夫の人生に悔いなし」って、家の壁に書いて貼ってあるけど、人生を悔いなく終わらせようと思ったら、1分1秒が大事なんだわ。

もうワシも81歳。若い頃と違ってガンガン動けるわけじゃないけど、まぁ、普通の人の半分くらいは動けるからね、まだお役に立つかなって思っちょる。だから、本当にやりたいことをやって、無駄なことをしない。

とはいえ、長生きすればいいってもんじゃない。自然に弱って亡くなった昔と違って今は、病院のベッドでいっぱい管につながれて薬漬けになって寿命を延ばすよね。ワシはそんな長患いはしたくないんよ。もしもよ、自分の体が自由にならなくなって、これでもう人生終わりじゃなと思ったら、ワシは延命措置はしない。

全身が全く動かなくなったら、自分で自分の人生を終わらせる。これはワシの考えであって、いろんな考えがあるからね。人生の最後、どうしたいかなんて人それぞれ違っていいんだわ。

自分で人生を終わらせるといっても、自殺は絶対にしないよ。残った者に迷惑かけるから。首吊ったり、毒飲んだり、手を切ったり、そういう死に方はしない。

昔、聞いた話だと、弘法大師は自分で死ぬ時を決めて、洞窟だか庵だかの中に一人で入っていったんだって。食べ物は一切持ち込まず、水だけ持ち込んで毎日毎日少しずつ飲んで、スーッとロウソクの灯が消えるみたいに、全然、苦しまずに死んだっていうからな。自分もそうしようと決めちょるんよ（※弘法大師の最期は諸説あり）。

― 死んでいった精子の分も生き抜く責任がある ―

世の中には、親に望まれず生まれてきたり、大事にされず育った子もおるわな。引きこもっちょった子は、自分が死んでも悲しむ友達もおらんかもしれないし、親にも「産んでくれなんて頼んでない」「勝手に産んでおいて」って恨んでる人もいるかもしれん。

じゃが、これだけは、ワシ、はっきり言えるんだわ。親に愛された人も愛されずに育った人も、この世に産まれたことはすごい奇跡なんよ。知っちょる？　1回の射精で2億匹から4億匹くらいの精子が出てくるんよ。でも、お母さんの卵子と結合できるのはたったの1匹。だからあなた方一人一人は選ばれて選び抜かれて、そいでこの世に産まれてきたわけだ。

例えばな、お父さんが3億の精子をピャッと出したけど、あとの2億9千9百99万9千9百99匹は死んでしまう。その死んでいった精子のことを考えると、ワシは、その分もがんばって生き抜いていく責任があると考えるんよ。何億っちゅうすごい競争を勝ち抜いてこの世に誕生したと思えば、何かあっても乗り越えられる強さは元々、備わっているかもしれないよね。

聖火リレーで走る。断ったが被災地で共に汗を流した日出町の職員に頼まれて引き受けた　写真：杉山拓也

―人生は、地球の瞬き一回分―

人間の体って60兆から70兆個の小さな細胞でできちょるんよ。さて、ここで質問です。地球の歴史から見れば、人間の人生って本当に短くて、人間のある動作と同じようなものなんだけど、何でしょう？　呼吸でもない、アクビでもない、答えは「瞬き」。

地球にとって人間の人生の長さなんて瞬きみたいなもん。人生は地球の一回の瞬きのうちに終わるんよ。だからね、もう泣いたり喚いたり、立ち止まったり振り返ったりする時間ないの。

そうよ、ワシもあなたもあっという間、ワシなんてあと50年しかない。今、81歳だから最年長記録を更新する気かって？　そんなの狙ってないよ。地球最後の日に私だけ生き残ってよう、と思ってるだけよ（笑）。

長い一生なんて本当は一瞬。そう思えばね、小さいことにね、くよくよ、くよくよする必要なんてないの。

―己に厳しく、人に優しく―

こんな言葉があるの。己に厳しく、人に優しく。やっぱりね、自分に厳しい人生を送ったほうが、人生が終わりを迎えた時でも「俺はやったで」「私も頑張ったよ」って満足できると思うよ。だから自分で自分を最後に褒められる人生を送ったほうが、いいんじゃないかな。だから、今日一日、一日を大切にね。

終章

母（ルポ）なる太陽

「妹の遺影が欲しいんよ」

２０２０年の年明け、コロナが日本全土に広がる直前のことだった。よく晴れた暖かい日、由布岳の整備ボランティアに出かけた尾畠さんに私と編集者も同行して山の中腹までのんびり登って引き返した。その帰りの車で尾畠さんと雑談していたら、いつのまにか尾畠さんのお母さんの話になった。尾畠さんが10歳の時、41歳で亡くなったという。

「仏壇にある母の遺影ね、ほんとは子どもを抱いてる写真だったの。若くして突然、亡くなったから母一人だけのがなくて。何年前だったかな、知り合いの写真屋さんにお願いして母だけが写る写真を合成してもらったんよ」

「そうだったんですか」

「それでね、なんぼ、金かかってもいいから、今度は、5歳で亡くなったワシの妹の遺影を、どうにか母の写真を元にして写真屋さんに作ってもらえんだろうかって。当時の妹の写真が残ってないの。でも、さすがに合成でも大人の顔を5歳の子どもにするのは無理かなあ？」

「うーん、もしかしたら、スマホの写真加工アプリを使えば、できるかも」

「本当？」

尾畠さんの家に着いてさっそく着物姿のお母さんの遺影を撮影させていただき、スマホで見つけた加工アプリで5歳の子どもの顔に変化させた。できあがった画像を「妹さんに似てますか？」と見せると、尾畠さんは「えーっ⁉　こんなことができるの？　すごい嬉しい！」と目を丸くした。そして「実は……似てるも何も、小さかったから妹の顔はもう覚えてないの」と告白した。

東京に戻ってから、お母さんが着ている着物やまとめ髪を、当時の小さい女の子の洋服やおかっぱに修整し、印刷して額に入れて郵送したところ、尾畠さんはとても喜んでくれた。今までの取材のお礼がほんの少しできた気がして私たちも嬉しかった。

それから、何度も緊急事態宣言が出ては消え、出ては消えた。その間、私は自宅に籠り、1年以上かけて、せっせとこの本の原稿を書いていたが、2021年の春先、感染者が減ったタイミングで尾畠さんの元に足を運んだ。その日もよく晴れたおだやかな天候で、尾畠さんが暮らす日出町の北にある杵築市の「田原山（通称・鋸山）」に登った。標高は低いが通称の通り、山の峰々が鋸の刃のようにギザギザで、途中、鎖場や崖があり、変化に富んで楽しい山である。しばらく話しながら歩いていると、以前に送った妹さんの遺影の話になった。

「ありがとね。母の横に妹の遺影を並べてるんよ」

「尾畠さんは、優しそうなお母さんの顔によく似てますよね」

「そうでしょ？　あの飲んだくれの親父に似ないで本当に良かったっちゃ！」

「ははは。あれ、そういえば、お父様の遺影ってお仏壇にありましたっけ？」

「ない！……仏壇にはね。まあ、奥の部屋にあるんだけど、あんな親父の顔、毎日、見たくないんよ」

突然、吐き捨てるように尾畠さんが言った。その一瞬、見せた険しい表情に私はとまどった。

確かにひどいお父さんではあった。飲んだくれて愚痴ばかり、お母さんを苦労させ、尾畠さんだけ奉公に出し、大変な思いをさせた。

しかし、お父さんは、尾畠さんが小さい時、お腹から膿が出ると、「春夫の命に代えられねえ」と貧しくとも医者に連れて行き、親戚から養子に欲しいと言われれば「春夫だけはダメだ」と渡さなかったはずだ。

少年時代の尾畠さんに苦労をかけたのは事実だが、父親としての愛情はあったのではないか？そういえば、お父さんの最期を看取ったのも尾畠さんだ。神戸での修業を終え大分に一度、戻った25歳の時、尾畠さんは大型免許を取るために地元の教習所に通っていた。

試験に合格した日、尾畠さんは実家を訪れお父さんに報告した。すると柱に寄りかかって酒を飲みながら話を聞いていたお父さんが突然、バッタリと倒れたという。享年61歳、脳溢血だった。昔のことはともかく、大人になってからは酒を酌み交わし、膝を突き合わせて話をするくらいだから、親子の仲は決して悪くはなかったと私は思い込んでいた。

鬼籍に入られてもう半世紀が経っている。お母さんを苦労させたことや奉公に出されたことを今も尾畠さんは恨んでいるのだろうか。私が黙って考えていると、尾畠さんは少しかすれた声で言った。

「姉さんに言ってなかったっけ……いつの頃からか、うちの親父は、兄弟のうち俺だけ殴るようになったの。いたずらしたとかじゃなくて、たとえば箸の持ち方が悪い、返事の仕方が悪いとか何とか難癖をつけてはね。殴る蹴るなんてもんじゃないよ。火鉢の灰を掻く棒でバチン！って背中がダーッとミミズ腫れができるくらいバンバン叩くんよ。ある時なんて、庭の木に縄で体を縛り付けて、ずーっと、朝までそのまんま。蚊がきても動けない、ション便したくても垂れ流し……。俺だけ母ちゃんが浮気してヨソの男と作った子どもってわけでもねえのに……」

3年間、取材していて初めて聞いた話だった。昭和20、30年代といえば、「地震、雷、火事、親父」と恐れられた時代だ。現代の優しい父親と違って、すぐにゲンコツが飛ぶこともあっただろう。しかし、悪さをしたならともかく、尾畠さんの話を聞いている限りでは、躾（しつけ）ではなく暴力に近いのではないか。

暴力をふるう親は、何かのストレスを抱えていたり、心が弱い人が多いという。下駄職人であった尾畠さんのお父さんも、作っても売れない下駄を前に世の中への不満や生活の不安を抱えていたのかもしれない。そのイライラを弱い立場の子どもへとぶつけてしまったとしたら……。

誰も助けてはくれなかったのか、助けたらよけいひどくなったのか、家族の見えないところで殴られたのか。そうした質問はとてもできなかった。

ただ、もし、私がその時代に行くことができるなら、縄を解いて助けてあげたかった。なぜ兄弟のうち、尾畠さんだけなのかは分からない。殴られた尾畠さんが自分の顔色をうかがうようになってお父さんは余計、イライラしたのかもしれないし、もしかしたら、家族思いの尾畠さんが、酒ばかり飲むお父さんを自分でも気が付かないうちに、睨んでいたのかもしれない。

どんな理由であれ、幼い日のことを昨日のことのように語る尾畠さんを見ていると、絶対に理不尽な暴力は繰り返してはいけないことなのだと痛く感じ入り、私は震える思いで耳を傾けた。大抵の人に優しく接する尾畠さんだが、家族だからこそ70年が経った今でも許せないのだろうか。

愛憎入り混じるお父さんとの微妙な距離に、今も続く苦悩が見える気がした。

だからこそ、なのかもしれない。尊敬する米兵・アーン少佐の足跡を辿り、「子どもたちの未来を願って」東京から大分へ歩く旅の話を聞いた時、尾畠さんが「突然、思いついたのではなく、ずっと前からの夢なの」と繰り返していたのは。今でも、満足に食事が与えられない子どもや親に虐待されても逃げられない子どもたちのことがニュースになる。自分が旗を持ち訴えて歩いたのは、自分が小さい頃味わった苦しみを繰り返してほしくなかったからだろう。

もうひとつ、腑に落ちたことがある。尾畠さんは私と会うたびに、息子さんが「親父の息子に生まれて良かった」と言ってくれたエピソードを何度も何度も話してくれた。息子が悪いことをした時は殴りもしたが、愛情をもって育ててあげたのだと。その自慢話を、私は、いつも初めて聞いたかのように相槌を打ちながら、「スーパーボランティア」と称賛される尾畠さんも普通のお父さんの顔をするんだな」と微笑ましく思っていた。

もしかしたら、尾畠さんは、自分の子育てが正解であったのかずっと不安だったのかもしれない。父親に理不尽に殴られて育った尾畠さんにとって、ある日、突然、聞いた息子さんの言葉がどれだけ宝物であるか、尾畠さんの過去を知った今、身に染みて分かる気がした。

お天道様は見てる

今でも心にわだかまりが残るお父さんと違って、尾畠さんは、お母さんが本当に大好きである。毎日、外から帰ってくると熱心に仏壇に向かって、1日の出来事を全部、事細かに報告する。取材を始めた当時、よっぽど生前、母子の仲が良かったのかと聞くと、「母ちゃんが生きている間は、かわいがられた記憶も、遊んでもらった思い出も何もないの。亡くなった時も何にも感じなかったんだわ」と淡々と話していた。

それでは、尾畠さんはいつから、お母さんに話しかけるようになったのだろう。もうひとつ、私には分からないことがあった。仏壇の前にこれほど長く座りながらも、尾畠さんは「神も仏も目に見えないものは信じない」と言う。しかし、その一方で、「お天道様はいいことをしても、悪いことをしても見ている」と語る。お天道様とは一般的に太陽を敬って言う言葉だ。太陽の光が射すから地球上の植物や生物、そして人間は生きていけるのだし、尾畠さんの言う通り、太陽は神や仏と違って実体として目には見える。

しかし、太陽が「人の善悪も見ている」と感じるならば、神や仏の存在を信じてもいいのではないか。思い切って「お天道様とは尾畠さんにとって何ですか？」と尋ねてみた。すると私のふたつの疑問が一度に解ける答えが返ってきた。

「お母ちゃんのことよ」

「えっ、お母さん？」

「うん、お天道様とは太陽のことだけど……その太陽はワシにとってはお母ちゃんなんよ」

「尾畠さんが10歳の時、お母さんが天国に行かれてから、そう思うようになったんですか？」

「子どもの時はそう思ってなかったんじゃないかな。やっぱり、苦しい時とかにね……鳶を始めた時なんて地上10階とかで25センチ幅の板の上とか歩くんよ。当時は命綱とかなかったからね、一歩、間違えたら落ちて一巻の終わりだったから。そういう時、ワシ、天国のお母ちゃんに守ってくれるように祈るようになったの。そのうち、だんだん、お天道様は自分のお母ちゃんで、24時間、自分を見ててくれるんだって。太陽って地球の陰に隠れている夜だって存在しているでしょ。見えないだけで、夜も守ってくれるんよ」

「今まで無事だったのは、お母さんがずっと見守ってくれたからなんですね」

「そうね、でも、お母ちゃんに本当に感謝するようになったのは、やっぱり、嫁さんもらってからかなあ」

「結婚してから？」

「そう。嫁さんが二人目の子を産む時にね、すごい難産だったの。一人目はヒョイっと産まれたから、二人目も簡単に産まれるだろって呑気に待っていたの。でも、先生に慌てて呼ばれて分娩室に入ったら、青ざめて苦しそうな顔の嫁さんがいた。出血もひどくてね……耳元で名前を呼びかけながら、こんな命がけの大仕事は男には耐えられんな、女性ってすごいな、絶対に男は勝てんわって、そん時、強烈に思ったの」

「本当に命がけの出産だったんですね」

「そうね、ワシ、兄弟が多かったから、たくさん子どもが欲しかったんよ。でも、まだ見ぬ子どもを欲しがるより、生きている嫁さんを大事にしようって。もう、こんなに苦しい思いはさせられんわな、って。それで子どもは二人」

「尾畠さんの世代でこんなに女性を尊敬できる男性は少なかったのでは？」

「どうだろうねえ。自分だって、子育てをしてるうち、だんだんとお母ちゃんの苦労が分かったんよ。子を持って親の恩を知るって言うけど、女性と違って男は少しずつだね」

「洗濯機もガスもない時代、7人の子を産んで育てたお母さんは大変だったでしょうね」

「うん、親父は飲んべえだし、生活は苦しいし、本当に大変だったと思うよ。そんな思いをして自分の命をかけてこの世に産んで育ててくれた……どんなに恩返しをしたくても、お母ちゃんはこの世にはいないけれどね。だからあづささんも、お母さんのことは大事にね。約束よ」

尾畠さんは遠くを見つめながら、少しさみしそうな顔をした。私は小さくうなずいた。

「もうね、この世に産まれて来たことは奇跡みたいなもんや。せっかく産まれてきたんじゃから、行き着くところまで生きちゃろうかと思って。それで、自分が死んであの世でお母ちゃんに会ったら、『春夫、よくやった！』って、骨がバキバキに折れるほどギューッと抱きしめてもらいたいわ。ははは」

いつだったか、「最後の日には笑って死にたい」と尾畠さんは私に言った。「世のため、人のためじゃない。自分のためにボランティアをしているんよ」とも、繰り返し語っていた。尾畠さんにとってボランティアとは、生きる証そのものなのではないか。悔いなく人生を終え、堂々と笑顔でお母さんに会いたい。よく頑張った、善い人生だったね、そう褒めてくれるような毎日を送りたい。尾畠さんはそんな想いを抱いてボランティアをしているのではないか。

山頂から少し外れた岩の上で立ち止まる。長い冬が終わり、むせ返るほど生命力に溢れた新緑のパノラマと春を謳歌する鳥の鳴き声が聞こえる。尾畠さんは手をかざし、「ああ、今日はほんとにいい天気だね。幸せだね。ほら、お天道様も見ているよ」と、太陽を愛おしそうに見上げた。今夜、尾畠さんはお母さんとどんな話をするのだろうか。目の前には、雲ひとつない透き通るほどの美しい青空が広がっていた。

鋸山にて。「まぁ変わり者でしたよね。自分の信念をずっと通すのがワシは好きです。人の言葉でもって、右行ったり、後ろ行ったり、左行ったりするのは大嫌いな男やから」

おわりに

標高1583メートル。西の空に沈みかけた太陽が、トレードマークの双耳の岩峰を明るく照らす。2018年の夏の終わり、九州の名峰「由布岳」から下りてきた尾畠さんと私は、刻々と変わる山肌の色に、足を止めて見入っていた。

その時、不意に尾畠さんが頭を下げた。広い草原の中、ただ一人、山に向かって深々とお辞儀をしている姿は、まるで一枚の絵のようである。誰にでもできる動作なのに、こんな人の美しい瞬間を見たことがなかった。透き通るような「美しい人」に私は心を打たれた。

この時はまだ、これから3年にわたり、尾畠さんの取材を続けることになろうとは思ってもみなかった。当時、私はインド仏教の頂点に立つ日本人僧侶、佐々井秀嶺さんの半生をまとめた初のノンフィクション本に取り掛かっていた。その矢先に「週刊文春」出版部から「尾畠春夫さんの密着取材をしませんか」と一本のメールが届いた。その時にはまだ週刊誌の記事なのか、本になるのかさえ何も決まっていなかった。

ニュースで知る限りでは、戦前生まれの尾畠さんは、若い時に大変な苦労をされたが、今は人助けに邁進。私利私欲にとらわれずに生きる姿は、佐々井さんと共通点も多く、何か縁を感じてその仕事を引き受けた。

ところが実際に尾畠さんにお会いするや、ギョロリとした目つきで、いきなり「金玉」のクイズを出され、出会って30分で留守番を頼まれた。山に登ればバナナの皮までムシャムシャ食べるし、見つけたマムシを素手で切り裂くし、最初の取材だけで驚きのオンパレードであった。平々凡々と生きてきた私などが、太刀打ちできるのだろうか。「どんな人だったか?」と東京の編集部の人に聞かれたら、何と言えばいいのかと頭は混乱した。

しかし、冒頭の由布岳で一瞬、見せた尾畠さんの孤高の美しさが、私の不安を吹き飛ばした。この人は本物だ。そう直感した。どう本物なのか、説明するのは難しかったが……。

それから幾度となく大分や被災地に飛び、同行取材させていただいているうち、「尾畠さんは悩んでいる全ての人の希望だなあ」と思うようになった。家族から引き離され、孤独や空腹に耐え生き抜いてきた。衣食住が満ち足りた今、そこで満足せず人のために尽くしている。

こんな素敵な人はそうそういない。いつか、本にまとめるのもいいかもしれないと思い始めたが、佐々井さんの本を書き始めた当時の私はまだ、ノンフィクションを一冊書くのがどれほど大変かということを全く理解していなかった。雑誌なら長くても原稿用紙にして10枚、20枚程である。それを何十回か繰り返せば、本一冊になると考えていたのだが、それは甘い考えであった。

山に例えるなら、高尾山を登る実力と装備しかないのに、アルプスの雪山に突っ込んでしまったようなものである。他の仕事の依頼も断り、目減りする貯金にハラハラしつつも、尾畠さんの密着取材を続けながら、佐々井さんの本を書き続けた。

何度も遭難しそうになりながら、多くの方に助けられ、「雪山」から無事、脱出できた時には私は疲労困憊、すっかり干からびていた。しかし、本を読んだことがきっかけでインドに渡ったり、前を向けたという方から手紙が届くと、〝本物〟の人の生きた言葉には、誰かの人生までを動かす力があるのだと思い至った。

何年かしたら、尾畠さんのことを知る人は少なくなるかもしれない。一度の記事ではなく、本として残せば、いつかどこかで尾畠さんの言葉を必要とする人が手にとってくれるのではないか。

しかし、大分の尾畠さんの自宅には、遭難した2歳児の奇跡の救出劇が報じられて以降、次から次に人がやってくる。本来、人との出会いを大切にする方ではあるが、一人で対応するのには限度があり、時には、とても疲れた顔をしていた。ちょうど、ＳＮＳでの誹謗中傷も問題になっていた頃だ。私が尾畠さんの本を書くことで、ますますボランティアの時間が取れなくなるのでは――そんな不安も頭をよぎった。

「どんなことでも答える。いつでも来なさい」と尾畠さんは私に言ってくれたが、仲良くなればなるほど、気持ちを理解すればするほど、申し訳なさも募っていった。尾畠さんにとって有名になることは、何のメリットもない。ぐるぐると葛藤してばかりの私に、尾畠さんは「姉さんなら、ええよ」と快諾してくれたばかりか、「お縄になるような事以外は何を書いてもいいっちゃ（捕まるようなことは何もしていないのだが）」と背中をドンと押してくれ、頭が下がる想いだった。

それから1年が過ぎた２０２０年の春、突然、コロナで日本中がひっくり返った。世の中が暗い雲に覆われ、何をするのも息苦しい社会になってしまった。

そして、尾畠さんに会うのも難しくなった。取材したのは主にコロナ禍の前であり、当時の日本国内は、まだ東京オリンピック開催の活況に沸いていた。もしかしたら内容が時代と合わなくなっているかもしれないと、取材ノートを改めて読み返すと全くの杞憂だった。むしろ、今だからこそ、尾畠さんの言葉ひとつひとつが心に落ちていく。誰でも今日ある命は、明日もあるかは分からない。だからこそ、自分に正直に今を生きろと、飾らない言葉で励ましてくれる気がした。

◇

本書を書くにあたり、ここに書ききれないほど多くの方にご協力いただいた。取材中、出会った大分や呉の皆さま、複雑な構成を楽しくまとめて下さったデザイナーの観野良太さん、そして何度か一緒に大分に通い、小鹿のように震える足で山にもついてきてくれた担当編集の祖父江崇さん（高所恐怖症だとは知らなかった）。彼の熱意がなければ、この本は完成しなかっただろう。

また励まし続けてくれた私の両親にも感謝したい。親しくなるにつれ、尾畠さんは病気の私の母を気遣い電話口で「ワシが背負って山に登るっちゃ」と何度も声をかけてくれた。その度に母は「尾畠さんが一番やりたいことに時間を使ってくれるほうがずっといい」と尾畠さんの提案を辞退しつつもその気さくな人柄に感激し、出版を誰よりも楽しみにしてくれていた。母のように外出が難しい方にも、本の中で尾畠さんに出会っていただけたら嬉しい。

最後に、尾畠春夫さん。人は人を傷つけることもできるけれど、赤の他人に手を差し伸べられるのもまた人なのだと身をもって教えてくれた。心から出会えて良かった。九州の山に連れて行ってくれたお礼に、八ヶ岳をご案内する約束、忘れてはいません。よく晴れた日に赤岳山頂から美しい信州のパノラマを眺めましょう。３年間、本当にありがとうございました。

２０２１年初夏　白石あづさ

白石あづさ（しらいし あづさ）

ライター＆フォトグラファー。日本大学藝術学部美術学科卒業後、地域紙の記者を経て、3年に渡る世界放浪後フリーに。旅行誌や週刊誌を中心に執筆。これまでに訪ねた国は100以上にのぼる。著書に『世界のへんな肉』（新潮文庫）、『世界が驚くニッポンのお坊さん　佐々井秀嶺、インドに笑う』（文藝春秋）など。

お天道様は見てる 尾畠春夫のことば

2021年8月30日　第1刷発行
2021年9月20日　第2刷発行

著　者　白石あづさ
発行者　小田慶郎
発行所　株式会社 文藝春秋
〒102-8008 東京都千代田区紀尾井町3-23
TEL 03(3265)1211
印刷所　光邦
製本所　光邦

ISBN 978-4-16-391413-8

Printed in Japan

JN020813

『儂は『魔王アルシュナ』の精神体と、その依代となっている
『アルシュナちゃん人形』じゃ』
跪いたままのクリードの懐から小さな影が這い出てきて、
その肩へと「うんしょ、うんしょ」とばかりに上って
ふんぞり返って見せた。

プライベートアイランドで
バカンス!

「では行きます！ 感覚合一（ルベト・クオリア）！」

『すごいな……』

思わず興奮して口にした言葉は、抜け殻状態の本体の唇をごくわずかに動かしたのみだが、今感覚が連結（リンク）している『魔創義躰』の方は巨大な咆哮を上げた。

怪物たちを統べるモノ

The boy who rules the monsters

最強の支援特化能力で、
気付けば世界最強パーティーに!

4

Author
Sin Guilty
Illustration
中村エイト

口絵・本文イラスト　中村エイト

第一章『秘匿神殿圕』

ソルは今、生まれて初めて『聖教会』の信仰（しんこう）の中心地『聖都アドラティオ』を訪（おとず）れている。

四大国家の一角を占（し）めるアムネスフィア皇国の領内に位置し、特区自治領である聖都アドラティオ。この地を他国の者が訪れるには、本来はやたらと複雑な手続きとそれに伴（ともな）う多額の御布施（観光料金）が必要となっていた。

だが、当然そんなものを今更（いまさら）ソルたちに課せるはずもない。

よって妖精王（アイナノア）の解放と同時に使用可能になった竜脈路（りゅうみゃくろ）を利用した超長距離（ちょうちょうきょり）転移と、最寄（もよ）りの龍穴（りゅうけつ）からはルーナの魔創義躰（アストラル）による高速飛翔（ひしょう）で、小一時間もかけずに到着（とうちゃく）している。

聖都アドラティオに暮らす者たちが初めて目にする巨大（きょだい）な全竜（ルーナ）の魔創義躰が、その主を背に乗せて遥（はる）か上空から降下してくる光景。

それは事前に徹底（てってい）して説明されていてもなお、いくつかの場所で軽いパニックが起こるほどのものである。竜による人里の襲来（しゅうらい）とは、古来より絶対の死、滅（ほろ）びの象徴（しょうちょう）として語（かた）り継がれているからには無理もないのだが。

今の状況でソルがこの地を訪れる理由は当然、蜂起した『魔人種』たちを最近まで支配していた聖教会のお偉方にいろいろとお話を聞くためだ。それに加えて、今や教皇代理となりおおせているイシュリー・デュレス元司教枢機卿の強い要望に応えた形でもある。

ソル・ロックという今や『現人神』が、エメリア王国以外に最初に訪れる国家。

その理由がなんであれ、それは政治的にはとてつもなく大きな意味を持つ。

またその訪問が誰に乞われてのものなのか、どんな風にその地に暮らす市井の民たちの前に顕れるのかもまた重要であることは言うまでもない。だからこそ今のイシュリーにしてみれば、巨大な全竜の魔創義躰が聖都の城壁などなんの意味もないほどの高空から降下しての登場は、望みうる限り最上のものだと言えるだろう。

聖都アドラティオに暮らす者たちは赤子を除いてほぼその全員が呆けたように空を見上げ、ここ最近やたらと噂話だけを聞くことが増えていた『新たな世界の支配者』の姿を今、実際に目の当たりにしているのだ。

そしてそれら耳にしていた噂話のすべてが虚構などではなく真実であり、この力を司る者に逆らえばそれが個人であれ組織であれ、この地上から消え去るのだという現実を理性と本能、その双方で嫌というほど理解させられている。

どこにいても天から降り落ちる神罰、『神の雷』すら司っていた旧聖教会勢力が、その秘匿していた超戦力ごと叩き潰されたという話は、まったく誇張なき事実に過ぎなかったのだ。つまり今この瞬間にでも、その絶対者の気分次第でここ聖都アドラティアが地上から消え失せてもなんの不思議もないということである。

なぜならば自分たちの元統治者はその絶対者を神敵と見做して殺しにかかり、返り討ちにあって逆に捻り殺されたのだ。聖都に暮らす者たちもまた、消極的とはいえその愚行の賛同者だったと見做され、同じ目にあわされたとしてもなにも言えない。強者は弱者にどんな難癖をつけても赦されるのだ。それが嫌なら、己が力を以て理不尽を払いのけるしかない。

正直、聖都の住民たちは突然新教皇代理となったイシュリーを胡散臭く思っていた。

だが聖教会の上層部、中枢部になればなるほど、唯々諾々としてそのイシュリーに忠実としか言えない様子で従っていたのだ。

その現実を前に、不平不満を口にする程度で消極的支持をしていた自分たちの慎重さ、あるいは臆病さを、今心の底から評価したい気分だろう。今自分たちが生きているのは、それを許されているのは、偏にイシュリー・デュレスという新教皇代理が、ソルの陣営に属しているからこそなのだから。

――そりゃ偉(えら)い人ほど従うわけだ、こんな現実を俺(おれ)たちよりも先に知っていたのだから。

大筋では同じようなことを住民たちの誰もが思っている。

先の『聖戦(オラトリオ・タングラム)』から生還(せいかん)した騎士(きし)たちが、戦場での事実のほとんどを家族に対してさえ口を噤(つぐ)んでいた理由。それが本当の意味で生き残りたければ、そうするしかなかったのだと誰もが理解したのだ。

ごく少数のパニックに陥(おちい)ってしまった者たちは、必要以上にアシュリーとそれが語った絶対者(ソル)に対して、懐疑(かいぎ)を超(こ)えた暴言を吐(は)いてしまっていた者たちなのかもしれない。

「ソル様。私の願いに応じて下さったこと、心より感謝致(いた)します。この地こそが我ら聖教会の信仰の中心地、聖都アドラティオに御座(ござ)います。我ら信徒一同、ソル様の御来訪(ごらいほう)を心よりお待ちしておりました！」

ソルの来訪をまるで宮殿(きゅうでん)のような教皇庁、その絢爛(けんらん)たる前庭で待ち構えていたイシュリーが、今も袖(そで)を通す時はうきうきしてしまう教皇(純白)専用の司祭平服(キャソック)に聖外套(ラ・ソ)を羽織った姿で跪(ひざまず)いて大音声(だいおんじょう)を上げる。

これは魔創義躰(アストラル)があまりにも巨大なため、すぐ頭上にいるように見えてまだまだ距離(きょり)のあるソルに聞こえるようにと思っての行動ではない。周囲にいる者たち、それもこの前庭に集った聖都の住民たち――今でもなお世界で最も敬虔(けいけん)な聖教会の信者たちへ、イシュリーの今の立ち位置をわかりやすく伝えるための演出というやつだ。

「や、イシュリー司教枢機卿……じゃないや、イシュリー教皇代理猊下、お久しぶりです。今日は無理なお願いを聞いてくれて助かりました」

だがイシュリーの挨拶が終わりきるその前に、跪いているその眼前へソルと全竜、妖精王が転移で顕れて当たり前のようにそう答えた。

もちろん上空には巨大な全竜の魔創義躰が浮かんだままである。

まさかソルの服の裾をつかんでいる褐色の獣人系美少女がその正体だとは誰も思い至るまい。

ソルの規格外さを充分に知っているイシュリーですら驚愕したのだ。転移を初めて目の当たりにした周囲の者たちの反応は劇的であり、前庭に集まった民衆たちからは驚きだけではなく、「神に愛された者」に対する畏怖すらも伝わってくる様子となっている。

「め、滅相も御座いません」

だがイシュリーにしてみれば、民衆たちと一緒になって驚いている場合ではない。

今は教皇代理である自分が、こんな風に気安くソル・ロックから声をかけられる立場なのだということを見せつけるには、またとない機会なのだ。

自分は上が自滅してくれたのをいいことに、勝手に教皇代理の座についたのではない。

ソル・ロックに望まれたからこそ、この聖教会の未曾有の難局に際して教皇代理となり、永き歴史を誇る信仰を守護するのだ。今はまだ代理を名乗っているのもそのためで、正式な新教皇にはソルの認可を以てのみなり得ることを明言してもいる。

強大な力を背景とするがゆえにこそ、そういった建前は堅持するべきだとイシュリーは考えているらしい。

己が名を間違いなく歴史に刻み、可能であれば終身の安定を得るという私利私欲に基づいてのこととはいえ、それが多くの者たちの利にもつながるのであれば、誰も文句など言うはずもない。イシュリーが教皇になることで自分たちが生き存えられるという以上の利など、そうそうありはしないのだから。

一方でソルはここへ訪れる前に、フレデリカからイシュリーの思惑を一通り聞かされているので、それに沿った行動をするのみである。

自身が迷宮攻略に集中するために、世界の安定を望んでいるのがソルなのだ。

そのソルからすれば、イシュリーを立てることで一番厄介な世界宗教を制御出来るというのであれば、それに協力することに否やなどあろうはずもない。

「さっそくですけど、『魔人種』たちを管理していた人たちに話を聞かせてもらってもいいですか？」

「畏まりました。直ちに！」

一方イシュリーはイシュリーで、全力でソルの為人を分析し、フレデリカをはじめとしたエメリア王家の人間と出来るだけ接触を持ってその把握に努めている。つまりここで豪華絢爛な歓迎会や式典の開催をなどと言い出せば、まず間違いなくソルの不興を買うことくらいはすでに理解出来ている。

自力で司教枢機卿にまで成り上がったイシュリーは、無能どころか有能なのである。

ソルという絶対者の存在を知った以上、己が全能力を駆使してその意に沿うことこそが、自分が望む栄達を保証してくれるのだと誰よりも理解しているのだ。

自らの権勢を誇示すべき相手は御主人様などではなく、その御主人様の容認を以て己が支配する者たちに対してであってこそ意味がある。期待していた以上のアピールも出来たのだ、ここは四の五の言わずにソルの望みを叶えることこそが最善手には違いない。

実際ソルは『魔人種』の蜂起に対応するためにこそ、この地を訪れたのだ。そのついでにイシュリーの要望にも応えたに過ぎない。そのついでをいつまでも優先されるのを快く思うはずもないというのは、確かにその通りだろう。

「とはいえ……実際に管理していたのは元教皇、グレゴリオⅨ世でしたので、この者たちはその側近であったにすぎません。もちろん私よりは詳しいでしょうが、ソル様のご期待に沿える答えを持ち合わせているかどうかまでは……」

蒼白な顔で並んでいる旧聖教会の中枢を担っていた者たちを前に、申し訳なさそうな表情でイシュリーがそう告げる。

それは特に庇いだてしているわけでも嘘をついているわけでもなく、ただの真実を告げているだけだ。生き残りの『魔人種』たちを常はどこに保管し、どのようにして起動し、どうやって使役していたのかをある程度知ってはいても、それを実際に行えるだけの権限も知識も与えられてはいないのだ。

つい最近まで地方教区を司る司教枢機卿に過ぎなかったイシュリーはもとより、中枢を担っていた幹部たちでさえその程度なのである。

つまり聖教会の実権は、教皇に一極集中していたということに他ならない。

だからこそ上昇志向を持つ誰もが、イシュリーのように自らが教皇となることを切に望んでいたのだろう。

聖教会が保護していた『魔人種』の数は千人前後であったこと。常は意識すら維持し得ず、教皇による奇跡――要は逸失技術の一つだろう――がなければ目覚めないはずの魔人種たちが一斉に覚醒したこと。その後魔人種たちの能力を制御していたはずの『魔封紋』を消し飛ばしてアムネスフィア皇国北方の旧遺跡――落ちた魔大陸の一部と伝えられている元浮遊島——に集結し、『魔王』の復活と人類への宣戦を布告したこと。

　結局それなりの数がいた元側近たち、旧聖教会において権勢を誇ったお偉方から聞けた内容は、ソルがすでにイシュリーを通じて把握出来ていた情報以上のものはなかった。

　彼らはすでにイシュリーを自分たちの主だと認めており、その上が求めている情報を秘匿するような愚を犯さなかったということだ。それを聞くイシュリーは満足そうである。

　ここでイシュリーが掌握していない新情報が出てきたりすれば、さっそくイシュリーの管理能力に疑問符が付けられることになるのだから、現状にご満悦となるのも当然と言える。

「……わかりました、イシュリー教皇代理から聞いていたとおりですね」

「あまりお役に立てず、申し訳ございません」

「いえ、気にしないでください」

　その結果に溜息をひとつついたものの、さほど残念そうでもないソルの様子にイシュリーは胸をなでおろしている。

　イシュリーはかつてのやり取りからソルを合理的な人物だと見做しているが、だからこそ自分にとって利を生まぬ存在に対しては酷薄であることも充分に覚悟していた。

　元教皇の側近にまで至れた者たちがただ無能なわけもない。可能であれば自分の体制における手足として生かしておきたいイシュリーとしては、「役立たずは処分しろ」といわれないだけで儲けものだと言えるだろう。だが——

「あ、最後に一つ質問です。前教皇やあなた方側近の皆さんは、魔人種たちになにか恨まれるようなことをしていましたか？」

親しみすら感じられる気楽な様子で、ソルがお偉方にそう問う。

その態度には特に咎めるような様子もなく、念のために一応は問うているとしか思えない空気を纏っている。

だがそれに対して誰もが明確に答えることは出来ず、お互いに目を見合わせて気まずそうにするだけに終始している。

「……やってるなあ、これは。イシュリーさん、そのことの裏取りをお願いします。彼らだけではなく、家族も含めてその可能性がある者、一人残さず全てをです。必要であればそういうことに長けた人材をこちらからも派遣します」

その反応を得たソルが、小声で脇に立つイシュリーにそう告げる。

外在魔力（アウター）が失われていたこの千年、聖教会が飼っていた『魔人種』をどう扱っていたのか。

そのままであれば人に対して弱者でありながら、逸失技術（ロスト・テクノロジー）によって一時的にであれば本来の力を発揮させることが可能。その上で意識のない間に制御可能な首輪（魔封紋）をかけることも出来ていたとしたら、人がその対象をどう扱うかなど、亜人種(デミ・ヒューム)や獣人種(セリアンスロープ)に対する差別を見るまでもなく明らかだ。

ソルの監視(かんし)につけていた淫魔(サキュバス)のように過酷(かこく)な任務を強(し)いることだけであればまだしも、それ以上に下衆(げす)なこともしていたであろうことは疑い得ない。『魔人種』は異形ではあれど、男女ともに美形揃(ぞろ)いともなればなおのことだろう。

ソルはそのことをお偉方たちの反応から確信したがゆえに、イシュリーに先の言葉を告げたのだ。

「承知致しました。それと専門家を派遣していただくには及(およ)びません。我らは世界最大の宗教団体です。硬軟(こうなん)選ばず、人に真実を語らせることにかけては、そうそう後(おく)れを取ることはございませんゆえ」

「ふん、さすがは宗教屋よな」

「♪～？」

仮にも宗教家がそれでいいのかというイシュリーの回答だが、ルーナが呆(あき)れ、アイナノアが首を傾(かし)げているとおり、宗教屋なのであればそれもまた当然なのだろう。

宗教屋であれば、人の弱さに付け込(こ)んで意志そのものを捻(ね)じ曲げることこそを商売にしているのだ。個人が秘匿せんとする情報を、どのような手段を用いてでも詳(つまび)らかにする程度、児戯にも等しいというのは大げさな物言いでもなんでもない。

「お恥ずかしい限りでございます。それで裏が取れましたらいかがいたしましょうか？」

「そうですね……うっかり死なせたりしないように手厚く保護することをお願いします。どのように保護するかはイシュリーさんの判断にお任せしますけど」

「――畏まりました。早急に確定させ、誰一人死なせぬように徹底致します」

「お願いします」

だが表情も変えずに言い放たれたソルの言葉に、イシュリーの表情が凍り付いた。

「……主殿はたまに怖いよね」

「心外な」

その言葉とは裏腹にどこか嬉しそうなルーナの感想に、ソルが珍しく不満そうな表情を浮かべている。

ソルとしては怖いと言われるようなことをしているつもりなど毛頭ない。

この千年の間に魔人種たちが個人ではなく総体としての人を敵と見做し、取り戻した力を以て復讐せんとするだけのことをされていたというのであれば、存命している下手人たちがその責を負うことは当然だと考えているに過ぎない。

魔人種たちが下手人たちの身柄を要求するのであれば、ソルは眉一つ動かすことなく提供し、彼らがどうなろうが知ったことではないと宣言するだろう。

だが魔人種たちがあくまでも個人ではなく、種全体に対する復讐を遂行するというのであれば、己の判断に基づいてそれを阻止するだけである。魔人種は人よりも長命であるがゆえに、恨みの対象が勝手に天寿を全うしていなくなっているからこそ、あてどない怒りを種全体で贖わせようとすることを理解出来なくもなくてもだ。

ソルのその意図をある程度は理解出来たからこそ、イシュリーの表情は一瞬とはいえ強張ったのだ。

どちらかといえばソルの峻烈さに対してというよりも、自らが魔人種と一切関わってこなかったことに対して安堵したという色合いの方が強い。もしもソルを知る前に自身がそういうことが可能な地位に至れていたとしたら、今目の前でオタついている者たちと同じことをしない自信など、イシュリーにはまるでないがゆえに。

だがそこは聖教会を統べる立場に在らんとする者だけあって、安心させる笑みを浮かべて元側近たちに今の地位を保障するイシュリーである。

「さて、こうなると出来るだけ準備をしておかないとだね。イシュリーさん、例の場所は発見出来ましたか？」

「場所だけ……ではございますが」

「じゃあ、まずはそこへ案内してもらえますか」

「承知致しました」

ソルがイシュリーに尋ねたのは、誰も実際に足を踏み入れたことはないにもかかわらず古くから聖都にあると言われ続けている場所のこと。人類の叡智を記した書物がすべて保管されている知識の祭壇の場所のことである。

その場所は『秘匿神殿圕』と記録されている。

そこでソルは当面の敵となる可能性が高い『魔人種』と、それらを統べる『魔王』の情報のみならず、この隠し事の多すぎる世界の真実の一端でも掴まんと欲しているのだ。

それこそが今この状況で、ソルがこの地を訪れた最大の目的なのである。

「こちらです」
イシュリーが先頭に立ってソルたちをより教皇庁の奥部、秘匿区画へと案内する。
教皇庁の一室に控えていた聖教会お抱えの考古学者たちと合流した後であり、ソルの後ろにはその考古学者たちがぞろぞろと付き従っている。

もちろん学者先生たちだけではなく、旧聖教会の中枢を担っていた多くの者たちも含まれているのは、その身に着けている司祭平服(キャソック)や聖外套(ラ・ソ)からも明らかだ。

イシュリーが電撃的(でんげきてき)に実権を握(にぎ)った後も、前教皇グレゴリオⅨ世の下で要職に就(つ)いていた者たちはみな、今のところ当時のままの身分を維持出来ている。それは充分な能力を備えているからこそ中枢を担えたのだという事実とともに、グレゴリオⅨ世と教皇の座を争った本当の意味での実力者たちはすでにすべて排除(はいじょ)されており、イシュリーの同期かそれ以下しか存在していなかったことも大きい。

つまりグレゴリオⅨ世個人に忠誠を捧(ささ)げていた者など皆無(かいむ)であり、有能なだけに誰もがみな機を見るに敏(びん)だったのだ。

当時の自分たちの立場と手持ちの札(実力)ではどうしようもないほど、聖教会における地位だけではなく圧倒的(あっとうてき)実力者であったのが教皇グレゴリオⅨ世である。

それを物理的な暴力で排除してのけた存在であるソル・ロックがイシュリーの後見(バック)にいる限り、グレゴリオⅨ世の時代には抑(おさ)えていた己の能力を全開にしてでもイシュリーに従うことこそが正解――いや生き残るための唯一(ゆいいつ)の手段だと即座(そくざ)に理解出来ている。

いかな大教区とはいえ田舎(いなか)に過ぎないガルレージュ教区の担当司教枢機卿でしかなかったイシュリーよりも、聖都教皇庁で教皇側近であった実力者たちがすべての情報を提供したことによって、謎とされていた『秘匿神殿圕』の存在を確認することも出来たのである。

とはいえもともとイシュリーは聖教会の人事権を己の恣にするつもりなど毛頭なかった。そんなことをやらかせば即座にその思惑をフレデリカに見抜かれ、それを聞かされたソルが手下の実務能力に落胆することを理解出来ているからだ。

その現状で己の元競争相手たち、つい最近までは自分よりも上位にいた才人たちに全力を出させるには、「聖教会」をイシュリーがソルから任されているのだと理解させるのが一番手っ取り早かったのである。

自分自身でも意外なことにイシュリーは、ソルとその仲間たちがこれから行うであろう偉業に、微力であれども自分に出来ることで貢献したいという気持ちになっている。それはもちろん綺麗ごとだけではなく、ソルが自身を夢であった教皇の地位に据えてくれ、その後ろ盾がなければそれを維持出来ないという実際的な事情があることも否定しない。

とはいえすでに確実に後世に残る自分の名が、「ソルの仲間」としてのものであればよいと思っているのもまた、嘘偽りない事実なのだ。

「へえ……こっちの方がなんというか……いいですね」

「はい……私もそう思います」

豪華絢爛な教皇庁の最奥、代々の教皇だけにその存在を伝えられてきた隠し扉の向こう側。そこには現代様式で華美に飾り付けられた聖都の主要建造物たちとは全く趣を異にする、巨大な石で組まれた朴訥とした、それでいて静謐な荘厳さを感じさせる『旧神殿』が広がっていた。

それを見てのソルの感想であり、それは事前にここを知ったイシュリーが最初に持った想いとまったく同じものだったのだ。

曰く、本来神が坐す場というのはこういうところだろうと。

巨大な教皇庁の建物の最奥にあるにもかかわらず、中庭のごとく屋根は無く空へと抜けている。周囲の壁には窓ひとつなく、外からその内側を見ることは出来なくされている。

ここアドラティオが『聖都』とされたのは、間違いなくこの石造りの神殿がこの地にあったがゆえだろう。

そしてその遥か上空には、千年前に『邪竜』ルーンヴェムト・ナクトフェリアに砕かれた、天へ至ると言われた『塔』が存在していたのだ。

「しかし先生方の資料分析に従ってここまでたどり着けはしましたが、どう見てもこれは……」

「ただの遺跡でしかない、と」

「はい。申し訳ございません」

代々の教皇しか入れぬはずのこの空間にたどり着くことはなんとか出来た。

だがそこにあったのは神の存在を感じさせるに充分な風格を持った石造りの神殿ではあるものの、旧聖教会が誇った逸失技術の類や、ましてや『秘匿神殿圕』などをうかがわせるものはなにも存在していなかったのだ。

巨大な石柱が円形に立ち、その上にどうやって切り出したかわからないほどに巨大な一枚岩が載せられていて、その中心はくりぬかれて空に通じている。苔生し蔦に覆われた石柱と天岩と異なり、床は継ぎ目などどこにも確認出来ない艶やかな漆黒の一枚岩であり、その巨大な円形には古代文字による精緻な魔法陣が刻み込まれている。

考古学者たちにとってはこの上なく価値のあるものだろう。

確かに古文書などに記されている『秘匿神殿圕』の特徴と、一致する部分も多数見受けられはする。だが実用的な知識としての『圕（としょかん）』を求めているソルにとって、ここが価値のある場所だとはイシュリーには思えなかった。

だからこそなんらかの仕掛けがあるかと発見以降あらゆる調査を行ったが、只々静謐な遺跡であるに過ぎなかったのだ。

「いえここで正解ですよ。今、開きます」

「は？　え？……」

だがソルは満面の笑みで右手をその石の遺跡へと突き出した。

その瞬間、ソルの周囲に表示枠が無数に浮かび上がり、それと呼応して床の魔法陣が派手な魔導光を噴き上げ始める。円形の石柱や天岩も苔や蔦に覆われた奥から魔導光を噴き上げ、その全面に魔力で綴られた古代文字を浮かべている。

ソルの『プレイヤー』が『旧支配者』たちによる侵入を撃退し、逆に相手のシステムを半ば以上乗っ取ることに成功した成果。それは今なお活動を続けている聖教会の逸失技術に基づくシステム類を、完全に制御することを可能たらしめているのだ。

さすがにこれにはイシュリーたちだけではなく、ルーナもアイナノアもびっくりした表情を浮かべている。

「こ、これは……」

「聖書に謳われている人類の叡智、その太古よりの積み重ねが全て納められた大圕『秘匿神殿圕』――確かに秘匿とつけられるだけの仕掛けですね」

魔導光が消え去った後に顕れたのは、広大な範囲にわたっていた漆黒の一枚岩の部分がぽっかりと消滅し、底すら知れぬ果てまで続く縦穴。

その外周には無数の書架が据え付けられており、そこへびっしりと「書」が収められているのが見て取れる。

ソルの言うとおり、この場所こそが『秘匿神殿圕（ビブリオテカ）』だったのだ。

「ですがこれでは……」

だがイシュリーや他の考古学者たちが茫然（ぼうぜん）とするように、それはただの縦穴ではない。

階段や梁（はり）の如き空中回廊（かいろう）が設（しつら）えられていないことも厄介だが、それ以前の問題として『書』を収める場所として、最もふさわしくないものがその空間には湛（たた）えられているのだ。

それは膨大（ぼうだい）量の澄（す）み切った水。

「ただの水ではないですね。保存と強奪（ごうだつ）防止、その双方を担っている仕組みかな？　単純に水を抜けば書は塵（ちり）に還（かえ）り、このまま抜き出せば書の中身は溶（と）け消えて誰にも読めはしない、ってところですね」

「一体どうすれば……」

常人には見えてはいてもけして手の届かない逃（に）げ水（みず）の如き、嫌がらせのようなものだ。

とはいえ資格を持つ者たちに対する、読むための手段が用意されていないはずもない。

「たぶんアレに乗っていけば好きな本を手に取れるって感じかな……しかしぱっと見だけでもとんでもない量ですし、そんなことをしていたらキリがないしなあ……」

静かに湛えられた水の上に、古代文字が無数に刻まれた石の立方体（キューブ）がいくつも浮かんでいる。緩（ゆる）やかに明滅（めいめつ）している古代文字の魔導光（エフェクト）からしても、おそらくこれに乗れば水の中でも問題なく移動出来、任意の書を手に取ることが出来る仕組みになっているのだろう。

ソルはこういう外連味(けれんみ)に満ちた仕組みが嫌(きら)いではない。水の中なのに問題なく呼吸が出来、光が届かぬ遥か底に至っても自身が乗っている立方体の光で照らし出される書架から、望みの本を探すというのは、なかなかに得難(えがた)い経験だといっていいだろう。

だが今はそんな悠長(ゆうちょう)なことをしている場合ではないのも確かだ。

ここまでの仕組みを以て秘匿する「聖教会」が保持してきた叡智を、極力効率的に手に入れる必要がある。

「あ」

ソルは突然、何者かに導かれるようにして冴(さ)えたやり方を閃(ひらめ)いた。

「なにか良い手が？」

「はい。多分問題ないと思いますけど、一冊は実験した方がいいですね。ルーナ、お願い」

「はい」

期待に満ちた目を向けてくるイシュリーたちに答えつつ、ソルは水面に浮かんだ石の立方体を使用せず、ルーナによる浮遊で水面の中心点へと移動する。その上で適当な一冊を選択(せんたく)して、倒(たお)した魔物(モンスター)を『異相空間(ストレージ)』へ格納する手順と同じことを行使してみる。

消滅する一冊の本。

そしてソルの表示枠に映し出される、その本のタイトル、著者、その他の情報。ソルが「読む」ことを望めば、その1頁目の内容が表示枠にずらりと並ぶ。

「問題ないみたいですね。でもこれ、共有する方法をなにか考えないとだな……フレデリカならいい手を思いついてくれるかな？」

これならルーナの浮遊と結界によってこの縦穴――広大な『秘匿神殿圕』の底まで向かいつつ、片っ端からプレイヤーの『異相空間』へ格納していけばとりあえずの事は済む。

だが正しい手順を経ていないことを理由に、別の場所で取りだしたら書が消滅するかもしれないので、そこはなんらかの手を考える必要があるだろう。

とりあえずは一冊を完全に書き写した後、取り出すという実験をやってみればよいのだ。

それで消え失せたら考古学者たちは嘆くだろうが、その内容さえ取得することが出来れば今は古書そのものが持つ浪漫にまで気を遣っている場合でもない。

「じゃあちょっと回収に行ってきます。でもどこまで続いているのだろうね、これ」

そうつぶやきつつ、ルーナとアイナノアをいつものように引き連れて水面下へ沈んでいくソルを、考古学者たちはこれ以上ないくらいの羨ましさの籠った視線で見送ることしか出来ない。

「すごいね」

「綺麗です」

「♪～」

水面下に没したソルが思わず口にした言葉に全竜であるルーナも同意し、妖精王であるアイナノアも機嫌よさそうにしている。

確かにそれほどに幻想的な光景だ。

まだ深度が浅いあたりでは、頭上から差し込む陽光でゆらゆらと輝く様子も美しかった。

だがその光が届かぬほどに深度が深くなれば、ところどころに浮かんでいる、水面上にもあったものと同じ石の立方体が魔導光を発し、日の光の届かない場所であっても水の蒼と光の碧が綯交ぜになって仄明るい。

その光に揺らめく、水に没した無数の書を並べた石造りの書架の連なりは現実感を欠くがゆえにこそ美しい。それは今の世界とは断絶されてしまった世界が残したあらゆる叡智が、その世界が遺した最後の奇跡で人知れず水底に揺蕩っているのだという想像を、誰しもに想い描かせる。

『全竜（ルーナ）』も『妖精王（アイナノア）』も空と地上に生きる魔導生物であるがゆえか、あたかも初めて水族館を訪れた子供のように素直（すなお）にその目を輝かせている。

「フレデリカ様が見たら、正気を失いそうですね」

「ははは、目に浮かぶよ」

珍しくルーナの方から仲間たちの話題を振（ふ）ってきたので、ソルは思わず笑ってしまった。ルーナの言うとおり、もしもここにフレデリカがいたとしたら、常に王女らしくあらんと律している自制心が崩（くず）れて、歴史ヲタクの本性（ほんしょう）がむき出しになってしまうだろうと思ったからだ。ソルの視界に入る無数の書架に並べられた膨大な『書』たちが、その一瞥（いちべつ）を受けて魔法（まほう）のように消えていく様を見れば、まず間違いなくソルとルーナの予想通りになるだろう。

ソルの『異相空間』を知るフレデリカにしてみれば、人の身では一冊たりとも手に取ることが出来ぬように封（ふう）じられている、人が時を重ねて得た叡智の結晶（けっしょう）がすべて自分たちの手元に確保されて行っている光景に他ならない。

遥（はる）か古（いにしえ）の時代にあったことに想いを馳（は）せ、それを紐解（ひもと）くことに知的充足感（じゅうそくかん）を得る。そんな知に遊ぶことの贅沢（ぜいたく）さを知るフレデリカであればこそ、それは抗（あらが）い難い快感となる光景なのだ。

「ふふふ」

「♪〜」

機嫌よさそうに笑うソルを見て、ルーナも嬉しそうに笑う。懐(なつ)いているソルとルーナがご機嫌なので、アイナノアも機嫌がいい時に発する高音の澄んだ声を出している。

普通(ふつう)の海底であればその視界を彩(いろど)るであろう魚たちの代わりに、次々と消えゆく書の乱(らん)舞(ぶ)を愉(たの)しみながら、水中散歩を楽しむ1人と2体。だが——

「いや、いくらなんでもこれは……」

一定以上の深度を超(こ)えた時点で、一気にその空間は広がった。今までの円筒(えんとう)が巨大(きょだい)な球体に繋(つな)げられていた通路の如く、広大な空間が一気に広がったのだ。

おそらくは千年ぶりに『秘匿神殿圖(ビブリオテカ)』への来訪者を感知し、その空間に存在するすべての石の立方体が発光を開始し、普通の人間であれば見通せないほどの球形外縁(がいえん)に幾重(いくえ)にも光の線が浮かんでゆく。

ついでに不法侵入者(しんにゅうしゃ)撃退(げきたい)用であろう巨大な白鯨(はくげい)がゆらりと近づいて来はしたが、全竜(ルーナ)と目が合うやいなや、そそくさと逃げて行ったので見逃(みのが)すことにした。

人語を解するのかもしれないし、この場の主であるというのであれば後で話を聞きたいとソルが判断したがゆえだ。そうでなかった場合、一撃(いちげき)で屠(ほふ)られて魔物素材となっていただろう。少なくとも全竜はそうするつもりだった。このことをガウェインが知れば結構本気で残念がるかもしれない。

とにかく球状の外周はすべて書架となっており、膨大量の「書」で埋め尽くされている。当然球体の内側にはなにもないというわけもなく、浮島の様に重なり合った書架の塊が、それぞれ一つの分野分けされた専用書架の如く無数に浮かんでいる。

ソルのような素人目で見てもその量は異常であり、1人の人間が一生をかけたとて、すべてに目を通すことなど到底出来ないだけの規模である。

「主殿の『異相空間』にも収まり切りませんか？」

「いや、それは平気だと思う……けど現時点ですら総数が3億冊を超えている」

「書」がそれだけあることの意味が、ソルにはまだピンとこない。

単純に1日に1冊読むとしても3億日、つまり82万年以上かかる。それもあらゆる言語で記されており、ただ読むだけではなく理解することも必要となれば1日1冊というノルマそのものも現実的でないことは明らかだ。

つまり今の時点でも、1人の人間には生涯をかけてもけして身に付けることの出来ないだけの智が集まっているのだ。

まだそれに数十倍する量がこの先にあるとなれば、さすがに絶句せざるを得ない。

「……人が己の欠片を次世代へ繋がんとする執念は恐ろしいものですね」

「……だね」

自身が永遠に近い時を生きる竜種であるルーナの感嘆に、ソルはハッとする。

確かに全竜や妖精王であれば、ここに収められたすべての書を自身で読み、己が血肉とすることも可能なのだ。だがこれを記した才人たちは、自分がいなくなった先の同じ人が、そんなことが可能だと思ってなどいなかっただろう。だとしても、自身の人生を賭した結論、あるいは道半ばまでの蓄積を、誰とも知れぬ「次」へどうしても繋ぎたかったのだ。

だからこそ「書」という形で、己の欠片を次へと託す。たとえ誰もそれを拾い、継いでくれる者がなくともだ。その想いの集積の果てこそが、この『秘匿神殿圕』なのだ。

「でもこれは……」

だがソルは普通の人ではない。

神の如きとまでいわれる能力『プレイヤー』をその身に宿した特異点だ。それゆえに普通の人はもちろん、竜種や妖精族といった長命種にも不可能な分析が可能となっている。

ソルの周囲に無数に浮かんでいる表示枠に映されているのは、これまでに『異相空間』へと収納した『書』の数だけではない。その題名、分野、作者などが簡易に振り分けられ、大部分がソルの読めない字で記されているそれらを、原書は残したままに情報として翻訳して再編集を仕掛け続けている。

まるでこの『秘匿神殿書(ビブリオテカ)』が、『プレイヤー』を宿した者専用の、あらゆる世界が遺した知識の専用保存領域(アーカイブ)だとでも言わんばかりに。

だがソルが適当に確認した題(タイトル)の中には、翻訳されてなお理解出来ない言葉が多数確認出来るのだ。

「アヴリオ銀河星系開発記」「時空跳躍(ちょうやく)理論覚書」「銀河系宇宙記録A.D.3487」「地球が人の住めない星になるまで」「火星開拓(かいたく)記」など、エトセトラ、エトセトラ……。

理解など出来はしない。だが違和感(いわかん)だけは得る。本来この世界に在ってはいけない、あるはずのない「書」たちが、ここには平然と存在しているという妙(みょう)な気持ち悪さと謎の高揚感(こうようかん)。

「どうかなさいましたか?」

「……いや、とりあえず全部回収しようか」

「? はい」

不思議そうに首を傾(かし)げるルーナに、ソルはぎこちなく笑って答える。

自分だけではなく、ここはすべてを回収した上で、大国の第一王女であるフレデリカや元大国の皇帝(こうてい)フィリッツ、次期教皇のイシュリーといったこの手のものに詳しいだろう人間、加えて長命種である妖精族（エルフ）たちやエメリア王国の王族たちの力を借りた方がいいと判断したのだ。

今の自分が持つ引き出し（知識や経験）の中に答えがないことは明確なのに、ただここで考（かんが）え込んでいても埒（らち）が明くはずもないのだから。

そう思い定めて広大な水中を、書を回収しながら底へ底へとソルたちは沈んでいった。

「ここが底、だね」

「この『秘匿神殿圕（ビブリオテカ）』はほぼほぼ球形をしているということですね」

「そういうことだね……でも最深部には書架がなくなっている」

深度が一定を超えると再び外周が狭（せま）くなってきていたということは、ルーナの言うとおりこの空間は球形を成しているのだろう。

だが底に着く頃（ころ）には周囲はのっぺりとした壁となり、書架はその姿を消していた。

水中に浮（う）かぶ島の様な書架の塊も見えなくなり、静謐な水底（みなそこ）で魔導光に照らされたなにかがぽつんと中心に存在している。

「中心にあるあれは……」

「書見台（アンボ）、かな？　でも肝心（かんじん）の書は置かれていないね」

正しくは聖書台（レクターン）である。

つまりそこへ据えられていたのは間違(まちが)いなく聖教会の教義の中核(ちゅうかく)をなす『聖書』だったのだろう。ここが聖教会の信仰(しんこう)の中心地とされる聖地であり、これだけの仕掛けで大げさではなく「すべての書」が護(まも)られている『秘匿神殿書』であるからには不思議なことではない。

だがその『聖書』は、ソルの言葉通り失われてしまっている。ただぽつねんと聖書台だけが遺(のこ)されている。

その周囲には壁面(へきめん)から生えている無数の鎖(くさり)——その大きさこそ違えど、『召喚(しょうかん)』の際に全竜(ルーナ)の真躰(アウゴエイデス)を縛(しば)っていたそれと酷似(こくじ)している——が引きちぎられて水中でゆらゆらと揺れているのみだ。

「これはいったい……」

少なくとも千年は誰も訪(おとず)れていないはずの『秘匿神殿書(このばしょ)』である。

つまり千年前——『封印(ふういん)されし全竜』、『囚(とら)われの妖精王』、『死せる神獣(しんじゅう)』、『虚(うつ)ろの魔王』、『呪(のろ)われし勇者』、そのすべてが関わった『勇者救世譚(クズィ・ファブラ)』の時点ですでに『聖書』は失われていたということになる。

奪(うば)った者は何者なのか。

それを知る術(すべ)を、今はまだソルたちは持ち合わせていない。

『秘匿神殿圕（ビブリオテカ）』への入り口である水面に、ぽつぽつと気泡（きほう）が浮かび上がる。

ソルたちが水面下に消えたからとて「はい解散！」と出来るはずもないイシュリーをはじめとした現聖教会お偉（えら）い方々御一行（ごいっこう）様は、今は通常とはまったく別の顔を見せている石の神殿の前でソルの帰還（きかん）を待ち呆（ほう）けていた。

そのソルが沈んでいった先から浮かび始めた気泡は徐々（じょじょ）に大きくなり、やがて水面を揺らすほどのものとなる。

中でなにかがあったことは疑いない。

気泡に続いて赤い液体――血でも浮かび上がってきた日には大事では済まない。慌（あわ）ててイシュリーたちだけではなく考古学者たちも距離（きょり）を置いていた水際まで駆（か）け寄り、沸騰（ふっとう）したかのように気泡を生じさせ続ける水面下――『秘匿神殿圕』を覗（のぞ）き込んだ。

その瞬間（しゅんかん）。

どおん！　という肚（はら）に響（ひび）く低音と共に爆発的（ばくはつてき）な水柱を生じさせながら、なんとか入り口である円内に収まるまでに大きさを抑えたルーナの魔創義躰（アストラル）が、超（ちょう）スピードで上空へと駆け上がった。

教皇庁の高さを超えてからは本来の大きさに戻り始め、ものすごい速度で上昇しているにもかかわらず徐々にその輪郭(シルエット)が大きくなるという矛盾(むじゅん)を、イシュリーたちは口を開けて見上げるばかりだ。

遥か上空でほぼ直角に進行方向を変えた魔創義躰の巨躯(きょく)が、一瞬で視界から消え去る。

そのタイミングで噴き上げられた大量の水柱が地上へと降り注ぎ、イシュリーたち全員を豪雨(ごうう)に見舞(みま)われたかのように濡(ぬ)れそぼった姿へ変じさせた。わりと酷(ひど)い。

『イシュリー教皇代理猊下(げいか)！　『秘匿神殿圕』の蔵書はすべて入手出来ました！　急いで分析(ぶんせき)したいのでこのまま戻ります！　申し訳ありません。学者先生方のお知恵(ちえ)もお借りしたいので、みんなでエメリア王都マグナメリアまで来ていただければ助かります！　無理ばかり言ってごめんなさい！』

「滅相(めっそう)もありません、すべて仰(おお)せのままに」

『お願いします！』

びしょ濡れで茫然としたまま魔創義躰(アストラル)が消え去った上空を見つめることしか出来ないイシュリーの眼前に、ソルからの表示枠が浮かび謝罪の言葉を伝えてくる。

入手した情報をソル一党の中枢(ちゅうすう)メンバーで急ぎ分析する必要があると判断したのだろう。

であれば自分を含めた聖教会関係者を濡れ鼠(ねずみ)にすることくらい、なんの問題もない。

その程度のことに対して、わざわざソルが謝罪の言葉をこうして伝えてくれたという事実の方が、今のイシュリーにとってなによりもありがたい。待ち呆けた上に水をぶっかけられた程度で絶対者からの謝罪の言葉を皆の前で受け取れるというのであれば、教皇専用の司祭平服(キャソック)の一着や二着お安いものである。

それればかりか現状を可能な限り伝えてくれた以上、イシュリーとしては遅滞(ちたい)なくそれに応えるように動くのみである。

イシュリーは自身を無能だとは思っていないが、フレデリカをはじめとした現ソルの頭脳陣(ブレーン)たちにはとても及ばないこともまた冷静に受け入れている。イシュリーの立場であれば、「よきに計らえ」よりも具体的に「こうせよ」と言われた方が、間違いがなくて助かるのだ。

結論から言えばソルが『秘匿神殿圖（ビブリオテカ）』で入手に成功した膨大量の書物は、そのほとんどが役には立たなかった。

なぜならばこの世界とは地続きではない世界、自らを『旧支配者』と名乗った『聖教会』を裏から操（あやつ）っていた者たちが護らんとして出来なかったのであろう、いわば『旧世界』で記されたものがその大部分を占（し）めていたからである。

つまりそれは千年も前の出来事である『勇者救世譚（クジィ・ファブラ）』よりも遥か過去から存在していながらにして、現代に生きるソルだけではなくフレデリカやフィリッツといった王族、皇族たちはもちろん、妖精族（エルフ）の古老たちでも理解することが出来ない叡智の塊であったのだ。

旧支配者たちが使役（しえき）していた逸失技術（ロスト・テクノロジー）兵器群や人造天使、神殻外装を創り出すことを可能とする技術についてはガウェインと妖精族（エルフ）最古老のサエルミア、旧世界の歴史や他の星々にまでその支配領域を広げていたらしい旧人類の記録についてはフレデリカを狂喜（きょうき）させることになったが、今はそれらが喫緊（きっきん）ではないことも双方（そうほう）ともに理解出来ている。

失われていたおそらくは『原聖書』とでもいうべき『書』の所在も気になるところだが、今はそれらの調査、研究は後回しにされている。

だがそのほとんどが役に立たなかったとはいえ、ごく一部は今の世界となってからの記録も存在しており、その中には偽書『勇者救世譚』に仕立て上げられる前の客観的な記録も一部残されていた。

それとてもかなりの虫食いであり、こうなることを予測出来ていたナニモノカが肝心な部分を隠蔽した、あるいは必要な部分だけをあえて残したともとれるわざとらしさを感じずにはいられないものではある。

それでもなんの情報もないよりは遥かにマシだと言え、たとえ罠だったとしても罠ごと喰い破ることも可能なソルたちとしては、その精査と分析を最優先としたのだ。

結果としてソルが求めた『魔人種』に関わる情報については以下のことが判明した。

ひとつ、千年前に勇者に敗れた魔王は、その拠点であった『魔大陸』と共に海中へ沈んだこと。ふたつ、それに際してもっとも大きかった浮遊島はアムネスフィア皇国北部に墜落、その他無数に浮かんでいた群島は現ポセイニア東沿岸都市連盟の観光都市サン・ジェルクに面するサンテシェセル海、そこに点在するフォル・メンテラ諸島となったこと。

つまり魔人種たちが現在拠点としている「墜ちた浮遊島」だけではなく、魔王復活に際してはおそらくフォル・メンテラ諸島も再び浮遊島となることが推測された。

　となればそれを知る魔人種たちがフォル・メンテラ諸島を放置しておくとは考えにくく、なんらかの干渉をしてくることが予測され、まずはそこを押さえることをソルは選択したのだ。

　今のところソルは『魔人種』を殲滅するつもりなどなく、出来れば味方につけたいと考えている。必要であれば現在の本拠地である墜ちた浮遊島へ直接交渉に向かうことも厭いはしない。

　だがまさか魔人種たちも、ソルもまた自分たちと同じように魔王と魔大陸の復活を望んでいるとは思っていないだろう。

　ソルとしては魔人種たちが軽挙妄動して要らん被害が人の世界に発生しないのであれば、押さえるべきところを押さえつつ相手の真意であろう「時間稼ぎ」に付き合うことは己が望みと合致するところなのである。

　それらを踏まえて今、ソルはアムネスフィア皇国に続いて、ポセイニア東沿岸都市連盟を形成する一都市、観光都市サン・ジェルクを訪れていた。

「……島1つをまるごと個人に献上するって、また剛毅な話だよねぇ」

「ということは、もしかしてこの島の名前は『ソル島』になるのかな?」

「すごいですよね……」

ジュリア、リィン、エリザの3人が、純白の砂と澄み切った海の碧、空の蒼と強烈な真夏の太陽の下で、陶然としながら素直な感想を述べている。

やかましいくらいの無数の夏蟲の声と、無限に繰り返される、寄せては返す波の穏やかな音。平服であればとても耐えられないだろう盛夏の酷暑を、不快ではなく爽快、高揚として捉えられることこそが、まさにこの地がとびきりのリゾート地であることを証明していると言えるだろう。

「いや、いくらなんでもそれはない。元の名前からわざわざ変えたりなんかはしないよ」

そんな3人の感想に対して、設えられた上品なパラソルの下、一目で高級だとわかるリゾート・チェアに座しているソルが呆れたように答える。

どれだけ僕は自己顕示欲が強いと思われているのだと、ため息の一つもつきたくなるソルなのである。

とはいえ実際、ソルに自己顕示欲なるものがまったくないというわけではない。

ただ貰（もら）った島の名前すら自分の名前にしなければならないほど、自己顕示欲が最終的に求める承認（しょうにん）欲求に今は不自由していないだけだ。

幼いころから憧（あこが）れていた美人幼馴染（リインとジュリア）コンビのみならず、『王国の白百合（フレデリカ）』や『夜街の薔薇（エリザ）』からも常にすごいすごいと褒（ほ）めそやされ、『全竜（ルーナ）』や『妖精王（アイナノア）』にこれだけ懐かれていれば承認欲求を満たすのには充分（じゅうぶん）が過ぎる。

約1名（ジュリア）を除いて、ソルが望めばその全員が、今夜にでも部屋に1人で来ることを拒（こば）まないであろうともなればなおのことだろう。いやソルが本気でそう望めば、みんなですら来るかもしれないが。

さておき。

ここはその美しさで広く知られている大陸東沿岸部のサンテシェセル海、そこに点在するフォル・メンテラ諸島（島々）の中の無人島の一つ。

島本来の名をサン・ジェルクの涙（ティア・サンジェルク）という。

ポセイニア東沿岸都市連盟に所属している観光都市サン・ジェルクの領海に浮かぶ超がつく一流のリゾート島であり、千年前には魔大陸の周辺に浮かんでいた浮遊島群の一つでもある。

基本的に無人島ではあるものの、夏季には大陸各地の支配者階級（エスタブリッシュメント）が避暑（ひしょ）に使用するため、宿泊施設（しゅくはくしせつ）のみならず各種インフラは大国の首都並みに整えられ、常時万全（ばんぜん）に整備されている。

　観光都市サン・ジェルクはポセイニア東沿岸都市連盟においてトップたる五大常任理事都市などではなく、それどころか中堅（ちゅうけん）どころというにもなかなかに厳しい小都市でしかない。

　だが領有する広く美しい海岸線と沖合に点在する島々を夏季保養地用特化で開発し、大陸一とも称（しょう）されるリゾート地として名を馳せ、外国人旅行客からの外貨（インバウンド）を得ることによって経済を回している。

　この大陸においてお金持ちが夏に遊びに行くリゾート地と言えばサン・ジェルクが定番となっているほどだが、それだけに庶民（しょみん）にはよほどの記念旅行でもなければ、おいそれと来られるような場所でもない。

　冒険者（ぼうけんしゃ）としてはかなり上位にいたリィンやジュリアであってさえ「新婚（しんこん）旅行とかで行けたらいいなあ……」というほどの域であり、つい最近までスラム暮らしであったエリザが陶然としてしまうのも無理からぬ超がつく高級リゾート地であるのだ。

「……ソル様にそのつもりがなくても、最終的には『ソル島』になってしまうような気が致（いた）しますね」

「えー……」

だがいつもと調子が変わらない様子のフレデリカによる苦笑しながらの言葉に、ソルは本気で辟易している様子である。

ここがどれだけの高級リゾート地だとしても、大陸四大大国筆頭と見做されていたエメリア王国の第一王女であったフレデリカにしてみれば、取り立ててどうということもないらしい。

確かに丁寧に手入れされ巧く演出もされた出来のいい「夏の楽園」だと思いはするものの、エメリア王家がサンテシェセル海に持っている王領島とそう変わるものではないからには当然のことではあるだろう。

今やソルの名はこの大陸で言葉を話せるのであれば知らない者などいない状況である以上、本来の島名などあっさり忘れ去られ、正式名称がなんであれ「ソル様の島」としか呼ばれなくなることは疑いえない。それどころかサン・ジェルクが自ら進んで地図に記す正式名称を「ソル島」に変更してもなにもおかしくはない。というかいかにもやりそうである。

そんな島の名前などという些事よりも、フレデリカの価値観ではこんな小島を一つ差し出しただけで今現在、観光都市サン・ジェルクの評価が国際社会の中でとんでもなく跳ね上がっている事実の方がよほど気にかかる。

「とはいえ自国領土内にソル様の直轄領を持っていただくというのは悪くない手です。すでにあらゆる国家が、その方向で動いているとみてよろしいのではないでしょうか？」

要は絶対者の直轄地がある国家や都市に対して、他国はおいそれと手を出せなくなるということだ。ソルが領地の献上を受け入れてくれさえすれば、その事実こそがその国家にとって万の軍勢よりも自国を護る最強の手札となることは間違いない。自身の領土を守るためという理由で、ソル一党の出陣を願うことすらも可能となるのだから。

自国の風光明媚な土地を差し出すことによって絶対者の歓心を買え、現状においては国際社会における発言力も増すとなれば、サン・ジェルクのこのやり口を真似ない方がおかしいとすら言えるだろう。

「それはそれで、えー……だよね」

フレデリカが語った内容もさることながら、その様子に明確な「たかが島一つ」というニュアンスを感じ取ったリィンは若干引き気味である。

最近はもう当たり前のように仲良くしているが、こういう時にはやはりフレデリカが大陸一の巨大国家であるエメリアのお姫様なのだ、ということを思い知らされる。

リィンとて高位冒険者として、市井の者たちからは「お金持ち」と見做される立場ではあった。だからこそ大国の王族の価値観というものが、市井で暮らす者の延長線上になどないということを、よりいっそう痛感出来てしまうのだ。

「たかが島一つ」というその考えに、妙な気負いも見栄もまるで存在していないことこそが、大国の王族として生まれた者の凄味なのだと言えるかもしれない。

だがそのフレデリカに言わせれば、もはや今の世界においては『大国の第一王女』という肩書などよりも、『絶対者の幼馴染』の方がよほど強い。

「たかが島一つ」と無理なく言えるような連中が今、挙ってすり寄ろうとしている存在がソルであり、そのソルの幼馴染どころか実は想い人だというのは、揺ぎ無い最強ポジションだと思うフレデリカなのである。

「欲しくなれば奪うから、恩着せがましく与えてくれずともよい、とでも言ってやればよろしいのでは？」

「♪～」

主の本気でメンドクサそうな気配を敏感に感じ取ったルーナが、気負うでもなくあっさりとそう言い放つ。ルーナと2人、『常時浮遊している組』であるアイナノアは、その背中側で機嫌よさそうに唄っている。

忠実なる従僕である全竜としては、己が主を縛ろうとするありとあらゆる手段と、その根底にある人間共の思惑全てが煩わしく疎ましいのだ。

それはフレデリカがソルと共にいる上で、最も気を付けている部分でもある。

「たかが島一つ」という捉え方は同じでも、フレデリカのそれとはまったくその骨子を異にしている。欲しければ己が剛力でなんでも奪える強者、言い換えれば蛮族の思考方法だとしか思えないルーナの発言である。

一応は『法治』を前提としている、蛮族ならざるつもりの今の人間社会にはそぐわない考え方ではあるだろう。

だがしかし法治という建前を保証する、武力や経済力といったあらゆるカタチをした暴力を叩き伏せることが可能な本物の『怪物』が口にするその極論は、現実世界においては唯一絶対の真理ともなり得る。

ただ人に生まれたというだけで、弱肉強食の世界に在るはずもない人権とやら――『当然の権利』だの『かく在るべき平等』だのといった寝言を宣う生き物は人間だけなのだ。

そんなものは人間様の脳内以外では、まるで通用しない。

現実の世界においては、亜人種や獣人種に対する扱いを例に出すまでもない。

同じ人間同士でさえ、額に汗して日々を生きている者であれば誰もが綺麗ごとだと理解していることだろう。その綺麗ごとを信じてもいないのに口にするのは常に搾取する側、支配者階級（エスタブリッシュメント）に属する者たちばかりなのである。

そんなごく一部にとって都合のいいお題目に乗せられて、誰もが同じことを信じられるようになれるだけの余裕（よゆう）など、世界の覇権（はけん）を未（いま）だ握（にぎ）っているわけではない人間社会にはまだありはしないのだ。そんな戯言（たわごと）を呪文（じゅもん）のように唱えてみたところで、人を襲（おそ）う魔物（モンスター）たちが退散してくれるはずもないのだから。

「……さすが全竜サマ」

だがルーナのその苛烈（かれつ）な考え方を聞いたジュリアは言葉に出して若干引き、いまだルーナに慣れていないエリザは絶句してしまっている。

それこそ最近は自然に「ルーナちゃん」呼ばわりが定着してきているとはいえ、どんなに愛らしい姿をしていても、この獣人系美少女は世界を滅（ほろ）ぼし得る伝説の邪竜（じゃりゅう）――存在する全ての竜を喰らった『全竜』ルーンヴェムト・ナクトフェリアなのだ。

そんな全竜（自分）を統（す）べる主（ソル）を、島の1つや2つでどうにでも出来ると考えている不届き者がいるというのであれば、世界を滅ぼし得るその力を以（もっ）て、その思（おも）い違（ちが）いを正してやることに躊躇（ちゅうちょ）などしない。

それがハッタリなどではないと、それなりに付き合いも長くなったジュリアとエリザにはわかってしまうのだ。

「もー、ルーナちゃんは過激だなあ」などと言って呆れている己の幼馴染殿(リイン)や、先の発言を聞いても穏やかな笑顔(えがお)を崩さない第一王女様(フレデリカ)はさすがだなあと思わざるを得ない、ジュリアとエリザなのである。

まあ一番さすがなのは、困ったような溜息(ためいき)一つでそんな全竜(ルーナ)を慌てさせている、もう一人の幼馴染殿(ソル)ではあるのだが。

各国の支配者階級の者たちが、可能な限り詳細(しょうさい)な調査報告を受けていた『聖戦(オラトリオ・タングラム)』の顛末(てんまつ)によって、この大陸におけるパワーバランスは大きく変化した。

というよりもソルという絶対者の存在をこれ以上ないくらいの派手なパフォーマンスと共に強制的に認識(にんしき)させられ、それを大前提とした在り方、振舞(ふるま)い方へと激変せざるを得なかったのだ。

実際に神様のような存在が顕現(けんげん)し、その神様にとって「悪いこと」をした者はけして逃(のが)れられぬ神罰(しんばつ)を受けることを思い知らされれば、いかな傲慢(ごうまん)な生き物である人とても変わらざるを得ないということだ。

それは先日行われた、汎人類(はんじんるい)連盟会議における各種決議内容が証明しているだろう。

となるとポセイニア東沿岸都市連盟としては、自分たちが最も弱い立場に在ることを自覚せざるを得ない。

エメリア王国はその第一王女であるフレデリカがすでにソルの妃候補（側近）としての地位を確立しており盤石。次期王となる第一王子（フランツ）との関係も良好といわれており、ソルが第一王女（フレデリカ）を従えて表舞台に登場するまでは王位継承権者であった第二王子（マクシミリア）は、まさかのソル配下の1人として迷宮攻略（ダンジョン・アタック）に明け暮れているという。

それを羨ましそうに眺めながら、さっさと第一王子に王位を継承して自分も第二王子に続きたい今上王（エゼルウエルド）などという話が漏れ聞こえてくるほどに、名実ともにこの大陸における最強国家として揺ぎ無い地位を築いていると言える。

その一方で『聖戦』において明確にソルと敵対したイステカリオ帝国と、聖教会の聖都アドラティオを内包していたアムネスフィア皇国は、その敗戦によって旧体制が一掃されたがために、現在は事実上ソルの直轄領のような扱いとなっている。

一部ではイステカリオ帝国の幼帝が実はまだ生きていてソル直属の配下となっているだとか、アムネスフィア皇国の皇女がソル・ガールズ入りしただとか、わりととんでもない与太話まで市井で暮らす者たちの口の端に上がっている状況なのだ。

つまり過日、四大大国と称されていた中ではポセイニア東沿岸都市連盟のみが、いまだソルとはまったくの他人のままなのである。

となればその歓心を買うことに全力を挙げるべきだとなるのは、至極当然の判断だと言える。

　今までのんびり様子見などと嘯いていた自分たちのことを棚に上げて、「ここまでの怪物なんだったら、もっとはやくそう言っておいてくれ！」というのが、偽らざるポセイニア東沿岸都市連盟の指導者たちの本音ではあるだろう。その思いはなにも支配者階級だけに限定されず、まともにものを考えることが出来る者であれば老若男女、貴賤貧富を問わない。

　どうあれこの世界で生きていかざるを得ない以上、今ソルという絶対者との強固な関係を築けていない大国など、砂上の楼閣よりなお脆いものだと誰もが理解したというわけだ。

　そんな状況下でそのソル本人からフォル・メンテラ諸島を訪問したいとの要請が入ったのだ。

　ソル一党の歓心を得たい各都市から利権や金銭が山ほど提供されている中で、サン・ジエルクがとんでもない幸運に躍り上がって悦んだことは疑う余地もない。

　ティア・サンジェルク島のソルへの献上とそこへの招待など、世界をどうとでも出来る絶対者の歓心を買う対価としては安いものでしかない。

　一方で情報の精査の結果、フォル・メンテラ諸島へ赴く必要があるとソルが判断した際に見せたリィンとジュリアの反応が、ソルの「行く」という判断を後押ししたこともまた事実である。年頃の女の子として、真夏の一級リゾート地を訪れることに憧れるなと言うのは無理でしかないらしい。しかもプライベート・ビーチどころか、プライベート・アイランドともなればなおのことではあろう。

そうしてソルがこの島へ実際に訪れた結果、今現在ポセイニア東沿岸都市連盟の首脳部、五大都市国家の長が集った『常任理事会』ではフレデリカの予想したとおり、今後ソルへどうすり寄るかの会議がこの上なく真剣に行われている。

幸いにして今回、絶対者の来訪と自国内への所領を成功させた観光都市サン・ジェルクは自分たちの身内だった。だからこそもちろんポセイニア東沿岸都市連盟内でのサン・ジェルクの立場は飛躍的に強くなっている。

だがそれだけに留まらず、国際社会においてはすでに一都市に過ぎぬサン・ジェルク単体の方が、ポセイニア東沿岸都市連盟という本来の上位組織よりもあからさまに上として扱われている有様だ。

つまりこれは過日『四大大国』という揺ぎ無い実力によって呼称されていた肩書など、もはやハッタリにすらならない、ただのがらくたに堕したのだということに他ならない。

フレデリカが初めからそう認識していたとおり、今やソルを自陣営に取り込むことさえ出来れば、昨日までの小国が大国の立ち位置をあっさりと覆し得るのだ。

実際にソルを取り込むその難易度が、どれほどのものなのかはこの際関係がない。

傍から見ている分には「そんな簡単なこと」で、自分たちの既得権益を失うことになるかもしれない恐怖に怯え、いまだ力を持ったままだと勘違いしている権力者たちほど派手に踊り出しているというわけだ。

だが軍事力も、経済力も、歴史も、コネクションも、その一切合切がもはや国際政治においては、かつてのように有効な力としては機能しなくなっている。

あらゆる既得権益の崩壊。

人が築き上げてきたこれまでの価値観など、それを砂の城の如く粉砕出来る『怪物』たちを擁する者の前では、なんの役にも立ちはしない。

つまり今、この大陸は平和を維持したままに、ある意味においては「静かなる乱世」に突入したのだとも言えるのかもしれない。

「まあ今はそういうややこしい話は置いておいて、せっかくの休暇を楽しみましょう」
とはいえせっかく最上級の浜辺に繰り出してきていながら、そんな話をしていても埒が

明かないのも確かだ。よってリィン、ジュリア、エリザの３人が透き通った海の蒼に興味津々なことを察しているフレデリカが、まずは休暇らしい行動をしましょうとソルに笑顔で提案する。

休暇が主でないことなど重々承知しているが、準備が整っている以上、待ち時間を休暇に当てるのはソルの考えと一致していることもまた把握しているのだ。

「それはいいんだけど、フレデリカ？」

ソルとても、そのフレデリカの意見に異を唱えるつもりなどさらさらありはしない。

だがその前に、わりと真剣に目のやり場に困る今の状況を確認しておく必要があると感じたので、敢えてフレデリカの名を呼んだのである。

「なんでしょうか、ソル様」

呼ばれたフレデリカはわざわざ座っているソルの左側へと近寄り、立っている己の腰をかがめて、低い位置にあるソルの顔あたりに自分のそれを近づけて首を傾げる。

結果、普通に立っているよりもより破壊力を増したその肢体に思わず目を奪われ、ソルは動きに出してたじろがないよう、少なからぬ努力を必要とした。

まあ生唾を呑み込んでしまった以上、すべての努力はすでに水泡に帰しているわけだが。

「……この格好は、なんのつもりか聞いてもいいかな？」

そんなソルの動揺を見抜いていながら、まるで揺るがないとびきりの笑顔で応えるフレデリカに、ソルは自分のモノも含めたこの場にいる全員の格好についての確認を行った。

「真夏のサンテシェセル海、それもフォル・メンテラ諸島のリゾート島での休暇ともなれば、水着に着替えてのこととなるのは自然なことではないでしょうか？」

「……いやそれはまあ、そうなんだろうけどさ」

つまりこの場にいる者はソルも含めた全員が水着姿なのである。

しかしながらあざとく首をこてんと傾げつつ答えたフレデリカの言葉のどこにも瑕疵などなく、確かにソルとしてもそうとしか答えようがあるまい。

だがソルが問うた本当の意味は「どうしてみんな水着なの？」などではない。

真夏のリゾート島のプライベート・ビーチ、自分自身も水着に着替えてこの場に来ていながら、そんなことを確認するのは確かに今更がすぎる。

そもそもこの地にみんなを誘ったのはソル本人であり、主目的はもちろん別にあるとはいえ、夏のリゾート地での休暇をみなと楽しもうとしていたことは間違いない事実なのだ。

であれば水着になって海で遊ぶことは聞くまでもなく当然の流れでしかない。

「えへへ、似合う？」

「……可愛いよ」

フレデリカと同じ至近距離にまで近づき、だが腰を屈めたりはせずにソルの視界を遮るもののない状況でくるりと一回転してみせるリィン。

テレながらもそう言いつつソルに近づき感想を求めるリィンは、最近いろんな意味で強くなったよなあと、正直なところソルは思う。

ソルとしても負けてはいられないので、思ったところを正直に告げた。それを聞いたリィンがとても嬉しそうなので、テレながらのそのソルの回答は間違いではなかったのだろう。「男の癖に赤面すんな気持ち悪い」との誹りは甘んじて受けるつもりだが、言い訳をさせてもらえるのであれば「僕じゃなくても男ならみんなこうなるだろ！」と言いたいソルである。

「このような布を身に着けている意味はあるのですか？」

なんとなれば、唇を尖らせたルーナがそう言うとおり、皆が身に着けている水着は揃いも揃ってあまりにも布面積が少なすぎるのだ。確かにその本性が全竜であるルーナの感覚では、「あってもなくても同じ」としか感じられぬものだろう。

ソルとしてもその意見には大いに賛同する所存である。

自分ではまださらりと答えたつもりのリィンの水着への感想だが、「似合う？」じゃねえんスわと正直思う。自分の「可愛いよ」などという無難な感想も、欺瞞に満ち満ちていることは十分に自覚出来ている。

いや正直にいえば、相当にエロいのだ。

これだけ肌を晒しているのだからさもありなんともいえるが、そうでありながらけして下品ではないあたり、「センス」というのは恐ろしいとソルは本気で慄いている。

確かに布面積は少ないが、可愛かったりカッコよかったりで、ただただエロいというだけではないのが素直に凄い。

布地のカットやそのデザイン。それぞれの色彩や、アクセントとして紐や透ける薄布などで装飾された女性陣たちが身に着けているその水着は、どれもが身に着けた本人にとてもよく似合っているとお世辞抜きでソルは思う。

もちろん羞恥もあるのではあろうが、リィンをしてソルに似合っているかどうかを聞いてくるというあたり、身に着けている本人たちも自信がある、少なくとも気に入っていることは間違いないだろう。

「大いにあるんだよルーナ。絶対に脱いじゃダメだからね？」

「はぁい」

ルーナとアイナノアの子供体型コンビの水着は、まだしも布面積が多い方である。

ルーナの「どうせ海に入って濡れるのであれば、いっそはじめから裸でよかろうに」という竜（裸）族思考を理解出来なくもないソルではあるのだが、余計なことを言おうものならすぐにでも水着を脱ぎ捨てて全裸（ぜんら）になって、ご機嫌（きげん）になりかねない。その際、ルーナに懐（なつ）いている幼いアイナノアは間違いなくルーナの真似をする。

万が一そうなった場合、他の女性陣からジト目でみられるのがソルになることは疑う余地もないので、ソルとしては敢えて今一度念を押したのである。どれだけ布面積が少なかろうとも、隠（かく）すべきところは隠しているという事実（言い訳）こそが、人にとっては最も重要なのだ。

ただしこういった性的期待感（エロティシズム）においては、時に全裸よりも少ない布面積の衣装（いしょう）を身に着けている方が、破壊力を増すことも往々にして起こり得る。それがまさに今なのだが。

我（わ）がことながら、男ってやつは……と思わざるを得ないソルなのである。

「さてこの女の子ばかりの南の島で1人だけ男の子のソルが褒めるのは、幼馴染その1（リイン）だけなのかな～？」

ソルにしては無難にリィンを御機嫌（ごきげん）にさせたところを見て、ソルの内心などお見通しであるジュリアが、悪い笑顔でソルに寄って来た。

「幼馴染その2（ジュリア）もトテモ可愛イトオモイマスヨ……というか大人っぽいよね。それよりもジュリアはセフィラスさん（許婚）を王都に残して参加していていいの？」

ソルの感覚ではジュリアの水着が最も大人っぽ（エロ）く感じる。

だがそれはそもそもそれを身に着けているジュリアの躰がそうなのを、水着が増幅しているだけという点もあるのだろう。個々人の趣味嗜好を否定する気などさらさらありはしないソルではあるが、この戦場においては、大きいことは力なのだと認めざるを得ない。

幼馴染というよりは、近いうちに人妻となるジュリアの水着姿を目にしている後ろめたさという背徳感も、よりそう見える傾向を増幅しているのは間違いない事実であるだろう。

故に苦し紛れにソルは、どうして誘いはしたのにジュリアの許婚であるセフィラス・ハワード・ウォールデン侯爵――子爵家から一足飛びで陞爵し、ソルの幼馴染と結婚することが内定しているためすでに家督も継いでいる――が一緒に来なかったのか、旦那を放っておいてジュリアは参加していてもいいのかを問うたのだ。

「まあここに男のヒトの2人目として参加しなさいっていうのは、さすがに酷だと思うよ？　私については、かの高名な南の島へ休暇へ行けるというのに、そんな大人の事情で断るような人だと思う？」

「思わないかな……」

だが手強い方の幼馴染の回答はにべもない。

もっとも以前ジュリアが心配したようにセフィラスがジュリアとの婚約を解消するようなことがなかったために、ジュリアは以前よりも彼にぞっこんになっている。

それにリィンにすらまだ手を出せていないソルのことを男として警戒（けいかい）するなど、自意識過剰（かじょう）が過ぎるとジュリアは思っている。

実際、客観的に見ればいつでもウェルカムな女性、しかもジュリアと同じ立ち位置である幼馴染（リィン）の美女ばかりではなく、大国の王女様（フレデリカ）や、ソル自らが救済した歳下の美少女（エリザ）も揃っているのだ。その上見た目上の年齢（ねんれい）問題があるとはいえ、美しさだけで言うなら文字通り人間離（ばな）れしている全竜（ルーナ）と妖精王（アイナノア）も常にソルに纏（まと）わりついている。

彼女（かのじょ）らを差し置いて「自分が手を出されるかも」などと思うのはさすがに「ないわー」と思うジュリアなので、特に卑下（ひげ）しているわけでもなくきちんと論拠（ろんきょ）があってのことではある。

であれば今のジュリアとしては、ウォールデン新侯爵（こうしゃく）家、その新当主となった近い未来の旦那様（だんなさま）のお役に立てるよう、その正妻として絶対者の幼馴染としての立場で行動することは当然なのである。セフィラスがここへ共に来るのをこの上なく丁寧に辞退した気持ちは、女であるジュリアであっても充分に理解出来るので不問としたらしい。

「わ、私も連れてきていただいてよろしかったのでしょうか？」

「もちろんですわエリザ様」

この場で一番「場違（ばち）い感」を感じているであろうエリザの質問に、ほぼノータイムで応えたのはフレデリカである。

　これはフレデリカの出過ぎた真似とも見えかねないが、その本質は違う。

　エリザを誘ったのがソル本人であってなお、未だエリザは自分を卑下することから脱却出来ていないのだ。だからこそ大国の王女やソルの幼馴染たち、強大な力を持った従僕たちに、図々しくも自分が交ざってしまっているという気後れから出た問いなのだ。

　それに対して『王女』という身分である自分が即答することこそが重要だと判断したに過ぎない。幼馴染組もうんうんと頷いてくれているし、ソルがそんなフレデリカの意図を即座に理解してくれるであろうことは今更疑っていない。

「……エリザが不在でも組織がきちんと機能するかを確認するには、いい機会なんじゃないかな？」

「――はいっ！　ソル様の仰るとおりだと思います！」

　そしてただ単に「たまには休暇を愉しもう」というよりも、なんらかの責務を課された方が気が楽になるらしいエリザの精神状態を把握出来てきているソルが、それなりの説得力を伴った「エリザがソルと共に休暇を取る」ことの大義名分を提供する。

　同じ女性陣たちによる即座の肯定よりも、そのソルの言葉に心底嬉しそうかつ尊敬も滲ませた笑みを浮かべるエリザは可愛らしいが、少々危うさを感じもする。

「なーんか、わかってるって感じがヤラしい」

「いくらなんでもそれは濡れ衣だろ！」

そこをきちんと言語化して伝えておくのは自分の仕事だろうと、茶化すようにジュリアがそう言葉にし、その意図を理解出来ているソルがあえて軽いノリで返した。

とはいえ元よりエリザの「危うさ」に付け込むつもりなど無いソルとしては、エリザがそれで居心地がいいのであれば、しばらくはこんな感じのままでいいかなとも思っているのだが。

「どーだかなー。今や世間様では、エリザちゃんが一番、「ソル様の女」として見られているまであるからねえ」

「と、とんでもないです！」

確かにそういった噂はエリザ自身の耳にも入ってきているが、それを皆がいるこの場で言われたことに大慌てで手をぱたぱたさせて否定している。

だが確かにどう見ても13、14歳に過ぎない美少女が、あっという間にエメリア王国中の裏組織を統率して『夜街の薔薇』とまで呼ばれるようになっているとなれば、それは絶対者の寵愛を受けた結果だと見做されるのも無理はないだろう。エリザ直属の配下たちが裏社会では名の知れた強面ばかりというのも、そのギャップによってよりその説を補強する。大筋においてはそれほど外れているわけでもないので、説得力が充分なことも大きいだろう。

あえて気安くエリザをいじりつつ、最近努力の兆(きざ)しが見えるとはいえ未だ積極的というには程遠(ほどとお)いリィンを煽(あお)るジュリアはとても楽しそうである。

少々やりすぎのきらいがあるとはいえ、こういった潤滑油(じゅんかつゆ)役が必須(ひっす)なのはどんな組織であっても変わらないものだ。

ソル一党に属しておきながら、女性としてソルの寵愛を争わない存在は確かに得難(えがた)いものなのである。その上幼馴染でもあり、ある程度は気安くソルと話せるというのは、見ようによってはジュリアこそが最強のポジションなのかもしれない。

「ふふふ……ソル様、私(わたくし)の水着はどうでしょう?」

そんなやりとりをにこにこと見守っていたフレデリカが、先刻(さっき)話しかけた時と同じく、その上半身をソルの顔へと近づける。さらさらの美しい金色の髪(かみ)が真夏の光を反射させて、ソルの頬(ほお)に幾本(いくほん)かをあえて触(ふ)れさせながら、自分への感想も欲しいと囁(ささや)くようにして伝えた。

その様子を見て、ソルは突然(とつぜん)理解した。

フレデリカたちが着ている水着はその意匠(デザイン)やそれに起因する布面積の少なさもさること

ながら、その素材と縫製技術こそがその醸し出されるエロさの本質なのだと。つまりまるでなにも身に着けていないかの如く、フレデリカの美しい肢体が自然に振舞うのだ。

要は今のように上半身をかがめられたりすると、とてもわかりやすく揺れる。さっきリインが一回転した際の破壊力がえげつなかったのも、間違いなくそのためだ。

水着としての機能を維持しながらもそんなことが可能な素材ともなれば、まず間違いなく高級魔物素材を使用しているというだけではなく、魔導鍛錬師ガウェインの技前も関わっているのだろう。神様から与えられた『能力』の無駄遣い、あるいは最も有効な活用方法というやつである。

「せ、清楚な感じなのに、なんというか……」

「ふふ、ありがとうございます」

直視出来ない様子でソルが赤面しながらそう答えるのを聞いて、みなまで言わせずにフレデリカがとびきりの笑顔でその評価に喜んでいることを十全に伝えた。

平然としているように見えるフレデリカとて、まったく恥ずかしくないわけではないのだ。だがソルに今のような顔をさせられるのであれば、皆と一緒にわりと思い切った水着のデザインを採用した甲斐もあるというものなのである。

どうやらソルの中にある理想の王族像の基本は「何事にも動じず常に泰然自若としてい

る」というものらしく、それを理解したフレデリカは最近努めてそう見えるように振舞っている。

　もちろん狙（ねら）っているのは、そこからの落差によってソルに致命（ちめい）の一撃（いちげき）を加えることではあるのだが。

　自分ではやらかしたと思っていた妖精族（エルフ）の里での酒席以降、ソルがフレデリカの女に反応を見せることがあからさまに増えたので、王族然とした凛（りん）とした清楚さを軸（じく）としながらも、そこからのギャップ攻（ぜ）めに戦術を転換（てんかん）したフレデリカなのである。

　もちろんこの後に展開予定の戦術も複数考えてきており、この戦場（休暇）における勝利の追求を徹底（てってい）する所存である。勝利とはつまり、ソルに手を出させることである。

　その観点に立てば、まずは序盤戦（じょばんせん）のペースは女性陣が掴（つか）んだとみて間違いないだろう。

　あとは主戦力（リィン）かつ先鋒が土壇場（どたんば）でヘタレないようにバックアップしつつも、自分自身のアピールも怠（おこた）らないようにしていくのみである。

「エリザのも似合っていると思う。なんだかフレデリカと並んでいると姉妹（しまい）みたいだね」

「う、嬉しいです」

　どうやら全員の水着への感想を述べねばならないらしいと覚悟（かくご）を決めたソルが、赤をベースにしたフレデリカと似たデザインの水着を身に着けているエリザにも言及（げんきゅう）する。

出逢った時には痩せぎすであったエリザだが、その後3桁にまで至ったレベル・アップもさることながら、最近のバランスのとれた上等な食事と、なによりもフレデリカが熱心に世話を焼いた素肌からファッション、細かい所作に至るまでの徹底したケアによって、見違えるほど健康的かつ上流階級の子女らしくなっている。

ソルよりも年下とはいえ、14、15歳の健康的な美少女という存在は、17歳の男の子を挙動不審にさせる程度であれば容易いだけの色香をすでに放っているものだ。

そして男の子よりも女の子の方が、常にその手のことに関する勘は良い。

一見すれば冷静にエリザの水着姿を評しているように見えるソルが、リィンやフレデリカ、ジュリアに対するほどではなくとも、微妙に目のやり場に困っていることなどあっさりと看破出来ている。

ゆえにいつも「ソル様を赤面させられるフレデリカ様やリィン様はいいなあ」と思っていたエリザは今、心の底から嬉しいのと同時に、ソルにそういう視線で見られていることに本気で恥ずかしくなって真っ赤に茹ってしまっている。

嫌なのではない。自分でもソルにそういう目で見てもらえることが、素直に嬉しいのだ。

だがそんなエリザの様子を見た周りの女性陣たちも嬉しそうにしているあたり、まだ自分は子供扱いだなあ、とも思っているエリザである。

「ルーナとアイナノアも似合っていると思うけど……なにか不満なの？」

「我と妖精王のモノだけ、その……子供っぽくはないですか？」

最後にルーナとアイナノア。

ルーナは白、アイナノアは黒という、自身の肌の色とは逆の色をチョイスした揃いのデザインの水着に対しても、正直に可愛いと褒めるソル。

だがルーナは他者に比べて子供っぽいと感じているようで、あからさまに不満顔である。

「……そんなことないよ。今のルーナにとても似合っていると思う。成長した時には、また別の水着を着てみせてくれたら嬉しいかな」

一瞬の間が空いたことで、今のルーナとアイナノアの水着をソルも確かに「子供らしい」と見做していることは間違いなくバレた。さすがに主と従僕とはいえど、ただの人が全竜に嘘をつきとおすことなど出来はしないらしい。

「お約束します！」

だがその後のフォローがルーナにはとても刺さったと見えて、あっさりと御機嫌である。

ソルに竜としての真名を捧げ、忠実な従僕であることを喜びとしているルーナではあるが、それゆえにいまだにソルに捨てられることをなによりも恐れている。

そのソルと将来――竜にとっては一瞬でも、人にとっては少女が大人になるまでの数年間――までを共にいる『約束』をもらえたことは、この上なく嬉しいことなのだ。

これまでは隙あらば大人バージョンになろうとしていたルーナではあるが、この約束を得たことにより、今後自然に分身体が成長するのに任せようと心に思い定めている。うっかりもう一度あの夜の大人バージョンを見せたがために、今の約束が果たされた形になってしまってはたまったものではないからだ。

一方、自分で口にした言葉で大人バージョンのルーナを思い出してしまったソルは、あの夜のルーナが、際どい水着を着ているところを想像してしまった。

あまり締まりのよろしくないその表情を見てルーナはより御機嫌になるが、リインはわかりやすく、フレデリカは変わらぬ笑顔で、エリザは少し寂しそうに不満を表明している。笑いを堪えるのに必死になっているのはジュリア1人だけである。

すぐ側に生身の女として居ながらにして、今はまだ非実在の美女に負けていたのでは立つ瀬がないにも程があるので、さすがにこれは一方的にソルが悪いとしか言えまい。

「では私たちはすこし水辺で戯れてきますが、ソル様はごゆっくりなさっていてください。もちろん気が向いて、交ざってくださったらとても嬉しいです」

そんな空気を払拭するように掌をぽんと合わせながら、フレデリカがそう宣言する。

「……わかった」

「ではみなさま、参りましょう。ルーナ様、ダメです。女の子は全員参加です」

「いってらっしゃい」

「はい……」

フレデリカの言葉で、ルーナとアイナノアも含めた女性陣全員が波打ち際へと移動する。

フレデリカに笑顔でそう告げられ、無言で主に助けを求めたルーナではあるが、ソルにそう言われてしまえば従うほかはない。

まあソルの側にいたいというだけであり、水遊びが嫌いな竜種などいないのでそこまで苦というわけでもないのだが。

「……で、ソル様よ」
「……なんでしょう」
完全に女性陣が波打ち際まで移動し、そこで水遊びを始めるまで待ってから、ソルの背後でまるでそこにいないかのように気配を消して座っていた中年の男性が声をかけた。
ジュリアがそう明言したとおり、確かに今この島に『男の子』はソル1人しかいない。

ただし、『おっさん』と『おじいちゃん』はそれぞれ1人ずついたのである。

超がつく美少女揃いのソル一党の女性陣から、すでに男性枠と見做されていないことが少々物悲しい2人である。「大人として信頼されているということですよ」というソルのフォローにも、いまだ現役の自負がある2人は素直に頷くことが出来ないでいる。

「俺らも一応、忙しい身ではあるんですがね」

「わかっていますよ。だからこそ放っておいたら無理しすぎるお2人にもこの休暇への御同行をお願いしたんですから」

「儂は工房に戻りたい」

「ソル様よ。目の前に積み上げられた仕事から一時的に目を背けたところで、部門決裁者の立場で言わせてもらやぁ、仕事はへったりゃしねえんだが」

「そんなことはわかっています。でもだめです。お2人はこの休暇に強制参加です」

おじさんは現冒険者ギルド総長、スティーヴ・ナイマン。

おじいちゃんはクラン『解放者』専属兵器開発廠 総責任者、ガウェイン・バッカス。

この2人は本人たちが口にしたとおり、あまりにも多忙を極めている。だからこそ、心と身体を強制的にでも休める必要があると判断したソルの厳命により、この休暇へ強制参加させられていたのである。

ちなみにもう1人ソルが誘っていた人物がいたのだが、その者は不参加となっている。

新『聖教会』教皇代理、イシュリー・デュレス。

旧『聖教会』の整理と、新『聖教会』の立ち上げ。それに伴う大陸全土の全教区の調整と、各地に点在する教会の再編。聖都アドラティオの全秘匿区画の精査と、秘匿神殿（ビブリオテカ）圕の完全整備。スティーヴやガウェインをすら凌駕（りょうが）する膨大（ぼうだい）な業務量に、今や心から真摯（しんし）に仕事に取り組む「働く教皇代理」であるイシュリーが疲労困憊（ひろうこんぱい）していると聞いていたので、ソルは彼もまた休暇に誘ったのだ。

そのソルからの誘いをいたく喜んだイシュリーだったが、ソルや女性陣への遠慮（えんりょ）などではなく、己の矜持（プライド）を以てその誘いをきっぱりと断っている。

曰（いわ）く、今の弛（たる）んだ身体で南の島へなど赴き、今が盛（さか）りのソル様や女性陣たちの前にその醜態（しゅうたい）を晒すのは勘弁（かんべん）していただけませんか、と言われたのだ。そう言われてしまえばソルとしても、さすがに強制参加を言い渡（わた）すことは出来なかった。

確かにスティーヴもガウェインも、その実年齢（じつねんれい）のわりには引き締まった身体をしている。とくにガウェインに至ってはレベルが三桁にまで至ったことにより、『屈強（くっきょう）』という言葉が大げさではないほどのシロモノとなっている。

これで小麦色にでも焼きあがった日にはイケおじとちょいワルじい様の二人組といった

感じであり、社会的な立場を度外視してなお、酸（す）いも甘いも噛（か）み分けた「イイオンナ」な方々には大変にモテそうだとソルも思う。

若かりし頃（ころ）は「甘い美形の神父さん」などと呼ばれていたらしいイシュリーにしてみれば、そんな2人と並んで年若いソルやフレデリカ、リィンたちの前に出るのはさすがにキツいものがあったのだろう。

今はとんでもない忙しさをいい機会だと見做し、痩せて体を引き締めるために食事制限ばかりか、ほんの僅（わず）かに空いた時間で体を動かすことすらも始めているという。そういう方向であれば魔法（まほう）等での出来る限りのバックアップをしつつ、新生イシュリーを見るのを楽しみにしていてもいいかとソルは判断したのだ。

ちなみに後日、その新生を成功させたイシュリーは、スティーヴ、ガウェインに現エメリア王国国王エゼルウェルドを加えた4人をして「解放者イケ枯四天王（リベルタドーレス・オールド・フォー）」などと一部で噂されるようになる。最終的には歴史書にも記されることになるのは、さすがに本人たちにとっても想定外であったことだろう。

「俺もガウェインの爺様（じいさま）も、今更南の島でバカンスを楽しむって歳じゃねえんだよなあ……まあ無数の侍女（じじょ）たちに傅（かしず）かれているって訳じゃねえから、まだマシだがな」

すでにソルが決めたことには逆らえる立場ではないことを理解しているスティーヴは、

ため息を一つついて諦めることにしたようである。

　実際スティーヴが口にしたとおり、観光都市サン・ジェルクのみならずポセイニア東沿岸都市連盟からも綺麗どころの侍女や給仕たちの大量派遣を提案されたが、ソルはそれらをすべて丁寧に断っている。

　つまり今このティア・サンジェルク島にいるのはソル一党だけなので、スティーヴの立場としてみればまだしも気楽だということも出来るのは確かなのだ。

「ただこれらの準備はすべてフレデリカ王女殿下たち……なんというたか……ああ、ソル・ガールズが準備されたのだろう？　それはそれで落ち着かんのだが」

「違いねぇ」

　だがガウェインがそう言ったとおり、この島での暮らしにおけるなにもかもは通称ソル・ガールズ、中でもリィンとフレデリカが中心となって掃除洗濯から食事の用意に至るまでを取り仕切ることになっている。実際今ソルたちが座っているパラソルや椅子の用意などは、全て女性陣がやってくれているのだ。

　その誰もがソルによって力を与えられ、レベルも三桁に至っているからには力仕事としての苦などないに等しいことは、スティーヴもガウェインも理解している。だが自分が惚れ、相手も自分に惚れてくれている女性が甲斐甲斐しく世話を焼いてくれているのであればまだしも、いわば「ソルの女たち」にすべてを任せていることに居心地の悪さを感じるのもまた当然のことといえるだろう。

「その呼称は断固として拒否するとともに、遺憾の意を表明する所存です」

わりと真面目なトーンでソルが、最近巷でもそう呼ばれているらしい「ソル・ガールズ」という呼称を拒絶することを表明している。

実質そう見做されるのは仕方がないばかりか、ほぼ真実であることを認めることは仕方がなくとも、さすがに「ソル・ガールズ」などという呼称はあるまいと思うのだ。

フレデリカやエリザばかりか、リィンですらまんざらでもなさそうなことはこの際おいておく。

「だったらさっさと正妃だの第二妃だのにするんだな」

「ぬ……」

だがスティーヴにそう言われてしまえば返す言葉もない。

誰も文句が言えない状況を作り上げ、相手の女性たちもそうなることを拒むどころか望んでさえいるのに、いつまでも中途半端なままでいるからそんな呼称が生まれるのだとスティーヴは笑っているのだ。

甲斐性は余るほどあるのだから、さっさと手を出せばいいとでもいったところだろう。

　まあ実際にそうしたところで別の呼び名になるだけのような気がするのは、ソルばかりではなく言ったスティーヴも、このやり取りを聞いていたガウェインも同じなのだが。

「で、ソルはどうするよ？　ここでおっさん（俺）と爺様（ガウェイン）相手に酒呑んで寛（くつろ）いでいていいのか？　女性陣はかまってほしそうだったから、水遊び（アレ）にソルが参加したら大喜びだと思うが」

「まー、絵面でいうなら、綺麗どころが鮮（あざ）やかな夏の水辺ではしゃいでいるのを見ながら呑む酒っていうのは、ある意味最高の贅沢（ぜいたく）でしょう？　そこへ男が交ざって台無しにする気はないですよ。ここで一緒にのんびりしましょうよ」

「ま、確かにそれも悪かねえか。役得ってやつだあな」

　そう言ってグラスを掲（かか）げ、スティーヴのそれと軽く合わせるソル。ソルにそう言われてしまえば、スティーヴも無理にソルをけしかけるつもりはない。

　実際、波打ち際に移動して水遊びを始めた現状仮称ソル・ガールズたちは、確かに見目麗（うるわ）しい。しかもそのうちの1人は大国の王女様であるフレデリカ、約2体は神話や伝説として扱（あつか）われている偽書（ぎしょ）『勇者救世譚（クズィ・ファブラ）』に記されている本物の『怪物（かいぶつ）』たち、邪竜（じゃりゅう）ルーンヴェムト・ナクトフェリアと妖精王アイナノア・ラ・アヴァリルなのである。

　それらと、つい先日までは強いとはいえ普通の冒険者やスラムの住人であったはずの超（ちょう）絶（ぜつ）美少女たちが水着で戯れているのを眺（なが）めながら、盛夏（せいか）の日差しの下でよく冷えた酒を呑めるというのであれば、どこにも文句を言う筋合いなどありはしない。

男というのはどうにもこう、綺麗どころの女性たちを眺めながら酒を呑むのが好きな生き物であるらしい。夜の街でも踊り子などはたいそう人気があり、有名店のトップ・ダンサーなどはちょっとした偶像視されているほどなのである。

金を出したからとて本来は見ることなど叶わない美少女たちの水辺での戯れを、ソルのご相伴にあずかってとはいえ目にすることを許されているのは、スティーヴとガウェインの立場があってこそのものだといえよう。

それに激変した現状の世界情勢においては、今こうしてソルと共に酒を呑めることそれ自体が、組織を束ねる立場の者にとっては厳然たる力と成りうる。絶対者の側近とは、正しく虎の威を借る狐であれてこそなのだ。

であれば十全にそれを活かすべきだと、スティーヴは割り切ったらしい。

そうは言いつつもちろんタイミングを計って、女性陣たちがソルに対して「水辺でのアプローチ」を仕掛けられるように、ガウェインを連れて退散するつもりでもある。普通の美女たちによる戯れを見ることは赦されても、その美女たちが手段を択ばず絶対者の寵を競うところを目にすることは、さすがに憚られるのだ。

「……儂の『魔導制御衣』がダメで、今身に着けている水着は平気な意味が全く分からん」

ステイーヴよりも素早く割り切り、すでに酒を呑み始めていたガウェインが、本気で解せぬという表情と声色でそうぽつりと漏らした。

確かに『固有№武装』を個々人が装着するために必須となる『魔導制御衣』は、結果として酷く扇情的なシロモノになったとガウェイン自身も思ってはいる。

完全に武装化を完了すればそこまでではないとはいえ、通常装備の異相空間への格納から『固有№武装』を召喚して装着するまで、いわば変身期間については身体のラインが全裸と変わらぬほどに判ってしまうのは己が意図したことではないとはいえ正直申し訳ないとも思っていたのだ。

それが今身に着けている水着であれば、少々テレながらでも全員がソルにその感想を聞くと来た。

実際ここティア・サンジェルク島への休暇が決定した後、『魔導制御衣』に使用している素材、技術を流用して水着をつくることをフレデリカから依頼されたのはガウェインなのである。

人間用の武装である『固有№武装』だけではなく、『全竜』や『妖精王』特化の装備も将来的には作成する予定のため、水着をつくるために必要とする全員分の詳細な身体データはもちろん揃っていた。

それを基にフレデリカ持ち込みのデザインを反映させた水着を造る程度であれば、今のガウェインにとっては造作もない。確かにその手のオーダー・メイド作成のための各種データを、今さらガウェイン以外に提供したくないというフレデリカの判断も理解出来たので、ソルの承認を前提に確かに引き受けはしたのだ。

だがそのデザインは先刻ソルがそう感じた通り、ガウェインから見てもまあ有体に言えば相当にエロいものだった。

確かに水辺限定というシロモノであるとはいえ、それを身に着けて人前に出なければならないという点については『魔導制御衣』となにも変わらない。

確かにエロいだけではなく、それらの意匠が可愛かったりカッコよかったりすることを認めるに吝かではない。

だが『魔導制御衣』と同じく、ソルとそれに関わる男カウントをされていない連中の前でのみ見せる条件でありながら、女性たちの反応のあまりの差にガウェインとしてはどうしても納得がいかないのだ。

あれらの水着を身に着けて多少赤面しながらもソルにその感想を聞けるのであれば、『魔導制御衣』の方がまだしも肌の露出という点においてはマシである以上、当然の疑問だと言えるだろう。

「それはまあ、確かにな……」

そしてそのガウェインの疑問には、スティーヴも同意するところらしい。

不用意に一度目の装着時に同席したことで居た堪（たま）れない立場になったスティーヴとしてみれば、ガウェインと同じく今日の水着を見せても平気なのなら、『魔導制御衣』であそこまで大騒（おおさわ）ぎすることもなかろうに、と思ってしまうものなのだ。

「えー、なんといいますかそれはT.P.Oと申しましょうか、ギャップによる羞恥と申しましょうかですね……」

だがこの3人の中ではソルだけが、彼女たちのハズカシサの本質を理解出来てしまう。

あえてある程度は肌や体のラインを見せることもその機能、目的に含（ふく）まれている水着であれば、それを身に着ける際の心構えや振舞（ふるま）い方、いわば覚悟といったものを固めた上でのことなので、ある程度の羞恥（エロさ）すらも前提としてしまえるのだろう。

だが強大な魔物（モンスター）との戦闘（せんとう）を可能とする、ソルの仲間として己（おのれ）の力を十全に揮（ふる）えるようになる『武装』でありながらもあそこまでエロいとなると、覚悟というか意識が上手（うま）く両立出来なくて、とても恥ずかしくなるというのは理解出来なくもないのだ。

命がけで戦うための装備でありながらもエロいという、乖離（かいり）がもたらす羞恥というやつである。

実際、今日の水着の破壊力はソルも認めるところではあるが、「ぶっちゃけどちらがよりエロいと思いますか?」とでも問われれば、「……『魔導制御衣』です」と答えてしまうのがソルとしても正直なところなのである。それは今、波打ち際で水の掛け合いをきゃっきゃうふふと始めたリィンたちの、はしゃぐ姿を目にしていても変わることはない。

元よりそういう目的も内包しているものと、そうではないものが結果としてそうなってしまっているという、いわば天然の破壊力は比べ物にならないのだ。あるいはそのソルの感覚を理解出来ているがこその、女性陣たちの反応の差なのかもしれない。

どうやら若いものにしかわからぬ機微があるらしいと理解したスティーヴとガウェインは、いつの時代の大人たちの誰もが必ず思う感想を内心で得ている。

曰く、最近の若い者の考えていることは、よくわからんなあ……と。

「わ、意外とあったかいね?」
「ホントですね……もっと冷たいものかと思っていました」
「サンテシェセル海は、なぜか周辺の海域と比べても水温が高いので有名なのです。島々のほとんどが元は浮遊島だったことが関係しているのかもしれませんね」

「波の感じがくすぐられているみたいで、なんかぞわぞわするー」

ソルと離れ、女性陣だけで波打ち際に来たリィンたちはおっかなびっくりまず素足をよせる波に晒し、本格的に泳いだりする前に水遊びを開始していた。

フレデリカにしてみれば今のソルの視力であれば至近で見ているのとそう変わらないことを理解出来ているので、自分たちの可愛らしいところを万全にアピールしようという目論見があることは間違いない。

だがリィンやジュリア、エリザたちにとってはあまりにも美しい水辺と真夏の太陽に素でテンションが上がってしまい、計算なく子供のようにはしゃいでしまっていることもまた事実である。

「我の方が速い！」

「♪♫♬!!!」

ソルの一言によって海で遊ばねばならぬことが確定した全竜と妖精王は、波打ち際で水遊びなどという児戯にはまるで興味を示さず、豪快に突撃して全力で沖まで泳ぎ、そのあまりの速度で沖合に豪快な水飛沫を噴き上げさせている。

全竜はともかくとして、妖精王までもがけたけたと笑いながら泳ぐ速度を競っていることに、それを目にしたソルは少々意外さを感じている。

だが2体が全力で泳ぐ様子を見てそんな感想程度のソルも、自分たちは自分たちで波打ち際での水遊びを平然と続行している女性陣たちも、すでに常人ならざる感覚になってしまっていることは間違いない。

その証拠に、ソル一党のあからさまに人間離れした部分を実際に目にすることの少ないスティーヴとガウェインの口は、ぽかんと開いてしまっているのだから。

ともあれ女の子同士での水遊びとなれば、お約束の水の掛け合いに移行することは当然の流れであり、フレデリカがそのド定番を外すことなどありえない。

「——ひゃん!」

「わっ!」

「や……」

突然水をかけられたリィン、ジュリア、エリザがそれぞれの反応を示す。

「ね? 体感的にはお湯みたいですよね?」

それを仕掛けたフレデリカが、いつにない悪戯っぽい表情を浮かべて答えている。

「だからって突然水をかけられたらびっくりするよ……水着濡れちゃった」

「いやリィン、水着は濡れるものだからね?」

「ふふふ、それは確かにそうですね」

「フレデリカ様も濡れちゃえ！」

「ふふ、確かに覚悟していてもひゃっ！　てなっちゃいますね。でも気持ちいいです」

一応は王女である自分からリィン、ジュリアへとじゃれて水をかけ、その反撃を受けてはしゃいでみせながら、エリザもその流れへ自然に巻き込んだ。

当然レベルが3桁にまで至っているフレデリカたちが全力で水の掛け合いなどしようものなら、今沖合でルーナとアイナノアが蹴立てている水飛沫とそう変わらない、どえらい規模のものになるのは自明の理である。

よって誰もが慎重に自重しながら、か弱く可愛らしい女の子としての振る舞いを堅持しているのは、その事実を知る者にとっては滑稽とも映りかねない。

『うっかり全力でかけあったりしたらダメですよ？　ダメですからね？』

『ハイ……』

『も、もちろんです』

『――それはそれで面白くないかな？』

『絶対にダメですからね？　ふりではありませんからねジュリア様』

ソルに聞かれてもよい会話とは裏腹に、巧みにポジション調整を行いながら読唇もされないように小声でコンタクトを取っている4人である。

フレデリカの思惑は大なり小なりリィンとエリザも共有出来ているらしく、事を崩壊に導く可能性があるのはジュリアだけだ。そのジュリアも、さすがにここまで明確に王女様からダメ出しをされてしまっては、面白いからと言って勝手なことは出来かねる。

自分はともかく、近未来の旦那様にフレデリカが「貴方の奥様はホントに言うことを聞いてくれませんね」などと愚痴られ、要らぬ冷や汗をかかせたくなどはないのだ。

ともかく、なかなかに初手からあざとい展開がなされていると言っていいだろう。

だが誰よりも彼女たちのその努力を理解出来るはずのソルをして、真夏の浜辺ではしゃぐ美しく可愛い女の子たちという絵面の破壊力の前では、そんなことはどうでもよくなってしまうものらしい。

可愛いものは可愛く、美しいものは美しく、エロいものはエロいのだ。

彼女たちが本当はどれほど強かろうが、そんなことは今ソルの目に映っている麗しい光景になんの影響も及ぼしはしない。もっともそれは、彼女たちにその強さを与えているソルのみが持てる考え方なのかもしれないが。

とにかくソルとしては、「元気だねぇ」だとか「ああしてはしゃいでるのを見てっと、儂の『固有№.兵装』をぶん回す兵たちだとはとても思えんな」などと言っている大人組とは違い、意識してそうならないように努めてはいても、少々緩んだ良い笑顔になってしまうことからは逃れられないのだ。

まあソルとても17歳の健康な男の子なのである。この状況で水辺ではしゃぐ美少女たちを目にしてなお、本気で無反応な方がよほど問題があると言えるだろう。

素足を波打ち際へと踏み入れ、そこで水の掛け合いをするということは、当然の帰結としてリィンもフレデリカも、ジュリアもエリザも水に濡れるということである。

『魔導制御衣（ファウンデーション）』と同じ素材を色とりどりに染め上げ、センスの良い水着に仕上げられているそれらが水に濡れることにより、その破壊力は倍増する。水着なのだから濡れて当然とはいえ、やはり水に濡れた生地特有の艶や微妙な透け感は、それを目にした男どものテンションを爆上げせずにはいられないのだ。

だが鼻の下が伸びないように注意しながらその様子を笑顔で眺めているソルは、最も大事なことを失念していた。

自身の能力である『プレイヤー』の加護を一切受けることの出来ないソルですら、そのレベルが三桁に至ったことによってこれだけの距離があっても、リィンたちをまるで至近にいるかのように見ることが可能なほどの視力となっているのだ。

となれば『プレイヤー』による各種ステータスの増加（ブースト）や能力付与の加護を上限まで受け

ているリィンやフレデリカ、ジュリアやエリザが、ソルのその身体能力をすら遥かに凌駕することになるのは当然の帰結である。

『ねえ？　ソル君、ずっと私たちを見てるよね？』

『油断してるなあソル。ああして鼻の下を伸ばしてると、年相応の男の子にしか見えないね』

『濡れた感じが高評価っぽいですね……生地もですが肌も重要そうなので、常に水滴がこぼれる感じで維持しましょう。そうしましょう。髪は濡れ過ぎないように注意です』

『フレデリカ様、ちょっと怖いです……』

読唇を避けつつの密かな情報共有は、なかなかに明け透けなものと成りつつあった。

一方で、もともとが『怪物』である全竜や妖精王に至っては言うまでもあるまい。

つまり自分たちを見ているソルに気付かれないように自然な水遊びを続けながら、そのソルの様子を正確に盗み見ることなど、もはや誰にとっても児戯に等しい。

深淵をのぞく時、深淵もまたこちらをのぞいているのだ――ではないが、男性が性的な目線で女性を見ている時、女性はそのことに確実に気付いているものなのである。

そして自身を性的な目で見られていることはなにも変わらなくとも、その結果抱く感情は情け容赦なく相手によって真逆に変わる。

その相手がソルの場合、リィンやフレデリカ、エリザがどうなのかは今さら言うまでもないだろう。つまりは見間違いようもなく照れつつも嬉しそうにしか見えないソルの様子に自分たちもテンションが上がってしまい、運動とは別の理由で体温が上昇して頬が上気していくことを、３人ともが止められない状況となっている。

――男の子の気を惹くために必死な女の子たちって、なんでこんなに可愛いんだろう？

その中でジュリアだけが、その双方の様子を見て笑いを堪えるのに必死である。

自分がここで笑ってしまっては女性陣がソルの様子を把握していることが発覚してしまうので、ここはこのおもしろい状況を維持するためにも忍の一字しかないジュリアなのである。

そして彼女らの人間離れした視覚をはじめとしたあらゆる感覚は、ソルが自分たちのどんな仕草に反応をしてその表情を浮かべたのかですら、ほぼ正確に把握することが可能とまで来ている。

――フレデリカ様が今のところ、一番ソル君の視線を奪ってる。というか一番デレっとした表情をさせているのも間違いなくフレデリカ様。やっぱり大げさ目の仕草が重要なのかな？

――はっ。楽しすぎて夢中になっていましたが、ここはまずリィン様を立てなくては……でもソル様が私の行動に対して、男のヒトの反応を示されるの……楽しい！

――リィン様とフレデリカ様のようにはいかないけれど、私を見てくれてもいる！　どうしよう、どういうことをしたらもっと喜んでくれるのかな⁉

――みんなめっちゃ考えてる。考えまくってる。考え過ぎてたまに変な動きとかもしてるのに、本人たちはもとよりソルもそれにまったく気付いてない。どっちもアホ可愛すぎて、これ以上笑うの堪えるの無理かも……

結果、初めは無言のままに「ソルの視線を奪った回数」を競い始めることとなった。それはそう時を置かずにその回数よりも自分の仕草、リアクションによってソルの表情が崩(くず)れた度合いを競い合うステージへと速(すみ)やかに移行し、それを引き出すために必要な行動――要はあざとい仕草――へと移行してゆくのにもそれほど時間はかからなかった。

それはなにも自分1人だけがソルの視線を集め、その表情を崩させるということに拘(こだわ)ることなく、女の子同士のわりと大胆(だいたん)な絡(から)みや、あえて波に足を掬(すく)われてあられもない姿で水辺に座(すわ)り込むというような荒業(あらわざ)も行使され始める。

「ごめんなさい！　転んでしまいましたジュリア様」

「こっちこそごめーん。急に抱き着いたりしたらそりゃ転んじゃうよね」

もはや超人(ちょうじん)の2人が、互(たが)いの体重程度を支えきれないわけがない。

つまりは自らが望んで転んだのだ。その結果、わざとらしく扇情的なポーズで絡み合い、適度に水に濡れて倒れ伏す２人は姿は、かなりの破壊力を発揮している。

最初はさすがに羞恥心が勝っていたリィンとエリザではあったが、フレデリカがこれでもかとあざとい仕草を連発し、それにノリノリで乗っかっていくジュリアにも乗せられて、やがて２人もまた大胆になっていった。

「……エリザちゃん、あったかい」

「はゃ、え？　あ……リィン様も、あったかい、です」

ちょっと躰が冷えちゃったなどと言いつつ、背後からエリザを抱きすくめるリィン。それに最初は驚きつつもその意図を酌み、背後から回されているリィンの腕に自分のそれを絡めて真っ赤になっているエリザ。

それを見てガッツポーズを取りそうになるのをぐっとこらえているソル。笑いを堪えるのにとうとう自分の唇を強めに噛み始めたジュリア。

リィンもエリザもやはり、羞恥よりもそれに耐えてとった、自分の仕草や姿にソルが反応してくれることの喜びが勝ってしまうらしい。

そんな風に自然にはしゃいでいるようでありながら、お互いの髪や顔にかかる水の量は適切に調整されているあたり、とても高度な茶番であると言えよう。

ちなみに賢者たるイケおじとチョイ悪爺様はこの時点で「こりゃいかん」、「そろそろやばいな」と判断し、適当な理由をつけてソルの側から退散している。ソル・ガールズによるソルへのアピール合戦を部外者が目にすることが無いように、大人として配慮したのだ。
それを確認して今自分たちがはしゃいでいる様子を見ているのがソルだけになったと理解したフレデリカたちは、仕舞いには海でのハプニングのお約束とも言える、「突発的なトラブルによって水着が脱げてしまう」という最大奥義を、いつ誰が放つのかを探り合いはじめるところまでことを進めることになった。

――ここまで来たら、も、もうやるしかないのではありませんか？

――フ、フレデリカ様、ほ、本気かな？

――わ、私の貧相なのでも、ソル様は喜んでく、くれるのかな？

――あーはははははははははは、はーはははは、はふぅう……

フレデリカが水着の肩ひもをほんの少しズラしただけで、４人の間には無音の衝撃が走り抜けている。さすがにこれはひそひそ話による駆け引きもなく、互いの気配とアイコンタクトによってお互いの覚悟とタイミングを読み合っている。
ジュリアに至ってはこれ以上強く噛むと唇から血が出そうなほどの状況である。そうでもしなければ、心の哄笑をそのまま表に出してしまいそうなので仕方がない。

やる気なのはやはりフレデリカと、それに対抗しないわけにはいかないリィンの2人。さすがに人妻となるジュリアや、未だ幼いエリザはそこまで踏み込むつもりも覚悟もなさそうである。

だがそんなぎりぎりを探り合う極限の状況下で、それらの駆け引きすべてを台無しする一撃が唐突に叩き込まれることになった。

ルーナである。

リィンやジュリア、フレデリカやエリザをも超える全竜の分身体としての超感覚。そのおかげで沖合を全力で泳ぎながらも、ルーナは己が主が嬉しそうな表情をしていることを当然察知していた。

その理由が、波打ち際でいまだなにが楽しいのかわからぬじゃれ合いを続けている、リィンたちの姿を見ていることが理由だということも。

自分たちが全力で泳いでいても呆れた視線を一瞥くれただけで、ソルはそんな風に愉しそうにはしてくれていない。

つまり『全竜』と『妖精王』が己が主を喜ばせるために、予告なく非力で可愛い女の子を演じながらの水の掛け合い、じゃれ合いに参戦したのだ。ただし全力で。

なにが主を喜ばせているのかを、まるで理解出来ていないが故に起きた悲劇、あるいは喜劇であると言えよう。

どおんという爆発音（ばくはつおん）とともに、波乗り者（サーファー）であれば歓喜（かんき）するほどの大波が突如（とつじょ）発生し、波打ち際でルーナに言わせれば児戯を続けていた４人を一瞬（いっしゅん）で呑（の）み込んだ。

それとてもルーナとしては充分（じゅうぶん）に手加減したものであり、実際今のリィンたちのレベルであれば、普通（ふつう）の人が強めに水をかけられた程度のこととそう変わりはない。

自然を操（あやつ）るアイナノアはその追撃（ついげき）として巨大（きょだい）な水柱を人数分発生させ、常人であれば命にかかわる高さまで、ルーナの起こした波にのまれた４人を打ち上げている。

とはいえ一瞬で大波に呑まれた上に上空へ放り上げられたリィンもジュリアも、フレデリカもエリザも、深刻どころかほんの僅かの痛痒（ダメージ）すら受けてはいない。

それにこの程度の高さからであれば、とくに装備の力など借りずとも無傷で着地することなどいまや造作もないし、万一そのまま受け身も取れずに落下したとて、今では膨大な数値となっている不可視の障壁（ＨＰ）がその身を護（まも）ることも間違いない。

つまり派手な惨劇（さんげき）のように見えて、本人たちはいたって無事なのだ。

耐えられなかったのは、彼女たちが身に着けていた水着の方である。

当然その素材は『魔導制御衣』と同じものが使用されている以上、全竜や妖精王が起こしたものではあるとはいえ、充分に手加減されたただ大量の水の奔流（ほんりゅう）や水柱による打ち上げ程度で破れたりするはずもない。

ゆえにまだしもルーナとアイナノアが身に着けているワンピース・タイプのような意匠（デザイン）のものであったのなら、最悪の事態は免（まぬが）れ得たのかもしれない。

だが4人ともが極度に布面積の少ないセパレート・タイプの水着であった上、その素材はどうであろうが、身体とのフィットには特殊（とくしゅ）な処理がなされているわけでもなかった。

つまりは当然の帰結として脱げたのだ。

まずは全竜が発生させた大波によってみな強制的に一糸纏（まと）わぬ姿にさせられ、その状態のままに妖精王の水柱によって空中高く打ち上げられたというわけだ。

その様子をソルは「うわあ」などと言いつつ、間抜（まぬ）けに眺めていることしか出来なかった。

どうするのが正解だったのかなどわかるはずもないが、ソルが今後も紳士（しんし）を気取るつもりなのであれば、すぐさま目を逸（そ）らすべきだったのかもしれない。

だが予想の斜（なな）め上を行き過ぎる事態と、大波に呑まれてから水柱で打ち上げられるという、見ようによっては豪快なアトラクション・コンボに気を取られて、そんな気の利（き）いた反応を示す余裕（よゆう）などなかったのだ。

結果、見てしまった。

リィンのそれですらはっきりと見たことはなかったのにも拘わらず、４人全員分をそれはもうハッキリと。

ただ初めて年頃の女性の全裸を目にするという、本来であればソルの年齢に相応しいはずの初々しい性的期待感など、欠片たりとも存在する余地などなかった。誰もが訳が分からないまま４人４様の間抜けなポーズでの「はじめて」を晒したことは、女性陣にとってもソルにとっても、お互い不幸な事故であったとしか言いようがないだろう。

今のレベルからすれば取るに足りない事態とはいえ、危機的状況に陥ったと本能が判断した結果、４人の誰もが反射的に戦闘態勢へと意識をシフトさせることになった。

その結果、全裸で魔導光を噴き上げているという状況もまたその間抜けさに一層の拍車をかけている。

だが反射的に意識が戦闘態勢に移行した４人はその結果加速された思考によって、正しく自分たちの現状を把握することにもなった。

容赦なく全裸。しかもわりと間抜けなポーズ。海面からは十数メートルの位置。現在最高高度に到達し、自由落下に移行するタイミング。脱げた水着の現在地は即座に捕捉出来ず。

いやたとえ捕捉出来たとしても、さすがに『固有No.武装』を展開していない以上、空中に浮かされた状況から自由な機動など出来るはずもない。どれだけレベルが上がろうとも、人は竜種や鳥の如く空を制することは出来ないのだ。

　つまりわりと取り返しのつかない状況であることを認識した4人がまず最初に確認したのは、当然のこととしてつい先刻まで自分たちのじゃれ合いを笑顔で眺めていたソルの現状である。

　その4人からの動揺した視線を同時に受けて、ソルは自分が見えているのだから、当然向こうも自分が見えていることにやっと思い至ることが出来た。つまり自分が今までガン見していたことも、彼女たちには筒抜けだったということを理解したのだ。

　よってソルは居た堪れない表情を浮かべながら今さらすっと目を逸らしたが、いろいろと遅きに失したと言わざるを得ないだろう。

「「「「――――！！！！」」」」

　その様子を確認した4人は、4者4様の羞恥の表情を浮かべながら、慌てて可能な限りあられもない我が身を隠そうとした。だがたった2本の細腕でそんなことは不可能である。

　それ以前に今さら隠したとて、すでにばっちり見られてしまった事実は覆しようもない。

　まあだからといって、開き直ることなど出来るはずもないのだが。

　その表情と、隠そうとしながらも隠しきれていないその姿は、最初の間抜けな姿勢よりはよほど色っぽいといえるだろう。

だが自分も見られていることを認識したソルは目を逸らしてしまっているし、自然な感じに整えていた髪型も水に濡れてくしゃくしゃとあっては、想い人に見て欲しい姿ではないことに変わりはあるまい。

そんな状況で誰もがみな完全にパニック状態に陥っているので、このままでは受け身も取れずに両手で隠せるだけ隠した姿勢のまま、水深が深いはずもない波打ち際の海面に落下することになるはずであった。

そうなれば怪我はしないとはいえ、なかなかに間抜けな絵面である。

だがさすがにそこまで容赦ない展開にはならなかった。なんとなれば自分たちがやらかしたことにより、主に「絶対に脱いじゃダメ」と厳命されていた水着を脱がせてしまったことに焦ったルーナと、それに反応したアイナノアが空中で4人を受け止めたからだ。

光闇地水火風、つまりは自然のありとあらゆる現象を自在に操る妖精王が、自らが発生させた巨大な4本の水柱を空中で飛散させ、一時的な豪雨のようになって無数の虹を発生させていた海水を最集結させて巨大な水球となした。

それが涙目になりながら我が身を隠しつつ降ってきた4人の全裸美女たちを、まだかなりの高度でキャッチしたのだ。

空中でありながら深いところへ着水したような音を発生させて、４人が水球に包まれる。

アイナノアはまだ言葉は話せなくとも「どうやら裸が拙い」のだということは慌てているルーナの様子から理解出来ているらしく、水球に光の屈折を起こさせてうまく外からは見えなくさせてもいる。それはそれで、想像力を刺激してエロくもあるのだが。

一瞬何が起こったかわからなかった４人だが、空中に突如発生した巨大な水球に自分が沈んでいることを即座に把握する。

『妖精王』の力によるものであろう、水中でありながらも呼吸には困らず、視界も水中特有の歪んだものにはならないという不思議。

中からは自分の水球がどう見えているのかは理解出来なくても、至近距離に同じような水球が３つも浮かんでおり、その中が見通せなくなっているとなれば自分の状況もある程度は把握出来る。とはいえ透明の水球の中に、シルエットしては女性だとわかる程度の肌の色が揺らめいているのは「恥ずかしくない」からは程遠いのではあるが。

なによりも鮮明ではないだけで髪の長さや色、揺らぐシルエットの差異で「どれが誰か」が分かってしまうあたりが地味にキツイ。

とはいえ誰もがほっと一息はつけたのは確かだが、さすがに無防備な自分の身体を隠す手をどけるほどの大胆さは持ち合わせていない。

それを察したというわけではないのだろうが、同じ水球の中でありながらもその密度を変えた水の一部が４人の身体に纏わりつき、海水で出来た水着としか言いようのないモノへと変化を始めた。

それらの意匠も色も、脱げるまで各々が身に着けていた水着のそれを踏襲しているらしく、おそらくはアイナノアが見様見真似で再現したものであることが窺える。

この世界ではじめて顕れた、水で出来た水着というわけだ。

それが形成されると同時、巨大な水球は空中に浮かんだままその姿を変えはじめ、半球状となって中に受け止めていたリィンたちを、あたかも切り取った海の上に浮かべているような状況へと変容した。

水の浮き輪で宙に浮く。

期せずして妖精王でなければとても実現不可能な、贅沢な遊びが始まったのだ。

さすがにリィンもフレデリカも、ジュリアもエリザも、突然我が身を襲った不幸も忘れてこの贅沢には歓声を上げざるを得ない。なによりも水製であるとはいえ、隠すべきところを隠す水着代わりを用意されたことが大きいのも間違いないだろう。

だがすぐさま４人は慌てることになった。

当然自分の意思では動かせない水球はしばし高度を変えながらくるくると動いて４人を

喜ばせていたが、そのうちその４つともがソルの場所へと移動を始めたからだ。

まあいかに気まずかろうとも、このまま話さずにいるわけにもいかない。

半ば強制的に話さざるを得ない状況にされることは、あるいは幸いとするべきなのかもしれない。

「……見たよね」

「ハイ、見ました……ゴメンナサイ」

４つの水球が低い位置で宙に浮かんだまま、普通に地面に降り立つことが出来た４人の中で、最初にソルに話しかけたのはやはりリィンだった。

ソルが仕向けたわけでもない不幸な事故だったのだ、リィンには別段非難する意図などはない。とはいえ少々口調が非難がましくなってしまうことは、ご容赦願いたいところだろう。

あられもない姿を見られた女の子側としては、嬉しそうにしていては沽券に関わるのだ。

そんな本音を隠すためにも、口調が勢い非難っぽくなってしまうことは止むを得ないのである。

それにもはや疑う余地はないとはいえ、「見た」ことと「見られた」ことは、お互いきちんと言葉にして確認しておきたいというのが、リィンの本音のところである。

それはおそらくフレデリカ、エリザ、ジュリアも同じなはずだ。自分だけであればまだしも4人同時ともなれば、なかったことにしてはいけない。

なんとなれば「今後の駆け引き」の大前提となるものが変わってしまうからだ。

結果ソルの謝罪の言葉によって、見た、あるいは見られた事実は互いにとって確定した事実となった。ソルの謝罪の言葉を聞いたリィンたちの顔は羞恥で赤く染まっているが、そこに嫌悪の色などはない。それがどういう感情であれ、顔が赤くなる状況を止めることが出来ないだけだ。

自分のありのままを見られたこともさることながら、今自分の身体を覆っている「水の水着」が少々心許ないことも、頬に朱が差すのを助長していることもある。

覆い隠してくれている面積でいえば、今はどこかの海面に浮かんでいるであろう元の水着よりも広いくらいだ。

だが素材が水なのである。つまりは当然のこととして透けている。

いや常にその水が流動していることによって光は屈折し、明確に像を結ぶことはない。

とはいえ水に濡れた布が透け気味になるのとはまた違った性的期待感が、間違いなくそこには存在している。

揺れる肌の色だけではない色も確かに確認出来るこの状態では、水の基礎色を元の水着に寄せてくれているとはいえ、恥ずかしいことこの上ないのだ。

項垂れて謝罪するしかないソルの顔もまた赤く染まっているのは、リィンの問いによって己が記憶を刺激されているからだけではなく、今目の前にいる4人の姿の破壊力による部分も大きい。

男女問わず、実際に見えているものだけでなく「とても心許ない」という今の状況そのものが、性的期待感を助長することは揺ぎ無い事実なのである。

「いえ、ソル様に私たちの裸を見られたことそのものが嫌だという訳ではないのです。ただ、どうせ見ていただけるのなら、もっとこうなんといいますか……」

「ホントごめん……」

本気でソルが謝罪していることが理解出来るフレデリカがフォローを入れるが、やはりどうしてもそこにも本音は滲んでしまった。

やはりこうなんというか……2人きりの部屋で恥じらいながら自ら一枚だけ身に着けていた薄絹を床に落とすとか、ソル自らの手でその最後の一枚を脱がせてもらうとか、フレデリカが憧れる「初めて自らの一糸纏わぬ姿を好きな殿方に晒す」シチュエーションというのはそういう感じだったのである。

それがこのざまでは、理想から遠いにも程がある。

妖精族の宴で酔っぱらってしまった際にカミングアウトしてしまったM寄りである性癖に偽りなどないが、それでもやはり「最初」のシチュエーションには出来ることなら拘りたいものらしい。

それはまあフレデリカに限らず、リィンやエリザとて同じだろう。

それぞれが理想とする「初めての展開」を心に持っていたのではあろうが、それがもはや叶わぬ夢になってしまったことはみな同じである。この中では最年少であるエリザは一番真っ赤になって俯いてしまっており、なにも言えなくなっている様子だ。

「……私はもらい事故だよね～」

「返す言葉もないです。セフィラスさんには後日、ルーナと一緒に謝罪に伺います……」

溜息とともにそう言うジュリアに、ソルは一番本気で謝罪する。

もらい事故というのであればソルとても同じ立場であると言ってもいいのだが、やはり「見た側」と「見られた側」、「男の子」と「女の子」の差は大きい。

なによりもソルとリィン、フレデリカ、エリザであればお互いの問題でしかないのだ。

この3人についてはきちんと折り合いさえつけば、責任を放棄(ほうき)するつもりなどもとよりないし、あるいはいいきっかけに出来るまである。

だがジュリアはどれだけ仲が良い幼馴染(おさななじみ)で冒険(ぼうけん)の仲間だとしても、ソル以外の男性(セフィラス)の妻となる女性なのだ。その裸を見てしまっていながら、本人に「ごめん」と言うだけで済ますというわけにもいかない。

　そもそもやらかしたのは己(ソル)の従僕(じゅうぼく)である『全竜(ルーナ)』と『妖精王(アイナノア)』である。従僕がやらかしたことの責任を取れない主になど、主たる資格があるはずもない。

　ソルは従僕たちの力を己が意思によって行使することを躊躇(ためら)わない分、その結果起こったことのすべての責任は自分にあることを当然としている。

　マークやアランを殺したのは、確かにルーナの力だろう。だがその力を行使した意思はソルのものであり、「誰(だれ)がマークとアランを殺したのか？」と問われれば、躊躇(ちゅうちょ)なくソルは「僕(ぼく)だ」と答える。ことの深刻さには天と地ほどの差があるといえるかもしれないが、その本質はなにも変わらない。

　だからソルはジュリアに関してだけは、許しを得るのはジュリア本人のみではなく、その婚約者(こんやくしゃ)であるセフィラスからも必要だと本気で思っているのだ。

　その昔から融通(ゆうずう)の利かないソルの様子を目にして、ジュリアは少し呆れたように笑ってしまう。「大したことじゃない」とか、「その程度で」という言葉を使っていいのは被害を受けた側だけであり、第三者はもちろん加害者本人が言うことではないと、昔から変わらずそう信じているソルは「かわんないなあ」と思うのだ。

なんの力も持たなかった幼少期。能力を授かってからの少年期。そして今や、ソルが黙れと言えば、この大陸の誰もが黙る立場になってなお変わらぬソルの在り方を目にすると、ジュリアはわりと本気でほっとする。

まあそんな余裕があるのも、ジュリアがすでにある方面においては、ソルよりもずっと大人になってしまっているからではあるのだろうけれど。

よってここで優しい言葉をかければソルがもっと気にするであろうことくらいは、長い付き合いだからこそジュリアもわかっている。ゆえにここは溜息一つで済ませておき、今後ことあるごとに反論不能のいじりネタで使うくらいがちょうどいい落としどころだろうと判断しているのだ。

「主殿！　そしてリィン様、ジュリア様、フレデリカ様、エリザ様。そんなつもりはなかったのです、誠に申し訳ございませんでした！」

交わすべき会話が一通り終わり、気まずい沈黙が場を支配するその直前。

4人を受け止めた水球をソルのもとへと移動させながら自分たちは姿を消していた全竜

と妖精王が転移でソルの眼前に顕れ、頭（こうべ）を垂れて渾身（こんしん）の謝罪を敢行（かんこう）している。

ルーナにしてみれば冗談（じょうだん）ごとではすまない。

従僕たる己（おのれ）が主の厳命を自ら破り、自分自身のことであればまだしも「主が大切にしている方々」を全裸（そう）にしてしまった事実は重い。しかもその理由が主の歓心（かんしん）を得ようとしてのやらかしともなれば、誠心誠意の謝罪以外に取りうる手段などなにもありはしない。

そして己が剛力（ごうりき）を頼（たよ）り、矜持（きょうじ）を重んずる竜種であればこそ「謝（あやま）って済むことと、すまないことが厳然と存在する」こともまた当然としている。

よって言葉だけではなく、実利によって誠意を示すこともまた謝罪には重要なことを、あるいはルーナこそが誰よりも理解しているのだ。

「うわぁ……」

その結果としてソルをしてそうとしか言葉に出来ず、最近は全竜と妖精王という規格外がやらかすことにも慣れつつあると錯覚（さっかく）していたリィンたちを、絶句させる光景が展開されることになったのだ。

分身体のルーナは今ソルの目の前で頭を下げている。

でありながら沖合の水面下から巨大な魔創義躰（アストラル）が、その口に巨大な大海蛇（シー・サーペント）を咥（くわ）えて浮上（ふじょう）してきているのだ。

魔創義躰に咥えられて確実に絶命しているであろう大海蛇の巨躯（きょく）は、禁忌領域（タブ・テリトリー）の主たちをすら遥かに凌駕（りょうが）している。必要に応じてその数も大きさも変えるルーナの魔創義躰は過去最高の巨大さを以（もっ）て顕現（けんげん）しており、間違いなく大陸の沿岸部からもその咢（あぎと）に捉（とら）えた獲物（えもの）と共に視認（しにん）されているであろうことは疑う余地もない。

単独（ソロ）で大海蛇を狩（か）ったらしいルーナの分身体が魔導光（エフェクト）に包まれっぱなしということは、ただ大きいだけではなくレベルが三桁（けた）に至ったルーナであっても成長（レベル・アップ）がしばらく継続（けいぞく）するほどに強大な魔物（モンスター）であったのも確かだ。

ガウェインの手にかかれば、まず間違（まちが）いなく『固有№武装』をすら凌駕する超兵器（ちょうへいき）が創り出されることになるだろう。

「サンテシェセルの大海蛇は大変美味（おい）しいので、その……これはせめてものお詫（わ）びとして狩ってまいりました」

だがルーナが慌ててこの大海蛇を狩ってきたのは、己が知るうちでもっとも美味な獲物であったがゆえらしい。

竜（りゅう）の真躰（アウゴエイデス）としての味覚が人間にも適用されるかどうかは甚（はなは）だ疑わしいが、分身体（人化）としての美味を理解しつつあるルーナの判断であればある程度信用することも出来るだろう。

実際のところも魔石や魔導武装、魔導具（アイテム）となる魔物素材のみならず、一部の魔物はその肉や内臓の美味（うま）さでも知られており、冒険者（ぼうけんしゃ）ギルドでの依頼（クエスト）の中にはそういったいわゆる『魔物食材』の確保を目的としているものも存在している。とくに小型魔物の希少種（レア）や唯一種（ユニーク）などが、人にとってとびきりの美味である傾向（けいこう）が強い。

初級魔物とされている『角兎（つのうさぎ）』の白化個体などがその代表例であり、最もおいしく料理出来る方法を名前にされて『煮込白兎（ラグ・ラパン）』などと呼称（こしょう）されている。一流料理店の肉主菜（メイン）にも並ぶことなどほとんどなく、実際は王侯（おうこう）貴族専用の贅沢（ぜいたく）食と言った方がより正確だろう。

とはいえソルから与（あた）えられた力を以て魔物を狩り、その肉を料理することにリィンやジュリアはある程度慣れている。かつての『黒虎（ブラック・タイガー）』のように冒険者として特に金に困っていなければ、売り飛ばして臨時収入にするよりも自分たちでその美味を味わおうとする者は意外と多く、そのために行きつけの店の料理長と仲良くなる冒険者も少なくない。

とはいえ今ルーナが申し訳なさそうに提供してくれている『大海蛇』など、料理したことはもちろん食べたことすらもない希少食材である。

思えば禁忌領域の主や魔大陸の魔神（まじん）らの中にも、喰（く）えば旨（うま）い魔物がいるかもしれない。

ソルの異相空間の中で劣化（れっか）もしていない肉が大量に確保されている以上、確かにこの休暇（きゅうか）を利用してこの千年、人が誰も口にしたことのない魔物料理に挑戦（ちょうせん）するのもアリだろう。

実際、冒険者時代に何度か経験しているリィンとジュリア、王族としてかなりの頻度（ひんど）口にしてきたフレデリカなどはその美味を思い出して反応してしまっている。エリザは最近食べている料理の時点ですでにとんでもない美味しさだと思っているので、魔物食材の魅力にはいまいち反応出来ない様子である。

「ルーナ、今回の件については僕が決められることじゃないよ……」

だが申し訳なさそうにも聞こえるソルのその言葉に、傍から見ていてもそれとわかるほど、ルーナの身体が強張る。

ソルとても役得な部分は多く、「そんなに気にするな」と言ってやりたい思いもあるとはいえ、まかり間違っても「見た側」、つまりは得をした側がそんなことを言えるはずもない。

「気にしてないよルーナちゃん」

「顔を上げてくださいルーナ様」

「大丈夫です、ルーナさん」

「ソルもルーナちゃん連れてホントに謝りに行ったりしなくていいからね～」

ソルのその言葉を聞いて、涙目で許しを乞うべき相手であるリィン、フレデリカ、エリザ、ジュリアを見つめたルーナに対して、その全員が即座に許しを与える。

最強でありながらも庇護欲を掻き立てる可憐な儚さも備えているのは反則だと思わなく

もないが、少々間抜けだったとはいえ強引にでもソルを「見てしまった立場」にしてしまえたのはジュリア以外の女性陣にとっては僥倖とも言えるのだ。

よってルーナとアイナノアを許すことによって、ソルに申し訳なさを感じさせつつも一旦手打ちと出来るのは望むところなのである。

3者3様に、ジュリアとセフィラスの2人には申し訳ないとは思っているのだが。

「……忝い」

即答で許しを与えてくれたリィンたちに、改めて深々と頭を下げるルーナである。

ソルがその許しの言葉を聞いてほっとした表情を浮かべたこともあり、本気で安堵して感謝しているのだ。

「それにこれすごいんだよソル君。ソル君も一緒に空で海水浴しようよ」

「それは抗い難い提案だね」

「♪～」

一方、下手人の一人である妖精王はお気楽そうである。

まあ初手の大波で水着が脱げてしまっていた以上、アイナノアのやったことといえば4人を宙高く打ち上げた後にキャッチしただけとも言える。それが無ければソルが見ることもなかったとも言えるのだが。

どうあれ謝罪を受け入れた結果、自分たちの得た利害とソルの罪悪感もある程度は払拭出来ていることも考えればそれは大した問題ではない。なによりもその妖精王が可能としている、海水浴をしながら宙に浮かぶという贅沢な遊びには魅力があり過ぎる。

となればここからは平和裏に、皆で普通では出来ない真夏のリゾート島での休暇を満喫することこそがいちばん正解だろう。

フレデリカとしては自らが目論んでいたよりも、大幅にソルとの関係を進めることに成功しているのは間違いない。多少の「後ろめたさ」や「気拙さ」というものは、その使い方さえ間違えなければ適度な加速材にもなり得る要素ともいえる。

そしてそれを十全に活かすのであれば、陽の光が降り注ぐ日中は健全この上なくはしゃいで過ごすのが最も効果的だろう。常夏の島とはいえ、夜ともなれば当然日は落ち、演出次第で蟲の音と波の音が満ちる淫靡な空気を孕んだものとも出来るのだ。

ルーナが提供してくれた大海蛇がどうかは不明だが、古来蛇のごとく長い蛇行型の魚類の肉は、精がつくものだとされている。実際はどうであれ、そういった話を振りつつ大海蛇の料理を振舞えば、偽薬効果などにも期待出来るかもしれない。

もちろんお酒の力を借りることにも、躊躇するつもりなどない。

要はソルをその気にさせてしまいさえすれば、フレデリカたちの勝利なのだから。

だが取りようによっては上手くいきすぎているこの状況に、フレデリカですらも油断してしまっていたのかもしれない。一旦は完全に「後ろめたさ」や「気拙さ」を払拭するために、努めて明るく健康的に振舞おうと意気込んだ結果、自分たちの今の状況をうっかり失念してしまったのだ。

普通であればまず、脱げてどこかに行ってしまっている水着をまずは捜して身に着けることを忘れることなどありえないだろう。だが妖精王による水の水着の出来があまりにもよく、そうなる直前に全裸を見られているためにそれによる羞恥も落差によって麻痺してしまっていたのが良くなかった。

その結果。

落ちかけた日が海面と空を鮮やかなオレンジ色に染め上げ、まだ暑いにも拘わらず日中からの落差で、どこか涼しさを感じさせる夏の宵待刻に再び悲劇は起こることになった。

遊び疲れたソルと４人の女性、２体の怪物たちが「今日は愉しかったですね」だとか「宙に浮かびながら水にも浮かんでいるって不思議な感覚だよね」などとはしゃぎつつ、沈みゆく夕日の美しさに見惚れながら心地よい脱力感と熱にふわふわしている最中。

「さて。今日はもう引き上げて、ルーナが獲ってくれた大海蛇を料理しようか」

とソルが宣言し、それに各々が笑顔で応えていく中。

「♪～」

今日の遊びは終わりだと理解した妖精王が、己が常時行使していた魔法を解除したのだ。

つまり水の水着は当然そのすべてがただの海水へと戻り、一日の終わり夕日に染まった己が裸体を再びソルに晒すことになったのである。

ソルたちがそんな平和な休暇の日々をしばらく楽しんだ数日後の夜。

大陸東岸の全域で、この千年無かった規模の地震が発生することとなる。

千年前に地に墜ち、海に沈んでいた古の魔大陸が浮上するのだ。

第三章『折衝』

ソルたちの休暇兼、対魔人種への待機が始まってから10日目。

さすがにスティーヴとガウェインはすでに王都へ帰還している。

ソルたちもここでの暮らしをこのまま続けていたら、あまりの贅沢さと快適さにダメになってしまうんじゃないかなと不安になり始めた頃。

突然それは始まった。

フォル・メンテラ諸島すべての定期的な鳴動。これが地震であるならば、大陸部も含んだ周辺一帯が同じ状況になって然るべきだが、そうはなっていない。

日を経るごとにその発生間隔が短くなり、最近では日に何度も発生しているその鳴動は、大陸部にある観光都市サン・ジェルクでは一切発生していないのだ。

フォル・メンテラ諸島を高級リゾート地として突出した存在に押し上げた要素の一つである海中レジャー。

それは他ではけして見ることが出来ない、魔力が結晶化しているらしい島の基部を、ダイビング等で愉しめることで圧倒的な支持を得ていた。その魔力結晶は仄かな熱を帯びており、サンテシェセルの水温を余所より温かくしている要因ともなってもいる。

その島を支えている基部に無数の罅が入り崩落を始めていることを、ソルたちは鳴動が始まったその日のうちに確認している。

浮遊島群が外在魔力の枯渇を原因として海に墜ちて以来、千年もの間深海に沈みゆかずに島として成立させてきた、魔導支柱ともいうべきものが失われつつあるということだ。

それはとりもなおさず、現在フォル・メンテラ諸島と呼称されているかつて魔大陸の一部であった浮遊島群が外在魔力を吸収し、本来の姿を取り戻そうとしているからに他ならない。

墜ちた浮遊島群たちは今、再び空へと還らんとしているのだ。

鳴動が始まってから5日目を迎えている現在、鳴動はすでに常態化している。

海中からは魔導支柱が崩壊する濁った破砕音と共に膨大量の気泡が発生し、本来は透明度が高く美しい海面は、まるで沸騰しているかのような様相を呈するまでに至っている。

まさに天変地異の先触れのような、常ならざる事態そのものというやつである。

だがその間にソルたちは『大陸会議』の決定として観光都市サン・ジェルクのみならず、大陸東海岸沿岸部の全都市に対して避難勧告を発令、内陸部国家の協力を得て住民たちの退避（たいひ）をほぼ完了（かんりょう）させている。

　つまり後顧（こうこ）の憂（うれ）いがない状況をすでに構築出来ているのだ。

　だからこそまさに今、海中からの耳を劈（つんざ）くような崩壊音と共にフォル・メンテラ諸島すべてが海面から浮（う）かび上がり始め、その衝撃（しょうげき）で豪奢（ごうしゃ）な別荘（べっそう）群が次々と崩壊していく中であっても、「おぉ!?」などと気の抜（ぬ）けた感嘆（かんたん）を以（もっ）て眺（なが）めていられるのだ。

　普通の人間であれば真面（まとも）に立っていられない状況ではあるものの、今のソルたちのレベルがもたらす身体能力からすればなんということもない。

　だが千年間、普通の島のふりをしていた浮遊島たちが再び本来の姿を取り戻してゆくその様子は、大陸側の都市にまだ人が残っていれば感嘆、あるいは恐怖（きょうふ）の声を発さずにはいられないだろう程のものである。

　全ての浮遊島たちは再浮上の際、膨大量の海水と砕（くだ）けた魔導支柱の欠片（かけら）も共に浮かび上がらせている。それらは晴天の太陽光を乱反射させ、島と島を繋（つな）ぐようにして無数の虹を発生させていた。

　大小様々な大きさに砕け散った魔導支柱の欠片たちは澄（す）んだ音を立てて弾（はじ）けるとともに魔力へと還り、その際に多彩（たさい）な魔導粒子（りゅうし）を発しては消えてゆく。高度が上がるにつれて島の浮遊力の支配から逃（のが）れ始めた膨大量の海水がまるで滝（たき）のようになって海上へ戻らんとするが、その過程で水滴（すいてき）となって広大な領域へ広がって無数の虹を発生させている。

その中心部付近でそれらの幻想的（げんそうてき）な光景に見惚（みと）れているソルたちがいる『サン・ジェルクの涙（なみだ）』島の前へ、巨大（きょだい）質量が転移してきた。それは元々『魔大陸』で攻防兼用（こうぼうけんよう）の空中要塞（ようさい）の役目を担（にな）っていた浮遊島群の中でも最も巨大なもの。

つまりはアムネスフィア皇国北部に墜ちていた、今では蜂起（ほうき）した魔人種たちの本拠地（ほんきょち）となっている大浮遊島だ。

巨大質量の転移に伴（ともな）う魔導兆候に反応し、全竜（ルーナ）と妖精王（アイナノア）は速（すみ）やかに戦闘（せんとう）態勢に移行して構えている。それに比べてその2体を統べるモノ（ソル）本人は、わりと呑気（のんき）に「島が空中に浮かぶばかりか転移してくる」という非現実的な光景に対して感嘆の声を上げているというお気楽さ。それ以外のメンバーたちは、さすがにびっくりして声も出せない状況である。

その転移してきた浮遊島の先端（せんたん）で突如（とつじょ）として強い魔導光が発せられ、それがかなりの速度でソルたちの前まで移動してきた。

その光の正体は、たった一体の魔人種。

名はクリード・インヴィワース。千年前は魔王（まおう）側近の一人であり、『竜殺し』の通り名（エリアス）を持つ『魔神』の一柱。『妖精王』の解放によって再び世に満ちた外在魔力（アウター）の恩恵（おんけい）である程度は往年の力を取り戻し、人類に対して宣戦を布告した残存の魔人種たちを束ねる者。

それがソルたちの前に、向こうから姿を顕したのだ。

魔族（まぞく）。

それは魔人種（ディヴィニアン）に対するもっとも一般的（いっぱんてき）な蔑称（べっしょう）である。だがその魔族とやらは表向きには今の時代、存在していないことになっている。『勇者救世譚（クズィファアブラ）』で語（騙）られる邪竜（じゃりゅう）ルーンヴェムト・ナクトフェリアとの最終決戦を前に、『魔王』を頂点とした魔族は一体残らずその拠点（きょてん）ごと『勇者』に滅（ほろ）ぼされたことになっているからだ。

もっともそれが真実ではないことを、ソルはもう知っている。

淫魔（サキュバス）と接敵（エンカウント）し、ルーナがそれを生きたまま喰らった際に、『聖教会』が魔人種たちを使役（しえき）していることをすでに確認しているからだ。だからこそ『聖戦（オラトリオ・タングラム）』終結後、『聖教会』において魔人種を管理していた『奇跡認定局（プロディギウム）』と『逸失技術局（ロストテクノ・ラボ）』をイシュリー教皇代理の直轄（ちょっかつ）とし、今もなお調査と拘束を続けているのである。

だが事がここに至ってもなお支配者階級（エスタブリッシュメント）以外の市井（しせい）で暮らす多くの人々は、墜ちた浮遊島に魔族たちが終結し、人に対して宣戦を布告したことを知らされてすらいない。

しかしながらその宣戦布告が示す通り、亜人種(デミ・ヒューム)や獣人種(セリアンスロープ)とは違い、魔人種――魔族は人にとっての明確な敵性存在だった。

伝承で語られてはいても、現代ではそれがどこに存在していたのかすらも明確ではない、魔族の拠点である魔(ま)大陸。その地を支配して人類と敵対し、この大陸に過去存在した国家をいくつも滅ぼした忌(い)むべき怨敵(おんてき)。魔物(モンスター)とは違い、人語を理解し対話が可能にもかかわらず――いやだからこそ人とはけして相容(あいい)れることが出来なかった、魔導生物として進化した人の似姿。

それこそが魔人種が人から魔族と呼ばれ、怖(おそ)れと蔑(さげす)みが綯交(ないま)ぜになった感情を向けられる所以(ゆえん)だろう。

似て非なる強者に対して、人という種族(弱者)は恐怖と嫌悪を抱(いだ)かざるを得なかったのだ。

いくつかの種族や個体によって差はあるとはいえ、魔導生物である魔人種はみな例外なく強力な魔導器官(オルガナ)――外在魔力(アウター)を吸収するための専用器官を有している。

魔眼や角、あるいは翼(つばさ)や尻尾(しっぽ)といった魔人種が持つ多様な魔導器官。

それらは妖精族(エルフ)をはじめとした亜人種(デミ・ヒューム)や、魔獣(まじゅう)と混ざったことによって生まれた獣人種(セリアンスロープ)すらも超越(ちょうえつ)し、人のカタチを保ったまま究極の魔導生物である『竜種(りゅうしゅ)』に並ぼうとしたがゆえに似通ってしまったモノか。

なかでも『魔眼』は『竜眼』に似て朱殷に染まり、それのみが種族や個体によって千差万別な魔族の魔導器官において、ただひとつの共通項となっている。

「お初にお目にかかります、今代の『岐神』であり我ら魔人種の生き残りの恩人でもあるソル・ロック様。私は一時的に魔人種を代表する立場に在る古き者、クリード・インヴィワースと申します。この度は御身にお願いしたい儀があり、罷り越しました」

だが今ソルの前で跪き、頭を垂れている魔神――クリード・インヴィワースと名乗った20代後半から30代前半に見える精悍な男には、それらの特徴を身体のどこにも確認することが出来ない。

酷薄な表情こそが似合うであろう端整な顔には能面のような笑みを浮かべており、右目は常に閉じられていて開いているのは左目片眼だけ。その頭には魔族であれば必ずあるはずの角はなく、背に翼もなければ尻尾もない。

丁寧に撫でつけられた灰銀の髪や呪印一つ刻まれていないすべらかな肌、身に着けている上品な司祭平服も相まって、一見しただけでは美形の神父さんだとしか思えない容貌をしている。

ただ一つだけ魔人種の特徴を示しているのは、左目片眼だけの朱殷の瞳のみ。

「貴様、『竜殺し』か」

だがその魔人種らしからぬ魔人種の男に、珍しくルーナが驚いた様子を見せた。

「ルーナ、この魔人種のことを知ってるの？」

「はい。純粋な戦闘力だけで言えば、魔王と並ぶとまで言われていた『魔神』の一柱です。『竜殺し』の通り名を持ち、実際に地竜とはいえ何体かを殺されております」

ソルの問いに返ってきたルーナの答えは、思っていたよりもとんでもない内容だった。

基本的に人間より長命とはいえ、最大の長命種である竜種や妖精族と並んで千年以上を生きる魔人種は特殊個体である。

それらの個体は俗に『魔神』などと呼ばれ、魔王と並んで人の世に仇なす最悪の存在として、神話や英雄譚には「悪役」の代名詞の如く何度も登場している。

ルーナが反応するということは本当に『勇者救世譚』の時代から生きている個体ということであり、竜種をすら殺せるというその実力は、魔王と並ぶと称されるのも当然だろう。

魔人種として突出した実力者であることの証明に『竜殺し』の通り名を冠されるということが、竜種が持つとんでもない強さを証明しているとも言えるだろう。

強大な敵を倒した者が英雄とされる点については、人も魔人種も変わらない。竜とはその種に害をなす存在の中で、最強最大のものとして扱われることが常なのだ。だからこそ人であれ魔人種であれ、『竜殺し』は尊敬と畏怖の対象とされるのだから。

「これはまた懐かしい響きですね。恥知らずにも生き存えております、全竜ルーンヴェムト・ナクトフェリア様」

だがルーナの評に対して穏やかに苦笑して見せるその様子は、数千年を生き、竜とも伍する『魔神』の一柱にはとても見えない。そもそも平然と浮遊を使いこなせる強さを持ちながらもソルを空中から見下ろすことなく地に降り、膝を屈して平伏していること自体、「力を取り戻した魔族」のイメージからは程遠い。

「なんじゃそのザマは。いや、我とて他者のことを言えぬのだが」

それほどの大物に対して一目見ただけではルーナが気付けなかったのは、そのあまりにも変わり果てた姿とソルに対する態度ゆえだろう。

ルーナが知る『竜殺しの魔神』とは額に第三の魔眼を有し、頭には巨大な二本の山羊角、背には三対六翼の魔翼を生やし、大蛇のごとき尾を持つ禍々しきヒトガタであって、今目の前で跪いているような弱々しい存在ではなかったのだ。強力な魔人種個体にとって服とは己の魔力が変じたモノであり、揺らめくその戦闘形態は目にしただけで弱者を竦ませるに十分にたる威を内包してもいた。ある意味では裸族とも言える「魔人種の強個体」が、人間の服を纏っているというだけでも全竜たるルーナにはしっくりこない。

気に入らねば竜種と敵対することも辞さず、その上で生き残ってみせている強者だった者が、今はその見る影(かげ)もないとくれば、それも当然のことなのかもしれない。

「私の魔導器官は千年前にほとんどが砕かれました。残っているのはこの左眼(ひだりめ)だけですね」

まるで感情の籠(こも)っていないように聞こえる、事実だけを告げるクリードのその言葉にはどれだけのものが込(こ)められているのか。

そうでありながら、今に至るまでの千年を聖教会に従ったクリードには、そうするだけの理由が確かに在るはずなのだ。ただ生き存えるためだけに、同族のほとんどを滅ぼされた上で千年の屈辱(くつじょく)に耐(た)えることなど出来はしまい。

そしてソルにはその理由に思い当たる節がある。

ソルが初めて接触(せっしょく)した魔人種であったあの淫魔(サキュバス)は、確かにこう言ったのだ。「もう一度我(わ)が王に逢(あ)うまでは」と。

そして魔人種たちが言う「我(わ)が王」――虚(うつ)ろとなった魔王が今なおどこかに存在していることをソルは確信している。プレイヤー最大の能力とさえいえるかもしれない最初の『召喚(しょうかん)』の際、選択肢(せんたくし)として『虚ろの魔王』の手札(カード)が間違いなく存在していたがゆえに。

「……僕にお願いって、なんですか?」

だからこそソルは、クリードと名乗った魔人種に確認する。

『封印されし邪竜(ルーナ)』を選び、『囚われの妖精王(アイナノア)』を解放したソル(自分)に魔人種たちが望むのは、ソルの力を以て彼らの主である『虚ろの魔王』を取り戻すことであるのを僅かに期待して。

もしもそうであるならば、当然ソルに否やなどあろうはずもない。

クリードにわざわざお願いなどされなくとも、もとよりソルは自らの意志でそうするつもりだったのだ。それだけで魔人種たちと友好的になれるというのであれば願ってもないことだと言える。

だが――

「はい。我々魔人種がこれから行う『復讐』を、黙認していただけませんか？」

恭しくクリードが述べた言葉は、ソルのその淡い期待を裏切る内容だった。

とはいえソルとしてもそのお願いは充分に理解出来るし、予想していたことでもある。

弱者の立場に堕とされた魔人種たちが、千年間強いられていた己らの立場に対するなんらかの落とし前。その決着をつけなければ、強者に返り咲いた魔人種と弱者に戻った人類が、いきなりはい仲良しといくはずなどないのは当然だろうとソルもまた思うのだ。

「あの、ソル様」

「うん、この手の話はフレデリカに任せるよ」

「ありがとうございます」

だがソルはそのあたりの判断はフレデリカを筆頭とした、組織を統べることに長けている者たちにほとんど丸投げしている。

先日『大陸会議』によって亜人種（デミ・ヒューム）、獣人種（セリアンスロープ）も含めた今後の在り方がある程度固まっている現状、この場ではフレデリカが人間側の折衝役（せっしょうやく）となることは妥当（だとう）だと言える。

だからこそフレデリカから声を上げ、ソルもそれを承認（しょうにん）したのだ。

それに大前提として相手が少々先走っているとはいえ、自分たちの復讐を実行する前にソルに「お願い」という形で確認を取りに来ている。

つまり充分に交渉（こうしょう）の余地はあるということでもある。

その余地すらないのであれば、少なくとも浮遊島の復活と同時に一方的に人の国家群へ戦闘を仕掛（しか）ければいいだけだったのだから。

「その『復讐』の対象をお聞きしても？」

ゆえにフレデリカは落ち着いて確認を行う。

この質問をフレデリカがするという意味を正しく汲（く）み取ることが出来れば、人の側にクリードの言う「復讐」に応じる準備があることを理解出来るだろう。

実際、亜人種、獣人種に対して度を超（こ）えた狼藉（ろうぜき）を働いていた者たちは貴賤貧富（きせんひんぷ）、老楽男女を問わずにすでに拘束されている。またソルからの直接の指示で、イシュリー教皇代理が魔人種に復讐されるに足る聖教会内の人物の特定を進めてもいる。

なにもソルは度を超えてやらかしていた者たちまで、己が力を以て助命しようなどとは思っていない。

　ヒトデナシかどうかはその人種――人、亜人種、獣人種、魔人種などではなく、自らの意思によって成された所業によって定められる。

　そしてヒトデナシとされた者は、人が生きる世界からは退場するべきなのだ。

　過ち（あやま）ではなく自らの意思によって度を超えた所業を働いた者に、更生（こうせい）の機会など必要ない。された側は取り返しがつかないのに、やった側にだけそんな機会が与えられるべきだというのは、少なくともソルにとっては寝言（ねごと）にしか聞こえない。現時点でソルの力に縋（すが）り、期待する者たちには、その考えを徹底（てってい）させることはすでに共有されている。

「エメリア王国以外のすべてですね」

　だがクリードが静かな声で答えた内容は、フレデリカの望みとはかけ離（はな）れてはいながら、予想通りでもあるものだった。

　歴史から魔人種が誇（ほこ）り高い種族であることを学んでいるフレデリカにしてみれば、力を取り戻した彼らがその復讐対象を「人類全体」に設定するであろうことは、ある程度予測がついていたのだ。

　そもそも如何（いか）にソルの承認を得たとはいえ、クリード（魔人種）がフレデリカ（人）を折衝相手として認めていることですら驚愕に値する。加えてエメリア王国のみを例外とするという譲歩を見せていることもまた、フレデリカが知識として知る魔人種たちであればありえないことだと断言出来る。

つまりそれらの事実の裏を返せば、それだけソル・ロックという今代の岐神を、魔人種たちが脅威視しているということに他ならないとも言える。

「具体的な内容は？」

「滅ぼします」

「エメリア王国だけは見逃してくださる、ということですか。ですが私たちは先日『大陸会議』なるものを行い、国際ルールを共有したばかりなのですが」

それにこの交渉が成立しているということ自体、相手が問答無用というつもりではないことを明示しているのは間違いない。つまりこれは折衝においての定石である、最初に難しい条件を突き付けているだけだと判断することも出来る。

相手にまともに交渉する気があるのであれば、ここからお互いの本当に通したい条件を着地点とするべく、あらゆる手札を駆使して駆け引きが行われることになるのだ。

だが今はそんな定石がまるで通用しない世界になっていることもまた、フレデリカは重々承知している。

先日の『大陸会議』が一瞬（いっしゅん）で決着したように、絶対者（ソル）に「じゃあそれでいいよ」と言わせることさえ出来れば、それがどれだけ常軌（じょうき）を逸（いっ）した内容であっても通ってしまうのだ。

その厳然たる事実をソルの側に侍（はべ）り、ある意味においては十全に利用していると言えるフレデリカこそが一番理解している。

だからこそ油断することなく、現在人の社会は絶対者（ソル）の庇護下に入っていることをクリードに伝えたのだ。

「存じ上げております。ですが私どもで確認した限り、ソル様たちが各国の安全を保障するという具体的な条約は存在しておりません」

だがクリードはそんなことは百も承知だとでも言わんばかりに、涼しい顔で答える。

フレデリカも表情に出しこそはしないが、確かに痛いところを突かれている。なによりクリードがここまで正確に大陸会議の内容を把握（はあく）しているということは、魔人種と内通している国家が少なからず存在するという示唆（しさ）でもある。

要はそこまで義理立てして守らねばならぬほど、人の国家群は結束出来てなどいないとクリードは言い放っているのだ。

クリードの言う通り、確かに『大陸会議』でソル一党が約束したのは新たな法の順守と引き換（か）えに莫大（ばくだい）な利益を得るための協力をすることであって、会議の参加国を外敵から保護するという条項は盛り込まれていない。ソル一党が参加国家と敵対しないことと、その国家における迷宮、魔物支配領域の解放に協力することを明言しているのみなのだ。

つまり魔人種が各国家に復讐戦を仕掛けたとて、ソル一党が防衛する義務などないということでもある。

もっとも『プレイヤー』の恩恵を受けて迷宮、魔物支配領域の攻略戦力が整ってさえいれば、人の国家連合とて力を取り戻した魔人種と伍することも充分に可能だろう。だが当然今の時点ではそんなことは望むべくもない。

ソル一党抜きで今戦えば、人の国家群は一方的に蹂躙される未来しか残されてはいないのだ。

「それにソル様がならぬと仰る方々はすべて除外いたします。具体的にはイステカリオ帝国の皇室や、イシュリー教皇代理猊下とその関係者あたりですね。それ以外でもソル様とかかわりを持っていらっしゃる方々であれば、細心の注意を以て復讐の対象から外します」

それらの事実を前提として、加えてクリードはそうも明言する。

人類全体を復讐対象とするかわり、ソルと関わりのある人間は無条件にその対象から外す。敢えてこういう言い方をするということは、その対象が直接復讐するに足ることをしていた当人だとて例外はないということだろう。

けしてソルを脅しているわけでもなく、言葉通り「お願い」をしているのだと、間違いなく下から示しているのだ。

「それ以外は鏖殺するということですか？」

「はい」

でありながらもクリードの答えには淀みがない。

どれだけ規格外の力を持っているとはいえ、一個人としてのソルはそこまで並外れた人脈を形成しているわけではない。それこそ大国の王族、皇族などと比べるべくもなく、エメリア王国一国が除外対象にされている時点で、それ以外の知人など3桁にも届かない。というよりも例えばソルが各国千人の除外枠を求めても、クリードは即決で了承するだろう。

数こそ違えど今クリードたちが生き残っているのは、千年前に人が魔人種を同じように選別した結果なのだ。人という種の大部分を処分出来るのであれば、ソルが選んだ数万人が生き残ることなど問題にもしない。

それは一度は弱者に堕した自分たちが今からしようとしていることを考えれば甘いとしか言えないだろうが、強者であっても最強ならざる現状の魔人種としては、そうせざるを得ないといったところだろう。

力を持つ者、強者の都合で本来は滅びるべき弱者が生き存えるのは、ある意味においては理にかなっているとも言えるのだから。

「私たちは現在、ソル様の指示で魔人種、亜人種、獣人種に対して直接度を超えた行為を行っていた者たちの拘束を進めております。もちろん魔人種の方々からも直接情報をいただいた上で調査を行い、その結果次第では拘束対象といたします。その者たちをどう扱うかについて、我々『解放者』と『大陸会議』は関与致しません」

フレデリカとて魔人種たちの怒りは理解出来る。

魔人種に殺されて当然のことをしでかした連中は自業を自得すればいいとも思っている。同族だというだけで無条件に助命嘆願するつもりなどソルと同じくありはしないのだ。なによりもそれはソルの方針でもあるし、フレデリカ個人としても異論などない。

これは法だのなんだのの話ではない。

ゆえに存命のクズ共は復讐を望む者たちに引き渡す用意を進めており、それを彼らがどう扱おうが関与しないということを明言する。

「拷問しようが、殺そうが好きにせよ、と？」

「私たちは一切関与致しません」

少し意外そうな表情を浮かべたクリードが具体的な内容を明言しての確認に対しても、

フレデリカの表情も答えも揺らぐことはない。

ソル一党は人だけを優遇する訳でもなければ、正義だの権利だのという夢想を実現するべく邁進する夢見がち集団でもないのだ。

あくまでもソルが潤滑に迷宮、魔物支配領域の攻略を進められる状況を整えることが第一であり、そのカタチが一つに定められているわけではない。

たまたまフレデリカがソルと最初期に知り合うことが出来たがゆえに、その理想を前提として動いているだけに過ぎない。

魔人種を奴隷扱いしていた当事者共の命で千年の怒りを贖えるのであれば、ソルたちにとっては正直、それを差し出すことを躊躇う理由などどこにもない。

正直に言えば、安いものに過ぎないのである。

「――たったそれだけで、我ら千年の恥辱が雪がれるとでも？」

「それは――」

だが凄むわけでもなく、淡々とクリードがそんなものではまるで足りないと答える。

確かに千年の時を生きたクリードや、千体前後の生き残りの魔人種たちにしてみればそうなのかもしれない。人の何世代にもわたって与え続けられてきた屈辱は、当代を血祭りにあげるだけでは到底贖えないというのも理解出来なくはない。

だが理解出来なくもないどまりなのだ。

フレデリカはそんな悲惨な経験をしたことがないからこそ、想像するしかない。だからこそ答えあぐねてしまった。

「一度弱者に堕したからには、強者がどう振舞おうとも文句を言う資格などないことなど承知しております。我ら魔人種が生き存えるために自ら膝を屈したのですから、どのような屈辱も己が弱さ故と受け入れるべきであるということも。しかし――」

そんなフレデリカに対して、特に激昂するでもなくクリードが言葉を続ける。

「今再び、彼我の力関係は入れ替わりました」

強者と弱者は千年の時を経て逆転した。いや元に戻った。

それが自助努力の結果ではなくソルのおかげであるとしても、それは間違いない事実だ。

「千年前に皆殺しにされた者たちは、弱いからそうされたに過ぎない。殺されてしまえば復讐など出来はしない。それはこの世界の理です」

そして魔人種が弱者となった千年前、人が彼らに強いた事実を述べる。

そこに嘘などは存在しない。たしかに千年前、人はほとんどの魔人種を殺し尽くしたのだ。

「――ですが我々は生き存えました」

そう、クリードを含む千体前後だけを、自分たちの便利な道具として確保した以外は。
どれだけ便利であり、美しい奴隷であり、支配する自信があったとしても。千年後に今日のような日が来ることを真に畏れるのであれば、確実に根切にしておくべきだったのだ。
そうしなかった人類が、千年を耐え抜いた魔人種に復讐されるのはまさに自業自得だとしか言えない。

「そしてどういう理由であれ強者に返り咲いたからには、私たちに復讐をしないという選択肢はありえません。千年前の貴女たちの祖先が私たちに対してやったことを、そのままやり返したとて、それのなにが悪いというのですか？」

なにも悪くはない。

強者が弱者に対してどう振舞ったところで、それを悪だと言い放てるのは、あくまでも強者の側にいる変わり者だけだ。

人が喰うために買い育て殺す家畜たちや、害獣と称して一方的に駆除する獣や魔物たちの生きる権利や矜持など、ほとんどの者が考えもしないように。つまりそんなシロモノは本来、弱肉強食の世界には存在し得ないのだ。おめでたい人の脳内以外には。

そして今ここで求められているのは、そんな歪んだ正しさなどではない。

正当な復讐を否定したいのであれば、それを止め得るだけの力を示すしか手段などない。

その力のカタチが暴力であれ、言葉であれ、止め得るのであればそれは間違いなく力と呼べるモノだろう。

「では――」

そしてフレデリカには、その絶対的な力を振りかざす許可が与えられている。

クリードがお願いに来ているということは、ソルの力を背景に復讐は認められないとされたら従うしかないという表明でもあるのだ。事実、クリードはそう明言している。

ソルがならぬという対象を人すべてに適用されても、それに従うとすでに言っているのだから。

だからこそフレデリカは正しく虎の威を借る狐として、現代に生きる多くの人から見れば理不尽でしかない復讐を止める言葉を発さんとしている。

だがこれは大きな借りとなる。

クリードは魔人種の代表としてここまでの怒りを人に対して持ちながら、ソルの意思に従って復讐の実行を堪えるという形になるからだ。

今後ソルの下で発展していく世界において、人は魔人種に対して常に一定の譲歩を強いられることを受け入れざるを得ないだろう。

クリードとしては初めからこの落としどころとするために「お願い」に現れたのであろ

うが、フレデリカとしてはこれを最上の着地点とするしかない状況とも言える。

「フレデリカ」

だが復讐を強制的に止めることによってある意味では負けとなる発言を、ソルが止める。

基本的にソルとしてはフレデリカがそう判断したのであればそれでいいと考えているが、今の一連のやり取りで「魔人種が正当な復讐をソルの力の前に我慢する」という着地点に納得いきかねたのだ。

それにフレデリカの立ち位置、役どころは「いつ暴走するか判らない絶対者を制御することが可能」というのが理想であり、それを立証するためにはまずはソルが暴走してみせる必要がある。

だからソルはそうすることに決めたのだ。

「正直僕は迷宮や魔物支配領域、最終的には『塔』の攻略が出来ればそれでいいんです。極論を言えば、僕の知らない人たちがどうなってもあまり気になりません。ですからエメリア王国と僕の知人たちの無事を約束してくれるというのであれば、基本的に害はありません。その上で魔人種たちも協力してくれるというのであれば、プラスですらある。大事なものを踏みにじった者、踏みにじらんとする者はその係累に及ぶまで許せない、というのは理解出来なくもないですし」

まずソルが「魔人種の復讐を認めない」という大前提を否定する。

「――では」

「だから好きにすればいいですよ。そのかわり僕も好きにします」

「それはどういう？」

「貴方たちが取り戻した力で、ただ現代を懸命に生きている人たちをも蹂躙するというならばやればいい。それを完全に防ぐ手段など僕は持ち合わせていないけど、殺すのは魔人種たちであって僕じゃない。だけど手が届く限りにおいては防げるだけ防がせてもらいます」

話し合いで我慢してもらうのではなく、やるならご自由に。

ただしこちらも可能な限りそれを防ぐ行動を取ると明言する。

とはいえ直接対峙した魔人種であればソルたちは圧倒出来るだろうが、転移すら可能な復活した浮遊島群を、千体前後現存する魔人種たちが一斉に運用すれば、さすがに完封することは不可能だ。

だが力を持つ者の義務などという寝言に囚われるつもりもなく、人の世界に被害が出るのはあくまでも魔人種の正当な復讐によるもので、自分たちのせいなどとは思わないとも付け加えている。

これはフレデリカが進めていた、大前提として魔人種と友好的でありたいというスタンスを根底から覆す、明確な敵対宣言だと見做すことも出来る。

それをソルはクリードと同じように、特に激昂するでもなく淡々と言い放ったのだ。

「――我々の復讐が、間違っているからですか？」

落としどころとしていた大前提を覆されたクリードが、はじめて表情らしいものを浮かべながらそう問う。だがその表情は焦りというよりも、どこかおもしろがっているようにも見える。

「自分の命を賭してでもやろうとしていることに対する、他人からの正しい正しくないなんて、あまり意味を成さないでしょう？」

ソル個人の考えで言うならば、無駄に主語を大きくして復讐対象を無限拡大することを正しいなどとは思っていない。

悪意を向けてきた者に対して己が力で可能なだけの報復をすることは是とするが、それはあくまでもその個人に対してであって、その個人が属する組織や国家、はてはその種族にまで拡大するつもりなどありはしないのだ。

だが魔人種たちの復讐を否定もしない。

そんなことは無駄だとか、殺された魔人種たちも生き残った者たちには幸せに生きて欲しいと思っているんじゃないかなどという、ありふれたおためごかしを口にすることもない。自分が言われたとしたら、間違いなく激昂するか笑い飛ばすかしかないからだ。

ソル自身がそう口にしたとおり、己が全てをかけてでも成さんとしていることに、他者から言われる正誤など、それほど意味を持たないだろうと考えているがゆえに。

「ところで僕は――フィオナさんという恩人を、魔人種に殺されています」

そして自分が魔人種たちと敵対する理由は、理不尽な復讐を認められないがゆえではないと告げる。魔人種たちが自身の価値観で人全体へ復讐することを是とするのであれば、己にも魔人種たち全体を鏖にするあなた方と同等の正当な理由がありますよ、と。

「直接それをやった淫魔はすでに殺しています。ですが魔人種たちの考え方がそうであり、それに従って人を鏖殺せんとするのであれば、僕もそれに倣って遠慮はしません」

魔人種たちの復讐を否定しない。だがそれに倣って自らの復讐も断行する。

そこには被害者の人数も、関係性も、期間の長さも関係ない。

あの淫魔が旧聖教会にそうすることを強いられていたのだとしても、強いた者どもにもまたそれを適用するのみだ。

つまりソルが本気でその考え方を実行するのであれば、魔人種のみならず人もまた、ソルという復讐者が滅びを与える対象に含めてしまえるのだ。同族というだけでは、除外する理由にはなり得ない。人が人を殺すことなど、特に珍しい世界でもないのだ。

己にとって大切なものを踏みにじられたという事実ただその一点を以(もっ)て、それを行った種族全体を復讐対象とすることを是とする。魔人種たちの「お願い」を認めるということは、そういうことだと宣言したのだ。

「僕の知り合いを殺したという理由で、魔人種を根切にします。その結果として人への復讐を最小限にとどめることになっても、それはただの結果にしか過ぎませんね」

どこか面白(おもしろ)そうにしているクリードと違い、ソルは結構本気でそう思っている。

これでクリードが折れずに折衝(せっしょう)を続けるようであれば、問答を打ち切って即座(そくざ)にその方向で動き出そうと思っている程度には。

それにソルは魔人種を『プレイヤー』での育成対象にすることを諦(あきら)めたわけではない。

クリードを皮切りに、相対した魔人種たちを殴(なぐ)り倒して『隷属(れいぞく)』させていけばいいだけだからだ。単純な話、ここでクリードを隷属させてしまえば、そこからの指示で魔人種の大部分を戦わずして降伏(こうふく)させることも可能だろうと考えている。

力を取り戻したとて魔導器官の大半を失った『魔神(まじん)』一体程度、全竜(ぜんりゅう)と妖精王(ようせい)を擁(よう)し、固有No.(ナンバーズ)武装を駆使するリィンたちもいてくれる現状、自分たちが勝てないなどとは全く考えてもいない。

己が剛力(ごうりき)のみを信奉(しんぽう)する者同士が対峙するというのは、そういうことなのだ。

『――貴様の負けじゃなあ、クリードよ』

だが静かに戦意を漂わせ始めたソルに対して、どこか気の抜けた可愛らしい声が、どこからともなく一方的に敗北を宣言する。

「私のせいにしないでくださいよ、この粗い台本を組んだのは魔王様ではありませんか」

そしてその言葉を否定するつもりはクリードにはないらしい。それどころか肩を竦めながら、この敗北は自分のせいではないとまで言い放った。

「――魔王様？」

その言葉の中に無視しかねる単語が含まれていたことを、ソルが聞きとがめる。

『阿呆、あっさりバラすなそういうことは。まー尤も最初から見抜かれておるようでは、話にならぬことは確かだがなぁ』

そのソルの言葉に答えるかのように、跪いたままのクリードの懐から小さな影が這い出てきて、その肩へと「うんしょ、うんしょ」とばかりに上ってふんぞり返って見せた。

それは可愛らしい人形。

輝くような銀髪と、大きな赤い瞳。小さいながらも豪奢な漆黒のドレスに包まれたその小躯には、可愛らしくも強大な魔人種であることを示す魔導器官――山羊角、魔翼、尻尾がすべて備わっている。

えらく手の込んだ高級品であることは素人目にも明らかだが、精巧、美しいというよりも可愛らしさに全振りしているような、それこそ小さい女の子がプレゼントされたら目を輝かせて喜びそうな仕上がりである。

それが小動物かの如くナチュラルに動いている様子は、見ようによっては不気味かもしれない。

「偉そうにふんぞり返っていらっしゃるところ申し訳ありませんが、この場をどう収められるおつもりですか？　私が言うのもなんですが、魔王様の台本通りに演じた私は岐神の尻尾を完全に踏み抜き、結果として全竜の逆鱗に思いっきり触れていますが」

どうやら人形ではあってもクリードより立場が上であることは間違いないらしく、溜息をつきつつこの場をどう収めるのかを問うクリードである。

実際、ソルよりもその脇に控える全竜はすでに完全に戦闘態勢へ移行しており、ソルの指示あればすぐにでもクリードを無力化しようと構えているのだ。

クリードの『竜殺し』の通り名は伊達ではない。

ルーナ自身も認めたように地竜とは言え竜種を倒していることは事実であり、現存する魔人種たちの中では最強であることも間違いないだろう。

だがそれは千年前、ほとんどの魔導器官を失う前の話だ。

よしんば現状のクリードが千年前と同じ力を取り戻していたと仮定しても、相手は地竜程度ではなく全竜（ルーナ）である。たとえ真躰（アウゴエイデス）ではなくその分身体であるとはいえ、魔神一柱でどうにか出来る相手ではないのだ。

『忠竜殿（どの）は本気でおかんむりのようだが、その主殿（あるじどの）は半分演技じゃろう。のう？』

だがクリードの肩でふんぞり返っている人形はからからと笑いとばす。

今の全竜（ルーナ）がソルに忠実であると見抜いており、その主の許可なく暴れることはないと確信しているがゆえの余裕（よゆう）だ。

そしてソルの本心が、クリードと交（か）わしたその言葉ほど好戦的ではないこともまた見抜いている。だからこそこのタイミングで介入（かいにゅう）してきたのだろう。

「なんでこうも回りくどい接触をしてきたかは、もちろん聞かせてもらえるんですよね？」

その絶妙（ぜつみょう）なタイミングよりも、ふんぞり返って偉そうに話す可愛らしい人形を前にして毒気を抜かれたソルが、溜息をつきつつそう答える。

「その前に下手な折衝を仕掛けたことをお詫（わ）び致します、岐神殿（どの）。申し訳ありませんでした。また敵対の意思を表に出したにもかかわらず、我らと未（いま）だ会話を続けてくださっていること、心より感謝いたします」

そのソルに対して、与えられた役から解放されたクリードが、ソルに対して真摯（しんし）に謝罪の言葉をまず述べる。

確かに事前にソルのことを調べているのであれば、敵対した者には容赦（ようしゃ）ないことは嫌（いや）というほど理解出来ているだろう。

リィンとジュリアに害意を仄（ほの）めかしただけの大手クラン『百手巨神（ヘカトンケイル）』のハンス・オッカム以下のパーティーは容赦なく再起不能に追い込まれているし、幼馴染（おさななじみ）であり同じパーティーだったにもかかわらず、マークとアランはあっさり殺されてさえいる。

人形の言葉を疑うわけではないが、謝（あやま）るべきは先にきちんと謝っておこうと判断するのは当然のことだと言えよう。

「きちんと会話でお願いされたことに対して、僕がダメだと答えただけですからね。その上で魔人種（あなた）たちがどうするのかは、まだ答えてもらっていませんでしたし」

だがソルとしてみればクリードはあくまでも「お願い」として条件を並べたにすぎず、ソルがダメだと言えばそれに従うということも明言していた。つまりまだ敵対には至っていないという判断なのだ。

さすがにソルの宣言に対する答え次第（しだい）では明確な敵対となった可能性はあるのだが、そのタイミングで魔王とやらが全面降伏してみせたのだ。

そういう意味では魔王——可愛らしい人形にしか見えないが——が組んだ台本はそう悪

いものではなかったと言えるのかもしれない。「次はない」と独り言のように漏らした全竜の一言に、『竜殺し』ばかりか魔王と呼ばれた人形も一瞬固まったとしてもだ。伝説の全竜と妖精王を統べるモノを相手にしながら、どうあれ次に繋げたことそれ自体が僥倖であることは確かなのだから。

「ところでこの人形が『虚ろの魔王』という認識で間違いないのかな?」

『ある意味そうじゃな。儂は『魔王アルシュナ』の精神体と、その依代となっている『アルシュナちゃん人形』じゃ。御身の言う『虚ろの魔王』とはその名の通り、精神体を抜かれた魔王の真躰のことを指しておる』

ソルの疑問に人形が答え、ソルがため息をつく。

ソル自身も回りくどいと感じたし、役を演じたクリードが雑と評した台本は、魔王が置かれている状況に起因しているのだろうと察したのだ。

『お察しの通りじゃ。一つは我が真躰を取り戻して欲しい。もう一つは儂らが御身に従属したとて、すでに魔大陸は儂らの制御下にはない。最悪儂の真躰もナニモノカに操られておる可能性もある。力を取り戻した『魔族』が今の人の世界に復讐をした形にならぬよう、御身らの力でそれを止めてはもらえまいか』

そんなソルの様子を確認して、アルシュナちゃん人形がからからと笑う。

確かに可能であれば、ソルに対して一定の優位を確保しておきたいという想いはあったのだろう。だがそれが叶わぬと判断すれば、即座に駆け引きを放棄する判断をした魔王である。

ソルはそんな潔さは嫌いではないし、『虚ろの魔王』の真躰を手に入れることも、生き残りの魔人種たちの意思に寄らぬ、いわば妖精王の復活に対して仕込まれた罠とも言える魔大陸による人類社会への攻撃を防ぐこともまた己が意に沿っている。

確かに魔王が危惧する通り、再浮上した魔大陸が人の世界に被害を及ぼせば、現存する魔人種たちと人との敵対は決定的なものとなるだろう。

ソルの為人など読み切れているはずもない魔人種側にしてみれば、まずはその被害そのものを正当化するべく折衝を仕掛けたのは、そう悪い手とも言えまい。

岐神がその実力で人の世界を黙らせるのも、あるいは魔大陸の再浮上に伴う脅威をすべて排除してくれるのも、魔人種たちにとってはどちらでもよかったのだ。一番避けねばならないのは、面倒くさいからと千体程度の魔人種など根切にしてしまえばよい、と判断されてしまうことだったのである。

そういう意味においては、ソルのある種の苛烈さを見抜けていなかった魔王の台本のせいで、もう少しで最悪の結論へ至ってしまうところであったのだとも言えるのだが。

一方、ソルとしてみれば魔人種たちをあらゆる意味で保護するだけで、魔王の中の人と生き残った魔人種たちを味方に出来るのであれば、アルシュナちゃん人形とやらの願いをかなえることは願ったり叶ったりである。

それにソルは『魔大陸』の正体を知った時から、己の本拠地をその天空の大地にすることを決めていたのだ。その管理を任せるのであれば、最も『魔大陸』に詳しい魔人種たちを凌ぐ適任などいるはずもない。

加えてすでに人に対して宣戦を布告している魔人種たちを、ソル一党がその力を以て膝下に組み伏せ、従わせたという事実はフレデリカたちの大陸支配を盤石なものとするにはかなり効果的である。

現在進行している『魔大陸』の復活も、その規模によっては『聖戦』をも凌ぐソルたちのデモンストレーションともなり得る。

アルシュナちゃん人形はそこまで見据えて、あえて聖戦後のタイミングで人に対する宣戦布告を行ったことは間違いないだろう。

ソルにしてみれば今のところ脳筋ばかりであった自らが統べるべき怪物たちに、知恵者が加わるのは望むところでもある。フレデリカの苦労もかなり減らせるだろうし。

「具体的に、僕たちはなにをどうすればいいのかな？」

とにもかくにも魔王とその側近との折衝が、双方折り合いのつく着地点へと至れた以上、ソルとしては自分のすべきこと、魔王側に期待されていることを明確にしておきたい。そのためにはまだるっこしいことなど言っていないで、直接魔王にそれを聞けばいいだけだ。

『まずは魔大陸が再浮上する正確な時間をお伝えする。それによって発生する自然災害――具体的には大暴風と大津波による大陸東沿岸部の崩壊――を止めていただきたい』

アルシュナちゃん人形としても、ここで勿体ぶる必要などどこにもありはしない。

魔人種ゆえに把握可能な正確な魔大陸の再浮上日時と、それだけで発生するであろう自然災害を未然――は不可能なので、対症療法として防いでもらいたいのだと簡潔に答える。

その可愛らしい人形がどこか緊張して見えるのは、その具体的な内容を先送りにしたことにより、「そんなこと出来るわけがないだろう！」と、ソルに先の決着を反故にされることを恐れているからかもしれない。確かにそうなることを警戒するに足る、不可能ごとを言っている自覚があるということでもある。

「そうか……大陸と呼ばれるほどの大地が深海から浮上すれば、当然そういう自然災害は発生するよね」

「確かに……」

だがソルの表情は、口にしているそのいかにも難しそうな言葉に反してどこかお気楽に響く。その傍でソルの言葉を首肯している大国の第一王女も、不可能ごとを押し付けられたことに対する憤りなどを感じることは出来ず、なぜかどこか寂しそうな表情を浮かべているだけだ。

「うん、わかった。それは僕たちでなんとかするよ。今回リィンたちはこの期に乗じて起こるかもしれない騒乱に備えて、エメリア王国をはじめとした要所で待機してもらうことになると思う」

「……うん」

「……承知致しました」

だがもっと緊張を孕んだ沈黙が続くかと思っていたアルシュナちゃん人形とクリードが思わずずっこけてしまいそうになるほど、あっさりとソルはその不可能ごととしか思えぬ難行の実行を了承した。

幼馴染と大国の第一王女が寂しそうにしているのは、さすがにそんな大事には自分たちでは戦力になれないと判断出来ているからであり、それをソル本人から告げられてしまったので、しょんぼりしてしまっているに過ぎないらしい。

つまりソル陣営は、誰一人として魔人種側からの無理難題を、そうだとはとらえていないということである。全竜や妖精王といった怪物の一体たちであればともかく、『プレイヤー』の恩恵を受けているとはいえ、ただの人間に過ぎない者たちに至るまでもだ。

それも自分たちには出来っこないと理解した上で、ソルであればこともなげにやってしまうだろうと全面的な信頼を寄せている。

「あたかも児戯に過ぎないといわんばかりに受けられてしまいましたね……」

『だなぁ……』

その様子にさすがにアルシュナちゃん人形とクリードはドン引きしているが、無理もない。2体とも外在魔力がまだ枯渇していた『聖戦』時には眠りについており、旧支配者たちによって引き起こされた『滅日』からの、妖精王による世界の修繕を自らの目で見ることが出来ていなかったのだから。

「いやまあ、つい最近それどころではない天変地異をあっさり防いでくれた妖精王がいるので、まず大丈夫だろうなって」

そう言って笑うソルに、リィンやフレデリカ、ジュリアやエリザも笑っている。

実際に世界が修繕されてゆく様を目の当たりにした者たちにとっては、未曾有の台風や大津波程度を、妖精王が防げないなどとは露ほども思えないのである。

わかっているのかいないのか、妖精王は機嫌のよさそうな音を発しているが、その方面については役に立てない全竜は少し不満そうである。

「――で、その次は？」

笑いを収めてそう聞くソルに気負ったところはどこにもなく、本気で「大陸級の大地が海中から浮上する」ことによる災害程度であれば完封出来ると確信しているらしい。

「魔大陸がこの千年、少しずつ蓄(たくわ)えていたであろう魔物生物兵器群と、千年前から温存されていた4体の『魔神機』による侵攻軍(しんこうぐん)の殲滅(せんめつ)、となります」

さすがに二の句が継(つ)げなくなっているアルシュナちゃん人形に代わって、『竜殺し』とまで言われたクリードが少々以上に上ずった声で次を告げる。

これもまた本来であれば『勇者』と『神殻外装』でもなければ、人にはどうしようもないはずのお願いである。

外在魔力がほとんど失われていたこの千年間とはいえ、海中深くで直接竜脈から魔力を吸い上げて生産し続けていたであろう『魔物兵器』の総数など、アルシュナちゃん人形やクリードにも正直予想などつきかねる。

「魔神機？」

「我は聞いたことがあります。魔王軍の虎の子、当時魔王軍最強と謳(うた)われていたそこの『竜殺し』も含めた四天王の力を模し、匹敵(ひってき)するほどの力を持った巨大(きょだい)魔物兵器たちですね」

ソルが聞きなれない単語に反応を示し、それに対して千年前を知るルーナが端的に答える。その内容はおおむね間違っていないので、クリードは黙って首肯した。

「それはルーナに任せていいよね？」

「空と海を埋めるほどの軍勢だとて、一体たりとも防衛線を越えさせはしません」

「だそうです」

だがその強さを理解した上で、全竜もその主もまるで問題視していない。

いや問題視どころか、自然災害ではなく明確な敵が相手であれば自分が役に立てると純粋に喜んでいるに過ぎないのだ、ルーナは。

「魔王様。全竜殿と一当てしてみたいとか、調子に乗って申し訳ありませんでした」

『な、だから言うたじゃろ？　岐神とそれが統べるモノたちは怪物ばかりなのじゃ』

その様子をみて、『竜殺し』の通り名を持つクリードが、己の思い上がりを猛省し、それを主であるアルシュナちゃん人形が指摘をしつつも容認している。

「貴女もその一体だからこそ、そう言っているのでしょう？……」

『バレたか』

内心ではもう少し有利に折衝を進められると思っていた両者は、あえておどけた調子で自分たちも「怪物たちを統べるモノ」の従僕のうちであることをわりと露骨に表明する。

「……ふーん」

　ソルがその会話を受けて、なにかに感心したような声を発している。

　その一方ではその隠し切れていない焦りこそをよしとしたものか、全竜が先刻から遠慮なく発していた威をあっさりと収めてみせた。最初の忠実なる従僕、一体目に統べられた怪物としては、主に恭順することを示した後輩に対して狭量であるわけにはいかないのだろう。

『そこまでやっていただければ、儂とこのクリードが魔大陸の中枢を制圧し、岐神殿たちが自由に使えるように取り戻す算段じゃ』

「それはありがたいな。たしかにかつて魔大陸を治めていた貴女にお願いするのが一番うまく制御出来そうですしね」

　ソル自身はそのあたりの従僕同士の機微にはいまいちピンと来てはいないが、内心胸をなでおろしているアルシュナちゃん人形がこの機を逃すことなく実務的な話へともっていった。

　それにあっさり乗って嬉しそうにしているソルを見ながら、まだしも怪物同士の駆け引きを理解出来ている女性陣もまた胸をなでおろしている。

　なかでもフレデリカは、今後ソルが統べることになるあらゆる怪物たちと可能な限り友好的に付き合っていくためには、やはり最優先で全竜――ルーナという真名を持つ、人にとっては邪竜ルーンヴェムト・ナクトフェリアとの関係を維持しなければならないと再認識していた。

『うむ、任されよ。それと――』

「それと？」

『もしも魔大陸に儂の真躰が封じられているのであれば、出来れば取り戻したい。そのためにはおそらく――いや間違いなく岐神殿のお力が必要となるはずじゃ。協力をお願いしてもよろしかろうか？』

それに加え、アルシュナちゃん人形としても絶対に外せないであろう望み――ルーナと同じく、己が真躰を取り戻すことを実現するため、最も重要な要素となる岐神の協力を要請する。

それはソルもまた、手札の一つ――『虚ろの魔王』を己が統べる怪物の一体として手に入れることを望んでいると確信しての言である。

「それは当然、僕も望むところだからね。貴女も僕がそうなることを知っているみたいだし、そのあたりは気が向いたら聞かせてくれると嬉しいかな」

『あ……』

「なんて言いつつ、わざとでしょ」

だがそのことを、ソルも先刻に気が付いていた。

あの『召喚（しょうかん）』の場にいたルーナであればまだしも、アルシュナちゃん人形——『虚ろの魔王』は、あの時のソルの選択（せんたく）を前提とした情報をもっているはずがない。

にもかかわらず、自らの真躰が『虚ろの魔王』と呼称（こしょう）されていることを知り、自らもまた岐神に統べられるべき怪物の一体なのだと口に出来るということは、別口で『プレイヤー』の存在、ある意味においてはこの世界における「神様の仕組み」とでもいうべきモノを知っているということに他ならない。そしてそれをソルに告げ、対価として支払（しはら）うことも厭（いと）わないということでもあるのだ。

だからこそソルは先刻、感心したような言葉を口にしたのである。

『ぬう。それについてはいずれ必ず話そう。だからこそ、儂の真躰を取り戻すことには協力して欲しい。たとえナニモノカに、儂の真躰が操られておったとしても』

「初の対『手札』戦もあり得るってことね。まあ2対1だし、なんとかなるでしょ」

自分たちの仕込みとはいえ、あっさりそれに気付いて理解しているソルに対する認識を、アルシュナちゃん人形とクリードは今一度改めている。その評価はけして全竜と妖精王という大駒（おおごま）を、完全に支配下に置いて使役（しえき）出来ていることだけではなかった。

なんなら人であれば「神様の奇跡」だとして思考停止してしまうのが当然な事態に対しても、なんらかの仕組み、理があることを前提に可能な限り情報を収集しようとする姿勢によるものの方が大きい。

そんなソルと魔人種の主従の様子を確認し、ルーナとアイナノアはなぜか誰よりも鼻高々でご満悦な様子である。従僕としては自分たちが従っているからではなく、主が主自身の資質を以て、新たな従僕たちから高く評価されることは何物にも代えがたい愉悦であるらしい。

かくしてソルたちは魔人種たちを味方にするべく、『魔大陸』の復活に相対することになったのである。

第四章　『魔大陸浮上』

The boy who rules the monsters

『魔大陸』

同じ人型であり言語も理解し、意思疎通（そつう）が可能であるにも拘（かかわ）らず明確な人類の『敵』であった魔人種（ディヴィニアン）たちが支配していたと伝えられている不可知の領域。

現在ではその存在を誰一人（だれひとり）確認（かくにん）出来ていない、幻（まぼろし）の大地。

千年前——偽書（ぎしょ）『勇者救世譚（クズィフファアブラ）』にて騙（かた）られる時代。

亜人種（デミ・ヒューム）や獣人種（セリアンスロープ）と比べてもその個体数は極端（きょくたん）に少ない代わりに、圧倒的（あっとうてき）な個々の戦闘力（せんとうりょく）を以て「数の暴力」を駆使（くし）する人類と互角（ごかく）以上にわたり合っていた、人型生命体における最上位種だったのが魔人種である。

だが如何（いか）に外在魔力（アウター）が世界に満ち、それを自在に駆使出来る魔導生物である魔人種であっても、それだけでは圧倒的な数の力に抗（あらが）うには足りなかったはずだ。事実、魔人種ほどではなくとも、同じ魔導器官（オルガナ）を持つ魔導生物である亜人種や獣人種たちは千年前であっても人の優位を許し、じりじりと己（おの）が版図を削（けず）り取られて行っていたのだから。

竜種や強大な魔物たちの脅威があってなお、人型生命体の中では頭一つ抜けた勢力を誇り、魔導器官を持たないにも拘らず人類こそが『大魔導期』を謳歌していたことに対する謎、疑問はまだまだ山積している。

数などが力になり得ないはずの世界でありながら、そこにしか人類の優位点を見出すことが出来ないことこそがその最たるものだろう。

とはいえ、魔人種がどうあれ隆盛を誇っていた人類の天敵であれたのは、彼らの本拠地であった『魔大陸』の存在が大きい。

なんとなれば、『魔大陸』とは浮遊する大地であったからだ。

天空に浮遊し、『魔王』の意思に従って自在にその位置も高度も変える。必要に応じて天候すら操り、時に嵐を纏って人の脆弱な「航空戦力」を蹂躙する。『魔大陸』の各地に複数存在する魔物湧出点からは地上の魔物など比べ物にならない強さを誇る飛行系の魔物が定期的に湧出し、弱い地上の生物を獲物として襲い掛かる。

なによりも人よりも進んだ『魔導技術』を駆使して創り出される魔物を素体とした『魔物兵器』の数々が、人との圧倒的な数の差を覆すほどの戦力を成立させていたのだ。

ましてや基本的にすべての魔人種が飛行能力を有していることに対し、人の身で『浮遊』や『飛翔』、それらを凌駕する『転移』を使いこなせる能力者の数はごく限られていた。

つまり魔人種は好きなタイミングで人の領域を蹂躙し、いざ不利となったら『魔大陸』へ逃（に）げかえればそれでよかったのだ。

それでも『大魔導期（エラ・グランマギカ）』を謳歌し、世界の支配者を自認（じにん）していた「驕（おご）れる種族」である人類は、『魔大陸』をもその手に入れんと幾度（いくど）も『神敵必滅（ひつめつ）』を掲（かか）げて攻（せ）め入っていた。

『聖教会』が発動する『聖戦（オラトリオ・タングラム）』とはもともと魔人種に対する人の宣戦布告の際に用いられていたものだ。『勇者』という称号（しょうごう）もまた、本来は『魔大陸』への侵攻（しんこう）が少数精鋭（せいえい）にならざるを得ないために、厳選されたパーティーのリーダーに与（あた）えられるものだったのだ。

その時代の出来事は、『勇者救世譚』と同じく、その展開と結末を人類に都合のいいように改変されたうえで、いくつもの『御伽噺（おとぎばなし）』や『神話』として今にも伝えられている。

人類の正当性と魔人種の悪辣（あくらつ）さ、残虐（ざんぎゃく）さを強調するためにこそ語（騙）られるその内容は、最終的に人類が勝利こそすれ凄惨（せいさん）なものが多い。

攫（さら）われた王女や聖女が悍（おぞ）ましい魔物と合成させられ、人の手によってそれを討（う）たねばならなかったという悲劇。殺されたはずの勇者パーティーの仲間、剣聖（けんせい）や賢者（けんじゃ）が洗脳や動死体化を経て、元の仲間たちに襲い掛かるという痛ましい展開。

時には勇者すらも魔人種の傀儡（かいらい）となり、人の敵となった話さえ存在する。

それらは大げさに書かれてはいれども、すべて事実なのだ。

その上実際は一方的に嬲り殺され、地上の国家のいくつかが消滅するまでに至った惨劇こそが本当の結末である話も多いのだから、なおさら救いようがない。

だからこそ人は幾世代を経てた今でもなお、本能的に魔人種を『魔族』と呼び、亜人――人から派生した存在だとは決して認めないのかもしれない。

だがそんな人の思惑がどうあれ、当時の魔人種にとって脅威となるのは上位存在である竜種や、魔人種を排除対象とみなしていた『妖精王』程度であり、それすらも魔人種から進んで手を出さねば向こうから『魔大陸』へ攻めあがってくるということもなかった。

つまり千年前、魔人種は強者側であったのだ。

にもかかわらず人に敗れ、弱者へと堕した。そうなってしまった理由はともかく、千年前の魔人種たちの強さを支えた柱の一柱が浮遊大陸である『魔大陸』であったことを疑う余地はない。

今、千年の時を経て、それが再び浮上しようとしているのだ。

大陸東部湾岸線。

この大陸において四大強国に数えられている大経済圏『ポセイニア東沿岸都市連盟』の主要都市国家は湾岸地域に集中しており、巨大な港湾都市の連なりと言っても過言ではない。

素朴な海岸線などほとんど存在せず、大型船でも入港可能なように最高水準の技術を以て人の手が入った人口の港の連なり。その景観は内陸部の下手な王都、王城などよりも、よほど人の力が自然を如何様にでも改変出来るのだという奇妙な万能感を感じさせるものだ。

だが常であれば昼夜を問わず入出港を繰り返す貿易船のおかげで、冒険者たちの好む夜街に劣らぬほどに眠らない港町の多くは今、ともすれば建設以来、初めての無人状態となっている。

時間帯は深夜を少し回ったところ。

今宵は綺麗な月夜で充分に明るいとはいえ、一隻の船もなければ人の出入りもなく、かなりの高度から見ても湾岸線一帯に一切人工的な灯が燈っていないのは不気味でしかない。まるで一夜にして住人すべてが消えてしまったという、神話に語られる『呪われた街』も斯くやという様子なのである。

だが住民たちは消えてしまったわけではない。成立したばかりの汎人類連盟の主導によって、万が一に備えて内陸部へ避難しているだけだ。

通常であれば港に溢れている船たちも可能な限り南部の港へと避難し、それが不可能なものは陸揚げされてすべてドックに収納されている。

本来であればそんなことは、たった一週間程度で実現可能なことではない。

経済的損失も考えれば、こんな風に一糸乱れぬ避難行動などは現実的ではないだろう。

だが今この大陸には、ソル・ロックという絶対者が君臨している。その指示には忠実に従う汎人類連盟、中でもポセイニア東沿岸都市連盟の執行部がこの機に良いところを見せるべく、金に糸目をつけずに徹底した避難活動を推進したことによって実現したのだ。

その結果ほとんど誰もいない状況となっているにもかかわらず、静寂に包まれているわけではない。

この一週間、断続的に続いていた鳴動は今もなお止まっていないからだ。

大陸側はまったく揺れていないにも拘らず、浮かび上がった浮遊島群から肚に響く低音と微震動を継続している。

それだけではない。

遥かな沖合では巨大質量が急速に浮上してきている影響か、上空に分厚い暗雲が垂れ込め、雷光を迸らせているのが確認出来る。

だが今それを我が目で視認出来ているのは1人と2体だけだ。

1人はソル・ロック。2体は全竜と妖精王。それら1人と2体がもっとも巨大な港湾都市の港の上に『浮遊』し、『魔大陸』の再浮上を待ち構えている。

『固有№武装』を身に着けたリィンたちでも対処出来ない敵が顕れる可能性を鑑みて、対魔大陸の戦力は『プレイヤー』とそれが支配する『怪物』2体とソルが決めたのだ。

加えて現存している魔人種たちは味方に出来たとはいえ、ソルたちの戦力が魔大陸に集中している隙をついて動く敵性勢力が皆無だとも言い切れない。万一に備えてエメリア王国、イステカリオ帝国に『固有№武装』を配置しておくのは理に適ってもいる。

リィンたちではどうしようもない敵が顕われた場合は逃げに徹し、即座にソルへ連絡することを徹底してもいる。ソルにしてみればリィンたちを犠牲にしてまで、大陸東沿岸部を守るつもりなどありはしないのだ。

「しかしまあ、なんというかこれは……」

結果、ある意味究極の少数精鋭で魔大陸再浮上に対処しようとしているソルなのだが、こうして待ち構えている自分たちの状況に、思わず呆れたような言葉を零してしまった。

「申し訳ありません、我でもこの程度であれば常時浮かすことは容易いのですが、島や大陸とまでなるとさすがに……」

主のその様子に、ルーナが申し訳なさそうにしゅんとしてしまう。だがソルが呆れたのはまったく逆の意味で、ルーナが「この程度」と言い放った対象のとんでもなさが故だ。

ルーナ曰く「この程度」とは、最大級の帆船。

すでにルーナが召喚している『魔創義躰』を背後に従えているので、遠景であれば模型のようにも見えかねないそれは、間違いなく「巨大帆船」である。

ソルとルーナ、アイナノアはクルーの誰もいないその帆船に乗った状態で、遥か上空に位置しているのだ

「いやこれでも充分とんでもないんだよルーナ。そのとんでもなさに若干引いてしまっただけで、空に浮かぶ帆船――『飛空艇』っていうのはまさに伝説のワンシーンみたいですごくいいよね」

しょんぼりしてしまったルーナに、ソルが慌ててフォローを入れる。

確かに『ソル様専用船』としてポセイニア東沿岸都市連盟から贈られた、超がつく豪華巨大帆船が空に浮かんでいる様子は勇壮というに相応しい。背後により巨大な魔創義躰を従えているその絵面は、まさに神話や伝説の一幕にしか見えないだろう。

最初はこの豪華帆船を扱いあぐねていたソルだが、今後は自分たちの旗艦としてガウェインにより『飛空艇』らしく魔改造してもらおうと決めている。ガウェインは大喜びで、

本気で海原の代わりに天空を行く飛空艇を創り上げるだろう、それはもう外連味たっぷりに。

実際にこうして浮かんでみるまでは初手で魔大陸からの魔物にぶつけてやろうかと思っていたソルである。だが実際に空を船で行く経験を経て飛空艇構想を得た今、それを実現するために大事にしようと考えを変えている。結果としてポセイニア東沿岸都市連盟は絶対者の旗艦を贈り、飛空艇構想の切っ掛けを与えたことによって大いに面目を得ることになるのだが、それはまだ少し先の話である。

微震動が先刻からだんだん大きくなってきている。

それに伴う地鳴りの低音も、そろそろ会話すら難しくなるほどに大きくなってきており、遥か沖合に発生している雷雲に走る雷光の頻度はもはや秒単位だ。まもなく『魔大陸』が深海より浮上するのだろう。

「ルーナ、アイナノア、準備は良い？」

「問題ありません」

「♪～」

世界が終わるかのような鳴動の中、ソルだけが額に汗しているが、全竜と妖精王は余裕しゃくしゃくの構えである。

彼女らにしてみれば、千年前に浮かんでいた土塊が再び浮上するからとて、それがいったい何なのだという程度の認識だろう。

だがソルからの指示で、人の創り上げた湾岸都市群に被害が及ばないようにすることは理解出来ているので、その準備に抜かりはない。

鳴動が最高潮となり、沖合の雷雲がもはや雷の塊のように変じた瞬間、それは来た。

ソルは自分なりに「大陸」なのだと意識していたが、それが遥かな沖合に突如生まれた壁の如く浮かび上がり、そこから膨大な海水を瀑布としてすべり落としながらその高度を上げていく様子にはさすがに度肝を抜かれる。

さっきまであったはずの雷雲はすべて消し飛ばされており、まずは膨大な空気の壁が爆風となって押し寄せる。それと引き換えるように海が沖合に向かって逃げるように無くなってゆく。

もはや鳴動による轟音などという域ではなく、膨大量の水――海そのものが引きずり込まれる際に発する濁流の音と、迫りくる大爆風が引き起こす妙に甲高い音が現実感を失わせる。

もしもこのままこの風圧が湾岸都市部にまで届けば、後の津波を待たずして建造物やあらゆる木々は薙ぎ倒されてしまうだろう。そしてその被害範囲は、内陸部のかなり深いところまで届くことも疑いえない。

だが——

『♪～♫～』

耳障(みみざわ)りな轟音が突如として消滅し、それを上書きするかのように『妖精王』——アイナノア・ラ・アヴァリルの言葉にはならない歌声が響く。それと同時、押し寄せる爆風は消滅することなく『妖精王』を中心に渦(うず)を巻き、その支配下に入った。

外在魔力(アウター)すら自在に操る、すべての自然現象を統(す)べる王こそが『妖精王』なのだ。

その力の前にはどれだけ膨大な質量の高速移動によって生み出された爆風といえども、そよ風を制御(せいぎょ)することとなんら変わりはない。そしてそれは一度引き、屹立(きつりつ)する壁の如く押し寄せる海水の暴威(ぼうい)——大津波とて同じことだ。

一度は静寂を取り戻(もど)したすべての海岸線に、嘘(うそ)のように彼方(かなた)まで列(つら)なる水の壁が地鳴りのような轟音と共に怒涛(どとう)の勢いで押し寄せる。

だがそれはもともと海であった線に辿(たど)り着く遥か手前から、くるくると舞(ま)う『妖精王』に合わせるようにして宙へと浮かび、その勢いをそのままに逆転した大滝(おおたき)のごとく、天に上るかのように進行方向を変えたのだ。

それらはまるで空中に生まれた大河の如く渦を巻き、やがてすべてが集まって巨大な濁流の水球と化してゆく。その巨大さは実際とは違うとはいえ、まるで地上に降りてきた月の如く常軌を逸したサイズとなってゆく。

間違いなくこの大陸のどこにいても、空を見上げれば『妖精王』が大津波で創り上げた、ゆっくりと渦巻く海水の巨大球をその目にすることが出来るほどのもの。

逆に言えばその水球にさえぎられて、その向こうに浮かび上がったはずの『魔大陸』が視認出来ないほどである。

そして地鳴りはやみ、押し寄せる波も途絶えて干からびた海岸線崖を晒すようにして静寂に包まれる。

だがもちろんこれで終わりではない。

「さて、『魔大陸』の再浮上に伴う自然災害はこれで完封出来たね。アイナノアお疲れ様」

「♪～」

「さて次が本命だ。任せるよルーナ、アイナノア」

「お任せください！」

「♪♫♬～」

全竜の転移で巨大水球を背に、『魔大陸』の見える位置に移動しているソルたちの眼前には、雲霞の如く魔大陸から飛び立ち始めた旧魔族が使役していた『魔物兵器』たちが殺到（とう）して来ている。

ソルの顔横に浮かんでいる表示枠（ひょうじわく）が捉（とら）えるその総数はとっくに万を超（こ）えており、桁（けた）をすっ飛ばすようにしてまだまだ増え続けている。これらの上陸を許せば、津波と同じ、いや間違いなくより深刻な被害を生じさせることは疑いえない。

つまり一体も残さず殲滅する必要がある。

だが全竜も妖精王も、その難行を不可能ごとだとはまるで思っていない。特に全竜はやる気満々である。

ここのところ出番がなかったと自分では思っているルーナにしてみれば、戦闘力――暴力が必要とされるこんな場面こそ、自身がソルの役に立てる最大の機会なのだから。

まず、最初に動きだしたのは『妖精王（アイナノア）』。
アイナノアが広大な海岸線に押し寄せた暴風と大海嘯（だいかいしょう）の勢いと質量をそのままに球状に保持している、あたかも地上に降りた月の如き回転している風を纏った大水球。
満天の星の光と月明かり、それら天空の輝（かがや）きを反射する海面の光を孕（はら）んだ幻想的（げんそうてき）な光景を、この水球を目にしている内陸部に避難したすべての者たちに見せつけている。その中心に俄かにエメラルドグリーンの魔導光が燈り、あっという間に巨大な水球ばかりかその周囲の空間までをも美しいその色に染め上げる。

楽し気に、踊るようにくるくる回っているアイナノアの身長よりも長いツインテールも同色の魔力の光を宿し、膨大な水と風――自然現象の集合体を己が攻撃手段へと変じさせてゆく。

「♪～♫～」

アイナノアの愛らしい唇から発される、声ならざる美しい音――旋律に合わせて、まるで生き物のように一瞬で何度もその形を変えた大水球が最終的に螺旋状にほどけ、次の瞬間に光と風と共に弾けた。

浮上した「魔大陸」から雲霞の如く押し寄せてきている、千年ぶりに目覚めた魔物兵器たちの群れ。

それらはソルたちの位置からであれば、魔物兵器たちのあまりの数ゆえに空も海も埋め尽くされて、その大部分を肉眼で捉えることが出来ないほどの大軍勢となっている。確認可能な空と海を併せても3分で、魔物兵器の黒い影が7分の状況だ。

その全域へ向かって天空に咲いた大輪の大花火の如く、エメラルドグリーンの光が殺到する。

無数の水礫を形成する核は海水、纏うは暴風。

自然湧出する魔物を素体に、人に仇為すべく凶悪な生体改造を受けた忌むべき敵へ、弾けた水と風——妖精王の魔力を宿した水礫が避けようもなく次々と着弾する。

降りしきる豪雨の水滴すべてを避けられるモノなどいないのと同じように、雲霞の如く押し寄せている魔物兵器群も、その数をはるかに凌駕する無数の水礫を躱しきることなど出来はしないのだ。

だが妖精王の水礫は、魔物兵器を砕けない。ただ着弾したところで弾け、魔物兵器の強靭な外殻を濡らすのみだ。

だが攻撃ではない、そうとは認識出来ないからこそ、万を超える数の中での上位種たちが展開した防御魔法陣であっても防ぐことは能わない。もちろん魔物たちがその身に纏う膨大なＨ．Ｐ——不可視の防護障壁も機能しない。

人が使用する防御魔法陣とて、ただの風や雨滴を防ぐことなどはしないのと同じだ。

それらの『不可視の障壁』や『魔法的防御手段』は魔力的、あるいは物理的な力を伴った『攻撃』に反応して防ぐ、弾く、もしくは反射することは可能でも、「攻撃」ならざる現象にはまるで効果を発揮しないのだ。

その仕組みを理解しているからこそ、アイナノアは暴風と大海嘯を魔法障壁などで防ごうとはせず、自然を統べる己の魔力で力の方向性を制御し、大水球とその周囲を渦巻く竜巻と化して支配下に置いたのだ。

ではアイナノアはなにを目的として、魔物兵器の群れを己が魔力を宿した水でただ濡らすだけの行動を取ったのか。それは1体ごとに数えきれないほどの水礫が着弾した結果、濡れ鼠になった魔物兵器にとある現象を引き起こすためだ。

大なり小なり、すべての魔物は魔導生物の一種であり、どの個体も等しく魔導器官を持っている。だがアイナノアの魔力が宿った水に覆われた魔物は、外在魔力を吸収するための魔導器官の機能を阻害される。

要はアイナノアの魔力による被膜に覆われた結果、外在魔力を吸収出来なくなるのだ。それと並行して魔物が持つ膨大な内在魔力を、水を介して吸収してゆく。

そうなれば先陣とばかりに雲霞の如く押し寄せてきている小型、中型の魔物兵器たちなどひとたまりもない。

魔導生物にとっての『魔力』とは生命力そのものと同義であり、それは生体改造を経て兵器として運用されていてもなにも変わらない。魔導器官を封じられて外在魔力を吸収出来なくされ、その上で内在魔力を生成量以上の速度で吸い上げられては、なすすべもなく活動を停止する――死ぬしかないのだ。

結果、魔力を吸い上げられた魔物兵器たちが当然魔力による飛行能力を喪失し、力無く次々と海へと墜ちてゆく。それらは片っ端からソル――『プレイヤー』のパーティーに倒されたのだと判定され、ソルの異相空間へと格納されていっている。

それだけではなく、ソルの視界に浮かぶ表示枠では、恐ろしいほどの速度でその桁を跳ね上げてゆく取得経験値が表示されている。万を優に超える魔物の軍勢――異常湧出暴走を1匹たりとも逃さずに狩り尽くしているのだから当然ともいえるが、さすがにその数値はとんでもなさすぎる。

「えげつないね……」

「♪～？」

呆れるというよりどこか空恐ろしくなって思わず口にしたソルの言葉がよくわからないとでもいうように、あざとく首を傾げてただただご機嫌なアイナノアである。

人の能力者がどれだけ強大な力を持っていたとしても、突如発生した上に広大な範囲に及ぶ、最初の暴風と大津波に対処することなど出来るはずもない。よしんばそれらは自然災害として受け入れるしかないとしても、浮上した『魔大陸』から溢れ出した魔物兵器の群れ、その数の暴力の前には蹂躙されるしかなかったはずだ。

それは全竜を召喚するまでのソル――『プレイヤー』の能力を以てしても覆すことなど出来はしなかった。だがそんな状況ですら、今はたった2体――『全竜』と『妖精王』が鼻歌交じりで、鎧袖一触という言葉の見本かのように駆逐していっている。

怪物たち――『封印されし邪竜』、『囚われの妖精王』、『死せる神獣』、『虚ろの魔王』、そして『呪われた勇者』。それらを統べるモノには、この世界においては、敵らしい敵であれる存在などいないのかもしれない。

無数の魔物兵器たちの『魔力』を吸い上げ尽くした『妖精王』に支配された水は自ら生き物のようにうねり、合流し、あるいはまた分かれて次の獲物へと襲い掛かる。

最初は弾け、無数の雨滴のようだった水は魔力を限界まで吸収して合流したものから水龍の如き形を取り、今度は中型以上の魔物兵器に対して明確な「攻撃」を仕掛け始めている。

一方で未だ魔物兵器から魔力を吸収出来ていない水礫は同じように外在魔力の吸収を阻害し、内在魔力を吸い上げ続けている。

弱体魔法で吸い上げた魔力を以て攻撃魔法と成し、そのコンビネーションでみるみるうちに星空とそれを反射する海面を黒く染めていた魔物兵器たちを打ち減らしてゆく。

一応は仲間たちから吸い上げられた魔力を以て自らが屠られてゆく魔物兵器たちにもし

も感情というものがあるのであれば、そのあまりの悪辣さに呪詛(じゅそ)の言葉を吐(は)き散らしていたことだろう。

そうして先陣である小型、中型の魔物兵器——いわば雑魚(ざこ)の群れはアイナノアが一掃(いっそう)した。だが小型から中型はほぼ一瞬で始末出来ていたが、大型になってくるとその殲滅(せんめつ)速度は目に見えて減速することを余儀(よぎ)なくされている。

負けはしないまでも無数の水龍と魔力吸収阻害の効果を持った水礫の組み合わせと大型魔物の戦闘(せんとう)は拮抗(きっこう)しており、アイナノアが支配する水はその総量をわかりやすく減じさせてゆく。

すでにそれだけ巨大な——ルーナの魔創義躰級(アストラルクラス)の魔物兵器しか残存していないということでもあるが、その数はソルの表示枠で確認(かくにん)するところによればまだ優に数百は存在している。

「さて次は我の番です、主殿(あるじどの)」

「あー、なるほどね。大型魔物たちは内在魔力(インナー)の保有可能総量と生成量、その双方(そうほう)が膨大過ぎて、アイナノアのこの方法だとすぐには墜とせないってことか」

「♪⤵」

どこまで理解しているものか、ソルの得心に対してアイナノアがしんなりしてしまう。

逆にアイナノアのその様子を見て、「真打登場！」とでも言いたげなルーナが薄い胸を反らせてふんぞり返る。

アイナノアとてこれで手詰まりというわけでもないのだろうが、その本質が強化と弱体、大規模外付兵装を使用しての戦闘支援能力が神髄である『妖精王』としては、対デカブツの戦闘はそこまで得意ではない。ソルがそう理解したとおり、外在魔力の吸収を阻害し内在魔力を吸い上げても、元々膨大な魔力保有量と生成量を誇る大型魔物とは相性が悪いのは確かなのだ。

どこか拗ねたような響きの旋律を以て、アイナノア自身がそれを肯定している。

「搦手など無粋！　最終的には圧倒的な暴力こそがすべてを解決します！」

「うーん、竜らしいというべきなのかな……」

ノリノリのルーナがその小躰から魔導光を噴き上げ、今までは一体だけであった『魔創義躰』を数十体現出させた。

『聖　戦』などによる膨大なレベル・アップを経た結果、ルーナはすでに『魔創義躰』の多重召喚をソルの力に頼ることなく発動可能となっている。

だがその膨大なM.P消費量は当然健在であり、多重召喚の数に応じて跳ね上がるのは自明の理だ。とんでもないレベル・アップの果てにルーナの分身体が持つM.P総量と内在魔力の生成量、スピードは桁違いのものになっているが、それでもさすがにソルの『魔力回復』に頼らねば短期決戦を強いられることになるだろう。

その事実を肯定するかの如く、『魔創義躰』たちが神速で大型魔物兵器たちへと肉薄し、無数の『竜砲』を以て片っ端から薙ぎ払い始める。敵の攻撃は慈悲なく弾き、こちらの攻撃は掠っただけでも大型魔物の保有するH．Pの大部分を消し飛ばす。

その蹂躙を目の当たりにしたソルは、ルーナは敢えて前座をアイナノアに譲ったんだろうなあと理解した。ルーナがその気であれば、間違いなく先陣の雑魚の群れなど『竜砲』の一閃で薙ぎ払えたに違いないからだ。

だがルーナはルーナで、一応の考えを持って行動している。

主の能力である『プレイヤー』がとんでもない神技をいくつも保有していることはすでに理解しているが、従僕たるものそれに頼り切っての戦闘をよしとするわけにはいかないのだ。主の助けなくば「魔力が切れちゃいました」では、『全竜』たる己としての沽券に関わるといったところである。

よって今回、初手でアイナノアに敵の魔力を吸収、保持させ、それを魔力の貯蔵庫とすることで、『魔創義躰』の多重召喚を主の力に頼ることなく維持するべく連携しているというわけだ。

その証拠というわけでもないが、アイナノアが支配する水龍は定期的に近場にいる『魔創義躰』に自ら吸収されることによって魔力補充を行っている。敵の保有量、生成量が膨大なため内在魔力を枯渇させることが出来ない無数の水礫もまた、限界まで魔力を吸い上げては水龍と化して魔力貯蔵庫としての役割を果たしている。

現在のところ、ソルは『プレイヤー』の能力を以てこの戦いに介入していない。己が統べる2体の『怪物』たちに殲滅を命じ、その趨勢を見守っているに過ぎない。

敵の外在魔力の吸収を阻害し、奪った内在魔力を我がものとして使用出来る『妖精王』。

『全竜』と『妖精王』が共に戦うことによる相乗効果とは、事程左様に凄まじいのだ。

魔力の攻撃力転換効率が他種族の追随をまるで許さない『全竜』。

ことさら自分が『プレイヤー』の能力を以て指揮や支援をしなくとも、この2体であればどんな敵でも苦もなく排除してしまいそうだとソルは思う。

事実、数百も存在していた大型魔物たちはルーナの『魔創義躰』の前に成す術を持たず、『竜砲』で薙ぎ払われ、爪で裂かれ、体当たりで砕かれてそのすべてがものの数分もたたないうちに掃滅されてしまっている。

つまりこの世界の戦闘においてその勝敗を決するのは内在、外在を問わず結局のところ『魔力』なのだ。

あらゆるものに兌換(だかん)されその効果を発揮する『魔力』を支配するモノこそがこの世界における最強だと定義するのであれば、『全竜』や『妖精王』といった『怪物』たちはまさにその一角を占(し)める存在たり得るだろう。

だが消費され失われた魔力すら瞬時(しゅんじ)に回復出来る『プレイヤー』こそが、その定義においては至高となることもまた間違いない。

無から有を生み出してこそ神なのだ。

たとえそれが久那土(くなど)からのモノであったとしても。

その自身もとんでもないレベル・アップを経たことで『プレイヤー』の基礎(きそ)能力が桁違いに向上しているソルの表示枠によれば、アイナノアが牙鼠(最弱の魔物)よりも簡単に蹴散(けち)らした魔物兵器1体1体がバジリスクなどの領域主(ボス)よりも高レベルであり、今ルーナがノリノリで殲滅した大型魔物に至っては『固有№兵装(ナンバーズ)』の素材となった『禁忌領域主(タブ・テリトリー)』たちよりも遥かに強いとされている。

――ちょっと拙(まず)いかなこれは……

プールされてゆく膨大な経験値――任意の仲間を自在にレベル・アップさせることが可能な資源(リソース)の獲得(かくとく)もさることながら、今回入手した魔物素材の山を、さてどうしたものかとソルは頭を悩(なや)ませる。

『んなもなぁ全部！　片っ端から儂(わし)のところへ!!　持ってこい!!!』

とソルの心の中のガウェインは頼(たの)もしい表情で破顔一笑(はがんいっしょう)しているが、本当に持ち込んだら最後、あの魔導兵装狂(ぐる)いのじいさまは今度こそ天に召(め)されかねない。

9つ存在する禁忌領域の領域主(ボス)をその素材とする『固有№兵装(ナンバーズ)』、その『№Ⅰ型式(モデル)：魔犬(ガルム)』から『№Ⅸ型式：九頭竜(クズリュウ)』。そのすべてを完成させるまで最低限の食事と睡眠(すいみん)しかとらず、それでもギラギラした目と楽しくて仕方がないという表情を維持したままだったのだ。

完成後、装着者たちによる試運転を確認した後はぶっ倒れて、そのまま三日三晩目を覚まさなかったのだが。

この上数百体の『禁忌領域主』級の魔物素材を届けでもした日には、本当に工房(こうぼう)にこもったまま永遠(なが)の別れになってもそこまで不思議ではないだろう。

『禁忌領域主』の魔物素材から生み出される魔導兵器の時点で、もはや剣(けん)や鎧(よろい)という『武器』の範疇(はんちゅう)を大きく逸脱(いつだつ)し、強化外骨格(パワード・スーツ)のような装着型兵装となってしまっている。使いこなすにはそれなりのレベルが要求され、今までの段階ではそれを実現出来る人数も限られていた。

だが今回、これまでとは文字通り桁違いに入手出来た経験値を振(ふ)り分ければ、現時点でのリィンやジュリア、エリザやフレデリカのレベルまで数百人を引っ張り上げることは充分に可能となってしまった。素材が揃っているだけではなくそれを使いこなせる者たちもいるとなれば、ガウェインのブレーキが完全にぶっ壊れることは想像に難くないのだ。

だがそんな心配は杞憂に終わりそうである。

なんとなれば浮上した魔大陸から巨大な四柱の光の柱が屹立したからだ。その光が薄れていくと同時、とんでもなく巨大な『魔神』たちのシルエットが明確になってゆく。

それを倒して魔物素材として得ることが出来れば、ガウェインはまずその最終形を完成させるまで夢中になることは疑いえない。あまりの対象の大きさから、出来上がるものが『天空に浮かぶ城』だとか、『星をも渡る船』だとかであってもおかしくはないだろうが。少なくとも膨大量の『固有№武装』同等品を創り上げるために不眠不休となる事態は避けられそうである。まず間違いなくソルが思いついた『飛空艇構想』を、とんでもない域で実現してくれることだろう。

「さて主殿。我の記憶が正しければ、あ奴らこそが『魔王軍』の虎の子です」

どれだけ邪悪なシルエットをしていようが、そのあまりの巨躯そのものがどこか神秘性を帯び、魔であろうが邪であろうがそれが『神』であると見る者に認識させる。

ゆえにこそ、それらは魔なる神――『魔神』と呼称されるのだ。

そんな人にとっては「抗えぬ絶対の死の象徴」のような敵を見据え、萎えるどころか戦意をみなぎらせているルーナを頼もしく感じると同時に、どこか呆れもするソルである。

いかなソルとても、こんなルーナと背後で機嫌(きげん)よさげに歌って回っているアイナノアが側にいなければ、わりと絶望的な気分になっていたんじゃないのかなあと思うのだ。

実際にその2体に守られているため、4体いる『魔神機四天王』のどれが最弱なのかなあ、などと阿呆(あほう)なことを考える余裕(よゆう)すらあるのだが。

「……主殿、試(ため)しに我を操(あやつ)ってみますか？」

「へ？」

だがこのまま『魔創義躰』で蹂躙(じゅうりん)するのかと思っていたら、冷静を装(よそお)いつつもわりと思い切った表情のルーナから提案を受けて、間抜(まぬ)けな声を出してしまったソルである。

「いえ、宗教屋(聖教会)どもとの戦闘時、羨(うらや)ましそうにされていましたよね？」

引かれたとでも思ったものか、ルーナがやや早口になっている。

確かに『聖戦』の際に顕れた偽勇者(マーク)と、彼(かれ)が操った『神殻外装』をソルが羨ましく思ったことは事実だ。確かその際にはルーナでも同じようなことが出来ると聞いたので、真躯(アウゴエイデス)を取り返したら練習しようか、みたいな会話をしていたことも覚えている。

「え？　そんなことが出来るの？」

「で、出来ます！」

だが未だ分身体のままのルーナであっても、似たようなことが可能だとは初耳だった。

というか言い出すからには可能なのであろうが、それならもっと雑魚を相手に練習させてくれないものかと思わざるを得ないソルである。

まあルーナにしてみれば、浮上した魔大陸の上に屹立する四柱の『魔神機』など雑魚に過ぎず、懐(なつ)ききっている主(ソル)に自分を好きに操ってもらう実験台としてはちょうどいい程度の認識でしかないのだが。

本当の雑魚相手であればあっという間に終わってしまってルーナが残念だし、『魔神機』が相手とはいえ死んだ『神殻外装』を操るのとは違い、ルーナの意識もしっかりあるので慣れぬ主のフォローもばっちりである。

ソルとしても、出来るのであればやってみたいという欲求は強い。

自分が指揮役に徹することこそが『プレイヤー』という能力を活(い)かすためには最も理想的だとは理解していても、己(おの)が意思、己が直接使役(しえき)する力で魔物を倒したいという望みを消し去ることなど出来はしないのだ。

理想を、効率を、完璧(かんぺき)を追求しなくていい場面であれば、なおのこと抗い難(がた)い魅力(みりょく)がある。

考え方を変えれば最初の暴風や大海嘯、その後の雲霞の如き魔物兵器の異常湧出暴走(スタンピード)であれば、ソルの不慣れがゆえにしくじれば、実際に人々に被害が及ぶ。

だがどれだけ巨大であろうともその数がたった4体ともなれば、ソルが多少しくじってもルーナとアイナノアのフォローで充分リカバリー出来るとも言えるのだ。

「今はあくまでも疑似的（ぎじてき）なものですが……最終的には主殿には我が真躰を捧（ささ）げます！」

主がわりと乗り気なことを確認出来たルーナは嬉（うれ）しくなって、ふんすとばかりに鼻息が荒（あら）くなっている。

ルーナにしてみれば合一（ルベド）した上で己が真躰を主（ソル）が好きにぶん回すところを想像すれば、『全竜』にあるまじき緩（ゆる）み切った表情にならざるを得ない。だがそれは真名（マナ）を捧げた竜種（りゅうしゅ）にとっては本能のようなモノなので、逃（のが）れようがないのだ。

どんな生物よりも強く、それゆえに猛々（たけだけ）しく誇（ほこ）り高い。

だからこそ一度懐（なつ）いた相手――真名を捧げた相手には、なにを犠牲にしてでも尽くすことこそが最大の喜びとなるのが、竜種の逆らい難い性（サガ）なのである。

「あ、ありがと？　でもどうすればいいの？」

心から嬉しそうに頬（ほお）を紅潮させ、尻尾（しっぽ）をぶんぶん振っているルーナにとりあえず礼を述べるソルである。とはいえ、ではどうすればルーナを、ルーナを介してその『魔創義躰』を操ることが出来るかなど知るはずもない。

「お任せください！　失礼します！」

「いやあの……」

故に素直に聞いたのだが、ハイテンションなルーナが取った行動は予想外が過ぎるものだった。

てっきりなんらかの魔法を発動させる、それこそ初めて『召喚』した際のように光の鎖で繋がるだとか、そういうカッコよげなものをソルとしては期待していた。魔力の糸で自身の胸の前に浮かんだ偽勇者の動きを模倣していた『神殻外装』のシステムは、ソルにとってとてもカッコよく感じられたがゆえに。

だが実際は、かなり鼻息を荒くしたルーナが、正面からソルの頭に抱き着いて抱え込むような姿勢を取ったのだ。ソルとしては「きょとん」としか出来はすまい。

あれだけの戦闘を行った直後ながらも、汗一つかいていないルーナのサラサラの肌。だがその感覚に特にソルはドキドキしたりはしない。

ドキドキしっぱなしなのはルーナの方であり、大型魔物数百体を殲滅しても平常だった鼓動は高鳴り、時間の問題で汗も滲んでくるだろう。それでもしがみつけていることが嬉しいと見えて、ルーナは笑顔のままにソルの頭をお腹のあたりに抱え込む。

「主殿、準備はよろしいですか？」

「――たぶん？」

準備と言われても「なにが？」と言いたくもなるが、まあ自分を操らせるのだから一見間抜けに見えても今の姿勢が正解なのだろうとソルは自己欺瞞に忙しい。それに常に浮遊魔法を発動させているルーナなので、特に首や腰に負担がかかるわけでもない。そもそも今ソルたちがいる位置とてかなりの高度なので、ソル自身も浮いているのではあるが。

「では行きます！　感覚合一！」

「!?」

なぜかどこかどやり気味にルーナが宣言した『感覚合一』はしかし、冗談でも見掛け倒しでもなかった。

無意識に捉えている自分という線引きが消滅するかのような心許ない感覚に襲われた直後、自分の中にルーナが、ルーナの中に自分が入っていくようなむず痒い――快感と鈍い痛みが綯交ぜになった不思議な感覚に包まれる。

それは入れ替わるのではなく、ソルとルーナの感覚が混ざり合い、一つのものになる過程で発生するものだ。

一瞬だけ自分に抱き着いているルーナの小躯が得ている触覚を共有した後、一気に視界が移動して遥か上空、この星が丸いことを一目で認識出来るほどの高度にまで至る。

今その位置にルーナがすべての『魔創義躰』を重ね合わせ、己が主が初めて操るに相応しい巨大なたった一つを創り上げているのだ。

当然慣れていないソルの感覚を補助してその巨大な『魔創義躰』を自分の身体の如く動かせるように感覚結節を行い、自身は『魔創義躰』に対するすべての支配権をソルの感覚へと明け渡す。

ただし混ざり合ったのは感覚だけで意思はそれぞれ独立したままなので、『魔創義躰』を己として動かす部分はソルに全て委ねながら、『竜砲』をはじめとした技、魔法、スキルといった火器・防御管制の一切と、魔法による移動を含めた機動管制の一切合切はルーナが受け持っている。

現時点でアイナノアが万全に守護しているソルの身体とルーナの分身体は抜け殻のようなモノであり、ソルの感覚としては巨大な魔力の塊である『魔創義躰』が自分自身となったようなものだ。

一方で高度な処理を並行して行っていながらもルーナはソルとは違い、分身体としての感覚もまた明確である。そして『魔創義躰』に集中するあまり抜け殻になっている主の身体の感覚も制御下に置いており、こっそりと頭に抱き着く己が分身体の背にその手を回させ、お腹のあたりに顔をぐりぐりさせてみたりしている。

だがちょっとやり過ぎた。一瞬で大量の汗が噴き出し変な声が出て、あらゆる制御を手放してしまいそうになったのですぐにやめた。

しかし今ルーナの分身体は高熱を発して汗に濡れ、頬だけではなくその全身が褐色の肌でもそれとわかるほどに朱に染まっている。

びくんびくんしているその小躯をセットで守護させられている『妖精王』が、その最強生物らしからぬ様子を半目で眺めている状況である。

だがソルはそれどころではない。ルーナの補助があるとはいえ、自分自身が一瞬で超巨大な『魔創義躰』に変身したようなものだから無理もないのだが。

『すごいな……』

思わず興奮して口にした言葉は、抜け殻状態の本体の唇をごくわずかに動かしたのみだが、今感覚が連結している『魔創義躰』の方は巨大な咆哮を上げた。

己の雄叫びにびっくりするという間抜けを晒したソルではあるが、『魔創義躰』のビジュアル的な強さのおかげで傍からはとてもそうは見えない。強者がこれから弱者を蹂躙するという宣言のようにしか見えない。

『主……殿。御自分の身体だと思って御自由に振舞ってください。それに合わせて我が攻撃や移動の補助をすべ、て……行いますか、ら』

『召喚』の最初期と同じように、念話でルーナとの意思疎通が成立したことにソルはほっとする。

　自分の身体が今どうなっているかが気にならないと言えば嘘になるが、ルーナとアイナノアが護ってくれていることもまた確信している。『全竜』と『妖精王』が守り切れないのであればどのみち助かる術などありはすまいし、その辺についてはソルはもう割り切ることにした。

『わかった、ありがとう』

　ルーナの様子がなぜか苦しそうなのが気になるが、自らが召喚した『魔創義躰』を他者に使役させるためには負担が大きいのだろうと自分を納得させる。ある程度の無理はルーナにしてみればやりたくてしてくれているのだろうし、この状況で「大丈夫？」と聞くのもどうかと思ったのだ。本当に深刻な状況であれば無理はすまいという信頼もある。

　まさかルーナが苦しそうな理由が、先の呟きに合わせて動いたソル本体の唇が、押し付けられたルーナの分身体の臍あたりを刺激したためだとは夢にも思うまい。ソルの返事に合わせて再び動いた唇の感覚に耐えるのに必死で、満足に返事をすることも出来ない有様のルーナなのである。

　一方、強大な『魔創義躰』でありながら間抜けなやり取りをしているうちに、四柱の『魔神機』すべての顕現が完了し、それぞれが動き始めている。

小手調べとでも言わんばかりに放たれた、四柱の『魔神機』からの攻撃。

一つはすべてを焼き尽くす巨大な火球。一つはすべてを割り砕く巨大な氷塊。一つはすべてを引きずり込む巨大な重力穴。一つはすべてを切り裂く無数の真空斬。

四柱の『魔神機』はお約束通り、地水火風の属性に特化した攻撃手段を有しているらしい。

だがそのどれもが『魔創義躰』へ届く遥か手前で不可視の壁に弾かれて――というよりも押しつぶされるようにして無効化される。

出がかりを潰すのでもなく、完全に成立してなお、なんの痛痒も与えられないあたりに圧倒的な彼我の戦力差、格の違いともいうべきものが滲んでいる。

ソルは特に何も意識していないので、今のは間違いなくルーナが行ったのだ。実際はなにもせずに直撃しても小動もしないが、『感覚合一』をしている主ソルに不快感を与えたくなくて防御行動を取った結果である。

それでソルはなんとなく『魔創義躰』を意のままに操るということを理解した。ルーナが口にしたとおり、ソルは『魔創義躰』を己自身として好きに動けばいいのだと。

空間を蹴ればあたかも地面を蹴るように動くのだろうし、移動したい場所を念じれば『魔創義躰』の巨躯を魔導的手段で移動させてくれるはずだ。

巨碗（きょわん）の双爪（そうそう）で敵を引き裂き、巨大な咢（あぎと）で噛（か）み千切れば、その行動が最大のダメージを叩（たた）き出せるように、技なり魔法なりをルーナが重ねてくれるのだろう。『竜砲』のような飛び道具の類（たぐい）は、思念による行使命令による発動だと思われる。

要は操作方法が行動模倣型（トレース）と思考・音声命令型のハイブリッドである、超巨大強化外骨格（パワード・スーツ）を操作しているようなものなのだ。

『ルーナ、『竜砲』。最大火力！』

『は、い』

試しにそう命じた直後、今は自分の身体である『魔創義躰』の咢を大きく開くように意識する。なんとなく身構えて四肢（しし）にも要（い）らん力が入ってしまうがそれはしょうがあるまい。

はたして苦し気なルーナの返事通り、最大火力、開いた咢を大きく超える直径の『竜砲』がソルの狙（ねら）った真ん中の『魔神』――火を司（つかさど）る巨大な犬の如き異形へ向かって放たれた。

ソルが自分の首を下から上へ振りぬくのに合わせ、最初は海面を裂きそのまま『魔神』の巨躯を斜（なな）めに焼き切りつつ、巨大な『魔大陸』の表面を抉（えぐ）り、最後は天へ向かって突（つ）き抜（ぬ）けやがて消えていった。

そのたった一撃（いちげき）で『魔神』の一柱は真っ二つに斬（き）り崩（くず）れ、残った部分全ても大小あらゆる爆発（ばくはつ）を繰（く）り返して塵（ちり）と消えてゆく。まさに一撃必殺、鎧袖一触の極（きわ）みである。

だがソルの興奮は冷めやらない。

優れた操作インターフェイスを持つ超巨大な強化外骨格というソルの認識は、正しいと同時に大きく間違っていたのだ。

『竜砲』を撃ったソルが得た感覚は、まさに自身が巨大な竜種となり、その最大の攻撃手段の一つである『竜砲』をぶっ放した際の得も言われぬ快感そのもの。

兵器としてみなせば確かにソルの認識で正しいのだが、一方でそれは人であるソルが人のまま竜種が当然としている感覚を得られるということでもあったのだ。その快感たるや、人の身のままどのような贅沢をしても得られぬ類のシロモノである。生物としての上位種――絶対的な強者となり、その感覚を得られることに勝る快感など存在しないのだ。

我知らず、ソルは笑う。

全なる竜――ルーナには敵がどう見えていて、それを引き裂く快感を知ってしまったが故に。

――そりゃ、竜種が好戦的になるのも仕方がないよな……

竜にとって他者は敵足りえず、獲物に過ぎない。己が全力を揮い獲物を屠る。動物として生きていく上で必要不可欠なその行為に快感が伴うことは、その結果としての食事や種を増やすための生殖、機能を維持するための睡眠とおなじく当然なのかもしれない。

是非善悪などではない。動物として弱者を蹂躙することは、抗いようのない快感なのだとソルは理解する。それこそが弱者を喰らって生きるという、動物の本来の在り方なのだと。

だが一方でルーナの方も、いっぱいいっぱいになっていた。

なんとなれば感覚合一を行使しているルーナは、ソルが今得ている感覚をすべて共有しているからだ。

自分の分身体からのフィードバックはさすがにハシタナイしハズカシイのでなんとか堰き止めているが、ソルの興奮や驚喜、ほんのわずかに含まれる狂気からくる感覚はすべてルーナに流れ込んでおり、それだけでも陶酔してしまいそうな快感なのだ。

それだけにとどまらず、もはや自在に『魔創義躰』をぶん回し始めたソルの本体も、その動きに合わせてルーナの分身体を自覚のないままに好きにするのだ。

具体的には爪で『魔神』を引き裂けば、力の入ったソルの両手が少し痛いくらいにルーナの肌に指を食い込ませる。自身が竜と化したからには当然試す行為、噛みついてその牙で『魔神』を食いちぎれば、ソルの歯が密着したルーナのお腹周りに遠慮なく噛みつく。

その上興奮して心拍数が上がったソル本体の熱をルーナの分身体も共有しているため、もはや現状、荒い呼吸を繰り返して2人して汗にまみれて濡れている状態だ。もしも今が初夏ではなく寒い季節であれば、湯気すら上がっているであろう程に。

だが自分の本体とルーナがそうなっていても不思議とは思わないほどに、ソルは全力疾走（しっそう）をするが如く『魔創義躰（自身自身）』を高速機動でぶん回し続けている。

もはやルーナが防御行動を取る必要がないほど『転移』をも駆使（くし）して『魔神機』の攻撃を悉く（ことごとく）躱し、無駄（むだ）な魔力消費を抑え（おさえ）るために懐（ふところ）へもぐりこんで爪や牙で敵の巨躯を引き裂く。減少した魔力を補うためにアイナノアが支配する水龍を喰らって回復し、再び高速飛翔（ひしょう）と転移を組み合わせて、ただデカいだけの弱者を蹂躙してゆく。

ルーナが操っている時は『竜砲』をはじめとした魔法攻撃（まほうこうげき）を軸（じく）とする『魔創義躰』だが、ソルが使役すると魔導生物の頂点としてのスマートさは失われ、竜という最強の生き物による蹂躙——人でいうところの狂戦士（バーサーカー）の如き、泥臭く（どろくさく）凄惨（せいさん）な戦いぶりとなる。

最後の一体となった『魔神』——地を司り重力を駆使していた無数の手と足の集合体のような異形の四肢を引き千切り、人から見れば頭なんだか何なんだかわからない部分を咢（あぎと）に咥え（くわえ）て崩れ行く手足を睥睨（へいげい）している様は、どちらが魔神かわかったものではない。

いや竜種こそが魔物——魔なるモノの頂点なのかもしれない。

まさにあっという間に、ルーナをして魔族（まぞく）の虎の子と言わしめた四柱の『魔神機』を屠り、とんでもない取得経験値と膨大（ぼうだい）な魔物素材を入手したソルは、魔力で出来た竜躰（りゅうたい）のまま天の月に向かって咆哮をひしり上げている。

完全に人の凶暴性がむき出しになり、獣化しているかのような状態。それだけではなく余った魔力を絞り尽くすように『竜砲』を天へと放ち、『魔創義躰』を維持出来なくなるまで絞り尽くして、その竜躰は大気に溶けるようにして消えていった。

場に奇妙な静寂が満ちている。

月と星々の光に照らされて夜とも思えぬような明るい海上に、もはや魔物兵器を撃ち出さなくなった巨大な『魔大陸』がただ静かに浮いている。

「ごめんルーナ……これはなんか、いろいろと危険だね……」

「い、え……主殿。なにごとも、練習、です」

ルーナの内在魔力を使い果たして『魔創義躰』が消え去った今、ソルとルーナの『感覚合一』も解除され、ソルの感覚は自分本来の身体に戻っている。

いかにとんでもないレベルに至っているとはいえ、竜としての戦闘行動、その感覚を共有した人間としてのソルの身体は膨大な熱を発し、それを冷ますために可能な限りの汗を分泌させている。それだけではなく、5年に渡る能力者としての暮らしでも終ぞ経験したことのない早鐘の如き心拍数と、超絶レベル・アップを経てからは超人と言っても過言ではなくなっていた肉体も各所が隠しようもない軋みを上げている。

もちろん頭に抱き着いた形になっているルーナも同様であり、その疲弊度とくったりっぷり、かいている汗の量はソルを遥かに凌駕する。正直ソルが出逢ってから、分身体とはいえ全竜たるルーナがここまで疲弊している姿を目にするのは初めてのことだ。

自身の意識が狂暴になること、その結果として自身だけではなくルーナにもとんでもない負担をかけると理解したので謝り、その危険性を指摘したのだ。

とはいえ指揮官として『プレイヤー』の能力を十全に駆使することだけではなく、今のような戦闘に慣れておくことも無駄にはならないはずだ。だからこそルーナが言ってくれた言葉は嬉しかったし、素直に笑顔で頷いた。

だがそのソルの頷きを得て、疲れ果てて汗に濡れながら今まで見た中で最高の笑みを浮かべたルーナに、どこか色気を感じてしまったことを少々恥じるソルである。

一方でルーナとしては嬉しい反面、忸怩たる思いも抱いている。

『魔創義躰』との疑似合一程度でこのざまでは、いつの日か真躰を取り戻して真の『合一』を果たす際、今のままではとても耐えられそうにないからだ。今後は主の許可も取ったことだし、ことあるごとに『感覚合一』の数も重ね、必要とあれば人が夜な夜な行うという夜伽とやらも実行せねばなるまいと、妙な覚悟を決めてもいる。

なんとしてでもルーナとしては、慣れぬ快感に慣れておかねばならぬのだ。来るべき取り戻した己が真躰による主ソルとの『合一』の際、全竜たるに相応しからぬ嬌声を上げるわけにはいかないがゆえに。

　ちなみに長きにわたって目の前であられもない光景を見せつけられたアイナノアは、次は自分の番とばかりに後ろからソルに抱き着いて顔をぐりぐりしているが、疲れ果てているソルにはそれに抵抗する気力は残されていないらしい。いつもであれば「やめなさい」と諭すのだが、今はされるがままになっている。

　未だ幼いままのアイナノアにしてみればそれで十分先のルーナの行為と釣り合うらしく、あっさりと御機嫌になっている。

　いつもであれば主にじゃれつくアイナノアをすぐさま引っぺがすルーナもまた、今はくったりしているため邪魔はしない。

　実際は疲れているからではなく、たった今自分がソルと行った「大人な行為」に対して、アイナノアのそれが「おこちゃまのじゃれつき」と見做しているがゆえの余裕こそが、己が主に触れることを赦す鷹揚さの理由なのだが。

　人でも竜でも、あるいは神でも魔物でも。

　女性という存在はかくも恐ろしく、愛らしいのである。

　……まあそれは男もまた同じなのかもしれないが。

第五章『虚ろの魔王』

The boy who rules the monsters

天空から叩き墜とされ深い水底に沈んで以降、千年もの時をかけ人知れず製造を続けていたのであろう膨大量の魔物兵器群。それらを全竜と妖精王を従える今代の岐神に一掃された『魔大陸』は今、いわば定石通りの動きを見せている。

すなわち本来、今の人の力では到達不可能な高高度への一時的な退避だ。

元フォル・メンテラ諸島を形成していた浮遊島群も従え、かなりの速度でその高度を上げていっている。その速度たるや実際は普通の生物どころか魔物であっても耐えられないほどの加速なのだが、正に大陸と言っても過言ではないその巨大さが、ひどくゆっくりと上昇していっているかのように錯覚させている。

「逃げるってことは、とりあえずは弾切れってことかな」

「再び魔物兵器とやらを生産するつもりでしょうか？」

その様子をかなりの距離を取って見下ろしているソルは落ち着いている。答えるルーナも、機嫌よさそうにしているアイナノアもそれは変わらない。

それも当然だろう。

魔大陸がどれだけの速度で上昇を続けていようが、あっさりとそれを見下ろす位置まで飛翔、転移で移動出来る以上、慌(あわ)てる必要などどこにもありはしない。

天空とは竜が君臨する領域なのだから。

「また千年もかけて？ うーん……あんまり意味ないと思うんだけどな。というかこの状況でもなお『虚ろの魔王』の真躰(アウゴエイデス)を出してこないということは、誰(だれ)かに操られているという訳ではないのかな？」

「全竜(我)も妖精王(アイナノア)も、ただ封(ふう)じられていただけでした」

お気楽な様子で魔大陸がいったん撤退(てったい)を図(はか)る理由を考えているソルとルーナではあるが、納得のいく理由をどうしても見出(みいだ)すことが出来ない。

魔大陸の浮上(ふじょう)に伴(ともな)い溢(あふ)れ出した魔物兵器群と4体の魔神機が千年もの時をかけて生み出されたものであるのなら、その処分に半日も必要としなかったソルたちであれば当然そう判断するだろう。通用しないことが実証された兵器を再生産することに意味があるとはさすがに思えない。

またアルシュナ(魔王)ちゃん人形からの情報では、間違いなく『虚ろの魔王(己が真躰)』がこの魔大陸に封じられているとのことだった。そのまさに切り札とでもいうべき手札(カード)をここで切って来ないということは、ソルとルーナがした判断通り、ただ封じられているだけだという可能性も捨てきれない。実際に全竜と妖精王は仕込みがあったとはいえ、ただ封じられているだけだったというルーナの言も厳然たる事実である。

だが『封じられし邪竜』はプレイヤーが一度だけ使える能力『召喚』を使用した結果であり、しかも今のルーナは分身体である。怪物たちの真躰が敵に回らないという保証など、実のところどこにもないのである。

「ルーナの真躰が敵に回るのはぞっとしないなあ……」

「考えたくはありませんが……」

ゆえにソルとルーナのこの想像も杞憂とは言い切れない。

考えてみれば今の全竜と魔王の状況は似ている。一方は分身体、もう一方は自称アルシユナちゃん人形とはいえ、双方ともナニモノカに己が真躰の支配権を奪われている点では一致しているのだ。

つまりこの状況でそのナニモノカに、意思が宿っていないがゆえに『虚ろの魔王』と呼ばれる真躰が使役されるのであれば、ソルの言う通り『封じられし邪竜』にもその可能性はあるということになる。いや、確実にそうなると考えておいた方がいいだろう。間違いなくどこことも知れぬあの空間に、今もなおルーナの真躰は封じられたままなのだから。

「♪～？」

本気でその事態を想定したくないソルとルーナの顔色はさえないが、アイナノアだけはぴんと来ていないらしい。首を傾げて不思議そうにソルとルーナの表情を見比べている。

「まあそれを今ここで考えていても仕方がないね。この状況でいったん仕切りなおす意味もないだろうし、とりあえず魔大陸を追いかけようか」

「畏まりました！」

そんなことをしているうちに、眼下に見下ろしていた魔大陸はソルたちの高度を追い越し、今では峻険な下部を見上げる位置関係になっている。やはり相当な上昇速度であるらしく、眼前を通り抜けていく様子はかなりの迫力を伴っていた。

現時点でもかなりの高度――この大陸に存在する最高峰など遥かに超えているのだが、今のところ魔大陸の上昇が止まる様子はまだない。

なのでソルの一言でルーナは一瞬にして再び見下ろす位置にまで転移し、その後は魔大陸の上昇速度に合わせて彼我の位置をほぼ固定した。

「月が近い……っていうか、ここまで高度が上がると星が丸いってはっきりわかるね」

それからほどなくやっと魔大陸の上昇が停止した高度は、ソルが言う通りもうほぼ宇宙と言っても過言ではない位置である。

もはや高すぎて星そのものを見ていると言った方がよく、逆に「高い位置にいる」がゆえの恐怖（きょうふ）は薄（うす）くなっている。

そしてこれもまたソルの言う通り、地上から見上げるよりも格段に月が大きく見えている。その事実が意味するところは、月の存在位置はこの星にかなり近いということだ。相当な高度とはいえ、言えばたかが地上から成層圏（せいそうけん）程度の距離によって、その大きさが極端（きょくたん）に変わるくらいに。

またそれは同時に月が人の身からすれば巨大であることは確かでも、星というほどには大きくないということも示唆（しさ）している。あたかも天然の衛星——本来の月——には程遠（ほどとお）い大きさの人工構造物を、月面に見えるハリボテで覆（おお）い隠したかのような。

この世界には旧支配者たちが使役していた『攻撃衛星（神の雷）』が存在していた以上、一見して月にみえるからと言って、それがただの衛星である保証などどこにもないのである。

「このあたりは外在魔力（アウター）が澄（す）んでいるので、我は好きです」

「♪！　♫!!　♬!!!」

「へー、そういう感覚は僕（ぼく）にはわかんないな」

そう言ってルーナとアイナノアは機嫌よさそうにしており、魔導器官（オルガナ）を持たず外在魔力（アウター）を吸収する経験などしたことがないソルだけが、その感覚を共有出来ずにいる。

妖精王の復活によって魔力の源泉が竜脈――星そのものであることはすでに判明している。となれば地上から遠く離れた高高度では外在魔力の濃度は薄いのだろうなとソルなどは思うのだが、その分「澄んでいる」と感じられる状態になるのかもしれない。よくわからない。

そんな会話を交わしながら、一応は展開されていた魔大陸の防御用魔導障壁を薄硝子の如く砕き割り、全竜の魔創義躰がこともなげに魔大陸の支配空間への侵入を果たした。

さすがというべきか、侵入するまではルーナが密かに維持していた大気濃度や温度はすべて、魔大陸の支配領域内では地上とほぼ変わらない状態が維持されているらしい。つまり攻撃能力こそ全竜と妖精王によって無効化されてしまったとはいえ、魔大陸はその本来の機能をほぼ完全に取り戻しているということだろう。

「しかし、ホントに空に浮かんだ大陸って感じだね……」

まだ距離があった時は実感し難かったソルだが、近づけばその広大さに圧倒されている。

実際は大げさが過ぎる表現なのだが、空に浮かんでいるという事実が、その広大さに対して「大陸」という文言を使用することを本能的に是と為さしめているのだ。

「エメリア王国の全領土程度は余裕でありますね。制御権を手に入れた上で妖精王の力を以て自然を回復させれば、完結した生存圏を確立することは充分に可能でしょう」

そしてそのルーナの言葉を聞けば、ソルとしてはこの巨大な魔大陸を完全に制御出来る魔導システムを今どうしても手に入れておきたい。自分たちの本拠地としてこれ以上のものもそうそうあるまいし、フレデリカの新国家建国構想も魔大陸があるのとないのとでは、文字通り天と地ほどの違いが出ることは疑い得ないからだ。

とはいえ深海で千年もの時を過ごした今の魔大陸には、地上の自然が存在するはずもない。また深海であるからこそ繁殖していた水中植物類も、海水を失っては死にゆくしかない。

しかしルーナの言う通りソル陣営に妖精王がいる以上、完全に支配下に置いた後であればあっという間に緑あふれる豊かな大地とすることなど児戯にも等しい。旧支配者たちによって朱く染まって滅びゆく世界を、あっという間に再生してみせた力は伊達ではないのだ。

ソルとしても「最悪ここが残っていればいい」と言える本拠地を持てることは理想的である。ソルは今の時点では特に積極的に世界を滅ぼそうなどとは思っていないが、この広大な世界を自分たちだけで守り切れるなどと思い上がってもいなければ、そのつもりもない。

だがこの『魔大陸』程度であれば、ちょうどいいのだ。

全竜や妖精王といった切り札もあり、プレイヤーの能力で強化され高位魔物素材で創り出される『固有№.武装』などで身を固めた仲間たちの戦闘能力を以てすれば、完全に守りきることも不可能ではない。

逆に魔大陸に築いた拠点ですらあっさりと滅ぼされてしまうような敵なのであれば、地上の世界を守ることなどそもそもはじめから不可能ごとでしかないとも言える。

「それいいね。とはいえ今はまあ、控えめに言っても遺跡ってところか」

「千年前、勇者が神殺外装で暴れまわった地ですから……」

「……わりとえげつないよね」

ソルが呆れたように言う通り、自然の問題を除いても現状の魔大陸は酷い有様である。

それは千年もの時間が経過しているとか、その間ずっと海底に在ったということももちろん理由の一つ一つではある。だがそれ以上にルーナが言う通り、千年前『勇者救世譚』で語られている勇者と魔王の決戦地であったことが最も大きい要因であることは明白だ。

広大な魔大陸のそこかしこには巨大なクレーターがいくつも刻まれているし、どう見ても時の浸食に因らず奇妙なカタチに抉れた山脈や、自然に生まれたとはとても思えない峡谷が無数に存在している。朽ちてなお地上の人の街よりも洗練されていたことを窺わせるいくつもの城塞都市も当時の姿をそのまま残しているものは一つたりともなく、徹底して破壊されたその残骸が、当時の戦闘のとんでもなさを千年後の今に雄弁に伝えてくる。

本物の勇者が竜種の真躰を武器と化した『神殻外装』を全力稼働させ、魔王の真躰もまた全力を尽くして迎え撃った決戦だったのだ。人と魔人種の技術の差があったとはいえ、そこらの城塞都市程度がカタチを保てる規模のものでなかったというのは想像に難くない。

とはいえ魔大陸に刻まれている正に人外同士の戦いの傷跡をソルがまだ冷静に受け入れられるのは、ルーナの魔創義躰同士が争ったら似たような状況になると確信出来ているからだ。

「で、あのあたりが王都のはず……ああ、さすがに魔王城はカタチを残しているんだね」

「そのようです。いえ、あれは――」

千年の過去に想いを馳せながら外縁部から中央部――アルシュナちゃん人形に教えられたかつての魔人種たちの王都を目指していたソルたちは、その視界に遠目からでも巨大だとわかる人工物を捉えた。普通に考えればソルの言葉通り、完全に破壊されることを免れた魔王城だと判断するのが当然なほどの巨大さ。

だが――

「城じゃない⁉」

「――はい。あれは魔王の真躰です」

「さすがに大きすぎない？」

「我の真躰とほぼ同等のサイズですね」

まずはルーナが、続いてソルも気付いた通り、それは城などではなく巨大な魔王の抜け殻。プレイヤーによる『召喚』の際には『虚ろの魔王』とされていた、中の人なき魔王の真躰。

それは一言で言えば巨大すぎる彫像である。

千年もの時を海中にありながらカタチを保てているのだ、その表層が生身めいているはずもない。それが地表から延びる数えきれないほどの無数の鎖に巻かれている。その鎖は大きささこそ違えど、かの『召喚』の地で全竜の真躰を封じていたものと間違いなく同じものだ。

だが魔王の真躰は全竜のそれとは違い、一切魔導器官の欠損を確認することが出来ない。プレイヤーの『召喚』によって分身体としてあの空間を抜け出せるまでは精神が宿っていた全竜は無力化する必要があったが、虚ろとなっている魔王には不要だったのかもしれない。

魔人種の象徴である巨大な両の角は竜種のそれとは違い、どこか人工的な輪郭――鍛え上げられた斧鉞のそれに近い――をしている。頭部の装飾、おそらくは王冠らしきものもまた剣の意匠にみえる。あるいは魔王とは、武器を象徴する存在なのかもしれない。

途中から鱗状に変じている髪は長く、背の二枚翼は天使のそれとは明確に異なる、禍々しくも複雑な形状をしている。全身に複雑な文様が刻まれており、それは各所に存在する円を基本とした呪印ともいうべきモノ同士を、複雑精緻な魔導文字による線でつないでいる。女性らしい美しい曲線を覆う鎧は骨のようにも見え、翼の周辺や腰付近からは蛇腹剣にも尾のようにも見えるモノが複数存在している。

魔導生物の象徴たる魔導器官を奪われていた『封じられし邪竜』とも、魔導器官を魔導具で封印されていた『囚われた妖精王』とも違い、ただ鎖で動きを封じられているだけ。

それはアルシュナちゃん人形として中の人を追い出した抜け殻を傀儡として使うのであれば、至極当然の判断だと言えよう。自ら使用する武器を、あえて弱体化させる意味も理由もありはしないのだから。

だが明確に人型の生命体のカタチをしていながら、そのあまりにもな巨大さがゆえに、それを一個の生命体だと認識することが難しい。というよりも本能が拒否するかのような不思議な感覚。これはそれこそ全竜のような人とは違うカタチ、巨大であることを前提としたような姿には感じないであろう、独特の気持ち悪さを孕んでいる。

それは恐怖と憧憬、それらが綯交ぜになったような畏怖。

そうでありながら人が生み出すはずの影像としてもまた、そのサイズが脳の認識を狂（くる）わせる。

人にとってここまで大きなモノは自然のみが生み出せるはずであり、それが偶然（ぐうぜん）人のカタチに見えるという例は決して少なくはない。だが今にも動き出しそうな精巧（せいこう）さが、ではこれを造ったのは誰なのだという、人にはけして不可能であることを前提とした畏怖を喚起（かんき）する。

人知を超えたモノ——神、あるいは悪魔（あくま）と呼ばれる超越者（ちょうえつしゃ）の存在。

それを否応（いやおう）なく実感させられてしまうのだ。その感覚は『聖戦（オラトリオ・タングラム）』の際に人造天使を目にした各国の兵士たちの本音に通じるものだろう。

だが幸いにしてというべきか、今その魔王の真躰を見る者に、常人などいはしない。

「やっぱり、アルシュナちゃん（魔王）人形の言っていたとおりの展開か」

全竜と妖精王は置くとしても、とんでもない能力を持っているとはいえあくまでも人間であるはずのソルが、人であれば畏怖を覚えざるを得ないはずの巨像（きょぞう）が鳴動し始めたことに対して、無邪気（むじゃき）にその目を輝（かがや）かせている。

やはり『虚ろの魔王』はナニモノカに操（あやつ）られており、復活した魔大陸に許可なく侵入してきた敵——ソルたちを排除（はいじょ）するべく、千年の時を経て覚醒（かくせい）するのだ。

時間はしばし遡る。

ソルの前に魔神クリードとアルシュナちゃん人形が姿を顕し、折衝の末に現存する魔人種がソルの配下につくことの条件を提示した後。

それを了承したソルたちに対して、アルシュナちゃん人形と魔神クリードは魔大陸復活までの正しい残り時間と、その状況下で自分たちがどう動くつもりなのかを情報共有していた。だからこそソルたちは待ち受けるようにして魔大陸の再浮上に備えていられたのだ。

また同時にそのタイミングでエメリア王国に対し、旧支配者などになんらかの行動を起こされては厄介なので、リィンたち『固有№武装』持ちには王都で待機してもらっている。

結果として、条件の一つであった再浮上に伴う人間社会への被害は完璧に抑え込むことに成功しており、この件で魔人種たちが責任を問われる状況にはなり得ない。

あとはもう一つの条件である、魔王の真躰を取り返すこと。それはソルの望みとも共通している以上、全竜と妖精王も全力を挙げてそのために動かんとしている。

『すまぬな岐神殿。だが約束通り、御身らが戦ってくれている間に儂らは魔大陸の制御中枢を取り戻す。我が真躰は、妖精王はもとより今の全竜にも相性が悪いとは思うが、滅ぼさずに無力化してくれるとありがたい。そうすれば儂が支配権を取り返すことも出来ると思う』

「全竜たる我が、魔王の抜け殻程度に後れを取るとでも？」

『千年前にも直接戦こうたことはなかったが、全竜の真躰とであれば確かに勝負にもならなかろうよ。だが今の全竜は分身体で、主戦力は『魔創義躰』であろう？』

「だからどうだと？」

『儂の真躰は一定範囲の魔力を無にすることが出来る。魔力を統べる妖精王と、分身体の全竜には相性が悪かろう？　本来格上の2体にとやかく言うつもりなどないが、仕切りなおす必要があるかもしれん。その際は連絡管制を解いて一報入れてくれるとありがたい』

だがアルシュナちゃん人形からもたらされた情報は、充分警戒に値するものだった。

妖精王に対してはまさに天敵と言うべきであり、総合力としてどちらが上かなど問題ではなく、1対1ではまず勝てない相手だと言える。

全竜に対しても真躰同士であれば魔力などなくとも問題にはならないのであろうが、分身体である今のルーナは魔力が無ければただの美少女に過ぎない。いかにとんでもないレベル・アップを経ているとはいえ、その結果駆使出来る魔法や技の全てを無効化されてしまえばそれまでだ。対人間では無双（むそう）も可能な身体能力だとはいえ、魔王の真躰に及（およ）ぶものではないのは自明の理である。

究極まで鍛え上げた個体であってもそれが蟻（あり）では、普通の象にあっさり踏（ふ）みつぶされるしかない。竜だの魔王だのという存在は、本来多少力を授（さず）かった程度の人にどうにか出来る相手ではないのだ。

プレイヤーの能力による通信を傍受（ぼうじゅ）されることを警戒（けいかい）し、決着がつくまでは連絡を取ることを控える予定だが、仕切りなおすとなれば連絡を取って同時に撤退する必要がある。

「……主殿（あるじどの）」

「危なくなったらすぐ逃げよう」

「畏（かしこ）まりました」

なによりもルーナは、ソルを危険な目に遭（あ）わせるつもりなどない。今の自分では勝てないと言われたに等しいのだが、そんなことに腹を立てている場合ではないのだ。

眷属（けんぞく）をすべて喰らってまで全竜となり、神に挑（いど）んだ千年前の己（おのれ）。その頃（ころ）とは懸（か）け離れている今最優先せんとしているモノに、自嘲的（じちょうてき）になるどころか誇（ほこ）らしく感じている時点で自分はもう手遅（ておく）れだと思うルーナである。だがソルに真名（マナ）を捧（ささ）げ、まだ短い時間ではあれども今の暮らしを維持することがなによりも大切になっている己は嫌（きら）いではない。

力や矜持(きょうじ)は大切なモノを守るためにこそ意味を持つことを、今の全竜(ルーナ)は実感を以て理解出来ている。だからこそ空虚(くうきょ)な最強などという在り方に拘(こだわ)ったりはしない。

己の矜持はもとより、主の望みすら超えてその身の安全を最優先している全竜の様子を見て、誰に悟(さと)られることもなくアルシュナちゃん人形が意外そうな表情を浮かべていた。

『まあ虚ろとなっている儂の真躰が同じことを出来るとしても、本来よりは鈍重(どんじゅう)であろうし、逃げるだけならそう難しくもあるまい。逃がさぬようにする罠(わな)の類であれば、全竜と妖精王で食い破ることなど容易(たやす)いであろうしな』

この世界において最強の存在とされているのが竜種である。その眷属すべてを喰らい尽くして真の全竜となったルーナがその真躰を取り戻せば、この世界で伍(ご)せる者など存在しなくなる。それは解放された妖精王でも、虚ろでなくなった魔王でも、蘇生(そせい)した神獣(しんじゅう)でも――たとえ解呪された勇者であっても例外はない。

そのすべてを弱者とする一強が世界の理(コトワリ)でもなく、恐怖でもなく、自身の慕情(ぼじょう)に従って絶対の忠誠を誓(ちか)う相手――怪物を統べるモノを、千年の恥辱(ちじょく)に耐(た)えて生き残った魔王アルシュナと魔神クリードがじっと観察していた。

この世界をどのようにも自由に出来る力を与(あた)えられた、たった1人の存在を。

「で、やっぱりこうなるわけね」

魔王の真躰の覚醒。

広大な魔大陸全体を鳴動させている理由はそれのみ。

それだけの巨躯を誇る真躰の表面全体に細微な罅が走り、彫像めいていた表層部が剥がれ落ちてゆく。彼我の距離が遠いため実感し難いが、細かく砕けたそれら一つ一つが巨大な質量を持っていることは、地面に激突した際に発生する轟音と爆風が証明している。

数えきれないほどに絡みついている鎖が妙に澄んだ高音を立てながら次々と破砕し、これもまた地に墜ちては四方八方に轟音と爆風を巻き散らかしている。

その結果、彫像のようであった魔王の真躰は千年ぶりに色彩を取り戻しつつあり、その巨大な四肢を、敵を殲滅するためにゆっくりと稼働させ始めていた。

「どうルーナ？　いけそう？」

「ただ敵として斃すだけであれば問題なく見えます。ですが斃さず無力化するとなれば難度は上がりますし、本当に魔力を無とすることが可能なのであれば……」

「いかな『全竜』とはいえ分身体と、妖精王では分が悪い、か」

「申し訳ございません」

全竜と妖精王の戦闘力に全幅の信頼を寄せ、ある意味その強烈さにも慣れつつあるソルをして畏怖を感じる『虚ろの魔王』の真躰。だがそうであれどなお、全竜の心胆を寒からしめることは出来ないらしい。妖精王に至っては言わずもがな、いつも通りご機嫌そうにソルの肩につかまってその背後に浮かんでいる。

とはいえ油断ならぬ事前情報がある以上、ルーナとしては警戒せざるを得ない。

ソルとてここ最近の圧倒的なレベル・アップに伴い、人間としては間違いなく規格外の強さを身に付けるに至ってはいる。だが今のルーナとアイナノアを無力化出来る存在を相手にして、単独で無事でいられるはずもない。決して油断出来る状況ではないのだ。

「順序を間違えた僕が悪い。とはいえこのまま放置ともいかないし、安全第一で一戦交えてみるしかないね。大丈夫？」

ソルの言う「間違えていない順序」とは、まずは全竜の真躰を取り戻すか、実際に千年前に魔王を打倒している『呪われし勇者』を入手しておくことを指す。

全竜の真躰であれば勝負にならないことはアルシュナちゃん人形自身が断言していたし、勇者とは魔王特効であって然るべきだろう。その双方を欠いた状況で『虚ろの魔王』と接敵してしまったことは、ソルの誤謬であることは間違いない。

とはいえすでに魔大陸は再浮上し、ナニモノカに操られた状態で『虚ろの魔王』も起動してしまっている。この状況を放置して逃げることは間違いなく大陸に甚大な被害を及ぼすことになるはずだ。だからこそ不利は理解した上でも矛を交えてみるしか選択肢はない。

「それはもちろん。ですが――」

「勝てそうになかったら逃げよう。アルシュナちゃん人形の言う通りであれば動きは鈍重だそうだし、魔大陸はまずは逃げを打っていた。とすれば僕たちが魔大陸から距離を取りさえすれば、しばらくは大人しくこの位置に留まってくれるかもしれないし」

勝てないようなら撤退――逃げることも辞さないことを告げようとするルーナの言葉を遮り、あくまでソルの判断で逃げることを明言する。自分でも理由ははっきりしないのだが、ルーナの口からそういう言葉を聞きたくないと思ってしまったのだ。

また逃げた場合の楽観的な予測も、まるきり嘘という訳ではない。

当面の戦力を失った時点で逃げを打ったことを鑑みれば、ソルたちが引けば魔大陸を現在支配しているナニモノカが引く可能性は決して低くはないだろう。

「――畏まりました」

それらのソルの判断を十全に理解したルーナは全力での戦闘態勢へと移行する。

ルーナが危険と判断すれば逃げてもいいとの言質は取った。であれば後は、今の自身が持つ全力で相対するのみである。そもそも勝ちさえすれば、なんの問題もないのだから。

戦闘となれば全竜の判断は常に速く正しい。妖精王との連係もすでにこなれてきている。

まずは妖精王が成層圏付近であってもそんなことを全く意に介さず、魔大陸全域を覆わんほどの巨大積層魔法陣を上空に発生させた。それは遥か眼下の地上はもちろん、周辺一帯に存在する外在魔力のすべての吸収を開始する。膨大な魔力量のためその流れは可視化され、地上から無数に立ち上がる魔力の柱のように見えている。それらは地上からでもはっきり視認可能なほどの巨大な積層魔法陣に一旦は吸収され、その複雑精緻な文様を脈動させつつ、今度は中心部から全竜の分身体へと注ぎ込まれる。

全竜の分身体、その小躯の背後に強烈な光を放つまるで光輪のような円が浮かび、そこへ極太の魔力の奔流が接続される。その結果分身体そのものも激しく発光し、妖精王によって吸収した膨大量の外在魔力と、これもまた膨大量を誇る己が内在魔力をすべて費やして、たった一体の『魔創義躰』を創り出す。

それは大きさこそこれまでのものとそう大差ないながらも、全身をルーナの鼓動に合わせて明滅する魔導光に覆われ、閃光のようにその体表を魔力線が走る、今までに見たことのないほどの魔力密度を持った最強の個体。

今のルーナが創り出すことが可能な、究極の『魔創義躰』である。

それが完全な竜のカタチを成すと同時、初手から最強技である『竜砲』を動き出したばかりの魔王の真躰――『虚ろの魔王』へと叩き込んだ。

轟音と爆風。

それに伴って周囲に巻き散らかされる膨大量の余剰魔力が数えきれないほどの光点となり、無数の色彩を放って闇を払拭する。地上に生息しているどんな魔物であっても、その直撃を受ければ跡形もなく消し飛ぶほどの高密度魔力。それをなおも収束させて絞り込まれた魔力の細剣と化し、魔王の真躰を斃すことなく無力化するためにその四肢を切り飛ばさんと放たれたのだ。

だが鈍重な動きしか出来ていない『虚ろの魔王』が『魔創義躰』からの攻撃を察知したと同時、自身が屹立している魔大陸の大地を中心に半透明半球状の領域が瞬時に展開された。

無色透明。でありながらもその領域を視認出来るほどの密度を持っており、いわば巨大な水球の半円とも見える。

そこへ直撃した『竜砲』はあっという間に減衰され、魔王の真躰へ到達出来ずに消滅してゆく。竜砲を魔力へと還元した上で消滅させてゆくその様子はまさに水に溶けて行くかのようであり、膨大な魔力は無数の気泡となって消えてゆき、領域の表面に波紋を無数に発生させるだけで、本体へは一切のダメージを与えるどころか到達することさえ出来ない。

それでもしばらくの間、魔創義躰に『竜砲』を撃たせ続けた全竜だが、水のように見える結界領域が縮小してゆくこともないのを確認して停止させた。

次はこれならどうだとばかりに無数の追尾式光線を全周――いったん魔大陸の大地へも打ち込み、真に360度からの飽和攻撃を行うも、球状領域は激しい光と水泡、波紋を発生させるだけで一閃たりとも魔王の真躰に到達することが能わない。

「おのれ……確かに魔法系攻撃はすべて無効化されるようですね」

初撃で出し惜しみする全竜ではない。単発、多重追尾式双方の最強技を繰り出して無力化されたからには、それ以下の魔法系攻撃をいくら仕掛けたところで、すべて無効化されるのは間違いないと判断するのは妥当だろう。

「さすがは魔王って感じだね」

ソルこそがルーナの『魔創義躰』の強さを誰よりも知っている。その最大攻撃すら無力化出来るからには、文字通り『魔王』とは魔力を統べる王と認めるしかない。妖精王が生み出す側での魔力を統べる王とするならば、消滅させる側での王こそが魔王なのだ。

「はい。展開されているあの領域内に囚われた場合、分身体も妖精王もおそらくはほぼ無力化されます。魔王が魔王たる所以と言われた唯一能力『凪』は伊達ではありませんでした」

　魔力による強化、防御がすべて無力化されるのならば、全竜の分身体も妖精王もただの無力な美少女でしかない。妖精族としての実体を持つ妖精王であればまだしも、存在の根幹を魔力に頼っている全竜の分身体の場合、『凪』の範囲に捉えられただけで消滅してしまっても不思議ではないのだ。

「なるほど、巧いこと言うよね」

　激流を制するは静水、とでも言わんばかりに全竜の竜砲すら無効化し、最終的には静かに凪いだ水面のように戻る結界領域を『凪』と呼ぶのは納得出来る。あるいはより高密度の魔力攻撃を、より高速度で叩き込むことが出来れば突破することも可能なのかもしれないが、『竜砲』を超える攻撃手段を持たない今のソルたちにとっては意味がない。

「ですがこれなら――」

　だからルーナは三手目を仕掛けんとする。

　魔力を変じさせた攻撃が通用しない相手には、魔力を作用させた物理攻撃を仕掛けることは定石だと言える。魔力で位置エネルギーを持たせた岩を落としてぶつける場合、魔力を無効化したところで落下する岩は消え去ったりはしないというやつだ。

　ルーナは膨大量の魔力を費やして魔大陸の大地を抉り、それを高圧縮して『魔創義躰』

の全長に並ぶ武骨な『剣』を創り出してみせた。洗練には程遠い造形であり、剣のカタチこそしてはいるが、切るよりも殴り潰すことを目的とした鈍器といった方がより正しいだろう。だが高圧縮された大質量は、それ自体が充分に武器足りえる。

それを巨大な『魔創義躰』が握り、渾身の力で魔王の真躰、それを中心に展開されている『凪』へと振り下ろす。魔力で形成されている『魔創義躰』が『凪』に捉われない距離を保ちながらも、その長大な剣もどきは充分に届く。そして纏った魔力が消えようとも、剣そのものが消えるはずもない。また渾身の力で振り下ろされたその速度と質量の組み合わせも、魔力を消し去る領域内に入ったからとてゼロになるはずもない。魔力を使用して引き起こされた物理現象そのものは、お約束通り『凪』の影響を受けないのだ。

結果、聞く者の耳を劈く様な破砕音を周囲に響かせながら魔王に直撃する一閃。

「通りはしましたが……」

だが魔王の巨躯を僅かによろめかせることには成功したものの、その体表には傷一つつけることすら能わない。そしてその込められた力のあまりの巨大さに、創り上げられた剣そのものがたったの一撃で完全に自壊してしまっている。

「効いているとは言えない、か」

確かに純魔力による攻撃とは違い、通ってはいる。

だがそれは数万もあるH．Pから一桁程度を奪う程度の効果しかなく、敵を無力化するための有効な攻撃とはとても呼べないものでしかない。

「残念ながら。とはいえ『凪』が真に無敵の技であるならば、魔王が勇者に討たれる故がありません。おそらく『凪』は魔力に起因する体外現象はすべて無効化出来ても、体内展開される魔法には適用されないのだと思われます」

悔しそうにそう語るルーナの分析はほぼ正鵠を射ている。

虚ろとなる前の魔王が、今のようにまさに傀儡めいた鈍重な動きであったはずがない。

それが『凪』を展開させながらもなお、呪われる前の勇者には敗れ去っているのだ。

その戦闘がすさまじかったことは魔大陸の状態から推測出来るが、それが魔法によるものではなく単純な物理的激突の結果であるとすれば、少々呆れの感情も湧くソルである。

「まさかの勇者、脳筋説？」

「脳筋？」

思わず冒険者スラングが出てしまったソルだが、竜種であるルーナには理解出来ない。

レベルを上げて物理で殴れとは、物理系前衛を務める冒険者たちの定石であり、それを指して脳筋――脳まで筋肉で出来ていると後衛職たちは嗤うのだ。

「なんでもない。となると正攻法としては、レベルをとんでもなく上げて自己強化系の技

で倒すべき相手ってことになるのかな。もしくは『呪われし勇者』を先に手に入れるか

——」

「我が真躰を取り戻すことですね」

どちらかと言えば後者だろう。

確かにとんでもなくレベルを上げた前衛職が、ありったけの支援魔法を受けての肉弾戦を仕掛けるのがそれなりに有効であることも確かだろう。

とはいえ魔王の真躰はあまりにも巨大すぎる。

人の冒険者が巨大な魔物を狩ることが出来るのは、技にせよ魔法にせよ彼我のサイズ差を覆せるだけの攻撃力の顕現を、魔力によって成せるが故だ。

そうでなければ定石通り、小なる者は大なる者に勝てない。それが城と見紛うほどの魔王の真躰と、人間であればなおのことである。

勇者が脳筋であった可能性を否定することは出来ないが、魔王との決戦は『神殻外装』を纏ってのものであったことは『勇者救世譚』で語られているとおりである。魔法や技の悉くを無効化された上でも、竜種の真躰を我が身の武器かつ鎧としてぶん回せた勇者は、魔王の真躰を倒すことが出来たのだろう。

つまりルーナとて分身体ではなく真躰であれば、単純にぶん殴って『虚ろの魔王』を倒

すことも出来るのだ。だが封印されたまま――分身体ではそれは叶わない。

「うーん、やっぱり僕が攻略順を間違ったよね」

つまりソルの言う通り、攻略順序が正しければ対処する方法は確かに存在するのだ。

「そんなことはありません！　我の力不足が……」

主の誤謬を認めたくないルーナが反射的にそう叫ぶが、分身体であるルーナが力不足であることそのものが、主であるソルの誤謬そのものである。

つまりここは一旦引くしかない。一当てして負けぬまでも勝てぬことを理解した以上、いわば無駄な戦闘を継続する意味などないからだ。

ルーナとしてもソルの安全を確保出来るのであれば、そこに否やなどない。

だが一方で、ここで引けばどうあれ「ソルが失敗した」ことが確定することをどうしても認めたくない気持ちも強烈に持っている。

それは竜種としての誇りや、ソルに愛想をつかされることによってあの空間に戻されてしまうかもしれない恐怖ではない。

懐いた――己が真名を捧げた相手に恥をかかせたくない、誰かに己の主が「負けた」と思わせたくないという、自分でも正確に掌握しきれない強い感情。

それは従僕としての強烈な忠誠心だけではなく、ルーナ本人もまだ理解出来ていない

「好き」という意思に基づく理論的、実際的（プラグマティック）ならざる感情的な想いゆえである。

『力が欲（ほ）しいか？　今すぐに』

その強烈な思考に応えるかのように、ルーナの脳内に謎（なぞ）の声が響き渡（わた）る。

あたかもこの世の者を唆（そそのか）す、あの世に存在する真の悪魔の甘言（かんげん）のように。

第六章『真躰召喚』

The boy who rules the monsters

「何者だ⁉」

当然脳内に響いた怪しげな声に対して全竜はあえて声に出して誰何した。

従僕たる己にナニモノかからの接触があったことを主に隠すことなど、初めからまるで考えてはいないからだ。だがソルとアイナノアにも謎の声が聞こえていることは、驚いているその様子からして間違いないらしい。

よってルーナは今のところ防御に関してはまさに鉄壁だが、攻撃手段は己が巨躯だけに限定されているらしい『虚ろの魔王』を警戒しつつ、謎の声からの返答を待つ。

『今の君は面白い。それにどうやら運もあるらしい』

再び脳内に響いたその声は、どこか楽しんでいるような響きを伴っていた。

己が何者かを答えるつもりはまるでないらしいが、その言葉にはいろいろなヒントが含まれている。今の全竜を面白いと判断出来るということは、少なくとも千年前の――封印される前の「邪竜時代」を知っていることに他ならない。それどころかルーナが存在し始めた時から今に至るまでの全てを知っている可能性すらあり得る。

となれば当然千年以上の時を存在し続けているナニモノカということになり、言葉を話してはいても人ではあり得ない。

楽し気でありどこかお気楽にも響くその声は育ちのいい人格者のような雰囲気を滲ませているが、だからこそ今のこの状況では人を誑かさんとする悪魔めいた響きを伴っている。

『あれ？　要らないのかい？』

ソルと妖精王は驚きで、ルーナは警戒で沈黙を維持していると、意外そうな響きを伴った声が再度確認をしてきた。ソルやルーナたちが今置かれている状況からして、ほぼ即答で「よこせ」と言われるとでも思って声をかけてきたのだろう。

「……要らん。今の我と妖精王で勝てぬ相手であれば、一度引いて出直すまでだ」

だが胡散臭げな表情を隠そうともしないルーナは、その申し出をきっぱりと断った。

己が全竜という在り方に誇りと自信を持っているルーナにしてみれば、誰かから力を恵んでもらっての勝利などに価値を見出せないのは当然とも言えよう。だが一方で己のみではなく妖精王も戦力として考えていることと、勝てねば引くといったいわば冷静な考え方は、絶対の強者たる竜種には似合わないものだということも出来る。

『ははは、それでこそ全竜。同時に意外でもあるけれどね。そうか……でも今代の『プレイヤー』はどうかな？　君も新たな力なんて不要かな？』

だがその答えを聞いてもナニモノカの機嫌が悪くなることはないらしく、その声は笑っている。

らしくもあり、らしくもなし。

そのルーナの今の在り方を指してこそ、「今の全竜は面白い」と判断したのだろう。己が好意？　を全竜に袖にされたことを咎めるでもなく、次はソルに確認を求めて来た。

ソルのことをその能力名である『プレイヤー』と呼ぶ以上、ソルが持つ力のことは完全に理解しているということだ。となれば全竜、妖精王との関係の在り方も承知しているはず。

つまり今の質問は、従僕はあっさりと断ったけれど、主である君もそれでいいのかな？という確認である。たとえ従僕である全竜が拒んだとて、主であるソルが望めばそれに従うことを疑っていない。

「そうですね……それはもらえるものなら力は欲しいですよ。今のこの局面を打開出来るものであればなおさらです」

ソルは素直にその質問に答えた。

得体のしれない存在からの提案をルーナが警戒するのは、ソルの安全を第一に考えているからに他ならない。対してソルはもともと全竜や妖精王といった、己が統べるべき相手を全面的に信用することこそが、己の夢を叶えるための大前提となっている。

もともと神様から与えられた力である『プレイヤー』こそが、人の身で迷宮に挑むことが出来る根拠なのだ。ナニモノカから与えられる力を疑い、忌避するのであれば、素の自分には過ぎた夢を語るべきではないと割り切っている。

『……なるほど、主の方もまた面白いね。己の力をそこまで冷静に把握出来ていることは、素直に驚嘆に値するよ』

ソルのその達観、あるいは覚悟に対して声の主は素直に感心している様子を見せた。

あらゆる能力も才能も容姿も、なによりも人の身で魔物と戦うことを可能としている力も、誰かから——神様から与えられたものに過ぎないとソルは割り切っている。

それを鍛え、使いこなせるようになるのは自分の努力の結果だが、すべてを自分自身で得たわけではない。

あるいは『プレイヤー』という能力のおかげで手に入った関係や、それこそ己が統べる対象である全竜や妖精王の存在ですら、その考えに基づいているのかもしれない。

逆にだからこそ、己の夢のためにその力を行使することをソルはまったく厭わないのだ。

力の価値、意味とはどうやってそれを手に入れたかなどでは無く、なんのためにそれを行使するかだとソルが考えているがゆえに。

『……いいね。とてもいい。だけど今回は新たな力を与えてやろうとか、そういう話ではないよ。偶然恵まれた君たちの運に対する情報提供程度だから、素直に受け取っておけばいい』

　面白がっているというよりも、本気で喜んでいるらしいナニモノカの声。

　それが嘯いた言葉と共に、ソルにだけ認知可能なプレイヤーの能力管理表示枠へ、ある能力が新たに表示された。

『それにそれは今回限定の力といっていい。この位置、この時だからこそ、私の干渉も合わせてごく短時間に限って使えるにすぎない』

「……貴方は、神様なのですか？」

　神から与えられるとされている力に干渉可能な存在は、当然神であるはずだろう。

　己が『プレイヤー』に間違いなく先刻までは存在していなかった能力を追加出来ることを確認したソルが、思わずそう問うたのも無理からぬことと言える。

『どうだろうね？　君の能力である『プレイヤー』に対して言うのであれば、『ゲーム・マスター』と言った方が正しいんじゃないかな？』

「……ゲーム・マスター？」

だがその声が相変わらず面白そうな響きを伴って答えた内容に含まれる単語は、ソルには理解出来ないものだった。

とはいえその言葉は自身が神であることを否定してはいない。人が神と呼ぶ存在の正しい名称こそが、声の言う「ゲーム・マスター」なのかもしれない。

『全竜よ。妖精王よ。『プレイヤー』に統べられるべき怪物たちよ。今回の『プレイヤー』と共にもっと楽しませてくれ。私だけではなく、彼女をも舞台に上がらせ得るほどにな――』

そうして満足げにその一言を残し、一方的にソルたちとの会話を打ち切った。

ルーナが『虚ろの魔王』との距離を取りつつ、しばらく待ってみても、もう何も語りかけてくることはないままだ。

「ルーナ、僕が――『プレイヤー』が使える力が増えている」

「それは――」

「うん。『真躰召喚』って表示されている」

声の言った力。

それは今この地、この時、それも短時間限定であるとはいえ、未だかの空間に封印されたままであるはずの全竜の真躰を召喚出来る能力。それが罠ではなく本当に可能であるのならば、この状況を一気に打開出来るだけの確かな力である。

毒を喰らわば皿までという訳でもないが、こうなってはそれを使わないという手はない。そもそもソルの同意も得ずに一方的に『プレイヤー』に干渉出来ている以上、それが罠であっても今のソルやルーナ、アイナノアには如何ともしがたい。先刻の声の主がその気になれば、ソルから『プレイヤー』を取り上げたり、ルーナの分身体を消して元の封印状態へ戻すことすらも可能かもしれないのだ。

その得体のしれないナニモノカを必要以上に警戒しても意味などありはしない。配られたカードそのものを疑う者が、カードゲームでの勝負など出来ようはずもないのだから。

無言のアイコンタクトでその考えを共有するソルとルーナ。

ゆえにソルは躊躇することなく、即座にこの場、この時限りである『真躰召喚』を行使した。

「――っぐ」
迷いなくソルが『真躰召喚』を起動させたその瞬間。明確な苦痛の呻きをルーナが発した。

「ルーナ!?」

「あぁあぁあぁあぁあああああああああああああああぁ」

本来であればソルに真名を呼ばれて答えないことなどルーナにはありえない。

だが今はその己にとっての最優先事項を守れないほどの激痛とともに分身体が希薄となり、消えゆきつつある。

全竜であるルーナが絶叫を上げることしか出来ないなど、どれほどの激痛に襲われているのかソルには想像も出来ない。アイナノアもまた、はじめて目にするルーナの姿に怯えた様子を見せてあたふたしている。

『真躰召喚』は嘘ではなかった。だが罠でもあったらしい。

今のタイミングでそれを行使することが、分身体であるルーナにどれだけの負担を強いるのかを、声の主が詳細に語っていなかっただけにすぎないのだが。

全竜の真躰――ルーナ本来の姿がこの地に召喚されるのであれば、たしかに仮初の姿である分身体の方が消えることは妥当だともいえる。最強の力を使役するのに、なんの犠牲も払わなくて済む都合のいい状況など、存在するはずがないとでも言わんばかりの展開。

だがソルにとってみれば、あの『召喚』から常に一緒だった分身体こそがもう、ルーナそのものになってしまっている。

分身体の最大技が『魔創義躰（アストラル）』であったこともあり、『真躰』もまた分身体のルーナが駆使（くし）する強力な能力のように捉（とら）えてしまっていたのだ。だからこそ今のソルにはそれがどれだけ戦力的に強大だとしても、真躰を呼び出すことの代償（だいしょう）として分身体が消えてしまうことを受け入れることなど出来はしない。

「ルーナ！」

ゆえに今回は驚きや心配だけではなく、意志を込めた声で全竜の真名を呼ぶ。

声だけではなく、空中で丸まって震（ふる）えているその半透明となった小躯を乱暴なくらいの全力で抱（だ）きしめ、消えることなど認めないとばかりにもう一度強くその真名を叫んだ。

意味のある言葉を発することが出来なくなっているルーナは強く自分の身を抱（かか）え込み、歯を食いしばってなにかに耐えている。まだその身体（からだ）は半透明なままだし、強く自分を抱きしめること以外に、何も出来ない状態だ。

だがまだ確かにそこに存在し、それ以上希薄にはなっていかない。

本来は『真躰召喚』の代償に、あの日から今日まで過ごした分身体は消えてなくなるはずだったのかもしれない。声の主は嘘などついてはいない。だがすべてを語っていなかったというだけだ。分身体が消えてしまったことに、その後のソルとルーナがどんな表情を見せるのかを楽しみにしていたのかもしれない。

だが辛うじてそうとはならず、その状態のままに『真躰召喚』が開始される。

空に浮かぶ巨大な月の裏側が、強い光を発しはじめる。

初めから今宵の月は満月であり、距離が近くなったがゆえにそれはまぶしいほどに輝いていた。だが本来その光は星の裏側にあるはずの太陽を反射しているにすぎず、月そのものが発光しているわけではもちろんない。ないはずだ。

だがおかしい。

たかが地上から成層圏付近まで高度を上げただけでそのサイズが大きく変わる程度の距離にある月が、星の裏側にある太陽の光を受けて反射出来る位置に在るはずがない。しかも今輝き出しているのは月の裏側であり、あたかも皆既日食時のような状態になっている。にもかかわらず月の表面は漆黒に染まらず、いつも地上から見上げている時と変わらず輝いているように見えている。

だが――

次の瞬間。その表面に無数の罅が走り、あっさりと砕け散った。それは本物の衛星が砕け散った結果ではなく、それを衛星に見せかけていた表層が失われたに過ぎない。

失われた偽りの月の表層、その向こう側に存在していたのは漆黒の球体。

だがよく見るとそれは微細に脈動している。あきらかに自然の衛星などではなく、かといってもちろん巨大な生物だという訳でもない。その動きは生々しくありながらもどこか機械的で、一定のパターンを感じさせるものだ。

蠢く不気味な月もどきによる、奇妙な皆既日食。

その物体の向こう側に太陽があるはずもなく、光を発しているのもまたその物体そのもの。その向こう側で輝き、輪郭を白く浮かび上がらせていた光が徐々に大きくなってゆき、ソルたちが居る側にも漏れ始める。

その光によって明確に照らしだされたのは、巨大な鎖が球状に絡みあい、その内側で幾何学的な光が明滅しているという、現実感が希薄な光景。

それはソルがルーナを選んだ『召喚』の際に引き込まれた空間、その外側である。

内側から鎖が破砕するような濁った金属音が連続するたび、内側の光の漏出が強くなってゆく。だんだん速くなってゆくその破砕音がもはや一つの長い轟音と化すと同時、溢れ出した光が漆黒を完全に払拭し、破砕され砕け散る巨大な鎖たちの輪郭をも呑み込んでゆく。

今は間違いなく星の夜側である大陸を、あたかも真昼のように照らし出す魔導光が空を覆うほどの巨大積層魔法陣を描き、その中心に竜の巨躯、その輪郭を浮かび上がらせる。

それは、全竜の真躰。

砕けた偽りの月の欠片と、はじけ飛んだ無数の鎖の破片が地表へ墜ち行くその向こう側。

ソルが見紛うはずもない、あの日その目で見た片眼片角、両翼を奪われ、巨大な楔と鎖で封じられた『最強の魔導生物』がそこに存在していた。

そしてその背に展開されている太陽の如き巨大魔法陣が逆時計回りに一定距離を回転するたび、その巨躯に撃ち込まれている楔が一つずつ破砕され、そこに繋がっていた鎖もまた連続して弾け飛ぶ。

そのたびにソルが強く抱きしめたままのルーナの分身体が声にならない苦悶の呻きとともに、強く身体を震わせている。

巨大魔法陣と共に顕現した己が真躰と完全に連動しているのは間違いない。

だがどうして己の真躰が解放？　されていくことによって、分身体のルーナがここまで苦しまねばならないのかが理解出来ない。ゆえにソルは目の前で展開されている神話の如き光景を、固唾をのんで見守ることしか出来ずにいる。

時計の数字よりも一つ多い13分の1ずつ回転を進め、巨大な積層魔法陣が完全に一周の逆回転を完了させたと同時。全竜の真躰に刺さっていた13の楔、その最後の一つも消滅し、全竜の巨躯を封じていたすべての鎖もまた失われる。重要な魔導器官をいくつも失ったままとはいえ、『封印されし邪竜』が真の意味で解放されたのだ。

直下の大陸どころか、星中に轟き亘るほどの咆哮。

千年ぶりに自由を取り戻した全竜の真躰が、それを寿ぐかの如き竜の咆哮を天空に向かってひしりあげているのだ。その狂気を孕んだ歓喜に怯えるように、ソルの腕の中にいるルーナが震えている。小さな自分の身体を抱え込むようにして、必死に何かに抗っている。

そしてその咆哮は、咆哮のままには終わらなかった。

真躰の背に展開されている太陽の如き巨大積層魔法陣を、残されている片眼片角の魔導器官で吸収を開始する。それに伴い巨大な真躰の周囲に無数の表示枠を表示させつつ、体表を真紅の魔導線が走り抜け、その密度が加速度的に上昇してゆく。宙に向かってひしりあげている喉元の周囲に幾重もの輪形魔法陣が浮かび、宙の星々を喰らわんとでもしているかのような巨大な顎の先に、大小複数の魔法陣が幾重にも瞬時に展開されていく。

次の瞬間、それらを押し流すように虚空へ向かって莫大量の魔導光がぶちまけられ、その無規則な奔流が、いくつもの魔法陣によって搾り上げられるようにして収束してゆく。

全竜の真躰による、真の竜砲。

天の果てまで貫けそうなその破壊の奔流は、まだ距離があるせいでごく細く見えている。

だが全竜の真躰がその咢を宙から下――魔大陸が浮かぶソルたちのいる方向へと、勢いよく振り下ろした。

震えながらもどうにかルーナが発動させた『思考加速』により、ゆっくりとこちらへ振り下ろされてくるその極太の魔導光の奔流は、『虚ろの魔王』どころか空に浮かぶ大陸としか見えない魔大陸、はては星そのものも断ち割らんばかりの力に満ちている。

「ルーナ！　逸らせろ！」

その圧倒的な破壊の奔流を前に、恐怖を通り越していっそ笑いそうになりながら、ソルが敢えて命令形で腕の中のルーナに大声で叫んだ。

真名を捧げただけに留まらず、自身ですらまだ理解し難い感情を持つにまで至っている絶対の主からの命令に、ルーナの本能は反射的に従う。

結果『虚ろの魔王』をその固有能力『凪』による魔力消失領域ごと消し飛ばさんとしていた真の竜砲は大きく逸れ、魔大陸の先端とその先にある星の一部――幸いにして海の部分――を斬り飛ばし、光の呑まれた部分を完全に消滅させつつ宇宙の彼方へと走り抜けて行った。

魔大陸どころか、星すらも斬ってのけたその破壊の奔流の直撃を喰らえば、『凪』もへったくれもなく『虚ろの魔王』は消し飛ばされていたことは疑い得ない。

それどころか魔大陸は完全に崩壊して地に墜とされ、地上に壊滅的な被害を生じさせながらど真ん中から大陸を二つに分断する結果にすらなっていたかもしれない。

本来人には御しきれるはずもない、巨大な力。

それをルーナやアイナノアを統べるようになってから、ソルは幾度も目にしてきている。

もはやそういう力にも慣れ、ある程度は使いこなすことも出来ると過信し始めてさえいた。

「……とんでもないな」

だが「真に規格外の力」とは、ソルの経験どころか想像すらも遥かに超えていた。

星という巨大な大地から生まれた生命体である以上、人は星そのものを砕き得る力の存在を、本当の意味では理解出来ない。

星とて物理的存在である以上、不壊であることなどありえないと、頭では理解している。

だがそんなことが本当に可能な力の存在を、本能的な部分で認めたくないのかもしれない。

だがそんなちっぽけな人間の都合などおかまいなく、星を壊せる力は厳然と存在している。同じ惑星同士の衝突はその一つだし、惑星が恒星に呑まれることもあるだろう。あるいはもっと小さな彗星の類であっても、彼我の質量差如何によってはその激突によって惑星が砕けることもあり得るのだ。

全竜の真躰による、真の竜砲。

それはそんな自然界で極稀に発生する大厄災を、意志を以て引き起こせるだけの力を確かに内包している。少なくともソルにはそう感じられた。そしてそれは、魔大陸と星の一部を斬り飛ばしたことからも、決してソルの大げさな感想ではないのだ。

「申し、訳、ございません……」

「ルーナ!?　大丈夫か？」

あまりのことにさすがに固まってしまっているソルの腕の中から、苦しそうに喘ぎながらもルーナが謝罪の言葉を発している。ソルがそう感じるよりももっと強く、ルーナこそが今虚空に浮かんでいる破壊神ともいうべき存在が、自身の真躰であると確信しているのだ。

だからこそソルの声に従って竜砲を逸らすことも出来た。

だが星に壊滅的な破壊をもたらしかねなかったその攻撃を主の許可なく行ったのも自身なので、最初に詫びたのである。

「主……殿。あれもまた我、なの、です。いえ……あれこそが我、なのです」

息を切らして苦痛に耐えるように声を絞り出している。それは竜砲を吐き出し終わった己が真躰が、今にも暴走を始めようとしているのをなんとか抑えているゆえか。

そのことをある程度理解出来はしても、ソルにしてみれば己の真躰をルーナが御しきれない理由が今以てなおわからない。今はじっと虚空に浮かんでいる破壊神こそが自分だというのであれば、なぜそれを自在に制御することが出来ないのか。

旧支配者のようなナニモノカ――全竜の真躰を千年の長きに渡って封印することすら可能な存在に、なんらかの罠(わな)を仕掛けられていたとでもいうのだろうか。

「千年、の怨嗟(えんさ)に支配された、竜種(りゅうしゅ)たちの怨念(おんねん)。我が喰らい、全竜となった際に取り込んだすべての眷属(けんぞく)たちの亡霊(ぼうれい)どもが、我が真躰――『全なる竜』を今は、支配、しているのです」

だがそうではないらしい。

確かに以前、すべての竜を喰らいその権能を奪ったからこそ、己は全竜なのだとルーナは言っていた。おそらくは全竜となる前のルーナ――ルーンヴェムト・ナクトフェリアという特殊(とくしゅ)個体の唯一能力(ユニーク・スキル)がそれを可能にしたのだろうが、その力が取り込(こ)んだのは、喰らった相手の権能のみではなかったということだ。

常態であればルーナが完全に支配下に置いていた、すべての竜たちの権能にこびりついていたのであろう、残留思念とでもいうべきもの。それが千年の封印による怨嗟で膨(ふく)れ上がり、正気を失いはじめていた主人格(ルーナ)を蝕(むしば)みつつあったのだ。

思えばソルが初めて出会ったルーナは、確かに狂気に侵(おか)されつつあるようにも見えた。

その状態でソル――『プレイヤー』の能力である『召喚』によって、分身体としてルーナの意識だけが真躰から解放された結果。残された無数の残留思念たちは千年の怨嗟によって完全に狂気に侵され、あらゆるすべてに対する破壊衝動に支配されてしまったのだろう。

　星すら砕き得るその力を封じていたのがあの楔と鎖であり、その軛から解き放たれた狂気の真躰――破壊神がその衝動のままに世界を滅ぼさんとするのは当然だといえよう。

　それを止めたいと望むのであれば、自らの意志で全竜となったルーナこそが、その意志を以て全竜――すべての竜たちの狂気を再び支配し、抑え込むしかない。

　だが今のルーナではそれが不可能だからこそ、今の事態に陥っている。声の主が「面白い」と言ったのは、こうなることを見越してのことだったのかもしれない。

「僕にとってのルーナは、今この手の中にいるルーナだよ」

　だが震えるルーナを優しく抱きしめなおしながら、ある程度状況を理解したソルが気の抜けたような溜息をつきながらそう伝える。

　ソルの夢――すべての迷宮と魔物支配領域を解放し、最終的には『塔』の最上階、最果てに辿り着くための力としては、確かに少々過ぎた力だ。すべての舞台となる星すら砕いてしまいかねない力なのであれば、ルーナ自身であればともかくソルにそれを行使出来るようにしない方が世界のためには正しいだろうと素直に思える。

　その力が無くては倒せない明確な敵が存在するというのであればともかく、そうでないならば過ぎた力は身を亡(ほろ)ぼす結果にしかならない。今のルーナやアイナノアだけでもそれを危惧(きぐ)しているソルとしては、わりと本音のところでそう思っている。

「で、は、アレは？」

明らかに無理をしているのに、ソルのその言葉に嬉(うれ)しそうな表情を浮かべてルーナがそう問い返す。

己の真躰、それも神に挑(いど)むためにすべての眷属を喰らってまでなりおおせた全竜をアレ呼ばわりはどうなのだと、思わずソルとしても苦笑いを浮かべざるを得ない。だが今のルーナにしてみれば、ソルに迷惑(めいわく)をかけかねない己が真躰など、アレ呼ばわりで充分(じゅうぶん)なのかもしれない。

「……ルーナがいつか僕にくれると言った、僕専用『神殺外装』の素材？」

ソルの正直な感想では、ルーナの支配から離(はな)れた全竜の真躰こそ、あるいは最終的な敵(ラスボス)となる可能性にも思い至ってはいた。

だが今それをルーナに伝えることに意味などないし、完全ではないとはいえある程度制(せい)御(ぎょ)可能な真躰を、この時点で完全に敵と見做(みな)す必要はないとも判断している。

だからこそあえてふざけた調子で、『聖戦(オラトリオ・タングラム)』の際にルーナ自身が約束してくれたソル専用『神殺外装』の素材だと笑い飛ばしてみせたのだ。

「ふふ……確かにお約束、しましたね。であれば、たかが、素材に……振り回されている場合では、ないですね」

　そのソルの言葉を聞いて、ルーナも笑う。

　その美しい顔に珠のような汗を無数に浮かべ、小さな分身体は確実にとんでもない苦痛を得ている。解放された真躰と繋がったことにより、荒れ狂う呪詛と破壊衝動を抑え込むことに、精神をものすごい勢いで削られているのだ。

　だがあえて笑い飛ばす。

　主に喜んでもらうためのとっておきの贈り物風情に、自分が振り回されている場合ではないのだとでも言わんばかりに。

「――主殿、しがみついてもよいですか？」

「もちろん」

　だが千年の苦痛、呪詛、狂気、憤怒、悲哀、なによりも孤独に狂いかけていた――いやソルが顕われてくれるまでは、とっくに狂ってしまっていたのであろう己に、今一度触れることが怖くないはずもない。

　だからこそ上目遣いに弱気で聞いてしまったルーナに、主は「そんなこと程度であれば」とばかりに気安く応じてくれた。

一方でルーナを信じきることで再起動出来たのがソルの夢なのだ。

そのルーナが望むことであればなんでもかなえてあげたいと思うし、ルーナが不可能なことを受け入れるのは己の覚悟の範疇（はんちゅう）だと思っている。分身体と妖精王では勝てない『虚ろの魔王』を無力化し、その上で全竜の真躰を再封印させる。そのために必要だというのであれば、しがみつくくらいいくらでもしてくれてかまわない。

ルーナは自分自身を抱きしめていた手をほどき、おずおずとソルにしがみつく。

狂気に呑み込まれないために極力堰（せ）き止（と）めていた己が真躰との連結を完全に解放するのだ。その上でルーナの意志が全ての眷属、その狂気を抑え込んだ上で呑み込まれないために、よりどころとしての主の肌（はだ）の感覚とその体温は欠かせない。

――我に従え！

繋げた瞬間に脳が煮（に）え、意志ごとすべてを破壊せんとする衝動に呑み込まれそうになるのを堪（こら）え、ルーナがその意志で己のものを含むすべての狂気を抑え込まんとする。

だが分身体の歯が砕けそうになるほど食いしばり、全身に針を打ち込まれているかのような激痛に耐えてはいても、真躰の支配権を完全に取り戻（もど）すことが出来ない。

痛いほど強く主の身体を抱きしめ、耐えるために我知らず血が出るほどに肩（かた）を強く噛（か）んでしまっている。それでも動きを封じることが出来る程度で、己が思うままにあやつることが出来ずにいる。あるいはこの拮抗を保ったまま時間切れを待ち、『虚ろの魔王』を倒せなくとも再び全竜の真躰が封印されるのを待つことこそが正解なのかもしれない。

だが、腕の中で耐えているルーナが心配で、ソルの方もルーナを抱きしめ返す。それは先刻のように、あるいは今のルーナのように縋りつくような強い力ではない。噛まれている肩の痛みに耐えながら、可能な限り優しく抱きしめ、震えている小さな頭を撫でた。

その瞬間、ルーナに電流が走る。

ソルが抱きしめるために背に回した手が、引き千切られて今はない翼の根元に触れる。小さなルーナの身体を抱えるようにした際に立てた膝が、尻尾の根元を刺激する。

極めつけは頭を撫でられた際に、圧し折られた角の断面にソルの手が直接触れたこと。

ルーナの意志を呑み込もうとしていた眷属たちの千年に渡る苦痛、怒り、悲哀、孤独――ありとあらゆる狂気がその瞬間にあっさり消し飛ばされ、ルーナは己が真躰の支配権を完全に掌握してのけた。

己が真名を捧げた主から与えられるこの快感の前には、己自身のものを含む千年の呪詛など論ずるに値しない。この快感をこれからも得続けるためであれば、己と眷属たちの千年の狂気も神の罠も、正面から食い破ってやる所存である。

こうなれば勝負など一瞬。

『凪』が展開されていようがいまいが関係なく完全に制御された真躰が『虚ろの魔王』の懐へと飛び込み、強大な力を秘めた全竜の四肢を以て『虚ろの魔王』の四肢を一瞬で圧し折り、その巨躯をあっさりと地へ伏せさせる。

魔導生物の頂点たる竜、それも全竜に敵う存在などありはしないのだ。

念のために魔導器官である両の角を圧し折って両目を潰し、反撃不可能な状況まで叩きのめした。突然真躰から伝わった激痛に、魔大陸の中枢部でアルシュナちゃん人形が絶叫をひしり上げたことは後に聞かされることになる。

その後再び封印がなされるまで全竜の真躰を無抵抗のまま維持し、大きな被害なきままに『虚ろの魔王』を無力化し、魔大陸の支配権を手に入れることに成功したのだ。

もう一度封印される際、一度解放された真躰であれば再びの封印を退けることが可能だとルーナは感じていた。

だがそれもルーナが完全に真躰の支配権を取り戻していればこそだ。

それにソルはそこまで順番を間違えていたわけではなかったのだ。

もしも奪われている全竜の魔導器官――片眼片角、両の翼を先に取り戻していたとしたら、今のルーナでは暴走する己が真躰を抑え込むことが出来なかったかもしれない。

たとえソルの助力があったにしてもだ。

もしもソルとルーナが全竜の真躰を本当の意味で手に入れたいと望むのであれば。

まずは『囚われの妖精王』と『虚ろの魔王』に続いて『死せる神獣』と『呪われし勇者』を手に入れて本来の姿を取り戻し、全竜の真躰を抑え込めるようにならねばならないのだ。

あるいは初手——最初にソルが『封印されし邪竜』を選ばなかった場合、全竜——ルーナこそが、ソルの物語における最後の敵になっていたのかもしれない。

「すごいな。すごく面白い。まさか千年を重ねた怨嗟と憤怒が、たかが一年にも満たない時を共にいただけの想いに、あっさり封じ込まれるとは思わなかった」
あまりにもと言えばあまりにもと言える決着を観測していたナニモノカ——ソルとルーナの主従コンビに一時的に『真躰召喚』というとんでもない力を与えた声の主が、堪えきれないという空気を漂わせて独り言ちている。
その声は間違いなく歓喜に満ちており、ソルたちに対して少なくとも好意的に聞こえる。
だがこの声の主が本来期待していたのは、普通であればそうならざるを得なかったはずの、解放された全竜の真躰の暴走。そしてそれによって世界に引き起こされる大厄災と、主従の混乱と絶望であったはずなのだ。

それを見てただ嗤うことこそが最初の目的、興味だった。

だがそうなる根拠は、たかが一年にも満たない時間を己が真名を捧げた主と共に暮らした全竜の煩悩によって、冗談のように蹴っ飛ばされてしまったのだ。

想いなどと言葉を飾りはしても、どう見ても今のはもっと即物的というか、少なくとも高尚で純粋な想いの結果という訳ではなかった。

さすがに笑うしかない。

これがルーナ以外の眷属たち、その怨嗟を抑え込んだだけであれば声の主もここまで面白味を感じることはなかっただろう。

己が慕情ゆえに他の全てを蔑ろに、踏みつけに出来るのは人という存在が持つ、度し難い側面の一つでもあるのだ。それをベースに創り出された存在が同じことをしたところで、特に驚くには値しない。

だが分身体となる際に、あえて切り離していた自らの怨嗟と憤怒すらその対象となるとなれば話も違ってくる。ルーナは間違いなく己が好いている主に触れられたというだけで、それを二の次だとばかりに蹴り飛ばしてみせたのだ。

怨嗟や憤怒などに囚われるのは愚かなことだという、世にありふれた理想論。

理屈や感情論などによる理論武装などより、それが正しいと思わせるに足る説得力を、確かに先の結果は伴っていた。基本的に机上の空論とは、出された実績には敵わないのだ。

そこへ即物的なものだけではなく、それをきっかけとして積み上げられてゆく想いと関係性であれば、あらゆる「理想」を現実と出来るかもしれない。少なくともそう思えるだけの結果を、たった今実際に出してみせたのだから。

「予想を裏切られるというのが、こんなに面白いとはね……」

だからこそ声の主――千年前の「前回」だけではなく、あるいはこの世界の理すべてを知っているかもしれないナニモノカは笑う。嗤う。

「――こうなると今回は、より丁寧に進めるようにしなければね」

今回の主役たちであれば本当に「彼女」をもう一度この舞台へ呼び戻し、声の主がたとえ叶わずとも永遠に追いかけることを諦めぬ夢――悲願をかなえてくれるかもしれない。

であればこれからはより慎重に、丁寧にことを進める必要がある。

与えられる試練も、それを乗り越えた先にある成長も。

今代の岐神が望む夢が果たされた、その先に至るまで。

第七章『そらのくに』

エメリア王国の王都マグナメリア、その中心に位置している王城。

その城中でもっとも広い空間を有していた『謁見の間』を急遽改造した大会議室。

そこでは今、上は国王から下は今年度から王城入りした新人役人に至るまで、間違いなく建国以来最大の忙しさに修羅場としか言えない惨状に陥っている。

「そっちの書類はこっちで巻き取る！　交渉を優先してくれ」

「フレデリカ様にうちの最終承認をしていただけるのはしばらく後になる。それまでに必要な調印書と根拠資料の準備は終わらせておくぞ！」

「昼食を取ってない連中は交代でなんとかしろ！　今日も深夜まで続く可能性が高い、今無理していたら、とても最後まで持たんからな」

　王宮勤めの役人はそれなりの身分の者がほとんどであり、なによりも相手をしている各国からの使者たちは自国では相当な高位のものばかりだ。だがここ数日の修羅場を経て、現場での空気感は市井の役所とそう変わらない、雑然としたものになりつつある。

限られた時間でなすべきことが最優先される現場において、形式に囚われてお上品にしている余裕（よゆう）などはすでに消し飛んでいるのだ。ソルの嗜好（しこう）を理解しているフレデリカがそれを是（ぜ）とし、ある程度のざっくばらんさを容認（ようにん）、というよりも推奨（すいしょう）していることが大きい。

すでに『聖戦（オラトリオ・タングラム）』の戦後処理となる『大陸会議』以降、ただでさえこれまでとは比べ物にならない忙しさに振（ふ）り回されてはいた。だがこの状況は、ここにきてそれすらもまだ穏（おだ）やかな日々であったと思わずにはいられないほど、膨大（ぼうだい）量の「やらねばならないこと」が追加されたからに他ならない。

すなわち絶対者（ソル）が『魔大陸』を手に入れたことによる、ソル一党による『建国計画』の抜本的（ばっぽんてき）見直しである。

魔大陸の所有権がエメリア王国、というよりもソル個人のものとなることに異議を差し挟（はさ）める剛（ごう）の者などもはやいはしない。いや市井の酒場あたりであればまだいくらでもいるのだろうが、少なくとも己の国の利益だけに留（とど）まらず、冗談では無く存続をかけてエメリア王国へ派遣（はけん）されている者たちの中に、そんな愚か者がいるはずもない。

ソル率いる『解放者（リベルタドーレス）』は、『聖戦』において旧支配者たちが使役した逸失技術（ロストテクノロジー）兵器群どころか、13の人造天使と竜種の真躰（アウゴエイデス）を素体とした『神殻外装』をすら張り倒（たお）してみせたのだ。その時点で各国の軍事力など、少なくとも対エメリア王国に対してなんの意味も持たなくなっている。それは一国単位ではもちろん、たとえ大陸中の全国家が協働して一糸乱れぬ大軍を動員出来るとしても同じだ。

数十万の軍勢だとて、秒殺されて終（しま）いにしかならない。

固有No.武装（ナンバーズ）を纏（まと）った美少女たちが人造天使たちを文字通り地に叩き墜とし、『勇者救世譚（クズイ・ファアブラ）』における人類守護の象徴（しょうちょう）であった『神殻外装』を、全竜（ルーナ）の『魔創義躰（アストラル）』がこともあろうに喰ってみせたのだ。

机上で戦略だの戦術だのを語るお偉方（えらがた）などではなく、前線で己が命を懸（か）ける士官下士官から一兵卒に至るまで、戦う意志など根こそぎ圧（へ）し折られてしまっている。

聖戦当時まだ権勢を誇（ほこ）っていた旧聖教会の面子を潰すわけにもいかず、動員数はともかく、すべての国家が最精鋭（せいえい）を送（おく）り込んでいたことも大きい。実績を積み上げている強者たちが臆（おく）する――言葉を選べば警戒（けいかい）することは怯懦（きょうだ）とはみなされず、その対象――全竜や妖（よう）精（せい）王が持つ力の絶対性を強調することにしかならないからだ。

一方で捨て鉢（ばち）になった『旧支配者』による『世界の滅び』を防いだことに関しては、ソルたちがなにをやったのを正確に把握（はあく）出来ている国家はいまだ皆無（かいむ）である。エメリア王国ですらそうなのだ、それ以外の国家がきちんと理解出来るはずもない。

とはいえ2体目の怪物（かいぶつ）である『妖精王（アイナノア）』の解放に伴って竜脈――星の魔力経路を統べる

『世界樹』が復活し、世界の『外在魔力』濃度が千年前の基準に戻ったことは、すでに各国の魔法を研究している者たちによって明確となっている。

その結果、この千年の間、強者の位置にあり続けた人類が、亜人種、獣人種、魔人種といった魔導生物たちに対する本来の立ち位置――すなわち弱者に戻ってしまったことも。

つまりもはや悠長に、人間の国家間で勢力争いなどをしている余裕などないのだ。

世界をそうした絶対者に頭を垂れて絶対の忠誠を誓い、あらゆる権益を献上する。

そうすることによってソルに護ってもらうことが出来なければ、すべての人間による国家はすでに弱者の群れでしかない。千年間虐げ続けられてきた魔導生物たちが取り戻した圧倒的な力によって、再征服されることから逃れることなど出来はしないのだ。

つまり各国にとって、この場で「ソル様の御味方」になれないことは亡国を意味する。

あっさりとソルに膝を屈することによって終息したとしか思えない魔人種の蜂起とて、本来人にはどうすることも出来ないはずだったのだ。

それに加えて『魔大陸』の再浮上による自然災害も、その後に発生した雲霞の如き魔物兵器による襲来も、ソルが動かなければ止められる者など誰もいはしなかった。

今の時点でもポセイニア東沿岸都市連盟は壊滅的な被害を受け、組織を維持することなど到底不可能になっていたはずだ。当然止める者のいない魔物兵器群は大陸中を蹂躙し、人は支配されるのではなく、魔人種によって滅ぼされて終わっていた可能性も否定出来ない。

とはいうものの、より状況が深刻になったとはいえ、その本質自体は聖戦の戦後処理でもあった『大陸会議』の時からさほど変わっていないとも言える。

従わねば殺される、滅ぼされるという単純な恐怖による従属は、すでにほとんどすべての国家にとっての既定路線となっていたのだから。

だがここへきて、人々を支配するために必要な両輪のもう一方。

つまりは恐怖と対を成す、欲望を強烈に刺激する要素が加わってしまった。

それこそが天空に浮かぶ広大な大地――すなわち『魔大陸』の存在である。

言葉で説明されただけでは到底誰も信じることなど出来ない浮遊する大地の存在。だがそれはソルの指示によってご丁寧にわざわざ高度を落として大陸を一周して実際に多くの者たちに見せることによって、大陸中の誰もにその実在をみせつけたのだ。

そこに新たな国――ソルが君臨する国が建国されることはすでに公表されている。

この世界に、顕現した神の如き絶対者が存在することは、もはやどうしようもない事実だと誰もが理解出来ている。ゆえにソルが定めたルールに背くことは絶対の死を意味し、それは本質的には恐怖でしかない。

だが逆にそうであるからこそ守るしかないルールを守った上であれば、一番安全となるのが絶対者のお膝元となるのもまた自明の理である。圧倒的というのもバカバカしいほどの一強皆弱が成立してしまっている以上、弱者同士の上下になどいまさらなんの意味も持ち得ない。勝手なことをすれば皆、分け隔てなく一強に張り倒されるだけなのだから。

魔物という明確な敵はもちろん、お互い意思疎通が可能でありながら、いやそうであるからこそ最も恐ろしい敵ともなり得る異種族たちに至るまで。絶対者のお膝元ではおいたをすることなど誰にも出来るはずがない。つまりは自分自身の蒙昧で絶対者に逆らわない限り、完全な安全が保障された地がこの世界で初めて成立するのだ。

市井の者はもちろん、自らを支配者階級だと自認する者たちであっても、そのいわば楽園の地で暮らすことを望む者は圧倒的に多い。

またたとえその願いが叶わなくとも、己が暮らす地べたにある国家の最低限の安全を、文字通り天上人になんとしても保障してもらわなければならない。

あらゆる外敵を排撃可能な『全竜』と、この世界の理の根幹をなす魔力――世界樹を司る『妖精王』を擁した、絶対者が統べる『そらのくに』。

大陸と呼んで大げさには聞こえないほどの大地を空に浮かべ自在に制御も可能なその地があれば極端な話、地上の国家その悉くが灰燼に帰しても痛くも痒くもないのだ。

極論、ガルレージュ城塞都市の人口程度を確保出来さえすれば、いわゆる現時点における「人間らしい文化的な暮らし」は充分に維持することが可能。文化や技術の発達こそその速度を落とすだろうが、現状維持程度であれば楽勝でしかない。

本来であれば数が物を言う分野であっても、圧倒的暴力を有する全竜と、あらゆる奇跡の根幹を成す魔力を統べる妖精王がいる限りは問題にもならない。

破壊と創造、その双方において「魔法」は、それ無き世界の常識の悉くをいとも簡単に覆す。それは不可能などないのだと、簡単に人々を信じさせるほどの圧倒的な力なのだ。

そのことを否応なく理解させられているがゆえに、全竜の暴力による死への恐怖と、妖精王の尽きぬ魔力による豊かな生への欲望を以て、誰もがソルの新たな国に自ら傅かんとしている。

今現在唯一の絶対者への窓口であるエメリア王国へ、大陸すべての国々から交渉役と称して王族級がわざわざ膝を屈しに訪れるのは、いわば当然の帰結でしかないのである。

そんな状況下ゆえに一斉に発生している、大陸中の国家からのエメリア王国、というよ

りもソル一党に対する従属と、それに対する安全保障の要求、その正式な表明。

それをエメリア王国一国だけですべて処理しなければならないのが現状である。

普通なら多くの者が間違いなく過労でリタイアしてしまうほどの、苛烈というのも生温い業務量。でありながら今のところ誰一人としてリタイアはもとより、体調不良者さえ出ていない。それどころか誰もがみな、傍から見る分には健康体そのものにしか見えない様子で、何日間もきびきびと、それぞれが持つ能力をいかんなく発揮し続けているのだ。

その文字通り人間離れした、もはや偉業と言っても過言ではないエメリア王国の処理能力を支えているのもまた、ソル一党の1人。

『癒しの聖女』の通り名を持つ、絶対者の幼馴染――ジュリア・ミラーその人である。

「ジュ、ジュリア様、非常に申し訳ないのですが――」

今もまた、誰が見ても「いいから寝ろ！」というしかないであろう、朦朧とした様子の大臣の1人――もはやそんなに無理など出来ない高齢に達している高位にある老貴族が、よろよろとジュリアに懇願している。

そのジュリアは、謁見の間であった頃には玉座が設えられていた数段高い位置に、脇に護衛として『鉄壁』リィンを従えて座らされている。今さらそれを見て「平民風情が！」などと口にする者はもちろん、内心で思う者さえいはしない。

「はいはーい」

なぜならばお気楽そうに聞こえるその声とともに、いとも簡単に行使される『治癒魔法』。その効果のとんでもなさとその価値を、エメリア王国の中枢に関わる者たちはすでに誰もがみな実績を伴って、この上なく理解出来ているからだ。

魔物を含めた魔導生物以外では、『プレイヤー』が仲間とした者だけがその身に纏うことが可能となる不可視の防御壁――『H.P』を復活させる『回復系魔法』とは本質的に異なる『治癒系魔法』。それは本来であれば損傷した肉体を修復可能な、奇跡の業である。

その発動と同時にジュリアの背から光が溢れ出し、大臣の方向へ伸ばされた手から無数の金色の魔導粒子が放たれ、その弱りきっているであろう身体を包み込む。それはまさに弱き人を救済する女神といった、宗教画の如き光景をこの場に創り出している。

「――ありがとうございます！　おかげさまでもうひと踏ん張り出来ます！」

その結果、老齢の大臣の青白くなっていた顔色は血色良くつやつやと復活し、掠れていた声すらその張りを取り戻している。

なにも知らぬ者が見れば、ちょっと老け気味の三十路だと言われても納得しそうなほどの活力をその身に宿し、身を翻して己の担当する部署――戦場へと颯爽と戻ってゆく。

『黒虎』で活動していた当時ですら、ジュリアの『治癒系魔法』は神の御業と見做されるほどのものだった。怪我(けが)というにも生温い、欠損した四肢すら復活させることも可能だったからにはそれも当然だろう。

そのおかげでジュリアは当時からガルレージュ城塞都市のみならず、王都マグナメリアにもその顧客(こきゃく)――ファンを抱(かか)える『先生』様でもあったのだ。

ただでさえとんでもなかったそれらの能力は、ソルの覚醒(かくせい)に伴ってジュリアも文字通り桁違(けたちが)いのレベル・アップを経た結果、死すらも覆し得る域にまで至っている。

怪我を治すために肉体を魔力で活性化させる副次効果として、その身体におけるベストコンディションにするのが『治癒系魔法』の特徴(とくちょう)である。そしてその効果は最も低レベルな治癒魔法でも変わらない。そのため魔力を贅沢(ぜいたく)に消費してしまうことを厭(いと)わないのであれば、今ジュリアがそうしたように『完全活力剤(かつりょくざい)』のように使うことも可能なのだ。

事実、『黒虎』が連合(レイド)を組まず単独(ソロ)パーティーで一昼夜に及(およ)ぶ長期戦闘(せんとう)をこなせていたのは、ジュリアが治癒系魔法をそういう風に使っていたからに他ならない。

「だけど今回のが切れたら一眠(ひとねむ)りしてくださいね。一定の眠(ねむ)りだけは必要ですから」

「承知致(いた)しました！」

とはいえさすがに一週間以上も徹夜(てつや)が続くと、肉体的には完全にリフレッシュされても意識の方のブレーカーが落ちてしまう。そうなってしまえば数日間昏睡(こんすい)してしまうので、それを避けるためには一日程度、ゆっくりと眠る必要がある。

そのあたりは『黒虎』時代にはわからなかった——さすがに一週間もぶっ続けで戦闘を継続せねばならないような相手と戦ったことなどなかった——のだが、どこぞの元気が過ぎる御老人、魔導鍛錬師殿がし過ぎた無茶の際に判明した新事実である。

だが笑顔でそう告げるジュリアに対して闊達に答える大臣の様子を、各国の外交官たちが感嘆の視線を以て見つめている。その視線がジュリアへ移るとそれが畏怖へと変わる。

さもありなんである。

全竜を擁するソル陣営と事を構える馬鹿などいないということは、どうあれ今後は所謂「平和な時代」となるのは間違いない。この大陸の現状において国家間の戦争が根絶され、魔物が脅威とならないことを『平和』と呼ぶのであれば、それはとりもなおさず人の大発展時代と同義である。

人の手には負えない魔物の脅威がゆえに、人が手を出せなかった広大な土地が残されている以上、大開拓時代が幕を開けるのは当然のことだろう。

その状況での国家間闘争とはとりもなおさず経済戦争であり、その優劣、勝敗は各国の技術をはじめとしたあらゆる要素を総合した、開発力と生産性に左右される。

現場で働く者たちから、後方で事務処理をする者。

研究者や新規開発を進める者、改善改良に特化して働く者。

それらの稼働率が段違いになる事実を見せつけられて、虚心でいられる才人などいはしないのだ。

「わ、私もお願いしてよろしいですか」

「はーい」

しかもそれに上限がない、少なくとも素人目には無いように見えることもとんでもない。

次々と弱った者がジュリアのところへ向かっては、生き生きと自分の持ち場へ帰っていく様を、エメリア王国以外の者たちはここしばらく見せつけられているのだ。

この『会議場』に詰めている人数程度であれば、文字通り週に一度の休息日以外は、不眠不休で働かせることが可能なのだと、実際にそれを行うことで証明している。

もっとも外交官である自分たちが割いてもらえる時間は比較的大きな国であっても一日に数時間程度なので、今のところであれば自分たちには不可能でも問題にはならない。

だがソルの恩恵を受けられる国と、それ以外で考えた場合。

その圧倒的というにも生温い生産性の差は、時間が進めば進んだ分だけ積み重なり、そう時間をかけることもなく取り返しのつかない隔絶となるだろう。

たとえ圧倒的な一強であるソルが寿命を迎え、全竜や妖精王といった怪物たちを人類が使役し得なくなる時が来るにしても、その時にはもうエメリア王国とそれ以外の国力の差たるや、時代が一つ二つ違うほどのものとなっているはずだ。一定を超えた彼我の差は、相手が神であろうが悪魔であろうが、あるいは同じ人であろうが絶対服従を強いられるに十分に足りるのだ。

「見ましたか？　我が国はどうしてもエメリア王国の傘下に加えてもらわねばなりません。たとえ今、自分たちが持つあらゆる全てを差し出してでもです」

「……はい」

誰が見ても美女としか言えない某国の使者は、その国の第一王女である。答えた護衛の騎士はこの現状を見るまで、歴史ある我が国がそこまでせねばならんのかと憤っていたが、今はその考えを根本から改めている。

もはや田舎国家の権益などよりも、絶対者の食指が伸びる美女一人の方が圧倒的に価値があるのだ。それを理解している第一王女が、我が身をどうにかして差し出そうとしていることは、下品でも愚かでもなく、もはや国益確保の最有効手段と言える。

ソルに認識してもらえなければ、どのみちゆっくりと滅ぶしかない。

だからこそ絶対に今ここで、完全な部外者になってしまう愚だけは避けなければならない。ソルに絶対服従することを自ら表明し、現時点ではエメリア王国が大陸の実質的盟主となることを甘受してもなお、仲間の末席にでもどうしても加えてもらわなければならないのだ。

祖国を愛するのであれば、その存続と発展、そして遠い未来はまだどうなるかはわからないという可能性を、自分たちの代で完全に摘むことを避けるためにこそ。

そのためにもぼーっと「ソルの奇跡」の一端に見惚れている場合ではないと気を取り直し、各々が自らの仕事を全うするために真剣に交渉へと戻ってゆく。先の姫と騎士の主従だけではなく、国を出る際には「どうしてここまで下手に出なければならないのか」と内心憤っていた若手たちこそ、今はもう「この程度の手札でどれだけ仲間として優遇していただけるか」に思考をシフトさせている。

「ちょっと怖いね……」

そんな平和裏でありながらその実殺気立った会議室の空気に、大げさではなくジュリアとフレデリカを除けばこの場にいる者全員を瞬殺も可能なリィンが、どこか怯えたような表情を浮かべている。

曲がりなりにも国家を運営してきた者たちによる真剣な交渉の空気というものは、魔物との戦闘とはまた違った緊張感を確かに生み出し、それに慣れていない者を怯ませるには充分な圧を持つものらしい。

「ね。私たちが言うべきじゃないんだろうけど、魔法ってなんでもありよね」

だがリィンのその言葉を、ジュリアはまったく違う意味で解釈したらしい。

まだ自分たちが『城塞都市ガルレージュの花形パーティー』程度であった頃から貴族たちと関わりを持ち、今のソルの威光などなかった状態でウォールデン子爵家次期当主セフィラス・ハワード・ウォールデンの正妻になることが内定していた女傑なのである。その小柄で可愛らしい見た目に反して、この程度の交渉の空気には動じない胆力を持っているのだ。

ジュリアにしてみればそんなことより、ただでさえとんでもなかった自分の魔法が、今や自分自身でさえ「奇跡」や「神の御業」と呼ぶことが大げさではないと思えるほどのものになっていることこそが、正直ちょっと恐ろしい。

まだしも自分自身が12歳になる年の元日に神様から与えられた力であったのであれば、盲目的にその力に酔うことも出来たかもしれない。

だがその力は『プレイヤー』を宿したソルから与えられた力に過ぎないのだ。

それが可能とするあらゆる奇跡もさることながら、その結果として自分がわりとガチめに「聖女」ともてはやされている現状こそが怖い。

子爵から侯爵へ一足飛びに陞爵したウォールデン家の者はもはや誰一人としてジュリア

を軽んずる者などいない。それどころか当時ちょっとした本音を口にしていた者たちから、正式な謝罪、というよりも身も蓋もない寛恕を求められて土下座すらされている。

夫となるセフィラスも他の貴族たちから妬まれるくらいであれば、さもありなんで済む話なのだが、実際は王家に次ぐ存在としてエメリア王国内はもとより、他国の重鎮たちからもこの上なく丁寧に扱われている始末だ。もしもフレデリカがソルの側室候補となっていなければ、ウォールデン家が王家よりも重視されていたであろうことは疑い得ない。

もはや王族だの爵位の上下だの、そんなものは絶対者との関係性に比べれば、時代遅れのアクセサリーほどの価値しか持たなくなってしまっているということでもある。

そんな状況で有能だが基本いい人であるセフィラス氏は、正直なところ結構深刻に胃が痛い日々を送っている。でありながらジュリアへの想いを変えないあたりがソルの琴線に触れたらしく、最近はなにかと話し相手にされていることもその胃痛に拍車をかけている。ソルに「胃腸が弱くてもジュリアが居ればいつでも治してもらえますね」と笑顔で言われたセフィラスの引き攣った顔を見て思わず笑ってしまったのは悪かったと思うジュリアだが、その際にフレデリカが見せていたなんとも味わい深い、含蓄に満ちた表情に「立場ある者たち」の苦悩を垣間見た気がしている。

——我らが幼馴染殿は、とんでもない立場になっちゃったわねぇ……

ジュリアがリィンの「怖い」という言葉に反応してしまった骨子は、実を言えばそこなのだ。とはいえジュリアが今更ソルを怖がることなどありえない。それは今、自分の隣できょとんとした可愛らしい表情を浮かべているリィンとてそうだろう。

　そんなことはもう大前提なのだ。

　そこが今更揺らぐようであれば、おそらく男と女の違いなどなく、リィンとジュリアもマークとアランのようになっていたはずだ。

　とはいえ自身の力がソルから与えられたものだと確信に至った際、ジュリアが最初に思ったのは我ながら下世話が過ぎる、今では赤面せざるを得ないものだった。

「その力を取り上げられたくないんだったら、どうすればいいのかわかるよね？」とソルに言われたらどうしようなどという、リィンにそれを告白するのに数年を要したほどに失礼なものだった。リィンに伝える以上に時間がかかり、ソル本人にそれを詫びることが出来たのはつい最近のことだ。

　その時のソルは真面目くさった顔で「その手があったか……」などと嘯き、数秒も耐えられずに大笑いしてくれた。それが思わず泣きそうなくらいに嬉しかったことは当分は内緒だ。今のジュリアの心の大事な部分をセフィラスが占めていなければ、リィンやフレデリカの恋敵、ある意味においては仲間になってしまっていたかもしれないほどだった。

だから今、ジュリアが本当に怖いのは自分自身を含めたソル以外だ。

今はまだ大丈夫だと信じたいが、自分がそれを当然として増長してしまうことをジュリアはわりと本気で心配している。

リィンやフレデリカ、エリザであればそれでも許されるかもしれない。正室や側室という立場は、絶対者からの寵愛を失わぬ限りは無敵とも言えるからだ。

だがジュリアはソルの女にはならない。

だからこそ一層自分を律する必要がある。いつか自分がソルからの扱いを当然どころか不満と感じ、アランやマークのような愚行に走ってしまわないためにも。

「リィンは……そんなことなさそうね」

ちらりと横に立つリィンを見上げて、ジュリアは思わずそう呟いた。

「んー……ジュリアのとはちょっと違うけど、私にも怖いことはあるよ?」

詳しく言葉にして説明しなくても、リィンの最初の発言からお互いのした誤解と、その上で言いたいことをお互いの表情から理解している。

確かにジュリアのような意味でリィンが自分自身を恐れることはないだろう。恋する女の子は強いのである。

「ほほーう。でも今さら関係性の変化とか言ったら……」

だがリィンはリィンで、取りようによっては至極当然の恐れは持っているらしい。それはまあ、あまりにも長く曖昧な関係であったらからには当然とも言えるか。

「笑うんでしょ？　ふんだ自分だけ大人ぶっちゃってさ」

「お尻ひっぱたこうかなー」

だがジュリアとしては結構本気で「はよせい」と思っている。

それは同じ女の子として、仲のいい幼馴染かつ親友として、純粋に上手く行って欲しいと思っている部分も確かにありはする。

だが今のソルの立ち位置を考えれば、さっさととって食って最低でも「ソルの最初の女」になっておくべきだと、ジュリアの実際的な部分は思うのだ。その方がソルとリィンにとってもよかろうし、フレデリカもなにかと動きやすくなるだろうにと。

既成事実というものは、状況次第では最も有効な手段となり得るのだ。今ソルとリィンがおかれている時と場合は、まさにそうすべき「よる」状況だと言えるだろう。

「え？　酷くない⁉」

「まー、そんなリィンだからこそ無敵なのかもねぇ」

「えー……？」

だが言われた言葉の強さに素で驚いているリィンを見て、ジュリアは肩の力が抜けた。

今のソルの対外的な立ち位置などまるでないものであるかのように、己の想いと相手がどう想っていてくれるかだけで、ここまでもだもだしていられるというのは確かにリィンくらいだろう。

それをソル本人も良しとしているというか、あれはあれで幼い頃からの片想いを大事にせて、リィン本人のタイミングに任せようという構えだ。

わりと強気系も嫌いではないジュリアとしては、男としてそれはどうなのよと思わなくもない。だが一方で今のソルが本気で望めばどんなことでも通ってしまう状況であることを鑑みれば、誠実であることの方が、そのへたれっぷりよりも際立つことも確かだ。

なによりもジュリア自身がそう口にしたとおり、今のソルにそうさせられる――見ようによっては「お預け」をさせられるリィンこそ、本当に無敵なのかもしれない。

確かにソルの性格からして、今の自分にも昔と変わらぬ態度で接されることこそが一番ぶっ刺さるというのは、付き合いが長いからこそジュリアにも理解出来る。その相手が幼い頃から、それこそ12歳になる年の元日に神様から力を与えられる前から惚れていたリィンとくれば、この際、巧遅が拙速に勝るというソルの判断もむべなるかなといったところだ。

だがそれもまた、ジュリアは少し不安なのだ。

ソルがそう思える、そう思った上で普通に接することの出来る相手は、ある意味リィンとジュリアだけになってしまった。マークとアランがソルの理解者になってくれていれば、ここまで不安には思わなかっただろう。

だけど2人はもういない。原因は確かにマークとアランが自ら作ったとはいえ、2人を手にかけたのはソル自身でもある。

だからこそソルは意識的にも無意識的にも、たった2人だけ残された幼馴染であるリィンとジュリアを特別視している。その位置には後から出逢ったフレデリカもエリザも、どうしたって立つことは叶わない。駆け出し冒険者の頃からの付き合いである、スティーヴとガウェインがいてくれることがせめてもの救いだとさえ言えるのだ。

絶対者をただの幼馴染――ごく普通の1人の男の子として接することが出来、それを絶対者も無条件で受け入れる相手が2人だけというのはわりと本気で心許ない。

フレデリカなどは、ジュリアよりもより深刻にその状況を憂いていることだろう。

だからこそソルの国が建国され、その後宮に大陸中の美女たちが集うことをジュリアはそこまで否定的には捉えていない。どんな形であれ、ソルがこの世界を大事だと思える要素を増やすことは、ある意味においてはこの世界にとっての最優先事項だと思うからだ。

「でも我らが幼馴染殿はあれよ？　おそらのくにの王様になっちゃうのよ？　恋しちゃっ

てる側の幼馴染としては、悠長なこと言っている場合じゃないんじゃないの？」

とはいえ見ようによっては呑気が過ぎるとも言える幼馴染殿に、現実も把握してもらうべく少し意地の悪い言い回しをする。

それこそフレデリカ級のお姫様たちの大軍が、そのすべてを尽くしてソルの寵愛を得んとする大後宮がそう遠くない未来に出来ちゃうのよ？　と。事実、各国のお姫様たちはジュリアの奇跡よりも、護衛として傍に立っているリィンの方をかなり観察していた。

いわゆるわりと露骨な値踏みであるが、ジュリアとしてはぼーっとしたところのあるリィンを侮って、この程度なら自分でも簡単に篭絡出来る、などと勘違いして欲しくないところである。ソル本人は言うまでもないが、もはやその身内であっても、それを侮る者は怖い幼女に敵認定されてしまうのだから。

「すごいよね、ソル君の国……フレデリカさ、……めちゃくちゃ張り切っているものね」

だがリィンはそんなことよりも、「おそらのくに」の凄さそのものに目を輝かせてしまっている。どうにも迂遠な言い回しは、リィンには通用しないらしい。

ちなみにリィンとジュリアは正式にフレデリカから「様」や「さん」を取って呼んでくれるようにお願いされ、現在鋭意努力中である。

ソルの幼馴染だという立場だけがその理由であれば断ったかもしれないが、生まれて初めてのお友達として、と言われれば努力しないわけにもいかないのだ。

その嘘ではないがゆえに上手いフレデリカのやり方を理解出来るジュリアはあっさり呼び捨てに移行しているが、リィンとエリザはなかなかそう簡単にはいかないらしい。ゆえに最近のフレデリカは「フレデリカさ」とソルからも笑いながらそう呼ばれることが多い。

確かにリィンのそんなあたりが、ソルの琴線に触れまくっているのだろうなとジュリアは笑いながら溜息を一つついた。自分ではソルの女の一人くらいにはなれても、本当に大切な存在にはなれなかっただろうなぁ、などと少々自虐的なことを考えながら。

「ホントに御伽噺の世界だよねえ」

とはいえジュリアとて「おそらのくに」には正直なところ心が躍る。

幼い頃に夢見た迷宮の最奥、魔物支配領域の中枢、果ては『塔』の彼方。

ある意味それすらも超えた、想像すらしていなかった「ちょうゆうめいパーティー」が成すに相応しい偉業を、自分たちの敬愛する幼馴染殿がやってのけた証明なのだから。

『魔大陸』に建国されるソルの国。

フレデリカが中心となって策定されたその骨子は、以下の通りが予定されている。

まずは浮遊大陸中心部に存在する峻険な山脈地帯を『帝都』とする。

普通であればそんなところを首都とすることなど論外でしかないはずだが、全竜や妖精王の力で巨大城塞都市級の平地を余裕で削り出し、帝城は断崖絶壁を背にして建設予定となっている。今さらこの程度を難事だと捉える者など誰もいはしないのだ。

また帝城とは称するもののその実態は『塔』に近い形となり、現在の技術で可能な限り高く作ったその最上部に元ティア・サンジェルク島——数多ある中でも最大規模の浮遊島が接続され、そこが絶対者の住居かつ後宮となる。

国家運営に必要な施設はすべて帝城内に準備され、浮遊島部分は完全にソルの私的な空間になるという訳だ。

外壁は峻険な山脈そのものが担い、そこへは街道も門も設えられる予定はない。

帝都への移動はすべて、竜脈を司る『妖精王』が支配する大規模転移陣を介して行われ、空を飛べでもしない限り勝手に踏み入ることも、出ていくことも不可能となる予定だ。

また帝城の上に接続される浮遊島の中心へは妖精王が『世界樹』を移動させ、天空にありながら世界中の竜脈を統べる中心と成さしめる。

完成した暁には相当に現実離れした光景になることが予想され、大げさではない世界の支配者が坐す場所として、後世に対しても恥ずかしくない象徴の地となるはずだ。

　当初の住民候補はエメリア王国国民の移住希望者が優先されるが、当然審査は存在する。今のところ現ガルレージュ城塞都市の住民が希望すれば最優先で承認されることがソルからの許可を前提にフレデリカから発表されており、すでに9割以上が希望している状況である。希望者が現在住んでいる家以上の住居スペースの提供と、現状の仕事の継続が保証されているからには当然のことだと言えるだろう。

　また王都にはエメリア王国のみが大使館を置くことを許され、他の国家には認められていない。だがそのかわり浮遊大陸の外縁部全周に同じだけの広さの土地を各国の特区として割譲し、その地の運用は完全に各国の自由にすることが認められている。つまりどれだけ自国の国民をその地へ送り込もうとも、飢えさせたりしない限りは干渉しないということだ。冗談ではなく各国でその特区へ住むことが許される人々は、そうでない者たちから「上級国民」と呼ばれることになるのだろう。

　それだけではなく、魔大陸の再浮上に先立って浮遊島としての能力を取り戻したフォル・メンテラ諸島の総数は現存国家の総数を軽く上回っており、漏れなく国家に一つずつ与えられることも決定している。

　そこを『領事館』ならぬ『領事島』とし、帝都へはそこからの大規模転移陣でしか入れないように限定する。当然その制御は帝都側でだけ可能であり、何人たりとも帝都の許可なく立ち入ることは出来ない仕組みとなる。

領事島と特区、特区とそれぞれの国の首都は専用大規模転移魔法陣で繋がれ、その運用は各国に任される。大規模魔法陣の維持運用は帝国が請け負い、各国は一律に設定された利用料を定期的に支払うこととされている。

また各国の特区間は大規模転移陣で自由に行き来が出来るように解放されており、それは無償で提供される。これによって各国間の物流効率は劇的に改善される、というよりも別次元の域へと一足飛びに至ることになるだろう。

要は天空の大地に地上の大陸を疑似的に再現し、そこを介することによって大陸全土のインフラレベルを桁違いに向上させるというコンセプトなのだ。

もちろん参加は強制などではないが、辞退する国などあろうはずもない。ここに参加しないということは世界の発展からおいて行かれることと同義であり、参加に際して支払うべき対価など、逆に軽すぎて裏があることを疑ってしまうほどのものなのだ。

だがそれこそがフレデリカが現実離れした力の協力を得て、初めて実現可能となった理想のカタチ。逃れ得ぬ罰だけではなく、圧倒的な利益の供与によって大多数の人々が定められた規律を守らされるのではなく、自ら守ろうとする世界の実験、その第一歩なのだ。

ソルもフレデリカも人に対して安易に絶望をすることがない代わりに、神の如き清廉性、無謬性を期待することもない。

人など所詮、生物の一種に過ぎないのだと、自分自身のことも含めて達観しているのだ。

人はその優れた思考能力と想像力で神という概念を生み出せはしても、生物の本能がある限り自らが神の如く振舞うことなど出来はしない。

だからこそ。

そうすることが正しいことだから、するべきことだから、優しいことだからといった、確かに存在はすれども常時発揮されることなどない善性に頼るのではなく、生物ゆえの本能と一致するがゆえに自身を「よい個体」であろうとさせる世界こそを理想とするのだ。

人類史上最大級の発展という飴と、死すら生温いと誰もが震えあがる罰。

その双方を可能とするまさに神の如き力を持った存在がいることによってはじめて、人は真の「法治」を手に入れることが出来るのかもしれない。

ソルがそれを望んでいる限りにおいては、だが。

ふいに大会議室に、複数の鈴がかき鳴らされる涼やかな音が谺し始めた。

それは最も大きい正面扉に備え付けられた複数の鈴、そのいくつかが鳴り始めたからである。その数は時を置かずに増え続け、すぐにすべての鈴がそれぞれの澄んだ美しい音を響き合わせるに至った。

それらの鈴の一つ一つは、この大陸に存在する全ての国家が各々の持つ最高の技術を尽くして献上したものだ。それらすべてが谺する響きは、美しいと称するに十分に足りる。

最初の鈴音が聞こえた瞬間に、大会議室を常に支配していた雑然とした空気は消滅していた。いや最初のひとつが鳴り始めた瞬間こそ、それに気付けない者の方が多かったが、鳴る鈴が2つ、3つと増えていくにしたがって静謐と整然が喧騒と雑然を駆逐してゆき、あっというまに神殿の祭壇のごとき神聖な静けさが大会議室を支配してしまった。

「ソル様、御入室なさいます！」

正面扉の左右を守っている正装したフレデリカ付きの近衛騎士、レティシア・アースカリッドとリディア・ドゥクレーが唱和した際には、すでに大会議室にいるすべての者が膝を屈し、頭を垂れて扉の方を向いている。それはフレデリカを含めたエメリア王国の王族たちや、リィンやジュリアの幼馴染組も例外はない。

絶対者の接近。

それを知らせるためだけにこそ今エメリアの王城のすべての通路は「鈴鳴」の仕掛けが施されているのだ。ソルが王城へ足を踏み入れた瞬間に、その入った門と通路に合わせた鈴がなり、その後進む経路に合わせて次々と対応した鈴が鳴り始める。結界のように幾重にも段階が設定されており、次の段階へ移行した以降はそれ以前の鈴は選ばれた経路以外のものもすべてが鳴る仕組みとなっているため、最終的にはすべてが鳴るのだ。

御入室の宣言に続き、大会議室の高い天井、その中心に設えられた巨大な鐘が荘厳な音を響かせ、ゆっくりと大扉が開かれ始める。

それはまさに世界の支配者、自らが認めた王の中の王、その意味を違わぬ「皇帝」を迎えるに相応しい仰々しさ、荘厳さを演出している。

「えーっと……みんな連日ご苦労様です」

そう言って居心地悪そうにソルが入室してくるが、誰一人として謦一つ上げず許可なく面を上げたりもしない。

ソルとしては大仰すぎてあまり好きではないのだが、フレデリカからこうすることの必要性も聞かされて一応納得はしているし、逆に誰彼かまわず話しかけられても困るので今のところ一応受け入れてはいる。そうした方がみなの方も楽なのです、と力説されてしまってては受け入れるしかなかったともいう。

まあソルにも偉い人から妙にフランクに接されるのが疲れるというのは理解出来るので、自分の我を通すべきところではないと判断しているというのもある。

いつも通りソルにくっついているルーナの方が、人共が己が主に傅く様子によほどご満悦な様子である。ない胸反らしてふんぞり返り、鼻高々といったその表情は全竜というよりも自慢のお父さんを誇る娘のようではあるが。相変わらずアイナノアはよくわかっていないらしく、ただ楽しそうにふわふわ浮いているだけである。

「ふふん、よく躾が行き届いているようですね」

「こら。そういう言い方しない」

主が尊重されているのを目の当たりにするのがよほど嬉しいらしく、ルーナの鼻息は荒い。それがわかってはいるものの、もうちょっとこう、言い方というものはないのかと思わざるを得ないソルである。

まあソル本人よりも、見た目だけは見目麗しくとも幼い獣人系美少女であるルーナがえらそうにしている方が収まりはいいのかもしれない。その実力こそが、この状況を成立させているという現実を鑑みても。

ルーナのおかげで転移で突然現れるイメージが強烈なソルではあるが、このわざとらしい位に大仰なやり方をルーナの方がより気に入ったとみえ、最近はよほど緊急事態でもない限り封印（ふういん）しているのである。

「リィン、ジュリア、フレデリカ。帰ろうか」

ソルはここに3人を迎えに来たのだ。

当然3人ともが即座（そくざ）に返事し、今日の仕事はここまでで終了（しゅうりょう）である。

当然エメリア王国所属の他の者たちはこのまま朝一に3人が戻ってくるまで業務続行だが、夜の間はジュリアによるドーピングが不可能なので、朝まではペース配分に気を配る必要がある。とはいえ退出する前に全員に『治癒』をかけてもらえるので、よほどのことがない限り問題などないのだが。

これもまた当然のことなのだが、フレデリカと折衝（せっしょう）を進めていた国家の代表も、文句など言うはずもない。自分たちはここに今そのフレデリカの仕事を中断させた者の御機嫌（ごきげん）を取りに来ているのだ、それが中断されたからと言ってその本人に文句を言うバカなどいはしない。

そうして入り口から数歩も入ることなく、ソルは立場が代わってもお気に入りのままの長外套（ロング・マント）を翻して退出してゆく。

その背中にいそいそと付き従うリィンとフレデリカの表情を見て、好きな人に呼ばれた女の子の貌（かお）だわねぇ、とジュリアは苦笑いだ。同じ女であるジュリアにそう思わせるに足るほど、今の２人の表情は綺麗というよりも可愛らしいのだ。

ソルがわざわざ迎えに来てくれて、仮後宮に一緒に帰って食事をしようという程度で、ここまでの表情を出来るのは正直ちょっとすごいと思う。もしも一線を越えようものなら、リィンやエリザはもとより、フレデリカですら仕事にならなくなるのではないのかという、要らん心配をしてしまうくらいだ。

だがそうやって退出していくソルに名を呼ばれる者たちを、この大会議室にいる他国の者たちは強烈な羨望のまなざしで見つめている。そこにはジュリアのそれと同じく、絶対者の寵愛を受けるものが発する、他者を魅了せずにはおかない可愛らしさに対する感嘆も含まれてはいる。

だがそれ以上に、自分たちの国からあの位置に立てるものを輩出しなければならないという、圧倒的な使命感とそれがゆえの焦燥の方がずっと強い。

颯爽と先頭を進む絶対者と、その絶対者に選ばれ、その力を以て世界を左右する権利を与えられた、今は自分たちよりもずっと高い位置に在る支配者階級の者たち。

彼らの目には、今の世界の主人公のように見えている。

だがそれはただの嫉妬や、諦観などではない。

「出来る手段をすべて使ってでも、ソル様に名を呼ばれるあの立ち位置に、我が国の者を送り込まねばならんな」

「……御意」

意味としては似通ったそんな会話が、各国の使者たちの間でささやかれていることは間違いない。言葉少なに語られるその会話には、あの絶対的に強く美しい集団の中に、己の手の内の者をなんとしてでも送り込んで見せるのだという、強い意志が宿っているのだ。

第八章『新しい関係』

夜の帳は下りているとはいえ、まだまだ王都が寝静まるには早い時間帯。

王城の大会議室から退出し、ソルの仮宮——かつては大浴場宮殿とも呼ばれた、つい最近までは閉鎖されていた元大後宮——の本殿、今ソルが住んでいる大邸宅で夕食を終えた後。

もはや公然と「ソル・ガールズ」などと呼ばれているリィン、ジュリア、フレデリカ、エリザの4人は今、本殿に与えられたそれぞれの個室、その中でリィンの部屋に集合している。

本殿の主たるソルは食事を終えた後、ルーナとアイナノア、今回新たに加わった、動く「アルシュナちゃん人形」を引き連れて、前イステカリオ帝国皇帝フィリッツが新しい仕事の拠点としている場へ赴いている。

とはいえ転移陣で一瞬なので、帰って来る時も一瞬ではある。

だが今回新規参入する形となった魔人種たちの扱いについての打ち合わせなので、それなりに時間がかかるとみてまず間違いないだろう。

どうやらソルは国家間、種族間の交渉も含めた表の仕事はフレデリカに、通常社会における裏の仕事はエリザに、そして国家レベルや種族が元来持っている闇――暗部や特殊部隊といった、国家の無理無茶を裏支えしてきた連中の管理はフィリッツに任せる心算らしい。

確かに軍事大国として暗殺だのなんだのに長けていたイステカリオ帝国の元皇帝に、その仕事は向いていると言えるだろう。

そのフィリッツが動かせる手駒として、元皇帝直属特殊部隊『八葉蓮華』に加えて、『聖教会』がその手の仕事をさせるために飼っていた魔人種たちを宛がうというのも理に適っている。もはや外在魔力が再び世界に満ちた現状、よほどの例外を除けば魔人種たちに敵う者など存在しえないのだから。

さておきそんな主が不在の館で、なにやら女性陣はひそひそ声でなにかを企んでいるらしい。全竜と妖精王の力を使えばこの場に忽然と顕れることすら児戯に過ぎないソルに対する内緒話ともなれば、自ずと声も低くなってしまうものなのかもしれない。

そのため充分に広い部屋なのにもかかわらず、妙に隅っこに集まって話しているあたり、もしも誰かに見られたとしたら言い訳の余地もないほどに「悪巧み感」を醸し出してしまっている。

「というわけですのでもはや一刻の猶予もありません。申し訳ないのですが、お願いさせていただいてよろしいでしょうかリィン様」

「はい……」

「今回ばかりはさすがにねぇ……」

いや雰囲気だけではなく、いつになく深刻な発言順にフレデリカ、リィン、ジュリアの表情も合わせれば、もはや悪巧みは確定であると見做されても仕方がないだろう。

「……特使団の代表の大部分が皇族、王族、国家代表者の血族のお姫様、お嬢様でした」

だがどこか茫然と、それでいて熱に浮かされたような羨望も入り混じった声でそう告げるエリザの言葉が、今宵この場に集まった今はまだ「ソル・ガールズ」と呼ばれているだけの乙女たちの企みごとがなんであるのかを、雄弁に語っている。

つまりは世間からの見られ方や扱いに対して、実際にはまだ誰一人として「ソルの女」になどなれていない者たちによる、緊急対策会議という訳である。

「情報では、ソル様に似合いの年頃の姫がいない国家では、貴族平民を問わず養子にする美女を探しているそうです。それに今後生まれた王族、皇族の女の子たちは、自動的に候補として育てられることになるかと……」

「うっわあ……繋ぎであれば血が繋がってなくてもいいけど、最終的にはそうはいかないってこと？　たとえソルが歳を重ねても男が若い女を嫌がる理屈はないから、最終的には血縁を後宮に送り込めるようにするってことだよね……そーとーにえぐいわね」

　ジュリアがわりと本気で引いているフレデリカからの情報は、エリザが裏社会の情報網を使って裏付けも取ってあるので確かなものである。

「世界を統べる方の後宮となるのですから、王家の者としては当然と言えば当然のことなのですが……改めて冷静に考えると、ひどい話ではありますよね」

　確かにひどいとも思う一方で、そんなことを言っている場合ではないという、今はまだ支配者階級に在る者たちの思惑も理解出来てしまうフレデリカは苦笑いすることしか出来ない。

　ここまでわかりやすい、まさに神の如き力を持った絶対者が存在し、国を興す。

　それに対する既存国家群の動きはここ連日、大会議室で行われているとおりだ。つまりは自分たちが差し出しうる利益を差し出せるだけ差し出して、己が国の存続を希うことがその骨子ではある。

　だが嘘偽りなくソルには大陸をすべて己が国家に染め上げるなどという野望がないことが理解出来た以上、各国が差し出した利益の元を取るべく蠢動を始めるのは当然のことでもあるのだ。

幸いにしてソルの庇護(ひご)下に入れることが確定さえすれば、今までは人では太刀打(たちう)ち出来なかった魔物(モンスター)のせいで、指をくわえて見ていることしか出来なかった広大で肥沃(ひよく)な地が手に入ることは確定している。

最もわかりやすいのが200年前から今もなお固有名魔物(ネームド)『国喰(く)らい』が支配を続けている、かつて七つもの国が滅(ほろ)んだ結果である『禁忌領域(タブ・テリトリー)』の解放となるだろう。それはソル一党が今後行う、国家事業をも超(こ)えた「大陸事業」の第一弾(だん)としてすでに発表されている。

その上各国に複数存在する迷宮(ダンジョン)の攻略(こうりゃく)をその最深部まで進められるとなれば、今差し出した利益など取るに足りぬほどの見返りを期待出来るのだ。

その保証を得るために、ソルの後宮に自分たちと血が繋がっている姫(ひめ)を送り込むことはこの世界、この時代においてはいわば当然のことに過ぎない。不幸にして最適な手駒(年頃の姫)を持たない国家が、ジュリアの言う通りなりふり構わない手段に出ることもまた。

ある意味これは、ソルという存在を知ったフレデリカが最初にソルとスティーヴに提案した通りの展開となっているのだと言える。

だが――

「ソル君は好きじゃないと思うな、そういうの……」

リィンがそう言う通り、肝心の絶対者はそれを好むまい。

フレデリカから最初に聞かされた時はまだ現実感を伴わない、恐れ多くも王女様の提案であるがゆえに驚きながらも流していたに過ぎないのだ。

それが実現するとなれば、具体的な抵抗感も生まれるだろう。

それは現時点ではまだ常識であることから外れているソルの方が悪いと言えるのだが、これからは世界をどうにでも出来る者の趣味嗜好——要は好みこそが常識どころか、唯一絶対の理になり替わってゆく。

つまりそれを読み切れていない各国こそが悪いのだが、この短期間でソルの為人を完璧に把握しろというのも無理な話ではある。それをより詳しく知るためにも、まずは美女を後宮に送り込もうとする今の動きそのものがよろしくないなどとは気付けるはずもない。

そうなるように仕向けたフレデリカこそが、ソルの為人を各国の支配者階級に在る者たちの中では一番把握出来ているという事実があるとはいえ、どの口が「ひどい」と宣うのだという向きもあるだろう。

だが出逢いの時からは随分と変わったフレデリカとしては、ソルが本気で望まないのであれば、それが世界のためだからなどと言って無理強いすることこそが悪手だと判断するに至っている。

自分自身も、ソルがそうなることを望まなくなっているという点もあるにはせよだ。

だがあまりにも突出(とっしゅつ)した力、それも世界中が総力を結集しても消し去れないほどのものともなれば、その主客(しゅかく)は逆転する。その力は世界のためにあるのではなく、その力のためにこそ世界があるのだと認識(にんしき)を改めなければならない。

そう出来なければ、世界の方がその力によって滅ぼされてしまうのだから。

神が愛せない世界は、更地(さらち)にされて作り直されてしまうしかない。そうなりたくなければ神に愛され得る世界に、自らが変わるしかないのは当然のことだろう。

「とはいっても、皇族や王族として教育を受けたフレデリカのようなタイプだったら、自ら全身全霊(ぜんしんぜんれい)をかけてそうなるべく動きそうよね。んーでもあれか。フレデリカの場合は王族としての教育を受けて育った結果として自分で望んでそうしているのがわかるからまだいいけれど、そうなるように特化した教育を受けるってことになると確かにソルは嫌いそう」

付き合いもずいぶん長くなり、このほど王女自ら呼び捨てにすることを望まれているジュリアはフレデリカの内心の複雑さに理解を示す。確かに今のソルが相手であれば、フレデリカが危惧(きぐ)している内容を「大げさだ」と笑い飛ばすことなど出来ないのだ。

国家とは、その目的のためにはその程度のことは平然とやってのける。国家という巨大組織の存続、利益の前には、一個人の都合など全く考慮(こうりょ)されることなどありえないのだ。

「その結果、ソル様が後宮を廃止(はいし)されるのが一番怖いというのも偽(いつわ)らざる本音なのです。ソル様の庇護下ですべての国が主権を持ったまま大発展出来るという未曾有(みぞう)の利益の、保証と安心をどの国家も求めていますから……」

上っ面(つら)ではない理解を示してくれる友達に対して素で嬉しそうな表情を見せてはいるものの、フレデリカの悩(なや)みが解消されたわけではない。

まだ短い期間ながらもソルの側に居るという幸運に恵(めぐ)まれた1人の女としての思考と、大国の王女であり、ここで立ち回りを間違えなければ大陸を――人の世界を今よりより豊かに出来る可能性を無視出来ない支配者階級に在る者の思惑が二律背反するのだ。

実際、現在進めている「大後宮構想」が頓挫(とんざ)した場合、表面上はともかく水面下で要らぬ蠢動(しゅんどう)を始める国家がないとは言い切れない。この場合その国家にソルが足を掬(すく)われる心配などではなく、皆弱同士の足の引っ張り合いによって、世界の発展効率が著(いちじる)しく低下することの方がより問題となるのだが。

「そこについてはソル君が納得(なっとく)いくルールを作るしかないよね。後宮入りした後の初夜で本意ではない場合は、それをソル君に伝えることが出来るとか……」

本当に望んでのことであればソルとて拒むまい。

リィンですら一応は男であるソルをそう認識している。つまりソルが嫌うのはその思想段階から無理強い、というよりも洗脳に近い形で創り上げられてしまうことだ。

そうではない、自ら望んでのことであれば「面倒くさい」よりも「男としての嬉しさ」がさすがに勝るだろうと思っているのだ。

実際に各国が洗脳レベルのことを強いているのであれば、エリザが構築した裏の情報網や、新規に立ち上がるフィリッツの暗部による捜査に引っかかるだろう。そうでないのであれば、ソルに本意ではないことを伝えて、ソル本人から解放してもらう仕組みを作ればいい。

その本人や係累、お相手の安全保障はソル本人が請け負うだろうし、なにも問題はない。やらかした事実が発覚した国のトップがどう扱われるかはソルのみぞ知るだが、一例でも出れば後は根絶されることは疑い得ない。

リィンとしては結構名案のつもりでの発言なのである。

「その状況下で、あの、止まれるものなのですか？　ソル様とはいえ男の方が……」

「逆に後宮入りした娘の方が、最初は本意ではなくてもその状況まで進めばおちちゃいそうじゃない？　ソル自身のキャラっていうより、文字通り世界の支配者がお相手なんだしさ。その上で好色ハーレム野郎だと思っていた相手に、あっさり謝られて、たぶん「お幸せに」とか言われちゃうんだよ？　言うよソルは。そういうやつだよソルは」

だがエリザが遠慮がちに、ジュリアがあっけらかんとリィンの発案にダメ出しをする。

確かにその気になった男が閨でそんなことを言われて止まれるかと言われれば、女の身であっても「それは殺生かな？」と思わなくもない。

中にはそういうシチュエーションにこそ、より興奮する類いの者もいるだろう。

ソルがそうではないと保証出来る者など、この中には1人たりともいはしないのだ。なんとなれば誰もまだソルとそんな関係に至れていないのだから。一方でジュリアの言う通り、そうなるまでの間におちてしまう可能性もまた、非常に高く思える。

自身も女性なのだ、誰かの想いを軽んじるつもりなど毛頭ないが、下手な御伽噺に勝る世界と境遇が嘘偽りなく実在することを、ここにいる4人の女性こそが世界の誰よりも理解している。確かに純粋な想いが存在するのと同じように、損得勘定——欲もまた誰しもに存在することも事実に過ぎない。

ソルから与えられる立場に勝る想いと言われると、さすがに実は一番夢見がちなリィンであってもそう簡単に「あります」とも言えない。幼馴染という恵まれた立場に在っても純粋とは言い切れないと軽い自虐をしているリィンにしてみれば、なおのことだろう。

実際にどん底からソルに救われたエリザに至っては、あれを上回る想いを持てる人はすごく幸せなのだろうな、くらいにしか理解出来ない。支配者階級の中には、そういう人もいるのかもしれないなー、程度のモノである。

エリザにしてみればソルが望むのであれば自分自身をも含めた全てを差し出すだけだし、望まれないのであれば己(おのれ)の想いなど取るに足りないと断じている。それだけのものをソルにはもう与えられているのだからと。

それはまだ、エリザが幼いがゆえということも大きいのだが。

「私(わたくし)みたいなのばかりではなく、ジュリア様のような方が皇族、王族の中にもいると信じたいところなのですけれど……」

「私だって、そんな状況なら結構揺(ゆ)らぐかもしれないよ～？」

「今の発言は婚約者殿(セフィラスどの)には内緒(ないしょ)にしておきますね」

大国の王女として最も実際的(プラグマティック)な判断を下しがちなフレデリカだが、それでもこの短期間のうちに芽生えた「１人の女の子」としての感情から、ジュリアのように誰も彼もがソルから与えられる利益だけに目がくらんでしまうことなどないと信じたくもあるらしい。

またその後の互(たが)いにくすくす笑いながらのいかにも友達同士らしいやり取りが、今のフレデリカにはとてもくすぐったい。

さすがに歳下であるエリザだけは友達口調とはいかないにせよ、最近はこの4人で他愛もない会話をすることが、下手をしなくても「世界の発展」よりも大事に感じてしまいがちで、ちょっと自分が怖い最近のフレデリカなのである。

一方ジュリアにしてみればリィンと同じく、自分がソルの幼馴染であれた幸運を今では充分に理解している。

それなりに異性から持て囃される容姿をしているという自覚こそあれ、今の想い人と繋がれたのもまたソルから与えられた力のおかげなのだ。

男としてソルを選ばなくても、惜しみなくソルに可能な限りの力を与えて貰える我が身の立場でありながら、フレデリカがいうような「ソルにも靡かない女」の代表のように言われるのはさすがに面はゆい。

フレデリカにしてみればそんなリィンとジュリアの想いも想像はついているが、それでも今ソルから与えられている力を失わないために媚びようとしていない時点で、やはり幼馴染の2人は別格だとしか思えない。ソルをただ信じることだけで圧倒的な利益を失うかもしれない恐怖に耐えることなど、自分にはとても出来ないと思うから。

フレデリカとて他国の支配者階級の者たちと根本の部分は変わらず、ソルから寵愛を受けているという確固たる根拠、安心を求めてしまうのだ。そのために必要であれば、たとえなにを差し出してでも。

「というよりもあの……リィン様的にはありなのですか、そういう展開って」

ここで大前提となる、リィンがフレデリカからのお願いを本当によしとしているかどうかの確認を、エリザがおずおずと確認する。

フレデリカによる一刻の猶予もないお願いとは、要は今宵リィンが先陣を切ってソルとそういう関係になるべく動いてくださいということに他ならない。

フレデリカ自身もハシタナイと自認しているお願いではあるが、事がここに至ってはそんなことを言っている場合ではないというのは、さすがにエリザにも理解出来ている。

だが今エリザが確認しているのは、いざリィンが幼い頃からの想いを成就させ得たとして、その後にフレデリカと、こともあろうに自分自身もそれに続かんとしていることをよしとするのかどうかの確認である。

もちろんエリザはソルが望むのであれば、その身を差し出すことに躊躇いなど無い。

いくら今「夜街の薔薇」などと褒め称えられても、ソルがかつて顔に負った酷い火傷を治してくれるまで、女として誰からも求められなかった自分を忘れることなど出来はしない。

未だ幼いエリザではあるが、スラムの組織がそんなに優しい環境であるはずもない。

エリザの歳でも手を出されている娘は少数とはいえ幾人かはいたし、ルーナによって肉塊に変えられた幹部の1人はそういう趣味でもあったのだ。

本来のエリザの器量からすれば、あるいは幸いであったと言えるかもしれない。

スラムの組織に身を置きながら、エリザがそういう意味で無事でいられたのは、間違いなくあの火傷のおかげだったとも言えるのだから。

だからこそエリザはソル以外の男性に興味などもてない。まだ子供ではあってもそこはやはり女性なのだ、今の自分にしてくれたソル以外の男に自分の女の貌を見せるつもりなど毛頭ないらしい。

一方でそんなエリザですら、ソルがリィンという幼馴染を特別視していることくらいは理解出来ている。お姫様であるフレデリカをはじめ、全竜や妖精王といった文字通り人間離れした美しさを持った従僕たちを見る目とも、明らかに違うのだ。

初めからスラム出身の自分にもよくしてくれた「お姉さん」のようなリィンがつらいのであれば、エリザとしては自分の淡い恋心を優先するつもりなどありはしない。ソルから直接求められでもしない限り、自分からそういったアプローチもしない。

――いえまあ、我ながら偉そうなことを考えていますが、アプローチと言ってもなにをどうすればいいのかなど、皆目わからない小娘ではあるのですけれど……

ともかくエリザとしては、ソルの側にいることを許されている女性の１人として、その部分に対するリィンの見解を確認しておく必要があるのだ。

「うーん……今さら私だけじゃないとヤダとか言える状況じゃなくなっちゃったからなあ。ソル君の本当の力に気付いた時からわりと覚悟していたことでもあるし、それが理由で本気でなしだと思えていない時点で、ありって認めてしまっているんだろうな、って」

「嫌か嫌じゃないかで言えば嫌だけど、ありかなしかで言えばあり、ってわけね。私の親友殿は知らぬ間に大人になってしまわれましたなあ」

「ジュリアだって、侯爵家に嫁ぐからには同じでしょ？」

「そもそも私は正妻になれるとは思ってなかったからねえ……」

とはいえそれについてはリィンも複雑らしい。

幼馴染かつ親友であるジュリアと、互いに苦笑いを浮かべることしか出来ない。

確かに今のソルの立場がとんでもないものになり過ぎているとはいえ、この時代、王族貴族のみならず、高位冒険者や大商人であれば複数の妻を持つことは当然視されている。

神から力を授かった者は性差など無いに等しいものとなるとはいえ、未だ魔物をはじめとして暴力を前提とした脅威に人間社会が晒されている現状、男性優位であることは社会から当然だと見做されているのだ。

「そもそもルーナちゃんとアイナノアちゃんがいるわけだし、今はまだお人形さんだけど、アルシュナちゃんも加わったわけじゃない？　ソル君の夢に直接寄与出来ているあの子たちがいる時点で、私たちはソル君から与えられている者の1人でしかないよね」

そう言ってため息をつくリィンだが、その言葉は本質的にエリザの質問に対して是と答えているに等しい。

男と女というよりも、ソルとリィンの関係を極冷静に客観視した場合、リィンの方からソルに何かしらの要求をすることなど、リィン自身ですら烏滸がましいとしか思えない。

本気でソルを自分だけのものにしたいと願うのであれば、今自分がソルから与えられているすべてを失う覚悟をするべきだと思うのだ。

そのすべての中で一番失いたくないものは、誰もが憧れる圧倒的な力やそれに伴う実利ではなく、最近はわりとはっきり自覚出来るようになってきている、ソルから憎からず思われているという事実なのだが。

要は他の誰に何と言われようとも、めんどうくさいことを言って好きな相手に醒められてしまうことが一番怖いのである。

もとより一度はロス村へ帰って、ソルが己の夢を果たしてから自分のところへ帰ってきてくれることに一縷の望みをかけていたような弱い立場であったのだ。それに比べれば大国の王女様(フレデリカ)のみならず、伝説の邪竜様(ルーナ)や妖精王様(アイナノア)すら、自分をソルの第一としてくれているこの状況に文句など言おうものなら口が腫(は)れるとも思う。

　つまりはジュリアが言語化した内容こそが、正鵠(せいこく)を射ていると言えるのだ。

「それは確かにリィン様の仰(おっしゃ)るとおりです。それでもなお我々の中ではリィン様とジュリア様、ソル様がまだ何の力も持っていなかった頃から共にいらした幼馴染のお２人は特別なのです。次いで私共と言いたいところですが、スティーヴさんとガウェインさんの方が正直なところ上でしょう。私やエリザさんは、ソル様が今のソル様になって以降にたまたま早いタイミングで出逢(であ)えただけに過ぎません」

　だがフレデリカに言わせればだとしても、いやだからこそ、せめてリィンだけでも確実なソルに対する人間社会への楔となって欲(ほ)しいと思っているのだ。

　そもそも全竜(ぜんりゅう)を「ルーナちゃん」呼ばわり出来ているのは、呼んでなおそれを認められているのはリィンだけなのだ。つまりは全竜ですらリィンを主(ソル)に次ぐ者、己より上位存在として認めているということに他ならない。

　極論を言えば、フレデリカやエリザが、最悪ジュリアすら居なくなったとしてもまだ、リィンさえ居ればソルは人の感性のままでいてくれるように思える。だがもしもリィンを失ってしまったとしたら、ソルは人間社会の発展とか、そこにおける己の立ち位置などどうでもよくなってしまいそうな危うさをフレデリカは感じているのだ。

烏滸がましいとは思いながらも、もっと早く自分を介して王家が『黒虎』時代のソルたち「奇跡の子供たち」とつながりを持てていたら、より安定した状況を築けていたのではなどと、今さら考えても詮無いことをそれでも考えてしまう。

男友達、それも同世代の幼馴染たちとの良い関係は、女だけではけして埋められない特別な何かがあるように思えるのだ。その2人を自ら切って捨ててしまった責任の全てがソルにあるなどとは思わないが、逆にまったく瑕疵がないとも思えない。それを間違いなく自覚もしているであろうからこそ、ソルの現状はある意味危うくも感じてしまうのだ。

だからこそ、今あらゆる意味で最もソルに近い位置にいるリィンと、より安定した関係になって欲しいと思う。各国のお姫様が大挙して後宮の花候補に名乗り出てきている現状、自分の窮地を救ってもらうという理由は、2人の関係を進ませるためには最も有効だと言える。

フレデリカとしてはどうしてもここで、サンテシェセル海でのジャブに続いて、強烈な右ストレートを叩き込んでおいてもらいたいところなのである。出来ればそれでソルをノックダウンしてしまえるくらいのとっておきのやつを。

「それでもフレデリカとエリザちゃんは、ソルの身内に入っていると思うけどなあ……」

「そうかも知れません。確かに私自身もそんな自信を持てていた時期もあります。ですがもはやこうなっては王族としての価値など無いに等しく、戦力としてもとんでもなく強化され、あまつさえ『固有№武装』を与えられていても、おいていかれてしまうステージになってしまいました。リィン様とジュリア様、スティーヴさんとガウェインさんがソル様と積み上げてきた時間には今さら誰も敵いません。ですが私たちにあるそのアドバンテージはたかが一年にも満たぬものなのです。言い換えればこれからソル様が気に入った相手であれば、誰でも簡単にひっくり返せる程度だとも言えてしまうのです」

リィン、ジュリア、フレデリカ、エリザという、今『固有№武装』を与えられている4人は魔人種を筆頭とする魔導生物を含めても突出した戦闘能力を有している。『プレイヤー』のサポートさえあれば、冗談ではなく大陸中の軍隊を相手にしても一方的に蹂躙してしまえるほどのものなのだ。勝てぬ相手など、ソルが直接統べている怪物たちくらいだろう。

だがフレデリカが言う通り、もはやその怪物たちでなければ話にならないレベルが敵となってきているのだ。魔大陸再浮上に関わる一連の戦闘に『固有№武装』で参戦していたとしても、死ぬことはないかもしれないが役に立てたと言い放てる自信などありはしない。

もはや桁外れのレベル・アップと、『固有№武装』というとんでもない武器を与えられていてもなお、ソルと彼が統べる怪物たちの前には少々強い蟻の個体――皆弱の一つにすぎなくなってしまっているのは事実なのだ。

つまりソルがその気にさえなればいつでも、誰にでも与えることが可能な程度の力など、優位点にはなり得ない。特別なのは全竜や妖精王、魔王と言った怪物級の、替えの利かない突出した力――ソルの『プレイヤー』を凌駕する、そのバックアップによってより化けうる超常の力なのだ。その圧倒的な力の前には、国家権力など子供のごっこ遊びとなにも変わらない。女としての美しさなど、ソルが本気で号令をかければ、すべての国が本気でいくらでも探し出してくるだろう。

つまりはフレデリカの言う通り、今のソルにとって代替が効かない唯一無二の存在とは、まだ自分自身ですら『プレイヤー』の真価に気付けていなかった頃から共に過ごした仲間たちであることは疑い得ない。それがまだ特殊な力を与えられてもいなかった、ただのロス村のソル・ロック少年であった頃からの幼馴染ともなればなおのことである。

「私がそんなことないよ、とは言えないよね。それについては確かに」

だからこそ、それについてはリィンもジュリアも何も言えない。

ただ運に恵まれた自分たちが、ソルというとんでもない存在を目の前にしてもう焦燥を否定することなど出来はしないのだ。

「だからこそたいへん浅ましいお願いだと理解した上で、正式に後宮が成立するまでに私も確固とした立ち位置を確保しておきたいと思うのです。そのための行動は当然私自身で起こしますが、そうするためにもまずは……」

「序列上位者とそうなってくれないと、動きようもない、と」

だからこそフレデリカはこの千載一遇の好機を活かすべく、手段を選んでいる場合ではないのだ。必要であれば二の矢として己がソルを誘惑することも当たり前の選択肢、どころか望むところの筆頭としてもちろん考えている。

「その結果、ソル様がリィン様だけでよい、いえリィン様だけが良いと仰るとしても、それはそれで構わないのです。私やエリザ様を含めて後宮は当面飾りとなりますが、幼馴染の恋人以外はまだ女として見られていない、扱われないというのであればそれは他国に安心感を与えつつ、エメリア王国が侮られるということもなくなりますから」

確かにエメリア王国以外の国家群にしてみれば、フレデリカがソルの寵愛を独占することこそが脅威なのだ。

だが国家の紐付きではないリィンが当面絶対者の寵愛を独占出来るというのであればある程度は安心し、腰を据えて数年後を睨んだ行動を選択するだろう。拙速による暴発、あるいは破綻は起こり難くなるということだ。

フレデリカにしてみれば、それでも充分に価値のある結果の一つといえるのだ。

1人の女の子として、残念を感じないと言えばさすがにそれは嘘になるのだが。

「当面、ね」

「…………あ」

だがフレデリカが思わず零していた本音を、ジュリアは見逃さない。悪い流し目で突っ込まれて、さすがに素でフレデリカも動揺してしまった。

「いや、そうだとは思うよー。ソルだって男の子だもんね。でもそういう理想の殿方を見てみたいってのも正直あるけど、ソルはそんな感じじゃないもんなあ」

最初に1年2年は正妃に夢中でもかまわない。いやその蜜月期間が十年の永きに及んだとしても、それでもまだソルは20代なのだ。フレデリカやエリザもまだまだ現役だし、その時に適した女性を用意することなど児戯でしかない。

その頃にはリィンも正妃としての貫禄も備わっているだろうし、どうしたって消えるはずもない嫌さがあったとしても、今よりはずっと御しやすくなっているはずだ。妙に拗らせた場合はソルに対する独占欲ではなく、若さそのものに対する嫉視が生まれてしまう可能性も否定出来ないとはいえ、そこを今心配してもどうしようもない。ある意味後宮という場所においては、遥かな昔から厳然と存在し続けている問題なのだ、ソルの後宮でだけそれを乗り切れないということもないだろう。

「私たちがこういう会話をしていると知っただけで、すべてがめんどくさくなりそう……」

「ソルは『黒虎』時代もけっこう枯(か)れていたからあり得るよね」

ここまで話して、幼馴染組2人が思わず素になってそう溜息(ためいき)をつく。

『黒虎』として名を上げ始めた頃、マークとアランは速攻(そっこう)で夜街の有名人となりおおせ、あからさまに女性陣に眉(まゆ)を顰(ひそ)められていたことを思い出したのだ。

最初の頃こそソルもある程度は付き合っており、リィンに曰(いわ)く言い難(がた)い感情を抱(いだ)かせてはいたのだが、わりと早期に「面倒くさい」の一言でそういう遊びに興味を失っていた。いやマークやアランほど派手であけっぴろげではないだけで、密(ひそ)かにどこかに贔屓(ひいき)がいるのだろう、とリィンとジュリアなどは疑ってはいたのだが、少なくとも決定的な場面を押(お)さえることに成功したことはなかった。ソルとても男、隠(かく)しているに違(ちが)いないと躍起(やっき)になって探していたマークとアランもついぞ見つけ出すことが叶わなかったと聞いている。

今にして思えば『プレイヤー』が仲間とした者の位置を常に把握出来るソルなのだ。幼馴染たちの監視(かんし)の目を掻(か)い潜(くぐ)ることなど容易だったのだろうとは思うものの、それ以上考えることをリィンは敢(あ)えてやめている。

「私もソル様が急に英雄(色に目覚める)らしくなられることを期待しているわけではないのです。いえまあそれはそれで望むところではあるのですが、まずないでしょう」

「まあソルが急に、手当(てあ)たり次第(しだい)に各国のお姫様に手を出し始めたら笑うよね。でももしもそうなったら、確かにフレデリカとしては立場がないよねー」

「そうなのです。ですから一刻の猶予もないのは私のみであって、リィン様やジュリア様の御立場(おたちば)は不動で間違いありません。このお願いが浅ましいことは十分理解した上でリィン様にお願いしております」

　王族の1人、今やエメリア王国の浮沈(ふちん)を左右する立場に在る者としての思惑は敢えて伏(ふ)せてはいても、伝えていることが嘘だという訳でもない。先ほどリィンがそう口にした通り、フレデリカやエリザもソルの側室として関わることも「しょうがない」と思っていてくれているのであれば願ったり叶ったりではあるのだ。

「でも私が誘惑？　すればホントにどうにかなるの？　ホントに？」

だがここにきてなお、リィンはリィンで結構へたれている。

「サンテシェセルでのソル様を見ていれば間違(まちが)いないと思います。それはリィン様も確認されていらっしゃいましたよね？」

「そ、それは確かにそうだったけど」

『王国の白百合(リリウム・デイ・レグヌム)』などと呼ばれていたフレデリカの目から見ても、リィンは充分に魅力的(みりょくてき)だと思うし、自信のあるなしは別にしても、ソルから想われているという自覚は間違いなくあるはずだ。にもかかわらず双方ともが基本的にヘタレているからこそ、ここまで事が進まないのはもはや明らかなのである。

王女であるからには当然育ちは良く、対等の女友達というものにまだ慣れていないからこそフレデリカはまだ腹立たしさに近い感情を持ち得ずにいる。だが今少し親しくなっていたならば、もっと容赦のない言葉を投げつけるようになるだろう。

「男の子ってのは許可が欲しいものなのサ、それもどうみても誤解しようのないくらい明確なね。まあ普通ならヘタレ判定もやむなしだけど、今のソルの立場なら逆に誠実って言ってもいいんじゃないかな？」

だが今必要なのはリンを弾劾してやる気を削ぐことではなく、勢いづかせることであると理解しているジュリアが助け舟を出す。

「許可って言われましてもですね……」

「だからリィンの方からのあからさまな誘惑だよ、誘惑。それ着てリィンが選んだあの御屋敷で、夜2人っきりの状況でソルに抱きつけば、たぶんオッケ」

それでも煮え切らない態度を見せるリィンに、より具体的な「やるべきこと」を提言する。

フレデリカからのお願いで、今夜からソルが自身の邸宅、この本殿で夜を過ごすのは週末の2日間だけとなる。それ以外は順番にリィンたちが選んだ屋敷で夜を過ごすこととなっており、その初日となる今夜は当然リィンの屋敷がその対象である。

その初日を外せばまたずるずると引き延ばしとなることは目に見えているので、今宵決着をつけるべく作戦会議が開かれたという訳なのだ。

そのため今リィンが身に着けている夜着は、フレデリカが王宮の衣装部門に一から作らせた逸品である。さすがに正妃候補が初夜に身に着ける夜着の作成には、『魔導鍛錬師』といえども関わらせては貰っていない。王家に代々伝わる意匠をフレデリカと、身に着ける本人であるリィンが意見を出し合ってアレンジした、リィンのためだけの夜着である。

結果、清楚でありながら充分に色香に満ちたシロモノ——男であればそのまま見ていたいと思わざるを得ない一方で、赦されるのであれば自分の手で脱がせたいと思ってしまう魔性の誘惑を宿した魔着ともいえる仕上がりである。

その夜着自体が放つ淫靡さと相反するかのようなリィンの初々しい反応が合わさって、最恐にも見える。暗黒が身に着けると頭がおかしくなって死ぬ。

「たぶん、って……」

「それでも躱されたら、ソルの通り名はヘタレ王に決定だね」

弱気に聞こえる言葉に反して、今自分が身に着けている夜着を改めて確認してリィン自身ですら赤面している。これでしな垂れかかられて脱がしに入らない男がいるのであれば、確かにジュリアが言うようにヘタレ王認定されても文句はいえまい。

「全竜様に喰われませんか、それ」

「やっぱ」

だが万が一にでもそれをルーナに聞かれたら、さすがにジュリアでも無罪放免とはならないだろう。エリザの突っ込みもジュリアの返しも、あえて冗談ごとのようにしながらも、自分たちがガールズトークの空気に当てられて調子に乗ってしまったことを自覚している。

「私に女としての魅力が全くなかったって、歴史書に記されることになっちゃわないかな?」

「いやあソルがヘタレの方でしょ。男の子が女の子を性的な目で見てしまうのは好きとか嫌いとか関係ない部分もあるだろうけど、子供の頃から好きだった相手にそこまでさせてなお動けないことを誠実とは呼びたくないかなあ、私は」

リィンにしても全く自信がないわけではない。

確かにこんな格好で自分から誘惑するような行動をすれば、ここしばらくのソルであればちゃんと恥をかかせないようにしてくれるような気がする。

その具体的な内容を考えると頭が爆発しそうになるので、そこはソルに任せるしかない

ところである。こうなると当時胸を焦がしたあの想いも、今宵2人ともがド素人という状況を避けられたのだと思えば報われたと思うことも出来そうだ。

いや正直なところ、男の子は気軽に練習出来てずるいよなーと思わなくもないのだが。

だが万が一にでもそれでもだめだった場合、自分はもう立ち直れないのではないだろうかと不安を得てもいるのだ。

傍から見ればどれだけ「んなことあるかい！」という状況であっても、当事者同士とすれば冗談ごとなどではないのである。でなければ世の中に「両片想い」などと言う、傍から見ている分にはバカバカしすぎる状況など生まれるはずもない。

「あの……私は誘惑とかよくわからないんですケド、素直に「抱いて欲しい」じゃ、ダメ、なんで、す、か……」

そんなリィンと、それを生温かく見守っていたジュリアとフレデリカに、この中でも最も幼いがゆえに一番純粋でもあり、ある意味もっともまっすぐにソルを好いている――信奉しているエリザが、自分ならこう懇願するだろうという言葉を口にする。

だがそれを聞いて半目になり、口が横に開いてゆくリィン、ジュリア、フレデリカの表情を見て、その言葉は尻つぼみに小さくなっていく。

「……それはエリザちゃんの言う通りなんだけどね。長らく幼馴染をしてきた立場としては、いろいろ難しいところもあるんだよねー?」

「……ハイ」

棒読みでしかないジュリアの言葉に、真っ赤になったリィンが頷いて肯定している。

なぜか明後日の方向に視線を逸らせてしまっているフレデリカの頸筋も、あからさまに朱に染まっている。

「そ、そうなのですか……」

どうやら一番幼い自分が、お姉さま方の羞恥心という地雷を踏み抜いてしまったことを自覚して、意味も分からず自身の頬も朱に染めて、黙り込むことしか出来なくなるエリザなのであった。

転章　『封印者』

『封印者（シールズ）』

それはこの世界に常に存在していながら、その名を知る者すら基本的には存在しないという、ある意味もっとも特殊（とくしゅ）なモノたちの名である。

大国の王族であるフレデリカはもとより、世界の理（コトワリ）の裏側まで支配していたはずの『聖教会』の元教皇グレゴリオⅨ世ですら、生前耳したことすらなかった。

少なくとも今この世界で生きている内側に在る者たちである以上、ただの1人の例外もなく誰（だれ）も知り得ない存在なのである。

だが当代の岐神——その身に『プレイヤー』を宿したソルが歴史の舞台（ぶたい）に顕（あらわ）れた以上、常は世界の狭間（はざま）に潜（ひそ）んでいる『封印者』たちは、今まさにその存在意義に従って活動を開始せんとしている。

彼（かれ）らは世界の安定を守護するモノ。

この世界に在りうべからざる存在、そのすべてをただの一つの例外もなく排除（はいじょ）——封印するモノ。

だからこそ彼らは、『封印者』と名付けられているのだ。

誰に？

それは『虚ろの魔王』との戦闘時に、ソルと全竜、妖精王の脳内に直接語りかけて来た、正体不明の存在にである。

だが確かに名付けられていながら、誰もその名を知らないのはどういう理由か。

それは逸失した太古の技術だとか、極められた大魔法などという複雑なものではなく、至極単純な理由でしかない。

彼らが顕現し、対象を封印した後。彼らの存在を知ってしまった者たちを、これもまた一つの例外もなく、確実にこの世界から消し去ってしまうからだ。

世界の理――天秤を保つためであれば、国家の一つや二つを犠牲とすることすら厭うことなどありはしない。いやそもそも対象を封印するためなのであれば、その結果として内側の世界が一時的に完全に滅ぶとしても躊躇などしはしないのだ。

彼らはその名の通り、世界の敵を封印することこそがその存在意義。

だが彼らにとっての世界とは、けしてその内側で暮らしを営む人の社会のことを意味しない。彼らにとっての世界とは外側も含んだ全てを指し、その中で勝手に生まれては死んでいくモノたちのことなど含まれてはいないのだ。

だからこそ、人の執念（しゅうねん）の結晶（けっしょう）とも言える『秘匿神殿書（ビブリオテカ）』にもその名が記された本は一冊たりとも存在していない。『封印者』の名を知りながらにして存（なが）らえているモノと言えば、『旧支配者』たちを除けばその本人たち位である。

つまり彼ら自身もまた、かつてはこの世界から排除――封印される側に在ったモノでもあるのだ。『封印者』とはするモノとされたモノ、その双方を意味している。

それはこの世界が続く限り定期的に増え続ける定めに縛（しば）られているとも言える。

そんな存在たちが今、怪物たちを3体目までその手札（カード）とした当代の岐神、『プレイヤー』であるソルもまた封印するべく顕現を開始しようとしている。

その場所は『塔（とう）』の最上階近く、つまりは成層圏（せいそうけん）などとっくに突き抜けた宇宙空間に存在する巨大（きょだい）な球状空間。その内側はすべてモニターとなっており、まるで宇宙に浮かんで星を見下ろしているようになっている場所。

そこに強い光が無数に燈（とも）り、そのうちのたった一つだけが徐々（じょじょ）に人のカタチへと変じてゆく。

『無限剣閃（アンリミテッド・ソード・グリント）』

それがかつて自身もまた封印対象であった際の通り名（エリアス）であり、今回正体不明（ナニモノカ）の存在に最初の一体に選ばれた、『怪物たちを統べるモノ』に相対する化物の諱でもある。
　とうとうソルの戦う相手は内側のモノに留まらず、その神と名付けられている岐——外側に在るモノまでもがその対象となったのだ。

『虚ろの魔王編』——了

あとがき

『怪物たちを統べるモノ』４巻を手に取っていただきありがとうございます。拙作の書き手、Sin Guiltyと申します。読んでくださり、応援してくださる読者様のおかげで人生初の３巻に続き、この４巻も出していただくことが出来ました。

本当にありがとうございます。

この４巻は「虚ろの魔王」との戦闘を中心に、ソルたちが今後の拠点とする魔大陸――天空に浮かぶ大地を手に入れる巻となりました。ド派手な戦闘ばかりではなく、お約束の休日編や、ソルたちの関係が一歩進む展開もあります。書き手は楽しんで書けたのですが、読者の皆様にも楽しんでいただけていたら嬉しいです。

またこの４巻から小説家になろう版とは展開が大きく異なり、半分以上が書下ろしとなっております。以降は全般書き下ろしとなる予定で、その中心となる「封印者」も少し顔出ししております。ソルが統べる「怪物たち」は残すところ「死せる神獣」と「呪われた勇者」ですが、「封印者」たちと絡みながら、「呪われた勇者」が先に登場することになる予定です。

この4巻ではソルが自分の意志で全竜の力を行使できるギミックが登場しますが、そのビジュアルは中村エイト先生のアイデアがとんでもなく素晴らしく、そのまま使わせていただいております。操る巨躯と同じ光紋章が体の各部に浮かぶって、めちゃくちゃカッコいいですよね！　たまらん……（カラー口絵③を是非ご覧ください）

物語を進めることとさえ出来れば、中村エイト先生の手でそれにカタチを与えて貰えることがなによりも御褒美かもしれません。読んでくださっているみなさまにもぜひお届けしたいので、より一層頑張る所存です。……カッコいいだけではなく、この4巻の見開き口絵や、挿絵⑦の方向もぜひ見たいですし。ホントに頑張ります。応援よろしくお願いします！

4巻で登場した「謎の存在」や「封印者」たちによって、この物語の根幹を成す謎や存在との絡みがこの後は増えていきます。ゲームめいたこの世界の成り立ちや、ソルの夢が果たされた際にみんながなにを見ることになるのが、そのあたりも次巻から開示していく予定ですので、楽しみにしていただければ幸いです。

中村エイト先生によるイラストや多門結之先生によるコミカライズという、この物語の書き手としては夢のような展開が続いております。これも読んでくださっているみなさまのおかげです。ありがとうございます。

5巻でもご挨拶できることを願いつつ、4巻の後書きとさせていただきます。

HJ NOVELS
HJN67-04

怪物たちを統べるモノ 4

最強の支援特化能力で、気付けば世界最強パーティーに！

2024年4月19日　初版発行

著者――Sin Guilty

発行者―松下大介

発行所―株式会社ホビージャパン

〒151-0053
東京都渋谷区代々木2-15-8
電話　03(5304)7604（編集）
　　　03(5304)9112（営業）

印刷所――大日本印刷株式会社

装丁――木村デザイン・ラボ／株式会社エストール

Printed in Japan

ISBN978-4-7986-3513-2　C0076

ファンレター、作品のご感想お待ちしております

〒151−0053　東京都渋谷区代々木2−15−8
(株)ホビージャパン HJノベルス編集部 気付
Sin Guilty 先生／中村エイト 先生

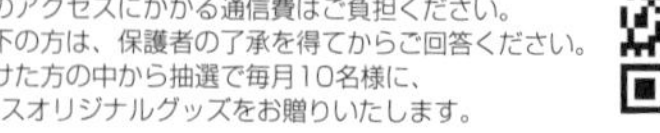

アンケートはWeb上にて受け付けております（PC／スマホ）

https://questant.jp/q/hjnovels

- 一部対応していない端末があります。
- サイトへのアクセスにかかる通信費はご負担ください。
- 中学生以下の方は、保護者の了承を得てからご回答ください。
- ご回答頂けた方の中から抽選で毎月10名様に、HJノベルスオリジナルグッズをお贈りいたします。